궁극의 아이 2 넥스트 차일드

ⓒ장용민 2024

초판인쇄 : 2024년 09월 23일
초판발행 : 2024년 10월 04일

글 쓴 이 : 장용민

편　　집 : 천강원, 황중하, 김도운, 김동주, 윤혜인, 이현희
디 자 인 : 이종건, 신다님, 최은정

펴 낸 이 : 황남용
펴 낸 곳 : ㈜재담미디어
출판등록 : 제2014-000179호
주　　소 : 04035 서울특별시 마포구 월드컵로 8길, 48
전자우편 : books@jaedam.com
홈페이지 : www.jaedam.com

인쇄·제본 : ㈜코리아피앤피
유통·마케팅 : ㈜런닝북
전　　화 : 031-943-1655~6 (구매 문의)
팩　　스 : 031-943-1674 (구매 문의)

ISBN : 979-11-275-5529-0 04810
　　　　979-11-275-5527-6 04810 (세트)

이 책은 저작권법에 의해 보호받는 저작물이므로 무단전재와 불법복제를 금하며
이 책의 일부 또는 전부를 이용하려면 저작권자와 ㈜재담미디어의 서면동의를 받아야 합니다.

*인쇄·제작 및 유통 상의 파본도서는 구입하신 서점에서 교환해드립니다.

궁극의 아이

넥스트 차일드

2

장용민 장편소설

차례

테스트	007
네팔에서 온 편지	017
증상	029
생존자	061
천년의 불꽃	077
파리야 소라지	101
조우(遭遇)	125
지구본을 든 소년	141
해 뜨는 집	169
수집가	183
신라	219
로젠크로이츠의 화학적 결혼식	239
미래가 보이지 않는 자	281
빙의	307
궁극의 아이 vs 궁극의 아이	347
미궁(迷宮)	399

궁극의 아이 2 넥스트 차일드

테스트

 사람들은 그를 '불길한 백정'이라고 불렀다.
 그가 뱉은 기분 나쁜 예언이 예외 없이 적중했기 때문이다. 엔리케가 톱날에 손가락이 잘릴 것도, 이리나의 아들이 화장실에서 미끄러져 뇌진탕을 일으킬 것도 여지없이 맞혔다. 더욱 불쾌한 점은 그의 예언이 늘 불길한 것뿐이라는 점이다.
 그의 이름은 '신라'였지만 아무도 이름을 부르지 않았다. 그저 '불길한 백정'으로 통했다. 올해 갓 스무 살이 된 신라는 뉴저지에 있는 정육 공장에서 일하고 있었다. 도살된 소가 들어오면 부위별로 나누는 부서였다. 취직한 지 석 달밖에 안 됐지만 그는 베테랑 못지않게 능숙하게 해체하고 있었다. 마치 전생부터 억겁을 이어

온 천직처럼.

오늘도 어제와 다름없이 기계음과 함께 컨베이어 벨트가 돌아가고 시뻘건 고깃덩어리들이 갈고리에 매달린 채 들어왔다. 신라는 피비린내 잔뜩 밴 앞치마에 고무장갑을 끼고 고기를 분리하고 있었다. 함께 일하던 동료들은 이물질을 보듯 흘겼지만, 신라는 오히려 그 시선을 즐기고 있었다.

"부우~~~!"

신라가 눈이 마주친 신입에게 소리쳤다. 그러자 소스라치게 놀란 신입이 털썩 주저앉았다. 그럴 만도 했다. 신라의 눈동자는 일반적인 색깔이 아니었다.

그의 눈은 오드 아이였다. 오른쪽 눈동자는 신비로운 에메랄드 빛이었고 왼쪽은 흑요석같은 검은색이었다. 마치 양쪽 눈에 천국과 지옥을 하나씩 담고 있는 것 같았다.

"푸하하하!"

신라는 작업장이 떠나갈 듯 웃었다. 그때였다.

"어이, 거기 너! 손님 왔다."

공장장이었다. 신라는 기다렸다는 듯 작업 장갑을 벗고는 공장장을 따라나섰다. 긴 복도를 타고 작업장의 기계음이 공명하며 퍼져 나갔다.

"두 번 다시 작업 시간에 이런 일 없도록 해. 한 번만 더 이러면 모가지야."

공장장이 매섭게 다그쳤다. 그러자 신라가 앞치마를 벗더니 공장장의 면상에 던졌다.

"걱정 마. 두 번 다시 이런 일 없을 거야. 그만둘 테니까."

이 말을 남기고 신라는 저벅저벅 복도를 걸어갔다.

공장 로비에는 지팡이를 든 노신사가 기다리고 있었다. 나이 지긋한 은발의 신사는 고급스러운 회색 더플코트를 입고 가죽 장갑에 중산모를 쓰고 있었다. 실루엣만으로는 조금 전 영국에서 도착한 귀족 같은 인상이었다. 신라를 본 노인이 인자한 미소를 짓자 정육 공장 로비가 순식간에 원저성 연회장으로 바뀌었다.

"정시에 왔군."

신라가 벽시계를 보며 말했다. 그는 노신사를 알고 있는 듯했다.

"역시 제가 올 걸 알고 계셨군요. 처음으로 인사드리겠습니다. 로드니라고 합니다."

노신사가 정중히 모자를 벗으며 고개를 숙였다. 신라는 인사 따윈 관심 없다는 듯 노신사를 아래위로 훑었다.

"모자 빼곤 봤던 그대로네."

"비전에선 제가 모자를 안 썼나 보죠?"

"검은색이 아니라 갈색이었어."

로드니의 입가에 미소가 떴다.

"그럼, 제가 왜 왔는지도 알고 계시겠군요."

"테스트 때문이겠지."

"준비는 되셨나요?"

이번엔 신라의 입가에 미소가 떴다.

"평생, 이 순간만 기다렸어."

신라가 작업복을 벗으며 말했다. 그의 셔츠에는 아직도 핏자국이 선명했다.

은색 롤스로이스가 멈춘 곳은 뉴욕 할렘의 뒷골목이었다.

늦은 시간의 할렘은 스산했다. 군데군데 드럼통 군불을 때는 노숙자들이 담배를 나눠 피우고 있었고 경찰차 사이렌 소리가 어둠을 날카롭게 가르며 지나갔다. 그 뒤로 도시의 가난만큼 오래된 건물들이 유령처럼 버티고 있었다.

"테스트 방식은 간단합니다."

로드니가 지팡이를 짚으며 입을 열었다.

"둘 중 하나만 살아남는다. 무슨 수를 써서라도 상대를 제거하라."

신라가 선수를 쳤다.

"그렇습니다."

로드니가 알루미늄 가방을 열자, 권총 한 자루가 들어 있었다.

"최종 생존자는 그분들과 함께 세상을 움직이게 될 겁니다."

신라는 낯선 생물을 대하듯 총을 바라봤다.

"위대한 도시를 만들 때 속임수는 통하지 않는다."

"무슨 말씀이신지?"

로드니가 넌지시 물었다.

"살라미스 해전의 영웅 데미스토클레스가 한 말이야. 세상을 함께 움직일지 이용만 할진 두고 봐야지."

신라가 총을 집으며 말했다. 로드니는 미소를 지을 뿐이었다.

"당신의 비전이 보여 주는 대로 움직이면 됩니다. 그러면 상대를 만나게 될 겁니다."

신라는 어둠 저편으로 운명처럼 뻗은 도로를 응시하고 있었다.

"수십 번도 더 봤어. 이 장면…….."

신라가 차에서 내리며 말했다.

"그럼, 누가 승자인지도 아시겠군요."

로드니가 넌지시 물었다. 그러자 신라가 주머니에서 약통을 꺼내더니 알약 몇 개를 입에 물었다. 신경안정제였다.

"정확히 십칠 분 후 돌아올 테니 기다려."

이 말을 남기고 신라는 거리로 향했다.

"부디 그 예언이 적중하길."

로드니가 어둠 속으로 사라지는 신라를 향해 조용히 읊조렸다. 시계는 정확히 밤 9시를 가리키고 있었다.

거리에는 고장 난 가로등이 치매에 걸린 노인처럼 깜빡이고 있었다. 어디선가 몇 발의 총성이 울렸고 반대편 건물에서 죽일 듯 싸우는 남녀의 고함이 드문드문 정적을 깰 뿐이었다. 그 와중에 신라는 산책하듯 느긋하게 걷고 있었다.

"시작해 볼까."

신라는 권총 노리쇠를 장전하더니 휘파람을 불기 시작했다.

곡명은 비발디의 〈사계〉 중 '봄'이었다. 음산한 뒷골목에 어둠을 뚫고 경쾌한 휘파람 소리가 울려 퍼졌다. 마치 암흑 속에 도사린 마귀 따위 우습다는 듯. 초행길이었지만 신라는 골목 구석구석을 꿰차고 있었다. 매일 밤 신라는 이 거리를 걷는 꿈을 꾸었고 거리 끝에는 새로운 운명이 기다리고 있었다.

저만치 '일곱 번째 날 교회'라는 교회 간판이 부표처럼 떠올랐다.
"교회를 지나면 형제들이 날 반기지."
모퉁이를 돌자 기다렸다는 듯 어둠 속에서 한 무리의 부랑자들이 나타났다. 허름한 옷차림에 끔찍한 냄새를 풍기며.
"어이, 형제. 기분 좋아 보이네. 복권이라도 당첨됐나 봐."
부랑자 하나가 송곳을 꺼내 들며 다가왔다. 다른 부랑자들도 키득대며 숨겨 뒀던 이빨을 드러냈다.
"좋은 건 같이 나눠야지. 안 그래? 형제."
부랑자가 송곳을 치켜들며 위협했다. 하지만 신라는 유유히 휘파람을 불며 허리춤에서 총을 꺼냈다. 그리고 휘파람에 맞춰 경쾌하게 방아쇠를 당겼다. 탕! 총알은 부랑자의 귀를 스치고 지나갔다.
"악!"
부랑자가 반쯤 잘린 귀를 부둥켜 잡고 자빠졌다. 다른 부랑자들은 갑작스러운 불빛에 놀란 바퀴벌레처럼 순식간에 달아났다. 그 사이 휘파람 소리는 정적을 가르며 여유롭게 멀어졌다. 그렇게 밤거리를 지나던 비발디의 '봄'은 1장이 끝날 즈음 어느 건물 앞에서 멈췄다. 불이 꺼진 건물은 접근 금지 라인이 빙 둘러 쳐져 있었고 '할렘 디스카운트'라는 낡은 간판이 비스듬히 걸려 있었다.
"누구 하나 죽기 딱 좋은 장소군."
신라는 견적을 내듯 건물을 쓱 훑더니 라인을 넘었다.
철거를 앞둔 건물은 흉물스러웠다. 주인에게 버려진 잡동사니는 인간을 원망하는 듯 웅크린 채 노려봤고 팔뚝만 한 쥐들이 사방에

우글거렸다. 신라는 종말에 살아남은 생존자처럼 당당히 엘리베이터로 향했다. 하지만 전기가 끊어진 건물의 엘리베이터가 작동될 리 없었다.

"혹시나 했는데 역시나."

신라는 묵묵히 계단으로 향했다.

숨이 턱 끝까지 찬 후 도착한 곳은 옥상이었다. 녹이 잔뜩 슨 철문을 간신히 열고 나가자 탁 트인 전경이 펼쳐졌다. 음산한 내부에 비해 옥상은 깨끗했다. 신라는 시원한 바람을 맞으며 난간으로 향했다. 저만치 맨해튼 불빛이 신기루처럼 일렁이고 있었다.

"죽기 전 풍경으로 더할 나위 없군."

난간 모퉁이에 선 신라는 시간을 확인했다. 싸구려 시계는 10시 45분을 가리키고 있었다. 그는 담배 하나를 꺼내 물었다. 그리고 나지막이 숫자를 셌다.

"6……, 5……, 4……, 3……, 2……."

그때였다. 뒤통수에서 '철컥'하는 둔탁한 쇳소리가 들렸다.

"천천히 돌아. 허튼수작 부리지 말고!"

누군가 소리쳤다. 신라는 담배를 문 채 천천히 돌아섰다.

어둠 속에서 누군가 총을 겨누고 있었다. 그의 총구는 사시나무 떨듯 떨리고 있었다. 한 번도 죽음을 접한 적 없어서 보잘것없는 총구.

"첫인사치고 상당히 과격한데. 형제."

신라가 연기를 내뿜으며 말했다. 어둠 속에서 누군가가 네온사인 빛 속으로 다가왔다. 가까워질수록 점점 드러나는 그 얼굴은 놀랍게도 신라와 일란성 쌍둥이처럼 똑같은 얼굴을 하고 있었다. 안경을 낀 것과 덥수룩한 헤어스타일만 제외하면 구분할 수 없을 정도로 똑같은 생김새였다. 심지어 에메랄드 색과 검은색 오드 아이까지 빼다 박은 듯 같았다.

"너 같은 형제 둔 적 없어. 그리고 이게 처음이자 마지막이야."

큰소리를 쳤지만, 상대는 불안해 보였다. 반면 신라는 반려견과 공원을 산책하듯 여유로웠다.

"어차피 게임은 끝난 거 같은데. 죽기 전 통성명이나 하자고. 난 신라라고 해. 신라는 저 멀리에 있는 한국의 고대 국가 중 하나야. 한반도를 통일한 최초의 국가지. 우리 아버지 '신가야'의 뒤를 이었다고 지어 준 이름이야. 네 이름은 뭐지?"

상대는 망설이다 답했다.

"내 이름은 앤더슨이다."

신라는 담배를 끄며 입을 열었다.

"앤더슨. 지극히 미국적인 이름이군. 자, 그럼 통성명도 했겠다, 게임을 마무리 지어야지."

상대가 방아쇠를 움켜쥔 검지에 힘을 주었다. 1밀리미터만 더 당겨도 총알이 발사될 찰나였다. 하지만 어쩐 일인지 신라는 오히려 총구를 향해 한 발짝 다가섰다.

"꼼짝 마!"

상대가 움찔 물러서며 소리쳤다.

"난 이 장면을 수도 없이 봤어. 삭막한 콘크리트 옥상, 기름 냄새로 가득한 대기, 그리고 너의 떨리는 총구."

신라가 천천히 주위 풍경을 눈에 담았다. 마치 마지막으로 이승의 공기를 가슴에 품듯.
"너도 이 장면을 꿈속에서 봤겠지?"
"닥쳐! 이 게임은 내가 이겼어!"
상대의 뺨에 한 줄기의 땀이 흐르고 있었다. 영하의 날씨에.
"네가 본 마지막이 뭔진 모르겠지만……."
신라가 소리 없이 허리춤에 손을 가져갔다.
"내가 본 마지막은 이거야!"
순간 신라가 허리춤의 총을 뽑아 발사했다. 그와 동시에 상대방도 방아쇠를 당겼다.
탕!
엇갈린 두 총성이 할렘의 밤거리에 울려 퍼졌다.

궁극의 아이 2 넥스트 차일드

네팔에서 온 편지

 한참을 망설이던 붓끝이 이윽고 점을 찍었다. 비록 작은 점이었지만 그림 속 소년은 오랜 잠에서 깨어난 듯 생기가 넘쳤다. 완성이었지만 선한 눈매의 화가는 쉽사리 붓을 뗄 수 없었다. 석 달 넘게 심혈을 기울인 작품에는 여러 사람의 간절한 소망이 담겨 있었다.
 "노아야. 꼭 살아야 해……."
 나지막이 읊조리고 엘리스는 조심스럽게 붓을 뗐다. 붓을 내려놓고는 두 발짝 물러나 자기 작품을 바라봤다.
 그녀가 방금 끝낸 그림은 한 아이의 초상화였다. 열 살 남짓한 소년은 미소를 머금은 채 맨발로 잔디밭에 서 있었다. 마치 예수가 갈릴리 호수 위를 걷듯 환희에 찬 얼굴로. 너머에는 소년이 타던 휠체어가 홀로 세월 속에 벌겋게 버려져 있었다. 엘리스는 찬장 깊숙이 숨겨 뒀던 담배를 꺼내 불을 붙였다. 그리고 깊이 한 모금 빨아들였다. 이것으로 스물일곱 번째 작품이 완성된 것이다.

 자기 작품을 만족스럽게 감상하는 엘리스는 더 이상 100킬로그램이 넘는 거구가 아니었다. 누가 봐도 정상적인 체형을 지닌 아름다운 중년 여인이었다. 그뿐만 아니라 미술계에서 주목하는 저명한 화가가 되어 있었다. 가야의 예언대로.

 모든 것이 십구 년 전 있었던 그 사건으로부터 비롯되었다. 사건을 통해 알게 된 가야의 진심은 엘리스의 인생을 송두리째 바꿔 놓았고 십 년간 이어진 가뭄 속에 내린 단비처럼 그녀의 삶 구석구석에 희망을 심어 놓았다.

 엘리스는 아이들을 전문적으로 그리는 초상화가였다. 그녀가 그리는 대상은 일반적인 아이들이 아니었다. 대부분 불의의 사고를 당했거나 불치병에 걸린 아이들이었다. 뉴욕에만 전문 초상화가가 백여 명 남짓 있었지만, 그중에서도 엘리스는 특별했다. 미술계에선 그녀를 '신의 붓'이라고 불렀다. 엘리스가 그렇게 불리게 된 데에는 독특한 사연이 있었다.

 화가가 되기로 마음먹은 엘리스는 낮에는 일을 하고 밤이면 소호의 화실에서 그림 연습을 했다. 늦깎이 수업이었지만 엘리스에겐 특출한 재능이 있었다. 남들이 십 년 걸릴 수준을 단 일 년 만에 따라잡을 만큼 출중했다. 하지만 제아무리 뛰어난 재능이 있더라도 출신도 모르는 30대 미혼모에게 녹록할 미술계가 아니었다.

허드렛일을 해가며 힘겹게 작품을 완성했지만, 누구 하나 알아주는 이가 없었다. 그러나 엘리스는 하루하루 감사히 살았다. 그녀에게는 힘들게 얻은 화가라는 꿈과 소중한 딸 미셸이 있었기 때문이다. 그렇게 꿈과 가난이라는 위태로운 징검다리를 번갈아 건너던 무명 시절의 어느 날이었다.

일요일 아침, 엘리스는 웨이트리스로 일하던 식당으로 출근했다. 명찰을 달고 이제 막 '오픈' 팻말을 돌려놓으려던 순간, 기다렸다는 듯 문을 열고 손님이 들어왔다. 갓 다섯 살이 됐을 법한 남자아이와 어머니였다. 모자는 널쩍한 자리를 두고 맨 구석에 앉았다. 소년은 척 보기에도 수척한 게 어딘가 아파 보였고 세심하게 아이를 챙기던 어머니 얼굴에는 오래된 수심이 맴돌고 있었다.

"좋은 아침입니다, 손님. 뭘 드시겠어요?"

엘리스가 화창한 날씨만큼 친절하게 물었다.

"딸기 아이스크림 하나 주세요."

어머니가 비밀을 귀띔하듯 나지막이 주문했다.

"초코케이크!"

소년이 계약서를 내밀듯 소리쳤다. 그러자 어머니가 마지못해 말했다.

"초코케이크도 하나 주세요."

주문을 마치자, 모자는 말없이 바라봤다. 망망대해에서 서로의 나무 파편에 의지한 채 표류하듯이. 주방에 주문을 넣으면서도 엘리스는 모자에게서 눈을 뗄 수 없었다. 두 사람에게는 운명적으로 붙어 다니는 불우한 기운이 둘러싸고 있었다. 잠시 후 엘리스는 2

인분 같은 아이스크림과 케이크를 들고 갔다.
"주문하신 음식 나왔습니다. 맛있게 드세요."
 음식을 내려놓자, 소년은 환호성을 연발하더니 허겁지겁 먹기 시작했다. 마치 꿈속에서 봤던 유니콘을 실제로 마주한 것처럼.
 그런 아이를 어머니는 마지막 영정 사진이라도 찍듯 슬픈 눈으로 바라보았다. 엘리스는 서빙을 하는 내내 두 사람이 신경 쓰여 연신 힐끗거렸다. 그런데 아이스크림을 먹던 아이가 갑자기 구토하는 것이었다. 소년의 입과 코에서 콧물처럼 변한 아이스크림이 흘러나왔다. 엘리스는 체하거나 과식 때문이 아니란 걸 한눈에 알 수 있었다. 그녀는 재빨리 비닐봉지와 깨끗한 수건을 들고 달려갔다.
"이걸 쓰세요."
 그녀가 봉투와 물수건을 건네며 말했다.
"미안합니다. 갑자기 찬 게 들어가니까 위가 놀란 모양이에요."
 어머니가 수건을 아이 이마에 대며 말했다.
"애들은 아이스크림이라면 사족을 못 쓰죠. 필요한 게 있으면 뭐든 말씀하세요."
 이윽고 한숨 돌리자, 아이는 언제 그랬냐는 듯 다시 아이스크림을 먹으려 했다. 하지만 어머니가 숟가락을 빼앗았다.
"그래서 엄마가 안 된다고 했잖아. 인제 그만 먹어."
"싫어! 먹을 거야! 내 생일이란 말이야!"
 아이가 고집을 부렸지만, 어머니는 완강했다.
"그만. 이미 충분히 먹었어."

아이는 물러서지 않고 비장의 카드인 울음을 터트렸다. 어머니는 어찌할 바를 몰라했다. 식당 구석구석 아이의 울음소리가 울려 퍼졌다. 그때 엘리스가 조용히 다가갔다.

"제 잘못이에요. 제가 너무 많이 담는 바람에. 몇 숟가락 정도는 괜찮을 거예요. 대신 천천히 먹을 거지?"

그제야 아이는 눈물을 멈췄다. 어머니도 어쩔 수 없이 숟가락을 건네줬다. 다시 신이 난 아이는 아이스크림을 먹기 시작했다.

"저도 딸이 하나 있어요. 고집이 장난 아니죠. 하지만 잘 때 보면 천사 같아요."

그 모습을 지켜보던 어머니 눈에 결국 눈물이 고였다.

"잠깐만 봐 주실래요. 화장실 좀……."

"다녀오세요."

어머니는 아이를 부탁하곤 화장실로 달려갔다.

"이름이 뭐니?"

엘리스가 아이의 입 주위에 묻은 아이스크림을 닦아 주며 물었다.

"조셉. 엄마는 조이라고 불러."

"오늘이 생일이니? 조이?"

아이가 고개를 끄덕였다.

"어쩌면 마지막 생일일지도 몰라."

아이가 천진난만하게 아이스크림을 먹으며 말했다.

"그런 말 하면 못써. 아직 생일이 별처럼 많이 남아 있는데."

"엄마랑 의사 선생님이 하는 말 들었어. 올해를 넘기기 힘들대.

내 핏속에 병이 있대."

 이 말을 하곤 아이는 숟가락을 내려놨다. 아이스크림은 정확히 3분의 2가 남아 있었다. 엘리스는 뭐라 말해야 할지 몰랐다. 그때 어머니가 돌아왔다.
 "다 먹었어."
 "그럼 가자. 피곤한데 가서 쉬어야지. 고마워요. 여러모로."
 음식값을 계산한 어머니는 아이와 함께 가게를 나섰다. 엘리스는 집으로 돌아온 후에도 아이를 잊지 못했다.
 이제 막 삶을 시작한 어린아이가 장난감처럼 죽음을 이야기하고 있었다. 그 아이에게는 흔한 아이스크림조차도 생일 외에는 허락되지 않는 사치품이었다. 엘리스는 밤이 깊도록 잠을 이룰 수 없었다. 아이스크림을 남겨 둔 채 떠나던 아이의 모습이 눈앞에 아른거렸다.
 결국 엘리스는 붓을 들고 캔버스 앞에 섰다. 그리고 조셉의 모습을 그리기 시작했다. 그림 속의 조셉은 병들고 허약한 모습이 아니었다. 자신의 키만큼이나 커다란 숟가락을 들고 마음껏 아이스크림을 먹는 건강한 조셉이었다. 그림은 사흘 만에 완성됐다. 이제껏 그린 그림 중 가장 마음에 들었다.
 엘리스는 그림을 조셉에게 선물하고 싶었지만, 방법이 없었다. 주소는 물론 전화번호도 몰랐다. 그래도 엘리스는 혹시나 하는 마음에 초상화를 식당에 보관해 두었다.
 그로부터 얼마 후. 엘리스는 식당 앞을 지나던 조셉의 어머니를 발견했다. 엘리스는 단숨에 달려가 어머니에게 그림을 건넸다.

"이게 뭐죠?"

어머니가 놀라서 물었다.

"제가 사실은 화가 지망생이거든요. 그런데 그날 조셉의 얼굴이 머릿속에서 떠나질 않아서요. 조셉이 건강해지길 바라며 그린 그림이니 받아 주세요."

"마음은 감사하지만 저는 이걸 살 돈이……."

"돈은 필요 없어요. 그저 제 마음이에요. 그런데 조셉은 어떤가요? 차도가 있나요?"

그 말을 들은 어머니의 안색이 안 좋았다. 조셉의 상태가 악화한 모양이었다. 그러자 엘리스가 어머니의 손을 잡으며 말했다.

"기운 내세요. 조셉은 반드시 좋아질 거예요. 반드시!"

이 말을 남기고 엘리스는 식당으로 돌아갔다.

그런데 이 작은 선행이 그녀의 인생을 바꾸게 되리라곤 꿈에도 생각지 못했다. 그림을 선물하고 얼마 후 놀랍게도 한 독지가가 나타나 조셉의 치료비를 전액 기부했던 것이었다. 그뿐만 아니라 그토록 기다리던 골수 기증자가 나타나 이식수술을 할 수 있었다.

석 달 후 엘리스는 조셉이 축구 하는 사진을 선물로 받을 수 있었다. 감사 편지와 함께. 이 모든 일이 엘리스가 그림을 기증한 후에 기적처럼 벌어진 것이었다. 더욱 놀라운 건 그때부터였다.

이 사실은 소문을 타고 병원에서 병원으로 전해졌고 불치병에 걸린 자식을 둔 부모들이 찾아와 아이의 초상화를 맡기기 시작한 것이었다. 처음에는 당황했지만, 아이들의 딱한 사정을 들은 엘리스는 이들의 청을 거절할 수 없었다. 그리고 아이들의 쾌유를 빌며 한 장 두 장 초상화를 완성해 갔다. 그런데 신기하게도 그녀의 초상화가 완성되는 순간 아이들의 상태가 호전되기 시작한 것이었다.
 물론 모든 아이가 완치된 것은 아니지만 적어도 증상이 완화되었다. 초상화가 늘어 갈수록 약효가 떨어지듯 확률은 낮아졌지만, 간절한 부모들의 염원을 막을 순 없었다.
 그렇게 엘리스의 명성은 뉴욕을 넘어 미국 전역으로 퍼져 나갔고 지금에 이른 것이다. 이제 엘리스에게 초상화를 의뢰하기 위해선 삼 년 넘게 기다려야 했다.
 엘리스는 반쯤 피운 담배를 끄곤 전화기를 들었다. 뚜르르르……, 뚜르르르……. 신호가 갔다.
 "여보세요."
 고상한 중년 여인의 목소리.
 "안녕하세요. 마거릿 부인. 저 엘리스입니다."
 "아, 엘리스 씨……."
 귀퉁이에 짙은 그림자가 묻어 있는 목소리.
 "방금 노아의 초상화를 완성했습니다. 바로 보내 드리겠습니다."
 "……."
 "노아는 어떤가요?"
 잠시 침묵이 이어지더니 흐느낌이 들렸다.
 "어젯밤……, 저세상으로 갔답니다."
 부인의 목소리가 떨리고 있었다.
 "뭐라 위로의 말씀을 드려야 할지……."
 엘리스는 당황스러웠다. 석 달간 완쾌되길 기도하며 한 땀 한 땀

그랬건만 수포가 된 것이다.

"차라리 잘된 건지도 모르겠어요. 너무 힘들어했거든요. 저승에서나마 편하게 지내는 게……."

부인은 말을 잇지 못했다. 목소리만으로도 슬픔의 깊이를 가늠할 수 있었다.

"그림은 예정대로 보내 드리겠습니다."

"고마워요. 초상화 비용은 어디로 보내 드릴까요?"

"괜찮습니다. 제가 노아에게 주는 마지막 선물이라고 생각해 주세요."

수화기 저편에서 흐느낌이 이어지더니 끊어졌다.

엘리스는 힘겹게 의자에 몸을 기댔다. 작업실 바닥이 찐득한 늪으로 변하더니 엘리스를 빨아들였다. 그녀의 바람과는 달리 벌써 다섯 번째 아이가 명을 달리했다. 그럴 때면 어김없이 심장 조각이 조금씩 떨어져 나가는 기분이었다. 방금 완성한 그림 속의 아이가 위로하듯 환하게 웃고 있었다. 엘리스는 흰 천을 가져다가 그림을 덮었다. 어젯밤 숨을 거둔 노아의 시신을 덮듯 경건하게. 흰 천 너머로 사라지는 노아의 얼굴을 바라보며 그녀는 하나뿐인 딸을 떠올렸다. 오늘은 미셸의 서른 번째 생일이었다. 그녀는 핸드폰을 들고 문자를 보냈다.

서른 번째 생일 축하해. 미셸.

답장은 오지 않았다. 언제나 그랬듯이.

미셸이 집을 나간 지 벌써 십 년이 다 됐다. 엘리스는 매일 안부 문자를 보냈지만, 답장이 온 건 손에 꼽을 정도였다. 명절에도 집에 온 적이 없었다. 모두 십 년 전 있었던 그 사건 때문이었다.

엘리스는 자신을 자책했다. 미셸을 위한다는 게 끝내 멀어지게 만든 것이었다. 하지만 지금 그런 걸 따질 때가 아니었다.

그토록 두려워하던 그 해가 결국 밝아 온 것이다. 거대하게 버티고 있는 막다른 골목처럼. 올해는 궁극의 아이가 맞닥뜨려야만 하는 운명의 해였다. 엘리스는 올해를 위해 특별한 선물을 준비하려 했지만, 뜻대로 되지 않았다. 그러나 그녀는 실망하지 않았다. 미셸은 하나뿐인 딸이었다. 어떻게든 방법을 찾아야만 했다.

엘리스는 영정이 된 그림을 뒤로한 채 지하실로 발길을 돌렸다. 그때였다. 딩동. 누군가 초인종을 누르고 있었다.

엘리스는 시계를 바라봤다. 오전 8시 20분. 누가 찾아오기에는 이른 아침이었다. 게다가 오늘 만나기로 약속한 사람도 없었다.

딩동. 다시 벨이 울렸다. 엘리스는 옷장 깊숙이 넣어 둔 권총을 집어 들었다. 그리고 조심스럽게 문으로 향했다.

"누구세요?"

엘리스가 잔뜩 긴장해서 물었다.

"여기가 엘리스 부인 댁, 맞나요?"

처음 듣는 남자 목소리였다. 게다가 서툰 영어 발음.

"그런데, 누구시죠?"

엘리스가 문을 향해 총을 겨눈 채 물었다.

"저는 네팔에서 온 카다얏 키마라고 합니다. 당신께 전해 드릴

게 있어서 왔습니다."

네팔이라는 말에 엘리스는 등골이 오싹했다. 오랜 시간 많은 공을 들여 네팔의 누군가를 찾고 있었던 그녀는 총을 거두고 서둘러 문을 열었다.

현관에는 처음 보는 동양인이 서 있었다. 키는 160센티미터가 조금 넘었고 남루한 복장을 하고 있었는데 검게 그을린 얼굴에는 기묘하게 선한 미소가 어려 있었다.

"지금 네팔이라고 했나요?"

엘리스가 다그치듯 되물었다.

"네, 오늘 새벽 네팔에서 도착했습니다. 여긴 날씨가 좋군요."

남자가 그린 것처럼 환한 미소를 지으며 말했다.

"무슨 일인데 네팔에서 여기까지 절 찾아오셨죠?"

그러자 남자가 낡은 가방에서 뭔가를 꺼내는 것이었다.

"이걸 전해 드리려고요. 제 할머니께서 죽기 전에 당신께 이걸 꼭 전하라고 하셨거든요. 반드시 직접."

남자는 빛바랜 한 통의 편지를 건넸다. 엘리스는 홀린 듯 그 편지를 살폈다. 그런데 봉투 뒤편에 쓰여 있던 발신자 이름을 확인하는 순간 엘리스는 놀라서 자빠질 뻔했다.

파리야 소라지(Pariyar Soraj)

엘리스가 지난 십 년 동안 애타게 찾던 바로 그 사람이었다.

궁극의 아이 2 넥스트 차일드

증상

　미셸은 부서진 파편을 챙기듯 주섬주섬 일어나 침대에 걸터앉았다. 식도에 불을 붙인 것처럼 목이 타고 머리가 깨질 듯이 아팠다. 테킬라를 몇 잔이나 비웠는지 기억도 나지 않았다.
　미셸은 서늘한 알몸을 이끌고 냉장고로 향했다. 냉장고에는 캔맥주 몇 개와 반쯤 남은 생수가 전쟁 통에 버려진 고아처럼 뒹굴고 있었다. 생수통을 부술 듯 비우고 나자 정신이 좀 들었다. 미셸은 그제야 침대에 누군가가 있다는 걸 깨달았다. 처음 보는 남자는 알몸을 이불로 둘둘 만 채 뒤척이고 있었다.
　"젠장."
　미셸은 그제야 지난밤 일이 생각났다.

남자는 가족과 함께 휴가를 온 유부남이었다. 평범한 외모에 특별히 내세울 것 없는 30대 직장인이었다. 호텔 로비에 있으면 흔히 볼 수 있는 그런 종류의 남자였다. 그를 유혹한 이유는 단순히 질투심 때문이었다. 남자는 또래의 아내와 다섯 살가량의 딸과 동행했는데 지극히 평범한 행복을 누리고 있었다.

그것이 문제였다. 대신 가방을 들어 주는 남편을 가진 부인, 입가에 묻은 아이스크림을 닦아 주는 아버지. 그런 일상적인 남편과 자상한 아버지를 둔 부인과 딸이 부수고 싶을 만큼 부러웠다.

늦은 밤, 부인과 아이를 호텔 방에 재운 채 홀로 스카이라운지에 온 남자는 미셸의 유혹에 넘어갔다. 성실하고 정직한 남편이었지만 미셸의 매력을 뿌리칠 순 없었다. 그만큼 미셸은 뇌쇄적이었다. 막 서른이 된 미셸은 수십만 군중 속에서도 독보적으로 빛을 발하는 미인으로 성장해 있었다.

와인 잔보다 작은 얼굴은 동서양의 미를 교묘히 응축해 놓은 인조 보석처럼 아름다웠고 조각 같은 몸매는 남자들의 시선을 홀리기에 충분했다. 거기에 신비로운 오드 아이까지.

이제껏 미셸이 유혹하지 못한 남자는 한 명도 없었다. 이 남자도 마찬가지였다. 힐끗대던 남자의 시선에 미소 한 방울 떨어뜨린 게 전부였다. 남자는 사이렌에 홀린 듯 이끌려 왔고 부인과 딸을 까맣게 잊은 채 미셸의 침대로 기어 올라온 것이다.

하지만 질투심을 취기에 실어 밤새 녹여낸 지금, 남자는 커다란 애벌레가 거주하는 사과처럼 역겨웠다. 미셸은 대뜸 침대로 올라가 남자를 걷어찼다. 곤히 자던 남자는 알몸으로 바닥을 뒹굴었다.

"이게 무슨 짓이야?"

남자가 화들짝 놀라 물었다.

"나가. 내 집에서."

미셸이 차갑게 소리쳤다.

"왜 그래? 미셸. 갑자기 딴사람처럼……."

남자가 매달리듯 물었다. 순간 미셸이 협탁 서랍에 있던 권총을 꺼내 들었다.

"더 이상 꼴도 보기 싫으니까 내 눈앞에서 사라져. 이 역겨운 새끼야! 지금 당장!"

미셸이 총알을 장전하며 소리쳤다. 놀란 남자는 주섬주섬 옷을 챙기며 문으로 향했다.

"갈 테니까 진정해, 미셸."

남자는 속옷을 입으면서도 미셸에게서 시선을 못 떼고 있었다.

"근데 우리 다시 만날 수 있을까? 전화번호라도……."

순간 탕! 미셸이 방아쇠를 당겼다. 다행히 총알은 빗나가 벽에 박혔다.

"꺼지란 소리 안 들려! 당장 나가라고! 개새끼야!"

탕탕탕! 연이어 총소리가 울려 퍼졌다. 남자는 옷을 제대로 입지도 못한 채 비명을 지르며 달아났다. 그제야 미셸은 숨을 몰아쉬며 총을 내려놓았다. 움직임을 멈추자 텅 빈 공간에 익숙한 침묵이 찾아왔다.

그 속에는 미셸이 그토록 싫어하는 외로움이 찐득하게 묻어 있었다. 외로움은 가출한 그 순간부터 거머리처럼 따라다니고 있었다. 특히 밤이면 어둠을 먹이 삼아 거대하게 불어났다. 미셸은 녀석의 손아귀에서 벗어나기 위해 화려한 파티에 숨기도 하고 알코올과 약물 속으로 도망가기도 했지만 소용없었다. 다음 날 아침이면 녀석은 어김없이 거울 저편에서 모습을 드러냈다.

외로움의 중심에는 언제나 한 번도 본 적 없는 아버지의 부재가 자리하고 있었다. 그것은 그야말로 가슴 속에 텅 빈 구멍이었다. 그곳은 언제나 차가운 비바람이 불고 거친 모래가 끝없이 펼쳐져 있었다. 그런 커다란 불모의 공간이 가슴 한가운데 자리하고 있었다. 누군가 물은 적이 있었다. 평생 아버지 없이 사는 건 어떤 기분이냐고.

'그건 마치 평생 우산 없이 살아가는 거랑 비슷한 거예요.'

오늘 아침도 빈 공간에 비바람이 몰아쳤지만, 미셸은 우산도 없이 고스란히 비를 맞고 있었다.

미셸은 비틀비틀 뭔가를 찾기 시작했다. 녀석의 매서운 눈초리를 적당히 죽여 놓을 뭔가가 필요했다. 책상 서랍을 뒤지고 재킷 주머니를 뒤졌지만, 물건은 보이지 않았다. 순간 문득 생각난 듯 냉장고로 향했다. 아이스 큐브를 들어내자, 흰색 봉투에 싸인 뭔가가 나타났다. 미셸은 안도의 한숨을 쉬며 물건을 꺼내 책상 위에 펼쳤다. 마리화나였다. 떨리는 손으로 담배 종이를 펴고 마리화나 가루를 고르게 늘어놓았다. 종이 귀퉁이에 침을 발라 만 후 불을 붙이려던 순간이었다.

똑똑. 누군가 문을 두드리고 있었다. 미셸은 무시하고 불을 붙였다. 간신히 한 모금을 빨아들이려던 순간이었다. 다시 똑똑.

"빌어먹을! 누구야!"

미셸이 버럭 소리쳤다.

"지배인입니다, 미셸 양. 잠깐 얘기 좀 할 수 있을까요?"

미셸은 마지못해 문을 열었다. 그러자 가지런히 콧수염을 기르고 정장을 잘 차려입은 중년 신사가 나타났다. 호텔 지배인이었다.

"안녕하십니까, 미셸 양. 이른 아침에 죄송합니다."

"무슨 일이에요?"

미셸이 귀찮다는 듯 물었다.

"컴플레인이 들어와서요. 이 방에서 총소리가 들렸다는 제보가 있었습니다. 혹시 무슨 사고라도 있나 확인차 들렀습니다."

지배인이 정중히 말했다.

"TV 소리예요. 너무 크게 틀었나 봐요."

"아, 그렇군요. 다행입니다."

지배인이 어깨 너머로 방 안을 살피며 말했다.

"아무 일 없으니 돌아가요. 지금 바쁘니까."

미셸은 문을 닫으려 했다.

"또 한 가지 용무가 있습니다."

지배인이 문고리를 잡으며 말했다.

"지난달 숙박비가 밀렸더군요. 장기 투숙객이셔서 기다려 드렸지만 더는 힘듭니다. 내일까지 지불하지 않으시면 방을 내주셔야겠습니다."

미셸은 짜증 난다는 듯 입술을 질끈 깨물었다.

그녀가 머물던 곳은 라스베이거스에 있는 한 호텔 스위트룸이었다. 하루 숙박비만 5,000달러가 넘는 고급 호텔이었다. 미셸은 그곳에서 반년째 생활하고 있었다.

"내일까지 해결할 테니 걱정 말아요."

뒤이어 차갑게 문이 닫혔다.

미셸은 피우다 만 마리화나를 쓰레기통에 던져 버렸다. 불쑥 고개를 내민 현실의 면상을 마주하니 입맛이 뚝 떨어졌다. 오랜만에 지갑을 펼쳤다. 남아 있는 현금은 고작 50달러였다.

미셸은 주섬주섬 옷을 챙겼다. 정기적으로 울부짖는 현실의 주둥이에 현금 뭉치를 물려 줘야 했다. 대충 챙겨 입고 나서려는데 핸드폰이 울렸다. 문자 메시지였다.

서른 번째 생일 축하해. 미셸.

엄마 엘리스였다. 미셸은 그제야 오늘이 생일인 걸 깨달았지만 생일 따위 관심 없었다. 미셸은 잠시 문자판에 손을 얹고 망설이다가 이내 손을 떼고 말았다. 아직도 엄마와 대화할 준비가 안 된 것이다. 핸드폰을 백에 넣으려는데 다시 문자가 도착했다.

만약 몸에 이상이 생기면 엄마한테 와야 한다. 명심해라. 반드시 엄마를 찾아와야 해.

문자에는 알 수 없는 절박함이 묻어 있었다.

"무슨 꿍꿍인지 모르지만 이런다고 엄마를 용서하지 않아."

미셸은 애꿎은 핸드폰을 소파에 던져 버리곤 방을 나섰다.

미셸이 찾은 곳은 호텔 1층에 있는 카지노였다.

로비를 지나 명품 판매대를 가로지르자 화려한 슬롯머신 불빛이 번쩍이는 카지노가 나타났다. 이른 아침인데도 카지노 안쪽에서 소리가 들려오고 있었다. 많은 사람이 밤새는 줄도 모르고 주머니를 털고 있었다. 미셸은 입구로 향했다.

그녀의 목표는 슬롯머신이 아니었다. 예전에도 잭팟을 터트린 룰렛이었다. 룰렛이야말로 운이 전부인 게임이었지만 미셸에게 이보다 확실하게 돈을 딸 수 있는 게임은 없었다.

입구에는 금속 탐지기와 함께 정장을 차려입은 경비가 서 있었다. 덩치가 웬만한 사람의 두 배쯤 되어 보이는 경비는 저승 입구에서 망자에게 퀴즈를 내는 스핑크스처럼 무시무시해 보였다. 미셸은 그들을 거들떠보지도 않고 입구로 들어섰다. 그때 경비가 앞을 가로막았다.

"뭐죠? 핸드백에서 수류탄이라도 나왔어요?"

미셸이 불쾌한 듯 묻자, 경비가 대답했다.

"당신은 입장할 수 없습니다, 미셸 양."

"이유가 뭐죠?"

"당신은 출입 금지 명단에 올랐습니다."

"그러니까 이유가 뭐냐고요."

미셸이 물었지만, 경비는 대답하지 않았다. 다만 입구에 버티고 선 큼지막한 바위가 되어 있었다.

"담당 매니저를 불러 줘요."

미셸이 소리쳤다. 그러자 경비가 무전기로 어디론가 연락을 취했다. 잠시 후 매니저가 나타났다.

"여기서 소란을 피우면 안 됩니다."

매니저는 미셸을 에스코트해서 상황실로 향했다. 상황실에는 수많은 모니터가 설치되어 있었는데 여러 명의 모니터 요원이 카지노를 구석구석 감시하고 있었다.

"무슨 일이죠?"

매니저가 차분하게 물었다.

"내가 카지노에 출입할 수 없는 이유를 알고 싶어요."

"당신은 룰렛 게임에서 치팅을 했습니다. 때문에 저희 카지노에는 출입할 수 없습니다."

"치팅이라니. 나는 정정당당히 게임을 해서 땄다고요."

"이 세상 누구도 룰렛 게임에서 다섯 번 연속으로 이길 수 없습니다. 그건 100만 분의 1도 안 되는 확률이니까요."

미셸은 반년 전 이곳 카지노에서 룰렛 게임으로 무려 140만 달러를 땄던 것이다. 그녀는 단돈 37달러로 시작해서 다섯 번 연속으로 이겼고, 밤 9시가 되기 전 거금을 손에 넣었다.

카지노가 생긴 이래 전무후무한 일이었다. 미셸은 결국 경비에 의해 저지되었고 온몸을 수색당했다. 하지만 속임수를 쓴 흔적은 발견할 수 없었고 140만 달러짜리 수표와 함께 카지노를 나와야만 했다.

"내가 치팅했다는 증거를 대요."

미셸은 당당했지만 매니저는 차가운 얼굴로 같은 말을 반복할 뿐이었다.

"이 세상 누구도 룰렛 게임에서 다섯 번 연속 이길 수 없습니다. 신이 아닌 이상."

그러자 미셸이 바짝 코를 들이밀며 대답했다.

"혹시 알아? 내가 그 신일지."

매니저는 미동도 하지 않았다.

"당신은 영원히 저희 카지노에 출입할 수 없습니다."

끝내 미셸은 카지노 입구도 들어서지 못한 채 쫓겨날 수밖에 없었다. 이후 다른 카지노 몇 군데를 들렀지만, 문전박대당할 뿐이었다. 라스베이거스의 카지노는 불량 고객 정보를 공유하는 것으로 유명했다.

"젠장. 간만에 마음에 드는 방을 찾았는데."

미셸은 지갑을 탈탈 털어 크루아상과 커피를 주문하고 차분히 궁리했다. 내일까지 돈을 구할 방법을 찾아야만 했다. 하나의 방법 중 복권이 있었지만 일주일이나 기다려야 했다. 미셸은 기다리는 게 죽기보다 싫었다. 그렇다면 방법은 하나뿐이었다. 미셸은 핸드백을 뒤졌지만, 핸드폰이 보이지 않았다.

홧김에 호텔 방 소파에 던져두고 나온 것이다. 미셸은 주변을 둘러봤다. 옆 테이블에서 30대 초반의 남자가 핸드폰으로 뉴스를 보며 아침을 먹고 있었다.

"핸드폰 좀 빌릴게요."

미셸이 대뜸 남자의 핸드폰을 뺏으며 말했다. 남자는 저항하려 했지만 언제나 그렇듯 미셸의 미소에 입을 다물고 말았다. 미셸은 번호를 누르고 발신 버튼을 눌렀다.

"누구?"

굵은 남자 목소리.

"오랜만이야. 자말."

미셸이 퉁명스럽게 인사를 했다.

"안 죽고 살아 있네."

"건수 있어?"

"있으면 끼시게?"

"돈이 필요해."

"돈이야 다 필요하지. 할아버지도 필요하고 할머니도 필요하고, 심지어 예수님도 필요하지."

"있어? 없어? 그것만 말해."

"몇 퍼센트?"

"삼십."

"이게 누굴 호구로 아나. 건수 만드는 게 장난이야? 그것도 너 같은 쌍년한테. 네가 작년에 로드리고 하우스에서 깽판 친 거 내가 뒤치다꺼리 다 했어. 알기나 해!"

자말이 버럭 소리를 질렀다. 오히려 미셸은 조건을 높였다.

"반반."

"미친……. 딴말하면 뒤진다. 십 분 후 다시 전화해."

이 말을 남기고 자말은 사라졌다. 때맞춰 주문한 크루아상과 커피가 나왔다. 미셸은 종이를 씹듯 우걱우걱 빵을 먹었다. 핸드폰 주인이 머뭇거리며 다가왔다.

"저기, 제 핸드폰……."

그러자 미셸이 활짝 웃으며 말했다.

"한 통화만 더 하고요."

"그……러세요."

남자는 순순히 물러섰다. 늘 그렇듯.

정확히 십 분이 지나자 미셸은 재발신 버튼을 눌렀다.

"12시 리치필드에 있는 인 앤드 아웃 버거 앞에서. 일 초라도 늦으면 그냥 간다."

"걱정 마."

미셸은 전화를 끊고 핸드백을 챙겼다.

"저기……."

"아, 고마워요."

미셸이 핸드폰을 돌려주며 말했다.

"별말씀을. 그런데 저기 혹시……."

남자가 뭔가 말하려 했지만, 미셸의 자리에는 먹다 남은 크루아상과 식은 커피만이 남아 있었다.

점심시간이 된 햄버거 가게 앞에는 드라이브 스루 차량이 대로까지 늘어서 있었다. 미셸은 택시에서 내려 주위를 둘러봤다.

자말은 보이지 않았다. 햄버거 가게 이마에 붙어 있던 시계는 정확히 12시를 가리키고 있었다. 돈이 되는 일이라면 지옥도 마다

하지 않는 녀석이었다. 늦을 리 없었다. 아니나 다를까 저만치 자말이 등장했다. 떠나가라 힙합을 튼 보라색 포드 랩터였.

어깨에 잔뜩 힘이 들어간 트럭은 형광색과 크롬으로 튜닝했는데 1마일 밖에서도 알아볼 수 있을 만큼 요란했다. 이윽고 차가 멈춰 서더니 창문 너머로 자말이 얼굴을 내밀었다.

그는 드레드락스 머리를 길게 늘어뜨리고 송곳니를 도금한 흑인 혼혈이었는데, 한눈에 갱단 소속이라는 걸 알 수 있었다.

"타!"

자말이 랩 음악에 맞춰 두둠칫하며 말했다. 미셸이 올라타자, 랩터가 출발했다. 한동안 자말은 음악에 맞춰 춤을 추며 운전했다.

"건수는?"

미셸이 먼저 입을 열었다.

"바카라."

"바카라는 별론데."

미셸이 음악 소리를 줄이며 말했다.

"주는 대로 처먹어."

자말이 다시 볼륨을 키웠다. 랩터는 벨리뷰 대로를 지나 차이나타운으로 들어섰다.

"여긴 하우스가 아니잖아."

미셸이 자말을 노려봤다. 자말은 주차장 한가운데 차를 세웠다.

"너, 라스베이거스 전체에 금지령이 내렸더라. 치팅했다며."

자말이 간을 보듯 힐끗 쳐다봤다.

"치팅 따위 하지 않아."

미셸이 차갑게 대답했다.
"그럴지도. 네가 게임 하는 영상 봤거든. 눈 씻고 봐도 치팅 같은 건 못 찾겠더라. 근데 말이야."
"뭐?"
"이 세상 누구도 룰렛을 다섯 번 연속 이길 수 없거든. 내가 제아무리 꼴통이라도 확률적으로 불가능하다는 거 정도는 알아."
"본론만 얘기해."
"네가 무슨 수작을 부렸는지 알고 싶지 않아. 대신 그 재주 좀 써먹자."
자말이 차에서 내렸다.
"어디 가는 거야?"
자말이 친절하게 조수석 문을 열어 줬다.
"돈 벌고 싶다며."
미셸은 마지못해 차에서 내렸다. 자말은 차이나타운에 있는 한 중국 식당으로 들어갔다.
중국 향취가 물씬 나는 식당 안에는 몇 명의 손님이 식사하고 있을 뿐 점심시간인데도 한가했다. 자말이 들어서자, 매니저가 기다렸다는 듯 예약한 방으로 안내했다. 방 입구에는 금장 롤렉스를 양손에 하나씩 찬 거대한 경비가 보초를 서고 있었다. 자말은 경비와 손바닥을 부딪치며 그들만의 인사를 나누더니 방으로 들어섰다.
방에는 한 무리의 흑인들이 테이블 가득 요리를 시켜 놓고 식사를 하고 있었다. 그들은 참전이라도 하듯 기관총과 권총을 수북이 늘어놓은 채 서툰 젓가락질을 하고 있었는데 가운데 흑인 얼굴이 익숙했다. 라스베이거스 서쪽을 지배하고 있는 갱단 '렉크리스(Reccless)'의 두목 브르노였다. 그는 작지만, 다부진 몸매에 사천왕 문신과 금 장신구를 주렁주렁 매단 채 국수를 먹고 있었다.

"보스, 데려왔습니다."

자말이 미셸의 등을 떠밀며 말했다. 그제야 브르노가 젓가락을 멈췄다.

"네가 그 유명한 미셸이구나. 식사했니? 식전이면 같이 들고. 여기 딤섬이 쓸 만해."

브르노가 눈치를 주자 옆에 있던 부하가 자리를 내줬다. 그의 친절에는 묘한 긴장감이 묻어 있었다.

"딤섬은 됐고 용건이나 말해 봐요."

미셸이 거두절미하고 물었다. 브르노가 식욕이 사라진 듯 젓가락을 내려놨다. 그는 보이차로 입을 헹구고는 이쑤시개 하나를 물었다.

"얼마 전 우리 구역에 바퀴벌레가 들어왔어. 저 멀리 홍콩에서 말이야. 삼합회 애들인데 스프링 밸리에 있는 웨스트 선셋호텔 카지노를 인수한 거야. 그럴 수 있어. 홍콩도 예전 같지 않겠지. 먹고살겠다고 물 건너온 건 알겠는데 문제는 애들이 대화가 안 통해. 아무리 합법적이라고 해도 이 바닥에 왔으면 이 바닥 룰을 따라야지. 근데 이것들이 똥오줌을 못 가려. 물론 그냥 조질 수도 있어. 애들 몇 명 보내서 카지노 아작 내는 것쯤이야 껌이지. 근데 이것도 사업인지라 명분이라는 게 있어야 하거든."

"그러니까 나보고 명분을 만들어 달라?"
 미셸이 선수를 쳤다.
"말귀를 알아듣네. 소문이 자자하던데. 너한테 특별한 능력이 있다고."
 브르노가 웃자, 부하들이 따라 웃었다.
"그래서 내가 얻는 건?"
"딴 돈의 절반을 주지. 물론 밑천은 내가 댄다. 대신 놈들 카지노를 발칵 뒤집어 놔. 그럼 반응이 올 거야. 그때 우리가 등장하는 거지. 할 수 있겠나?"
 브르노가 이쑤시개를 뱉으며 물었다. 그러자 미셸이 처음으로 미소를 지었다.
"껌이지."

 이탈리아의 유명 건축가가 리모델링한 선셋호텔은 호화스러웠다. 라스베이거스의 네온사인 홍수 속에서도 독보적으로 빛을 발했다. 호텔 입구에는 고급 승용차들이 줄지어 도착했고 연신 거물과 유명인을 쏟아 냈다. 그중 흰색 리무진 한 대가 있었다.
 안에는 칵테일 드레스를 입은 미셸이 타고 있었다. 어깨와 등이 고스란히 드러난 자주색 드레스는 태어날 때부터 걸친 것처럼 잘 어울렸다.
"들어갈 수 있을까? 소문이 퍼진 거 같던데."
 미셸이 창밖을 보며 물었다.
"이 바닥, 보수적인 거 모르냐. 중국 애들이랑 겸상도 안 할걸."

동승한 자말이 샴페인을 홀짝이며 대답했다. 자말은 나름 격식을 갖췄지만, 여전히 요란했다. 보라색 양복에 녹색 넥타이를 매고 가짜 다이아가 박힌 선글라스를 쓰고 있었다.

드디어 미셸의 리무진 차례가 됐다. 입구에 멈춰 서자 도어맨이 정중하게 문을 열어 주었다. 미셸은 자말의 손을 잡고 우아하게 카지노로 향했다. 얼마 전 재개장한 카지노는 새로운 주인의 취향이 고스란히 묻어났다. 기둥은 온통 황제의 색깔인 금빛으로 치장되어 있었고 천장과 바닥 카펫은 부의 상징인 붉은색으로 도배되어 있었다. 종업원들은 중국 전통 의상인 치파오를 입고 서빙을 했으며 벽에 장식된 모니터에선 부적을 연상시키는 한자가 흘러나오고 있었다.

"염병. 죄다 짱깨들이잖아."

자말이 투덜댔다. 그의 말대로 슬롯머신을 당기던 관광객은 대부분 중국인이었다.

"쓸데없는 소리 말고 안내나 해."

미셸이 거추장스러운 드레스를 추스르며 말했다.

"여부가 있겠습니까. 사모님."

자말의 예상대로 미셸은 아무런 제재 없이 카지노에 입장할 수 있었다. 그들은 곧바로 VIP룸으로 향했다.

VIP룸은 입구부터 남달랐다. 청동으로 된 문에는 커다란 용이 똬리를 틀고 있었고 양옆 기둥에는 연꽃과 학이 조각되어 있었다. 문을 열면 곧바로 자금성이 펼쳐질 것만 같았지만 문 너머에는 황제의 침실 대신 게임이 한창인 카지노 테이블들이 가지런히 늘어서 있었다. 딜러들은 모두 나비넥타이와 정장을 입고 있었고 돈깨나 있어 보이는 손님들이 카드를 쥐고 있었다.

"미니멈 베팅 금액이 얼마지?"

미셸이 물었다.

"바카라의 경우 미니멈 오천, 맥시멈은 없어. 꼴리는 대로지."

미셸이 감탄사 대신 휘파람을 불었다.

"테이블에 가 있어. 난 밑천을 준비할 테니."

자말은 돈 가방을 들고 환전소로 향했다.

의외로 바카라 테이블은 한산했다. 대부분 포커나 블랙잭을 하고 있었다. 미셸은 딜러를 유심히 살폈다. 미셸과 눈이 마주친 딜러들은 모두 공식적인 미소를 지었다. 카드를 다루는 손놀림과 손님을 대하는 표정만으로도 모두 십 년 넘은 베테랑이라는 걸 알 수 있었다. 미셸은 적당한 테이블을 골라 자리를 잡았다.

"어서 오십시오. 바카라 테이블에 오신 걸 환영합니다."

30대 중반으로 보이는 여성 딜러가 인사를 건넸다. 금발의 백인이었는데 상당한 미인이었다. 미녀 딜러를 뽑는 것 역시 손님의 집중력을 흩트리려는 카지노 측의 전술이다. 그러나 미셸에겐 어림없었다.

"연습 플레이를 해 보시겠습니까. 아니면 바로 시작할까요?"

딜러가 정중하게 물었다.

"바로 시작하시죠. 사모님."

어느새 돌아온 자말이 칩을 한 움큼 내려놓으며 말했다. 미셸이 동의한다는 뜻으로 고개를 끄덕였다.

"그럼 시작합니다."

딜러가 능숙하게 카드를 뽑아 플레이어와 뱅커 자리에 번갈아 내려놓았다.

"베팅하시죠."

미셸은 명상하듯 눈을 감았다. 그녀는 오드 아이였다. 오른쪽 눈동자는 블랙홀처럼 검은색이었고 왼쪽 눈동자는 한여름 낮의 숲속같이 에메랄드빛이었다. 단순히 색깔만 다른 것이 아니었다. 그녀의 눈에는 다른 사람에겐 없는 특별한 능력이 있었다. 검은색 오른쪽 눈은 현재를, 에메랄드빛 왼쪽 눈은 미래를 볼 수 있었다.

정확히 말하면 미래를 기억해 내는 것과 흡사했다. 일종의 기시감 같은 것이었는데 기억을 더듬듯 거슬러 올라가면 미래의 모습이 떠오르는 것이다. 마치 뇌 속에 태어날 때부터 인생 전체가 저장되어 있고 필요에 따라 기억을 소환할 수 있는 것처럼.

잠시 후 미셸은 다른 차원의 포탈을 열듯 에메랄드빛 왼쪽 눈을 떴다. 처음에는 모든 것이 밝은 조명에 뒤덮여 흐릿하게 보이다가 동공이 수축하며 주변 사물이 또렷이 보이기 시작했다. 모든 건 현재의 모습 그대로였다. 카드는 모두 뒷면이었고 딜러는 차분히 베팅을 기다리고 있었다. 미셸은 다시 눈을 감았다.

'징검다리 5……, 징검다리 10……, 징검다리 15…….'

그녀만의 주문이었다. 미셸은 마음속으로 시간의 징검다리를 건너고 있었다. 언제나 이런 식이었다. 자신이 원하는 시간의 미래가 나타날 때까지 기억 속의 징검다리를 건넜다. 이윽고 미셸이 눈을 떴다. 보석같은 녹색 왼쪽 눈을.

"징검다리 34!"

미셸은 자신의 시계를 바라봤다. 오메가의 시침은 정각 12시를 가리키고 있었다. 미셸은 다시 왼쪽 눈을 뜨고 테이블을 바라봤다. 그러자 눈부신 조명 속에 방금과는 다른 모습이 오버랩됐다.

딜러가 카드를 뒤집는 장면이었다. 딜러는 미셸의 카드를 먼저 오픈했다. 스페이드 2와 5였다. 뒤이어 뱅커의 카드를 열었다. 하트 3과 클로버 6이었다.

'플레이어 7, 뱅커 9. 뱅커 승리.'

딜러의 콜을 듣자마자 미셸은 다시 자신의 오메가를 확인했다. 오메가의 초침은 34초를 가리키고 있었다. 이제 미셸은 두 눈을 모두 떴다.

"손님, 베팅하시죠."

검은 눈동자 넘어 현실의 딜러가 정중히 말했다.

"얼음물 한 잔 부탁해요."

"물론입니다."

딜러가 지나던 종업원에게 물을 주문했다. 잠시 후 종업원이 유리잔에 얼음물을 가져다주었다.

미셸은 단숨에 들이켰다. 면도날처럼 차가운 물줄기가 식도를 타고 위장으로 흘러갔다. 이곳이 현실이라는 걸 상기시키듯.

미셸은 1,000달러짜리 칩 다섯 개를 뱅커 베팅 구역에 밀어 넣었다.

"베팅하셨습니다. 그러면 카드 오픈합니다."

딜러가 플레이어 카드부터 순서대로 오픈했다. 플레이어는 스페이드 2와 5, 그리고 뱅커는 하트 3과 클로버 6이었다.

"플레이어 7, 뱅커 9. 뱅커 승리."

미셸은 시간을 확인했다. 초침은 정확히 34초를 가리키고 있었다.

모든 것이 조금 전 봤던 미래와 정확히 일치했다. 첫 게임부터 승리였다. 두 배로 불어난 칩이 돌아왔다.

"게임 시작하겠습니다."

딜러가 다시 두 장의 카드를 뽑아 플레이어와 뱅커 자리에 내려놓았다.

"베팅하시죠."

미셸이 심호흡을 하고 눈을 감았다. 그리고 잠시 후 왼쪽 눈을 떴다. 그러자 미래의 기억이 보였다. 테이블에는 모두 여섯 장의 카드가 놓여 있었다. 플레이어의 카드는 다이아몬드 에이스와 스페이드 3, 다이아몬드 4였고 뱅커의 카드는 하트 K와 스페이드 2, 하트 3이었다. 플레이어의 승리였다.

미셸은 현실로 돌아와 망설임 없이 베팅했다. 만 달러짜리 칩 열 개를 집더니 모두 플레이어 구역에 밀어 넣었다.

"베팅 끝나셨으면 오픈하겠습니다. 플레이어 4, 뱅커 2. 세 번째 카드 돌리겠습니다."

딜러는 양쪽 모두 세 번째 카드를 돌렸다.

"세 번째 카드 오픈하겠습니다. 플레이어 4, 뱅커 3. 플레이어 내추럴 8로 승리."

결과는 아까의 미래와 데칼코마니처럼 똑같았다.

배당금은 역시 두 배였다. 열 개였던 칩은 스무 개가 돼서 돌아왔다. 지금까지 수익은 총 11만 달러였다. 연이어 승리하자 감시하던 직원들이 어디론가 연락을 주고받았다. 계획대로 관심을 끄는 데 성공한 것이다. 미셸은 조심스럽게 주변을 둘러봤다.

테이블마다 잘 차려입은 손님들이 큰돈을 걸고 도박하고 있었다. 그런데 그들 중 낯익은 얼굴이 있었다. 차이나타운에서 봤던 브르노와 부하들이었다. 양손에 롤렉스를 찬 보디가드도 있었다. 그들은 게임하는 척하며 미셸을 감시하고 있었다.

"사모님. 오늘 운발 좀 받으시네요."

자말이 의미심장한 미소를 지으며 농담을 건넸다.

"게임 시작합니다. 카드 돌리겠습니다."

딜러는 여전히 무표정한 얼굴로 카드를 돌렸다. 네 장의 카드가 미셸 앞에 놓였다. 바카라에서 두 번 연속으로 승리하는 건 쉽지 않았다. 덕분에 테이블 주위에는 어느덧 많은 사람이 모여 있었다. 직원들도 의심의 눈초리로 미셸의 일거수일투족을 감시하고 있었다.

그렇다고 주눅 들 미셸이 아니었다. 이번에는 판돈을 제대로 올릴 생각이었다. 미셸은 미래를 기억하기 위해 눈을 감았다.

'징검다리 5……, 징검다리 10……, 징검다리 17…….'

그렇게 기억의 징검다리를 건너고 있었다. 이제 미셸이 찾던 미래가 모습을 드러낼 순간이었다. 그런데 이번 미래의 기억은 이전과는 달랐다. 미래의 모습 중 일부가 일그러지거나 흐릿하게 나타났다. 그것은 기억의 일부가 깨진 것처럼 불안정한 모습이었는데 어딘지 불길한 형상을 하고 있었다. 미셸은 다시 눈을 감고 집중했다.

'징검다리 8……, 징검다리 23…….'

또다시 징검다리를 건너며 카드 패를 읽기 위해 노력했다. 이윽고 미래의 카드 패가 뇌리를 스쳐 갔다. '6 TIE'

플레이어의 카드는 하트 2와 다이아몬드 4였고 뱅커는 하트 에이스와 스페이드 5였다. 미셸은 주저하지 않고 칩을 TIE 구역에 밀어 넣었다. 베팅액은 121만 달러로 올인이었다.

이긴다면 여덟 배의 배당금을 받을 수 있었다. 무려 1,000만 달러였다. 장내가 술렁이기 시작했다. 제아무리 VIP룸이라고 해도 한 게임에 100만 달러는 흔치 않았다. 베팅 금액을 보자 이제껏 차분하던 딜러도 당황하는 눈치였다.

"상한액은 없다고 들었는데."

"네, 없습니다."

"올인!"

"그러면 카드 오픈하겠습니다."

딜러가 냉정해지려 애쓰며 카드를 열었다. 예상대로였다. 플레이어는 2와 4였고, 뱅커는 에이스와 5였다.

"플레이어와 뱅커 모두 식스 타이. 플레이어 윈."

딜러의 콜과 함께 환호성이 터져 나왔다. 무려 1,000만 달러 상당의 칩이 몰려왔다.

"잭팟이야! 사고 제대로 쳤네!"

자말은 칩 더미를 보더니 본분을 잊고 흥분해 있었다. 이제껏 내색하지 않던 미셸도 입가에 미소를 지었다. 그 순간이었다. 왼쪽 눈에 또 다른 미래의 잔상이 떴다.

그것은 폭풍이 몰려올 때 전조처럼 구름 너머에서 번쩍이는 번개 같았는데 현실 위에 퍼즐처럼 맞춰지고 있었다. 조각이 맞춰진 곳은 바로 자말의 얼굴이었다. 흥분을 감추지 못하고 칩을 헹가래 치던 자말의 얼굴이 시커멓게 변하더니 썩어 문드러지는 것이었다. 마치 오랜 기간 밀봉되어 있던 시체가 공기와 접촉하자 순식간에 부패하는 것처럼. 이런 현상은 드물지만, 가끔 일어났다.

일종의 암시 같은 것이었는데 불길한 미래가 벌어지기 직전 경고하듯 나타났다. 특히 누군가 죽거나 크게 다치는 사건이 일어날 때면 어김없이 보였다. 미셸의 유일한 친구였던 벨라가 죽기 직전에도 똑같은 현상이 일어났었다.

"왜 그래? 귀신이라도 본 것처럼."

자말이 의아한 듯 물었다.

"네 얼굴……!"

다시 보니 환상은 사라지고 멀쩡한 모습의 자말이 바라보고 있었다.

"아무것도 아니야……."

그때였다. 저만치서 한 무리의 남자들이 다가오고 있었다. 무장한 카지노 경비들과 매니저였다. 눈 깜짝할 새 1,000만 달러를 손해 봤으니 치팅 여부를 조사하려는 것이다.

"쫄 거 없어! 계획의 일부니까."

자말이 칩 하나를 슬쩍 챙기며 말했다. 경비들은 순식간에 미셸과 자말을 둘러쌌다.

"같이 가 주셔야겠습니다."

매니저는 정중하지만 강압적이었다.

"왜? 우리가 치팅이라도 했다는 거요?"

자말이 거들먹대며 물었다.

"바카라 게임에서 세 번 연속으로 이기는 경우는 극히 드뭅니다. 협조 바랍니다."

매니저가 완강하게 말했다. 경비들이 슬쩍 차고 있던 총을 보여 줬다. 그들은 모두 장전된 총을 소지하고 있었다. 제안이 아닌 명령이란 의미였다. 그때 매니저 뒤에서 나지막한 목소리가 들렸다.

"만약 조사를 했는데 증거가 안 나오면 그땐 어쩔 텐가?"

브르노였다. 언제 다가왔는지 부하를 이끌고 에워싸고 있었다. 그는 살기가 등등했다.

"안녕하십니까. 브르노 씨. 오랜만입니다."

매니저는 브르노를 알고 있었다.

"죄송합니다만 상관없는 분은 관여하지 말아 주십시오."

매니저는 조금도 당황하지 않는 눈치였다.

"상관이 없다니. 얘들은 내 식구인데."

브르노가 날카롭게 노려보며 말했다.

"자, 대답해 봐. 만약 조사를 했는데 증거가 안 나오면 그땐 어쩔 건가?"

브르노가 바짝 다가서며 물었다.

"영업장에서 문제를 일으키시면 곤란합니다."

매니저도 물러서지 않았다.

"여긴 내 구역이기도 해."

"그래서 원하시는 게 뭡니까? 브르노 씨."

매니저와 브르노, 경비와 부하들이 일촉즉발의 기세로 대치하고 있었다.

"이렇게 하지. 순순히 조사에 응할 테니 대신 각자 베팅을 하는 거야. 만약 치팅으로 확인되면 깔끔하게 1,000만 달러를 포기하고 두 번 다시 너희 영업장에 얼씬대지 않을게. 약속하지. 하지만 증거가 안 나올 경우 카지노 지분 5분의 1을 넘겨라. 어때?"

"그건 제가 결정할 수 없는 사항입니다."

"나도 너한테 얘기한 거 아니야."

브르노가 저만치 지켜보고 있는 CCTV 카메라를 응시하며 말했다.

"잠깐 실례하겠습니다."

매니저가 어디론가 전화를 걸더니 잠시 후 돌아왔다.

"회장님께서 뵙자고 하십니다. 브르노 씨."

매니저가 정중히 문을 가리켰다.

"내 부하들도 함께 가겠어. 초면인데 혼자는 좀 그렇잖아."

"물론입니다."

매니저가 앞장서서 안내했다. 부하들도 뒤를 따랐다. 미셸이 망설이자, 자말이 손목을 잡아끌었다.

"일은 마무리 지어야지."

미셸은 마지못해 따라갔다.

매니저는 카지노 뒷문을 지나 지하로 향했다. 지하에는 비상용 발전실과 보일러실 등 설비 시설들이 자리하고 있었다. 매니저는 무미건조하게 이어진 시멘트 복도를 따라 어디론가 향했다.

"회장이 이런 구석에서 우릴 기다린다고?"

브르노가 수상한 낌새를 채고 물었다.

"회장님께선 여러분과 은밀한 대화를 나누고 싶어 하십니다. 여기는 저희 카지노에서 가장 은밀한 곳이고요."

복도 끝에 있던 두툼한 철제문 앞에 멈춰 선 매니저는 친절히 방문을 열어 주며 말했다.

"들어가시죠."

브르노는 긴장을 늦추지 않고 방 안으로 들어섰다. 부하들도 뒤를 따랐다. 방은 상당히 넓었는데 창문도 없는 회색 벽만이 둘러싸고 있었고 중앙에 큼지막한 회의 탁자가 덩그러니 놓여 있었다. 마치 주인 없는 감방에 버려진 폐위된 왕처럼.

"중국에선 손님을 이런 식으로 맞이하나?"

브르노가 불편한 심기를 여과 없이 드러냈다.

"곧 오실 겁니다."

미셸은 입구에서 머뭇거리고 있었다. 그러자 자말이 들어오라는 눈짓을 했다. 마지못해 방으로 들어가려던 찰나, 미셸의 눈에 또다시 미래의 모습이 오버랩되는 것이었다.

그것은 방금 봤던 것과 같은 불길한 미래였다. 자말을 비롯해 브르노와 부하들 모두 시커멓게 썩어 들어가며 죽어 가고 있었다.

심지어 살을 뚫고 구더기들이 쏟아져 나오고 있었다. 그 모습이 너무 생생해 구토가 날 지경이었다.

"달아나! 자말!"

미셸이 공포에 질려 웅얼댔다.

"뭐?"

"죽기 싫으면 도망치라고!"

미셸은 경비를 밀쳐 내고 미친 듯이 달리기 시작했다. 갑작스러운 상황에 자말과 브르노의 부하들은 우왕좌왕하고 있었다.

순간 쾅! 매니저가 철문을 잠가 버렸다. 그와 동시에 방 안에서 여러 개의 기관총이 발사되는 소리가 들렸다.

타타타타타탕!

뒤이어 브르노와 부하들의 비명이 흘러나왔다.

삼합회는 브르노의 계획을 알고 있었고 그들을 제거하기 위해 함정을 파 놓은 것이다. 철문 너머에서는 화약 냄새와 함께 피비린내 나는 살육이 벌어지고 있었다. 미셸은 비명을 뒤로한 채 죽을힘을 다해 복도를 달렸다.

"저 계집애 잡아!"

매니저가 뒤늦게 부하들에게 소리쳤다. 그러자 경비들이 미셸을 뒤쫓았다. 미셸은 하이힐도 던져 버리고 정신없이 계단을 올라갔다.

경비들이 총을 쏘며 쫓아왔지만, 다행히 총알은 간발의 차이로 벽에 박혔다. 미셸은 뒤도 돌아보지 않고 카지노와 연결된 문을 박차고 나갔다.

카지노에는 여전히 수많은 사람이 게임을 하고 있었다. 미셸은 숨을 헐떡이며 인파 속으로 몸을 숨겼다. 뒤이어 경비들이 나타났지만, 그녀를 발견하진 못했다. 그들은 연락을 주고받으며 끈질기게 그녀를 추적했다. 다른 경비들도 가세하여 범위를 좁혀 오고 있었다. 일촉즉발의 위기였다. 미셸은 슬롯머신 뒤에 몸을 숨긴 채 눈을 감았다. 그리고 차분히 미래의 기억을 더듬었다.

'징검다리 5……, 징검다리 7……, 징검다리 13…….'

그러자 13초 후의 미래가 떠올랐다.

경비원 하나가 미셸을 발견하고 슬롯머신으로 다가오고 있었다. 미셸이 뒤늦게 알아채고 달아나자, 반대편 경비원이 앞을 가로막는 것이었다. 외통수였다.

미셸은 눈을 떴다. 저만치서 현실의 경비원들이 다가오고 있었다. 아까의 미래와 판박이처럼 똑같았다. 미셸은 미래의 기억과는 정반대 방향으로 몸을 낮춘 채 이동했다. 그러자 정확히 13초 후 경비원들이 두 방향에서 슬롯머신으로 모여들었다. 미셸은 몸을 숙인 채 인파에 섞여서 입구로 향했다. 그때 또 다른 미래가 떠올랐다. 입구에 매복하고 있던 경비원이 미셸이 통과하려는 순간 붙잡는 장면이었다. 이대로 갔다가는 영락없이 덫에 걸린 생쥐 꼴이었다.

미셸은 멈춰 서서 다른 곳을 살폈다. 저만치 주차장으로 이어지는 문이 있었다. 치맛자락을 올려 잡은 미셸은 계단을 지나 주차장 문을 향해 달렸다. 다행히 경비는 보이지 않았다. 미셸은 숨을 헐떡이며 주차장을 가로질렀다. 그때 저만치서 빈티지 벤츠 한 대가 달려왔다.

미셸은 팔을 벌린 채 앞을 막아섰다. 요란한 타이어 마찰음과 함께 벤츠가 멈췄다. 운전석에는 멋스럽게 턱수염을 기른, 지긋한 노신사가 타고 있었다. 미셸은 다짜고짜 조수석에 올라탔다.

"도와주세요. 나쁜 놈들이 쫓아와요."

미셸이 고양이처럼 슬픈 눈망울로 말했다.

"곤경에 처한 미인은 구하는 게 인지상정이지."

신사는 기다리고 있었다는 듯 차를 출발시켰다. 주차장을 나서자, 미셸은 잔뜩 웅크린 채 입구를 살폈다.

경비들은 여전히 미셸을 찾느라 분주했다. 벤츠는 유유히 그들을 지나 대로에 들어섰다. 그제야 미셸은 안도의 한숨을 내쉬었다.

"치팅이라도 한 거요? 예쁜 아가씨."

신사가 부드러운 목소리로 물었다. 그러나 미셸은 대답하지 않았다. 그저 창밖으로 지나가는 풍경을 바라보고 있었다.

"빼어난 미모는 오히려 인생을 복잡하게 만들기도 하죠."

노신사가 나지막이 말했다. 마치 미셸의 인생을 꿰뚫어 본 듯.

"하지만 아가씨처럼 아름다운 미인과 드라이브할 수 있다는 건 행운이기도 하지."

벤츠가 들어서던 다운타운에는 어느새 네온사인의 바다가 펼쳐지고 있었다.

"시저스 팰리스 호텔로 가 주세요."

미셸이 예약한 택시를 탄 듯 목적지를 얘기했다.

방으로 돌아온 미셸은 허물을 벗듯 거추장스러운 드레스를 벗어 버리고 담배를 물었다. 깊이 한 모금을 빨아들이고 나니 비로소 진정됐다.

"멍청한 놈. 달아나라니까."

자말은 거칠고 무례했지만, 라스베이거스에서 알고 있는 유일한 친구였다. 그러자 오래전 친구의 모습이 떠올랐다. 벨라. 그녀는 제일 친한 친구이자 유일한 친구였다. 그리고 미셸은 벨라가 생을 마감하는 걸 지켜봐야만 했다. 그녀는 벨라의 죽음을 미리 알고 있었지만 귀띔해 줄 수 없었다. 엄마와의 약속 때문이었다. 그 일로 미셸은 엄마와 사이가 벌어졌고 결국 가출한 것이다. 그리고 지금까지 방탕한 삶을 이어 왔다.

"빌어먹을!"

갑자기 가슴이 답답해지며 숨이 가빠졌다. 미셸은 담배를 던져 버리고 냉장고로 향했다. 차가운 물이 필요했다.

냉장고 문을 열고 얼마 남지 않은 생수병을 집으려던 순간이었다. 갑자기 왼손 손가락이 잘린 듯 아팠다. 미셸은 생수통을 놓친 채 왼손을 부둥켜안았다. 고통은 점점 심해지더니 정신까지 아득해졌다. 미셸은 서둘러 왼손을 살폈다. 왼쪽 손가락에 이상한 변화가 생기고 있었다. 손가락 끝이 잿빛으로 변하며 돌처럼 굳는 것이었다. 마치 메두사와 눈이 마주친 사람이 석상으로 변하는 것처럼.

고통은 참을 수 없을 정도로 심해졌다. 미셸은 바닥을 뒹굴며 신음했다. 하지만 주위에는 아무도 없었다. 그때 아침에 온 엄마의 문자가 떠올랐다.

'만약 몸에 이상이 생기면 엄마한테 와야 한다. 명심해라. 반드시 엄마를 찾아와야 해.'

미셸은 손을 부둥켜안은 채 핸드폰을 찾았다. 핸드폰은 소파에 널브러져 있었다. 미셸은 바닥을 기어 핸드폰을 집었다. 떨리는 손으로 간신히 전원을 켜고 번호를 눌렀다. 신호가 갔다. 의식이 점점 흐려지고 있었다.

"미셸이니? 엄마야! 대답해 봐!"

엘리스의 다급한 목소리가 전화기 저편에서 들렸다. 마치 폭포 건너편에서 울리듯 아득하게.

"엄마……, 나……, 아파……."

이 말을 남기고 미셸은 정신을 잃었다.

"미셸! 미셸!"

의식 저편에서 애절하게 부르는 엘리스의 목소리가 멀어지고 있었다.

궁극의 아이 2 넥스트 차일드

생존자

 그날 밤, 비가 부슬부슬 내렸다. 영원히 드러나선 안 될 비밀을 봉인하듯 을씨년스럽게.
 미셸은 빗줄기를 뚫고 벨라의 집을 향해 미친 듯이 자전거를 달리고 있었다. 방금 본 벨라의 죽음 때문이었다. 벨라는 의식을 잃고 가족들과 함께 차에 탄 채 절벽 아래로 떨어져 죽게 될 것이다. 사고가 아니었다. 정신적으로 문제가 있던 벨라 아버지가 가족들에게 수면제를 먹인 뒤 함께 자살하고자 했다.
 잠시 후면 저녁 식사 시간이었다. 그 자리에서 아버지는 수면제를 탄 레모네이드를 가족들에게 먹일 것이다. 그렇게 의식을 잃은 가족들을 차로 옮긴 후 절벽으로 향할 것이다.

엘리스는 타인의 미래에 절대 개입해서는 안 된다며 필사적으로 막았지만 미셸은 엄마를 밀치고 자전거에 올랐다. 벨라는 태어나 처음 사귄 유일한 친구였다. 어떤 대가를 치르더라도 막아야만 했다.

굵은 빗줄기가 미셸의 얼굴을 매섭게 때리고 있었다. 벨라의 집까지 한 블록도 채 남지 않았다. 엄마와 신경전을 벌이느라 쓸데없이 시간을 소모했다. 일 초라도 늦으면 결과는 치명적이었다. 미셸은 심장이 터져라 페달을 밟았다.

한 가지 마음에 걸리는 일이 있었다. 미래의 기억을 떠올리기 위해선 반드시 기억의 징검다리를 건너야만 했다. 그런데 가끔 이상한 일이 벌어졌다. 징검다리가 어느 지점에서 두 갈래로 나뉘는 것이다. 마치 구미에 맞는 미래를 선택하라는 듯. 그럴 때면 미셸은 건너기를 포기했다. 어차피 자신과는 상관없는 미래였다. 마트에서 처음 마주친 할머니가 공원에서 객사한들 무슨 상관이란 말인가. 그러나 이번 경우는 달랐다.

미셸은 벨라의 불행을 감지하고 곧바로 기억의 징검다리를 건넜다. 정확한 시간과 상황을 파악하기 위해서였다. 그런데 징검다리를 건너던 중 길이 두 갈래로 나뉘는 것이었다. 이번에는 포기할 수 없었다. 절친의 목숨이 달려 있었다. 미셸은 갈등 끝에 오른쪽의 징검다리를 선택했다. 그 끝에는 의식을 잃은 채 가족과 함께 절벽으로 추락하는 벨라의 모습이 기다리고 있었다. 만약 왼쪽의 징검다리를 선택했다면 거기에는 어떤 벨라의 미래가 있었을까. 마음속 한구석에 꺼림칙한 기분이 남아 있었다.

저만치 벨라의 집이 모습을 드러냈다. 벨라 어머니가 걸어 놓은 은색 십자가가 입구에서 선명하게 빛나고 있었다. 이제 100미터도 남지 않았다. 순간 미셸은 눈을 감았다. 왼쪽 징검다리 끝에 존재하는 또 다른 미래를 확인해 보고 싶었다. 미셸은 다시 징검다리를 건너기 시작했다. 첫 번째……, 두 번째……, 세 번째.

그렇게 몇 개의 징검다리를 건너자 드디어 두 갈래 길이 나타났다. 오른쪽은 조금 전 확인한 길이었다. 미셸은 서둘러 왼쪽 길로 들어섰다. 열두 번째……, 열일곱 번째……, 그리고 마지막 징검다리. 아니나 다를까 그곳에는 또 다른 미래가 기다리고 있었다.

미셸은 마지막 징검다리에 올라선 후 기억의 문을 열었다. 그러자 또 다른 미래가 나타났다.

주위를 감싸던 안개가 걷히자, 저수지에서 사고 차량을 인양하는 경찰의 모습이 보였다. 거대한 크레인이 찐득한 흙탕물을 피처럼 흘리는 사고 차량을 뭍에 내려놨다. 은색 BMW. 벨라 아버지의 자동차였다. 경찰은 서둘러 내부를 살폈다. 차 안에는 숨진 채 엉켜 있는 벨라의 가족이 있었다. 기자들이 사진을 찍기 위해 몰려들었지만, 경찰에 의해 저지됐다. 그런데 저만치 여자 경찰관의 손을 잡은 한 소녀가 보였다. 벨라였다. 벨라는 넋이 나간 얼굴로 인양된 아버지의 차를 바라보고 있었다. 미셸은 벨라를 향해 달려갔다.

"벨라! 무사했구나! 다행이야!"

미셸이 벨라의 어깨를 끌어안았다.

"너한테 무슨 일이 생기는 줄 알고 얼마나 걱정했는지 알아?"

그러자 벨라가 천천히 돌아섰다. 그리고 미셸의 손을 뿌리치며 말하는 것이었다.

"넌 알고 있었지?"

벨라의 눈은 얼음처럼 차가웠다.

"아니야, 그런 게……."

미셸이 머뭇거렸다.

"넌 이미 알고 있었어. 그런데 우릴 죽게 내버려 둔 거야! 그렇지?"

벨라의 저주 서린 고함이 기억의 미로에 부딪히며 끝없이 울려 퍼졌다.

"헉!"

미셸은 눈을 떴다. 온몸이 식은땀으로 흥건했다. 모든 게 꿈이었다. 하지만 아직도 귓가에는 벨라의 처절한 목소리가 잔상처럼 울리고 있었다.

"아직도 그 꿈을 꾸는 모양이구나."

부드럽지만 강한 목소리. 엘리스였다. 미셸은 찬물을 뒤집어쓴 듯 벌떡 일어났다. 그녀가 누워 있던 곳은 엘리스의 집 거실 소파였다. 미셸이 태어나기 전부터 자리를 지키고 있던 꽃무늬 소파.

"왜 내가 여기 있는 거야?"

미셸이 물었다.

"전화했더구나. 아프다고."

엘리스는 책상에 앉아 뭔가를 열심히 적고 있었다. 유효기간을 하루 앞둔 일기장을 옮겨 적듯.

미셸은 왼손을 살폈다. 통증은 없었지만 손가락 끝부분이 멍이 든 것처럼 보랏빛을 띠고 있었다. 미셸은 주먹을 쥐었다 폈다 반복했다. 아무 이상 없었다.

"이젠 괜찮은 거 같아. 갈게."

미셸이 소파에서 일어나며 말했다.

"다시 말하지만 그건 네 잘못이 아니야. 어차피 일어났을 일이야."

엘리스는 사전을 뒤적이고 있었다.

"내가 두 번 다시 그 말 하지 말랬지!"

미셸이 버럭 소리쳤다. 어찌나 소리가 컸던지 전구가 일렁였다.

"아직도 나를 원망하는구나. 십 년이 지났는데도."

엘리스는 눈 위를 걷듯 차분했다.

"십 년이 아니라 백 년이 지나도 엄마를 용서 못 해!"

미셸이 엘리스의 등에 비수를 꽂듯 몰아붙였다. 그제야 엘리스가 돌아봤다. 그녀는 며칠간 잠을 못 잤는지 초췌했다.

"용서는 바라지 않아. 하지만 너도 언젠가는 깨닫게 될 거야. 이 세상에 우리 힘으로 할 수 있는 게 얼마 없다는 걸. 제아무리 미래를 본다고 해도."

"웃기지 마! 그날 엄마가 막지만 않았어도 벨라를 구할 수 있었어! 그렇게 처참하게 죽지 않았을 거라고."

미셸의 목소리가 떨리고 있었다. 그녀는 진심으로 엘리스를 증오하고 있었다.

"이 빌어먹을 능력도 다 엄마 때문이야. 엄마가 날 이렇게 만들었어!"

엘리스는 가슴이 무너져 내렸다. 세상에 하나뿐인 혈육이 이토록 자신을 미워하다니. 그러나 자책하고 있을 시간이 없었다. 엘리스는 내색하지 않으려고 안간힘을 쓰며 입을 열었다.

"만약 그때 네가 다른 미래를 선택했으면 어떻게 됐을까?"

엘리스의 말에 미셸이 움찔했다.

"과연 벨라의 죽음을 막을 수 있었을까?"

엘리스는 또 다른 징검다리를 본 듯 물었다. 미셸은 대답할 수 없었다. 미래는 전구를 갈아 끼우듯 간단하게 교체할 수 있는 기계 뭉치가 아니었다. 거대한 도미노처럼 무한한 순간이 연결된 시간의 파도였다. 미셸도 어렴풋이 깨닫고 있었다.

그때 엘리스가 미셸의 왼손을 낚아챘다.

"드디어 시작됐구나."

엘리스가 검푸르게 변한 미셸의 손가락을 보며 말했다.

"뭐가?"

"지금부터 내가 하는 말을 잘 들어. 이건 네 목숨이 달린 중요한 일이야."

미셸이 대수롭지 않다는 듯 뿌리쳤다.

"손이 좀 아팠던 것뿐이야. 호들갑 떨지 마."

"따라와. 보여 줄 게 있어."

단호하게 말한 엘리스가 부엌 수납장 옆에 은밀히 숨어 있던 문을 열자, 지하로 이어진 계단이 나타났다. 엘리스는 어둠으로 가득한 계단을 익숙하게 내려갔다.

"무슨 꿍꿍인지 모르겠지만 난 더 이상 엄마랑 할 얘기 없어. 갈래."

미셸이 냉정하게 말했다. 그러자 엘리스가 돌아서며 소리쳤다.

"날 미워하든 말든 상관없어. 하지만 이건 네 목숨이 걸린 문제야. 그러니 당장 내려와!"

미셸은 엘리스의 단호한 모습에 깜짝 놀랐다. 엘리스가 고함을 친 건 태어나 처음이었다. 엘리스는 어느새 지하실 어둠 속으로 사라지고 없었다. 미셸은 잠시 망설이다가 마지못해 계단에 발을 디뎠다.

전원을 올리자, 지하실 내부가 드러났다. 지하실은 퀴퀴한 벽돌로 둘러싸인 널찍한 공간이었는데 벽면이 온통 메모와 스크랩한 종이들로 가득했다. 나머지 공간은 수많은 책이 메우고 있었다. 책들은 여러 나라의 언어로 이루어져 있었는데 세월이 잔뜩 묻은 양피지 서적에서부터 두루마리로 된 아시아 문서까지 다양했다. 그 사이 숨구멍처럼 뚫린 창문 아래 낡은 책상이 주눅 든 것처럼 놓여 있었다.

"이게 다 뭐야?"

미셸이 스크랩된 것들을 살피며 물었다. 대부분 오래된 기사들이었다. 책과 마찬가지로 여러 나라의 신문에서 수집한 것으로 그 위에 번역한 내용이 적힌 포스트잇이 붙어 있었다. 그리고 벽면 중앙에는 여러 장의 인물 사진이 일렬로 나열되어 있었다. 수많은 시종을 거느린 황제처럼 정면을 응시하고 있었는데 한눈에도 중요한 인물임을 알 수 있었다.

"지금부터 내가 하는 말을 잘 기억해라. 미셸, 이게 네 목숨을 살릴 수 있는 유일한 길이니까."

엘리스는 어느 때보다도 진지했다. 반항심으로 가득한 미셸도 섣불리 대꾸할 수 없었다.

"너는 궁극의 아이다."

운명의 강에 발을 내딛듯 힘겹게 뱉은 한마디였다.

"궁극의 아이?"

"오래전이고 무의식 상태에서 벌어진 일이라 기억 못 하겠지만 네가 미래를 볼 수 있는 건 궁극의 아이이기 때문이야."

엘리스는 잠시 쉼표를 찍고는 다시 말을 이었다.

"그리고 그 궁극의 아이가 널 죽이고 있어."

"대체 무슨 소릴 하는 거야? 엄마."

미셸이 묻자, 엘리스는 중앙에 붙어 있던 사진을 가리켰다.

"이 사진들을 자세히 봐라."

미셸은 벽면으로 다가갔다. 사진은 모두 다섯 장이었는데 연대순으로 배열했는지 흑백에서 컬러로 변하고 있었다.

첫 번째 사진은 실제 인물 사진이 아니었다. 초상화를 찍은 것이었는데 훌륭한 유럽 가문의 자제를 그린 것이었다. 10대 소년으로 실크 블라우스에 금장 단추가 달린 자주색 비로드 재킷을 입고 한 손에는 은으로 만들어진 지구본을 들고 있었다. 척 보기에도 훌륭한 화가의 솜씨로 사진처럼 또렷이 인상착의를 알아볼 수 있었다.

두 번째는 실제 사진이었다. 백 년은 된 것처럼 누렇게 변색한 흑백사진이었는데 삭발하고 불교 승려복을 입은 동양인이었다.

세 번째는 여권 사진처럼 정장을 입고 무표정한 얼굴로 정면을 응시한 상반신 사진이었다. 역시 흑백사진이었는데 새하얀 머리칼에 하얀 눈썹을 한 백인 남자로 당장이라도 쓰러질 것처럼 위태로운 모습이었다. 마지막으로 미셸의 아버지이자 엘리스의 남편인 신가야와 미셸의 사진이 나란히 붙어 있었다.

"이들의 공통점을 찾았니?"

엘리스가 물었다. 미셸은 다시 사진 속의 인물을 유심히 살폈다. 사진들은 시대도 달랐고 인종도 다양했다. 심지어 성별도 달랐다. 그런데 그들에게는 놀라운 공통점이 있었다.

"이 사람들 얼굴?!"

미셸의 눈이 동그래졌다.

"쌍둥이처럼 똑같지."

엘리스의 말대로였다. 사진 속 인물들은 한 사람이 타임머신을 이용해 여러 시대에 등장한 것처럼 똑같았다. 그리고 그 인물은 미셸과 이어져 있었다.

"어떻게 이런 일이……?"

미셸은 할 말을 잃었다.

"왜냐하면 이들은 모두 궁극의 아이이기 때문이야. 너의 조상인 셈이지."

미셸은 여전히 믿을 수 없는 눈치였다.

"궁극의 아이는 아주 오래전부터 존재해 왔어. 정확히 언제부턴 진 알 수 없지만 최초의 기록은 고대 이집트였지. 기원전 1500년경."

 엘리스는 스크랩된 기사의 사진을 가리켰다. 고대 이집트 의상을 입은 한 소년의 흉상이었다. 조각상은 대리석으로 정교하게 조각되어 있었는데 두 눈에 각각 다른 색상의 보석이 박혀 있었다. 하나는 초록색 에메랄드였고 다른 하나는 검은 사파이어였다. 미셸의 오드 아이처럼. 그리고 사진 아래 다음과 같은 주석이 달려 있었다.

알쿠른산(山) 왕가의 계곡 투트모세 3세의 무덤에서 발견된 소년 흉상

"이들은 같은 시간대 지구상에 단 한 명만 존재한다. 그리고 수명을 다하면 똑같은 모습으로 다시 태어나지. 지구의 다른 지역, 다른 인종으로 말이야."

 엘리스가 사진 속 인물들을 훑으며 말을 이었다.

"때문에 고대부터 권력자들은 궁극의 아이를 손에 넣기 위해 안간힘을 썼어. 이들의 능력을 손에 넣으면 미래를 지배할 수 있었으니까. 그래서 많은 궁극의 아이가 희생당했단다. 아빠처럼."

 사진 속의 가야가 환하게 웃고 있었다. 자신의 운명 따윈 까맣게 잊은 듯.

"난 그걸 막기 위해 네 존재를 숨기려고 했던 거야."

 엘리스가 가야의 사진을 부드럽게 쓰다듬었다.

"아빠한테 무슨 일이 있었는데?"

 미셸이 묻자 엘리스의 얼굴이 어두워졌다.

"우리가 이렇게 살아 있는 건 다 아빠 덕분이야. 아빠는 우리를 살리기 위해 목숨을 잃었어."

"우리 때문에?"

엘리스는 이제껏 한 번도 가야의 죽음에 관해 이야기한 적 없었다.

"아빠 역시 다른 궁극의 아이들처럼 권력자에게 이용당하고 있었어. 그러다가 나를 만났고 우리는 사랑에 빠졌단다. 짧은 시간이었지만 우린 행복했지. 그렇게 얼마 후 네가 생겼어. 그런데 불행하게도 놈들이 우리의 존재를 안 거야. 아빠는 그렇게 될 걸 이미 알고 있었지. 궁극의 아이였으니까. 그래서 아빠는 우리를 살리기 위해 놈들과 맞서 싸웠어."

엘리스는 말을 잇지 못했다. 그녀의 눈가에 눈물이 고여 있었다.

"권력자라면 정부를 말하는 거야?"

"세상에는 오래전부터 정부를 움직이는 보이지 않는 손이 존재했단다. 그들은 그림자 속에서 돈과 권력을 이용해 정부를 자신들의 의도대로 움직였지. 아빠는 그들을 '악마 개구리'라고 불렀어."

"악마 개구리……."

"놈들은 네가 아빠의 뒤를 이을 궁극의 아이라는 걸 알고 널 납치해 이용하려고 했어. 아빠는 그걸 알고 싸울 준비를 했던 거야. 그리고 끝내 우리를 구했지."

미셸은 할 말을 잃고 가야의 사진을 바라봤다. 평생 공허하게 비어 있던 가슴 한구석이 아버지의 체온으로 채워진 기분이었다. 비바람이 몰아치던 공간에 처음으로 해가 떠오르고 있었다.

"아빠……."

미셸이 손을 뻗어 아버지 가야의 얼굴을 쓰다듬었다. 그러자 사진 속의 가야가 미소를 짓는 것만 같았다.

"그런데 궁극의 아이에게는 치명적인 문제가 있단다."

미셸이 엘리스를 바라봤다.

"궁극의 아이는 모두 서른 살이 되기 전 목숨을 잃게 돼."

엘리스는 사진을 가리켰다. 사진 속의 궁극의 아이들은 대부분 스무 살 전후의 젊은이들이었다.

"서른이 되는 해, 온몸이 돌처럼 굳어 가다가 결국 죽음에 이르게 돼."

미셸은 자기 손을 바라봤다.

"그럼 이게……."

"그래. 증상이 시작된 거야. 처음에는 손과 발 같은 신체 끝부분이 굳어 가다가 결국 심장까지 도달해."

"현대 의학으로도 고칠 수 없는 거야?"

미셸은 마른번개처럼 갑자기 등장한 죽음에 혼란스러웠다.

"내가 조사한 바론 병명조차 없어."

순간 미셸이 털썩 주저앉았다.

"그럼 나……, 이대로 죽는 거야?"

엘리스가 미셸의 손을 잡았다. 엘리스의 따스한 온기가 미셸의 죽어 가는 손으로 전해지고 있었다.

"이럴 때일수록 침착해야 해. 미셸, 사진을 다시 잘 봐. 이들 중 특이한 사람이 있을 거야."

엘리스가 여섯 개의 사진을 가리켰다. 미셸은 진정하려고 애쓰며 사진을 살폈다.

"모르겠어."

미셸의 눈에 사진 따위 들어오지 않았다. 그러자 엘리스가 두 번째 사진을 가리켰다.

"이 사진 속의 인물……, 다른 사람과 다른 거 모르겠니?"

엘리스의 말대로였다. 두 번째 인물은 승려복을 입은 여승이었는데 다른 이들에 비해 나이가 많았다. 나머지는 모두 스무 살 전후의 젊은이였지만 두 번째 인물은 족히 오십이 넘어 보이는 중년이었다.

"난 지난 십 년간 널 살리는 방법을 찾기 위해 백방으로 조사했어. 그러다가 이 사진을 발견한 거야. 이 사람의 이름은 '파리야 소라지'. 1896년생으로 네팔인이야. 기록에 나타난 세 번째 궁극의 아이지. 그런데 놀랍게도 이 사람은 서른 살을 넘어 육십칠 세까지 살았어."

"육십칠 세……?!"

엘리스가 미셸의 손에 두툼한 봉투 하나를 쥐여 주었다. 미셸은 봉투 안을 살폈다. 오늘 밤에 출발하는 네팔행 비행기표와 현금 만 달러였다.

"지금 당장 네팔로 가라. 가서 파리야 소라지를 찾아. 그래서 살아남은 비밀을 알아내."

"하지만 1896년생이면 이미 죽었잖아……."

벌떡 일어난 엘리스는 책상 서랍에서 뭔가를 가져왔다. 그것은 어제 아침에 받은 편지였다. 겉봉에는 발신인 파리야 소라지라고 쓰여 있었다.

"파리야 소라지는 네팔 묵티나트 불교 사찰의 승려였어. 평생을 그곳에서 살았고 거기 묻혔어. 분명 어딘가에 궁극의 아이에 관한 비밀을 적어 놨을 거야. 일기든 문서든 상관없어. 기록을 찾아내야 한다. 그래서 살아남은 비밀을 알아내야 해. 반드시!"

미셸의 운명은 저주받은 능력과 함께 죽음의 강 너머에 있는 네팔의 작은 사찰로 이어지고 있었다.

궁극의 아이 2 넥스트 차일드

천년의 불꽃

 방 한가운데 놓여 있던 테이블은 인상적이었다.
 연회색 대리석 테이블은 반듯한 원형이었으며 세월을 온몸으로 맞은 듯 깊은 상처가 여기저기 새겨져 있었다. 그뿐이었다. 그 외에 어떤 문양이나 조각도 없었지만, 태초부터 그 자리를 지키고 있던 것처럼 압도적이었다. 그 주위에 여섯 명의 남자가 빙 둘러앉아 있었다. 모두 머리가 희끗희끗한 중년이었는데 폴로 경기를 관람하러 온 듯 편한 차림을 하고 있었다.
 하지만 풍기는 기운은 범상치 않았다. 마치 테이블과 함께 빚어진 것처럼 고대의 향기를 뿜고 있었다. 사람들은 그들을 '악마 개구리'라고 불렀지만, 그 이름을 알고 있는 사람들은 권력의 중심부에 있는 몇 명에 불과했다.

뎅……, 뎅……, 뎅. 거대한 자명종이 운명을 알리듯 묵직하게 울렸다.

"회의를 시작하겠소."

남자 1이 침묵을 깼다.

"아직 로드니가 오지 않았어요."

남자 2가 말했지만 남자 1은 무시하고 진행했다.

"오늘 우리가 이 자리에 모인 건 오랜 시간 기다려 왔던 실험의 결과를 보기 위해서요. 무려 십구 년에 걸친 지난한 실험이었소. 이 결과에 따라 향후 우리 계획의 근본적인 혁신이 달려 있다는 걸 모두 잘 알 것이오. 우리는 우리의 모든 역량을 전사적으로 투자했고 오늘에 이르렀소. 성공한다면 지난 몇백 년간 이어진 외부 의존도를 획기적으로 줄이고 독자적으로 계획을 진행할 수 있게 될 것이오."

"아는 얘긴 적당히 해요. 위르겐. 그래서 결과가 어떻게 됐다는 겁니까?"

지루한 듯 손가락으로 테이블을 두드리던 남자 4가 말을 끊었다. 그러자 남자 1이 굳은 얼굴로 말했다.

"최종 생존자는 여섯 번째 아이요."

남자들이 웅성대기 시작했다. 모두의 예상을 뒤집는 결과였다.

"여섯 번째 아이라면 가장 열악한 환경에 던져진 아이 아니오. 지나친 폭력성과 불안정한 정서 때문에 심각하게 폐기를 고민했던 아이잖소."

남자 6이 말했다.

"그래서 처음부터 테스트 방법에 문제가 있다고 하지 않았소. 서바이벌 게임이라니 애들 장난도 아니고."

남자 2는 잔뜩 흥분해 있었다.

"성장 과정에도 의문점이 많아요. 아이들을 전혀 다른 환경에서 자라게 한다는 발상도 발상이지만 삶에 개입하지 않고 관찰만 한다는 건 도저히 이해할 수 없는 처사요."

"맞아요. 이 아이들을 만들고 키우는 데 천문학적인 자본이 들어갔어요. 투자한 시간도 무려 십구 년이고. 적어도 우리 의도에 맞게 최소한의 개입은……."

탕탕탕. 남자 1이 의사봉을 두드렸다.

"우리는 불만을 토로하기 위해 모인 게 아니오. 최종 결과물에 대한 평가를 위해 모인 거란 말이오. 그러니 쓸데없는 비판은 삼가시오."

방 안에 무거운 침묵이 흘렀다. 이윽고 남자 3이 입을 열었다.

"예상대로였다면 우리가 계획한 환경에서 자란 첫 번째 아이가 선택됐어야 하오. 모든 면에서 첫 번째 아이는 우리가 원하는 조건을 충족했어요."

"또 다른 문제는 최종 평가 방법도 첫 번째 아이에 맞춰 선정됐다는 겁니다. 과연 문제점으로 가득한 여섯 번째 아이가 그 평가 기준을 충족할 수 있을지 의문입니다."

"기준을 충족 못 한다면 더 큰 문제겠지요. 무려 십구 년이에요, 십구 년."

남자 5가 말을 보탰다. 또다시 무거운 침묵이 흘렀다.

침묵을 깬 사람은 미소를 지은 채 잠자코 토론을 지켜보던 남자 4였다.

"최종 평가 방법으로 좋은 방안이 있습니다."

모든 남자가 남자 4를 바라봤다.

"뭐요? 그 방안이란 게?"

"아직 남아 있는 또 한 명의 후보가 있습니다."

"무슨 소리요. 여섯 번째 아이를 제외한 나머지 실험체는 이번 테스트 과정에서 모두 폐기된 것으로 아는데."

그러자 남자 4가 씩 웃으며 말했다.

"아니, 아직 한 명 남아 있소. 그것도 오리지널이……."

"설마 당신?!"

남자 1이 자리에서 벌떡 일어선 그때였다. 벌컥 문이 열리며 누군가 들어서는 것이었다.

남자들 모두 노크도 없이 나타난 누군가를 응시했다. 무례하게 등장한 누군가는 바로 신라였다. 그는 한 손에 권총을 쥔 채 저벅저벅 걸어왔다. 그리고 대뜸 대리석 테이블 위로 올라섰다. 남자들이 어이없는 표정으로 바라봤지만, 신라는 전혀 개의치 않았다. 그는 흙이 잔뜩 묻은 신발로 테이블 위를 어슬렁거렸다. 마치 풀려난 사자가 왕궁의 정원을 거닐듯. 뒤이어, 어떤 남자가 헐레벌떡 방으로 들어왔다. 로드니였다. 그는 숨이 턱까지 차서 간신히 입을 열었다.

"죄송합니다. 말리려고 했지만, 워낙 막무가내인지라……."

그러자 남자 1이 괜찮다는 듯 손을 들곤 입을 열었다.

"자네가 최종 생존자군."

신라는 대꾸 없이 테이블 위로 뛰어오르더니 그곳을 서성이며 다섯 명의 남자를 하나씩 살폈다. 마치 꿈속에서 모아 놓은 스노볼 컬렉션을 쓰다듬듯. 방 안에는 신라의 발소리만이 저벅저벅 들리고 있었다. 남자 2가 벌떡 일어나며 소리쳤다.

"이런 무례한 놈을 봤나! 당장 내려오지 못해!"

"그래서 내가 말하지 않았소. 저런 녀석은 애초에 폐기해야 한다고."

남자 5가 말을 보탰다. 신라는 남자 2 앞에 서더니 처음으로 입을 열었다.

"당신이 아이작이군."

다음으로 남자 5를 가리키며 말했다.

"당신은 필립이고. 꿈속에선 얼굴이 가려 안 보였는데……. 이렇게 생겼군."

신라는 테이블 위에서 남자들과 일일이 눈을 마주쳤다. 그런 신라를 흥미로운 시선으로 바라보는 남자가 있었다.

"우리가 나눈 얘기를 이미 알고 있군."

남자 4였다.

"당신이 앤드루구나! 셔츠가 맘에 들어."

신라가 남자 4를 돌아보며 말했다.

"최종적으로 선택된 걸 축하하네. 신라 군."

남자 4가 악수를 청했지만, 신라는 무시했다.

"아니. 아직 최종 테스트가 남았지."

"최종 테스트가 뭔지 알고 있나."

남자 4가 넌지시 물었다. 신라는 씩 웃었다.

"그 미소는 테스트에 응하겠다는 건가?"

"대신 조건이 있어."

"뭔가?"

"이 테이블에 의자를 하나 더 만들어. 가장 크고 화려한 걸로 말이야."

테이블을 둘러보던 신라는 남자 1과 남자 2 사이를 손가락으로 가리켰다. 테이블 중앙에는 푸코의 진자처럼 새로운 운명의 중심으로 향하는 신라가 있었고 그 주위를 빙 둘러 여섯 명의 남자가 흩날리는 모래처럼 둘러싸고 있었다.

◆ ◆ ◆ ◆ ◆

소라지가 머물렀던 사찰의 이름은 '메바르 라캉 곰빠'였다. 힌디어로 '꺼지지 않는 불꽃'이란 뜻으로 히말라야 최고봉 중 하나인 안나푸르나 산기슭에 자리하고 있다. 사찰이 위치한 묵티나트는 해발 3,710미터로 세계에서 가장 높은 불교 마을이자 불교 신자들과 힌두교도들이 죽기 전 꼭 방문하고 싶어 하는 성지이다.

미셸이 도착한 건 오후 2시가 조금 지나서였다. 이곳에 오기 위해 그녀는 무려 열아홉 시간 동안 비행해야 했고 가축 냄새가 진동하는 고물 버스를 타고 덜컹대는 비포장도로를 여섯 시간이나 달려야만 했다. 어찌나 멀미가 심했는지 오는 도중 세 번 정도 구토했지만 여전히 속이 매슥거렸다.

힘겹게 도착한 마을은 예상과 달리 번화했다. 마치 고전 서부 영화에 나올 법한 건물들이 일렬로 늘어선 마을 중심부에는 영어 간판이 걸린 게스트 하우스가 여기저기 보였고 맥주를 파는 바와 식당들이 즐비했다. 길가에 늘어선 가판대에는 사과와 꿀, 감자 등 특산물과 히말라야 핑크 솔트, 전통 자수와 같은 기념품을 팔고 있었는데 가판점 주인들이 관광객과 손짓 발짓을 해 가며 가격을 흥정하고 있었다. 네팔 전통 모자인 토피를 쓴 주민들은 저마다 하나씩 핸드폰을 귀에 댄 채 바삐 지나갔고 정류장 옆에 늘어선 택시들은 관광객을 상대로 호객 행위를 하고 있었다.

그 너머로 거대한 안나푸르나의 봉우리가 힌두교의 신 '락슈미'처럼 굽어보고 있었다. 어느 모로 보나 히말라야 해발 3,000미터에 있는 시골 마을이라고는 상상할 수 없는 모습이었다.

"웰컴 투 뉴 월드. 미셸."

버스에서 내린 미셸은 모래시계를 확인하듯 자기 손을 살폈다. 검은 반점들이 장마철의 곰팡이처럼 두 번째 마디를 지나 손바닥으로 퍼져 가고 있었다. 미셸은 서둘러 핸드폰을 켜고 내비게이션 지도를 열었다. 하지만 화면에는 한참 동안 버퍼링 신호가 제자리를 맴돌 뿐이었다.

"아, 여기 히말라야지."

미셸은 핸드폰을 주머니에 넣고 주위로 시선을 돌렸다. 저만치 택시 기사들이 옹기종기 모여 앉아 담배를 피우고 있었다. 그녀가 다가가자 기사 한 명이 담배를 비벼 껐다.

"묵티나트 사원?"

기사가 어설픈 영어로 선수를 쳤다.

"메바르 라캉 곰빠 사원까지 얼마죠?"

기사가 씩 웃더니 다섯 손가락을 펼쳤다.

"5달러?"

고개를 저은 기사는 다시 손가락을 펼쳤다.

"50달러?"

그제야 기사가 고개를 끄덕였다.

"도둑 새끼."

바가지일 게 뻔했지만, 지금은 그런 사소한 문제로 실랑이할 시간이 없었다.

"쓸데없이 돌지나 마."

미셸이 택시에 오르려던 순간이었다.

"메바르 라캉까진 도보로 이십 분이면 가요. 괜히 바가지 쓰지 말고 걸어가요."

택시 앞에 베테랑 산악인 차림의 백인 남자가 서 있었다. 묵티나트는 불교 성지뿐만 아니라 안나푸르나 등정의 전초기지이기도 했다.

"이 길을 따라 쭉 가면 되죠. 그럼 하얗고 긴 담장이 나올 거예요. 거기가 메바르 라캉이에요."

이 말을 하곤 베테랑 남자는 발길을 돌렸다. 미셸이 고맙다는 인사를 하려 했지만 이미 멀어진 후였다.

알아들을 수 없는 네팔어를 쏟아 내던 택시 기사를 뒤로하고 미셸은 자갈과 흙으로 덮인 길로 들어섰다. 한참을 오르자, 돌을 쌓아 만든 석탑이 나타났다. 사람 키보다 조금 큰 아담한 탑이었는데 꼭대기를 중심으로 오색 깃발들이 줄에 매달려 사방으로 뻗어 있었다. 자세히 보니 깃발에는 불교 경전으로 보이는 문구들이 가득 적혀 있었다. 깃발들은 마치 경전을 읽듯 바람에 떨며 파르르 소리를 내고 있었다. 미셸은 깃발의 울음소리를 들으며 자갈길을 걸었다. 얼마쯤 갔을까. 하얀 담벼락이 나타났다. 그리고 입구에 네팔어와 영어가 함께 쓰인 간판이 서 있었다.

메바르 라캉 곰빠 사원

사원은 명성에 비해 자그마했다. 화려함과도 거리가 멀었다. 500제곱미터 남짓한 공간에 두 개의 허름한 단층 건물이 나란히 있었고 그 중앙에 붉은색 2층 석탑이 자리하고 있을 뿐이었다.
건물들은 모두 흰색으로 칠해져 있었고 탑을 중심으로 어김없이 오색 깃발이 사방으로 뻗은 채 경전을 읊조리고 있었다. 그 외에 어떤 장식이나 문구도 보이지 않았다. 간판이 없었으면 모르고 지나칠 만큼 허름한 사원이었다.
그러나 경내에 들어서자 엄숙하리만큼 경건한 고요가 자욱이 깔려 있었다. 사찰의 하늘을 받치던 앙상한 나뭇가지들 사이로 스치는 바람 소리만이 들릴 뿐이었다. 미셸은 인기척을 찾아 경내를 기웃거렸지만 사원에는 아무도 없었다. 신자는커녕 사원을 지키는 승려도 보이지 않았다.

"저기요. 아무도 없어요?"

미셸이 정적을 깼지만, 돌아오는 대답은 없었다.

"아무도 없냐고요!"

쩌렁쩌렁한 미셸의 목소리가 경내를 넘어 안나푸르나까지 퍼져 갔다. 그때였다.

"Śānta hunu parcha(침착하십시오)."

목소리가 들린 곳은 사원 지붕이었다. 지붕에는 사원과는 어울리지 않는 둥근 태양열 집열기가 햇빛에 번쩍이고 있었는데 그 옆에 한 승려가 주전자를 들고 서 있었다. 30대 중반쯤으로 보이는 승려는 주전자 안에 금덩이라도 든 것처럼 소중히 안은 채 계단을 내려왔다.

"미안해요. 아무도 없기에."

승려의 주전자 주둥이에서 모락모락 김이 났다. 아마도 태양열을 이용해 찻물을 끓이려던 모양이었다. 그는 연신 네팔어로 뭔가를 말했는데 환영하는 모양새는 아니었다.

"난 관광객이 아니에요. 여기 승려로 있던 사람에 관해 물을 게 있어서 왔다고요."

미셸이 손짓 발짓해 가며 설명했지만, 알아들을 리 없었다. 승려는 귀찮다는 듯 나가라는 시늉을 하더니 사원 안으로 향했다. 미셸은 번역 앱을 통해 대화하려고 했지만, 해발 3,710미터에서 인터넷이 터질 리가 없었다.

"파리야 소라지!"

미셸은 알고 있던 유일한 네팔어를 소리쳤다. 효과 만점이었다. 승려가 멈추더니 돌아보는 것이었다.

미셸은 숨겨 뒀던 비장의 무기를 꺼내 들었다. 어머니가 준 파리야 소라지의 친필 편지였다. 거기에는 두 문장이 적혀 있었는데 한 줄은 영어, 다른 한 줄은 네팔어로 적혀 있었다. 그 아래 소라지의 친필 서명이 적혀 있었다.

이 편지를 메바르 라캉 곰빠 주지승에게 보여 주시오.

이것이 영어 문장이었다. 나머지 네팔어의 내용은 알 수 없었다. 그는 편지와 미셸을 번갈아 보더니 뭔가를 다급하게 말했다. 아마도 기다리라는 것 같았다. 그러더니 주전자를 팽개쳐 두고 부리나케 사원 안으로 달려가는 것이었다.

잠시 후 승려가 돌아왔을 땐 혼자가 아니었다. 나이 지긋해 보이는 노승이 함께 있었다. 주홍색 승려복을 잘 차려입은 노승은 척 보기에도 주지승의 분위기가 풀풀 풍겼다. 가지런히 기른 은빛 수염에서는 오랜 수련의 내공이 흘렀고 인자하지만 단호한 눈빛에선 깊은 통찰력을 느낄 수 있었다. 미셸은 영화에서 본 대로 공손히 손을 모아 합장을 했다.

"안녕하세요. 저는 미셸이라고 합니다. 물론 제 말을 알아듣지 못하겠지만 전 오래전 이 사원에 있었던 파리야 소라지라는……."
"소라지 스승님과는 어떻게 아는 사이오?"
주지승이 영어로 물었다.

"전 모릅니다."

미셸이 머뭇머뭇 대답했다. 그러자 주지승이 편지를 가리켰다.

"그런데 어떻게 그 편지를 가지게 되었소?"

"그분 자손이 제 어머니를 찾아간 모양입니다."

주지승은 복잡한 표정을 지었다. 마치 완성을 앞둔 퍼즐의 마지막 조각을 잃어버린 듯한.

"그런데 편지에 뭐라고 쓰여 있나요?"

오는 내내 품고 있던 궁금증이었다.

"당신이 '쿠마리'라고 하는군요."

"쿠마리?"

"이 나라를 지키고 불자들을 보호하는, 살아 있는 신이오."

천신만고 끝에 히말라야에 도착한 미셸을 맞이한 건 놀랍게도 네팔의 신이었다.

"따라오시오."

주지승은 미셸을 데리고 어딘가로 향했다.

그는 샌들을 벗고 등산화를 챙기더니 사찰 뒷산으로 발걸음을 옮겼다. 미셸은 어디로 가는지 묻고 싶었지만 꾹 참고 묵묵히 뒤따랐다. 온통 자갈과 붉은 흙으로 이루어진 산은 삭막하기에 그지없었다. 고지대라 산소가 희박할 뿐만 아니라 오랜 기간 방탕한 생활을 해 온 덕에 미셸은 몇 번이고 멈춰 서서 숨을 몰아쉬었다. 반면 백발이 성성한 주지승은 산책이라도 나온 듯 여유로웠다.

"네팔에 '말라'라는 왕조가 있소. 오백 년 넘게 네팔을 지배했던 왕조요. 그런데 말라 왕조의 마지막 왕이었던 자야 프라카쉬 왕에 관한 전설이 하나 전해지고 있소."

미셸이 힘들어하자, 주지승이 어린 손자를 구슬리듯 이야기를 시작했다.

"자야 왕은 평소 주사위 놀이를 즐겼는데 어느 날 밤 붉은 뱀을 동반한 미모의 여성이 왕을 찾아왔소. 여성은 바로 왕실을 보호해 주는 여신 '탈레주(Taleju)'였소. 자야 왕은 여신 탈레주와 이야기하는 게 너무도 즐거웠소. 그래서 왕은 매일 밤 여신과 처소에서 주사위 놀이를 하며 시간을 보냈소. 그런데 탈레주는 왕에게 한 가지 경고를 했소. 자신이 왕과 함께 주사위 놀이를 하는 걸 아무에게도 말해선 안 된다고 말이오. 왕은 반드시 약속을 지키겠다고 했소. 그러던 어느 날이었소. 왕이 매일 밤 처소에 들어가면 아침이 될 때까지 나오지 않자 왕비는 그 이유가 궁금해졌소. 궁금증은 점차 의심으로 변했고 결국 왕비는 몰래 왕의 처소로 숨어들었지. 그런데 놀랍게도 밤이 되자 남편의 처소에 젊고 아름다운 여성이 들어오는 게 아니겠소. 왕은 왕비가 있는지도 모른 채 밤이 새도록 여인과 술을 마시며 신나게 놀았소. 질투심에 불탄 왕비는 결국 인기척을 냈고 여신 탈레주와 눈이 마주쳤소. 비밀이 탄로 난 것을 안 탈레주는 노여움이 극에 달해 더 이상 왕과 말라 왕국을 지켜 주지 않겠다고 엄포를 놓았소. 당황한 왕은 무릎을 꿇고 몇 날 며칠 동안 용서를 구했지. 그러자 탈레주가 말했소. 몇 년 후 자신이 네팔의 민족 중 하나인 네와르족 중에서 샤카(Shaka) 성을 가진 소녀로 태어날 테니 그 아이를 찾아서 분신처럼 곁에 두고 극진히 섬기라고 했소. 그 후 왕은 샤카 성을 가진 소녀 중 탈레주의 분신을 찾아 '쿠마리'라 칭하고 살아 있는 여신으로 받들었소. 이것이 쿠마리에 관한 전설이오."

어느덧 두 사람은 평평한 둔덕에 도착해 있었다. 그곳에는 다섯 개의 무덤이 있었는데 각각 돌로 된 비석이 서 있었다.

"쿠마리 선발 과정은 매우 엄격하오. 샤카 집안에서 초경을 치르지 않은 어린 소녀로, 병력은 물론 몸에 상처나 반점 하나 없어야 하며, 치아도 가지런해야 하고, 머리카락과 눈동자는 흑단처럼 검어야 하오. 신체는 아름다워야 하며, 태어난 날과 시각이 국왕과의 합이 좋은 시간대여야 하오. 이렇게 몇 명의 소녀가 걸러지면 여러 개가 놓인 물건 중 이전 쿠마리의 물건을 찾아내야 하고, 짐승의 머리를 잘라 놓아둔 어두운 방에서 하룻밤을 보내야 하오. 그날 밤 무서워서 울거나 소리를 내면 쿠마리가 될 수 없소. 이렇게 엄격한 절차를 거쳐 선발된 쿠마리는 화려한 화장과 옷차림을 하고 전 국민의 추앙을 받지만, 소녀의 삶은 서글프기에 그지없다오. 쿠마리로 지내는 동안 땅을 밟아서도 안 되고, 사제들의 허락 없이 물건을 만져서도 안 되며, 가족일지라도 일반인과 대화를 나눠서도 안 되오. 나쁜 것을 봐도 안 되기 때문에 축제가 열리는 날을 제외하면 사원 밖으로 나올 수도 없소. 그러다가 나이가 들어 초경을 시작하면 쿠마리는 자격이 박탈되오. 그렇게 다시 일반인으로 돌아온 소녀는 쿠마리와 결혼하면 남편이 단명한다는 미신 때문에 평생을 외로움과 멸시에 시달리며 살다가 생을 마감한다오."

주지승이 발을 멈춘 곳은 다섯 번째 무덤이었다.

"종교를 빙자한 아동 학대처럼 들리는군요. 그런데 왜 제가 쿠마리라는 거죠? 초경을 언제 했는지 기억도 안 나는데. 그리고 여긴 왜 온 거죠?"

미셸이 무덤 주위를 둘러보며 물었다. 그러자 주지승이 철없는 아이를 나무라듯 단호하게 말했다.

"여긴 메르바 라캉을 거쳐 간 쿠마리 선조들의 무덤이오. 예의를 갖추시오."

그제야 미셸은 무덤에서 한 발짝 물러났다.

"여기군요. 소라지가 묻힌 곳이."

"그렇소. 스승님은 서른이 넘도록 신좌에 계셨던 쿠마리셨소."

"서른이 넘도록? 쿠마리는 초경을 하면 내려와야 한다고 했잖아요."

"스승님은 지금까지 쿠마리 중 가장 놀라운 능력을 지닌 분이셨소."

주지승은 합장하고 작게 경전 문구를 읊조렸다. 미셸은 소라지가 가졌던 능력이 무엇이었는지 짐작할 수 있었다. 그의 예지 능력은 몇백 년을 이어 온 왕실의 전통을 바꿀 만큼 강력했으리라.

"제가 여기 온 건 쿠마리가 되기 위해서가 아니에요. 소라지에 관해 알고 싶기 때문이에요. 어디서부터 얘기를 시작해야 할지 모르겠는데……."

미셸이 머뭇거렸다.

"당신은 죽어 가고 있군요. 미셸 양."

"그걸 어떻게……."

미셸이 놀라서 돌아봤다.

"당신의 손을 보고 알았소. 스승님도 같은 증상을 앓으셨어요. 손끝부터 서서히 마비되는 증상이었소. 결국 온몸이 돌처럼 굳어서 죽게 된다고 하셨소."

"하지만 소라지는 예순이 넘도록 살았잖아요?"

"그렇소. 하지만 오른손을 절단하실 수밖에 없었소."

미셸은 자기 왼손을 바라보았다. 어느새 왼손에도 검은 그림자가 드리우고 있었다.

"언제부터 소라지 스님을 모셨죠?"

"아주 오래전이오. 다섯 살 때부터였으니까."

"그러면 소라지 스님이 어떻게 병을 치료했는지 알고 있겠네요?"

미셸이 다급하게 물었다. 주지승은 무덤 주위를 돌며 잡초를 제거하고 있었다.

"모르오. 스승님은 자신의 병에 관해 함구하셨소. 죽는 날까지."

잡초는 의외로 뿌리를 깊이 내리고 있었다. 주지승은 뿌리가 모두 드러날 때까지 힘껏 끌어당겼다. 하지만 무덤 깊숙이 내린 뿌리는 완강히 버텼다. 미셸이 힘을 보탰다. 둘이 힘을 합치자 깊었던 뿌리는 항복할 수밖에 없었다.

"그래서 원하는 게 뭐죠? 미셸 양."

주지승이 잡초 더미를 치우며 물었다.

"소라지 스님이 남긴 기록을 보고 싶습니다."

주지승이 데려간 곳은 법당 뒤편에 있던 건물이었다.

다른 건물과 마찬가지로 흰색 단층 건물이었는데 자물쇠로 잠겨 있었다. 온통 붉게 녹슨 걸로 보아 오랜 기간 사용하지 않은 것 같았다. 주지승은 열쇠 뭉치에서 열쇠를 찾아 자물쇠를 해체했다.

문을 열고 들어서자 기다랗게 늘어선 선반들이 나타났다. 나무로 만들어진 선반에는 오래된 불경과 문서 등이 먼지를 고스란히 뒤집어쓴 채 잠들어 있었다. 주지승은 선반들을 익숙하게 지나더니 끄트머리에 있던 어느 선반 앞에 멈췄다.

"이게 모두 스승님의 기록들이오."

주지승이 가리킨 문서들은 수백 권에 달하는 양이었다. 미셸은 그중 하나를 집어 펼쳐 보았다. 아니나 다를까 전부 네팔어로 적혀 있었다.

"돌겠네."

한숨이 절로 나왔다. 번역기를 이용한다고 해도 이 내용을 전부 보기 전에 돌로 변할 게 뻔했다.

"혹시 이 기록을 읽어 보셨나요?"

미셸이 절박하게 물었다.

"그 병에 관한 내용이 있는지 묻는 거요?"

"네."

주지승은 잠시 허공을 응시했다.

"없었소."

결국 기록을 일일이 확인하는 수밖에 없었다. 주지승의 기억을 온전히 믿기엔 너무 절박했다. 썩은 동아줄이라도 매달리는 수밖에 없었다. 미셸은 내용을 일일이 번역 앱을 통해 번역한 후 읽어

나갔다. 예상했지만 그 과정은 지독히 느렸고 번거로웠다. 제아무리 기술이 발달했다고 해도 백 년 가까이 된 네팔어 자필 기록을 읽는 건 수많은 오류와 씨름해야 하는 중노동이었다. 하지만 불평 따원 아무런 소용 없었다. 미셸은 피로도 잊은 채 기록실에 처박혀 기록을 살폈다.

회고록의 제목은 『회개의 서(書)』였다.

내용은 대부분 불경에 관한 것들이었다. 불경에 대한 자신만의 견해나 영감을 받은 내용들을 반복해서 적은 것들이었다. 기록을 통해 접한 소라지는 상당히 학구적이며 신앙심이 깊었다. 이해 못한 불경 구절을 며칠이고 곱씹으며 자신만의 것으로 만들기 위해 애쓰는 모습이 고스란히 남아 있었다. 그리고 주지승의 말대로 자신의 병에 관한 기록은 없었다. 고작 한 권을 읽었을 뿐인데 어느새 밤이 깊었다.

"종일 굶었을 텐데 요기라도 좀 하시오."

언제 나타났는지 주지승이 음식이 담긴 접시를 건넸다. 접시에는 밥과 노란색 수프, 몇 가지 채소 절임이 담겨 있었다. 네팔 전통 음식인 모양이었다. 어제부터 제대로 된 식사를 하지 못했는데도 낯선 음식에 식욕이 당기지 않았다. 하지만 미셸은 예의상 먹는 시늉을 했다.

"소라지 스님은 어떻게 돌아가셨나요?"

미셸이 수프를 홀짝이며 물었다. 보기와는 달리 수프는 맛있었다.

"아주 평온하고 고통 없이 입적하셨소."

미셸은 달빛이 비치는 안나푸르나의 기록실에서 첫 식사를 하고 있었다. 그런 미셸을 바라보던 주지승이 문득 생각난 듯 말했다.

"스승님은 불경에도 조예가 깊었지만, 대부분의 시간을 명상하며 보냈소."

"명상?"

미셸은 어느새 그릇을 깨끗이 비웠다.

"스승님의 명상법은 독특하셨소."

"어떤 점이요?"

"스승님은 언제나 이 사원의 천년 보물을 보시며 명상했소."

"천년 보물?!"

"그렇소."

"천년 보물이 뭐죠?"

미셸이 수저를 내려놓으며 물었다.

"이 사원에는 천 년 동안 꺼지지 않은 불꽃이 있소. 스승님은 항상 그 불꽃을 보며 명상하셨소."

미셸은 직감적으로 불꽃이 단서와 연결되어 있다는 걸 느낄 수 있었다.

"그 불꽃을 볼 수 있을까요?"

"불꽃은 오직 허락된 신도들만 볼 수 있소."

"소라지 스님이 말씀하지 않으셨나요? 제가 쿠마리라고."

미셸이 자기 손을 펼쳐 보이며 말했다.

천년 보물이 보관된 곳은 법당이었다.

법당은 가장 큰 중앙 건물이었는데 두 개의 문을 지나야만 했다. 문과 문 사이는 10미터도 채 안 되는 거리였지만 지나기 위해선 엄격한 절차가 필요했다.

우선 신발을 벗어야 했다. 양말조차 허용되지 않았다. 주지승은 맨발의 미셸을 데리고 법당 옆을 흐르는 108개의 성수로 향했다.

법당 주위에는 빙 둘러 높이 3미터가량의 돌담이 있었는데 담을 따라 삐죽이 수로들이 고개를 내밀고 있었다. 수로는 모두 108개로 주둥이에서는 안나푸르나의 계곡물이 흘러나오고 있었다.

"신성한 법당에 들어가기 전 당신의 번뇌를 씻는 절차요."

주지승은 맨발로 108개의 수로에서 흘러나오는 물들을 일일이 손으로 받아 머리를 씻었다.

그 모습을 보니 자연스레 한숨이 나왔다. 일면식도 없는 부처 덕에 어디 붙어 있는지도 모르던 네팔 땅에서 번뇌를 씻어야 한다니.

못마땅했지만 어쩔 수 없는 노릇이었다. 108개나 되는 번뇌를 정신 번쩍 나게 차가운 히말라야 빙수로 일일이 씻어 내자 첫 번째 문이 열렸다. 두 번째 입구는 오래된 황동 문이었는데 커다란 향로가 양각으로 조각되어 있었다. 그 옆에는 수십 개의 종이 매달려 있었다.

"부처께 당신의 입장을 알리는 절차요."

주지승은 경건하게 종 하나를 울리고는 법당 안으로 향했다. 미셸도 종을 울리고는 뒤를 따랐다.

법당 안은 아늑했다. 바닥과 벽, 천장 모두 수백 년 된 나무로 장식되어 있었고 정면에 붉은색 불당이 자리하고 있었다. 단상 위에는 아담한 청동 불상이 양옆에 촛불을 거느린 채 고이 모셔져 있었다. 미셸은 불교 법당에 발을 디딘 게 이번이 처음이었다. 그런데 이역만리 이국땅에서 마주한 낯선 법당은 이상하리만치 친숙했다. 마치 어린 시절 추억이 서린 할머니 댁처럼 편안하고 안정됐다. 법당 대기를 메운 향 냄새마저도 익숙했다.
"부처께 예의를 표하시오."
주지승이 불상을 향해 삼배를 올렸다. 미셸도 뒤를 따랐다. 그 모습을 지켜보던 주지승은 조용히 말했다.
"이 보물은 이제껏 한 번도 외부인에게 보여 준 적 없었소."
주지승은 조심스럽게 불당 단상 아래 드리워져 있던 붉은 천을 걷었다. 그러자 그 안에서 천 년 동안 잠들어 있던 보물이 모습을 드러냈다. 불꽃은 보물이라고 하기엔 작고 보잘것없었다. 단상 아래에는 자연 그대로의 자갈들이 깔려 있었는데 그 가운데 푸른 불꽃이 희미하게 타고 있었다. 아마도 사원 아래에서 천연가스가 자갈 틈으로 흘러나오는 모양이었다. 불꽃은 워낙 작고 위태로워서 불면 그대로 꺼져 버릴 것만 같았다.
"이게 천년 보물?"
미셸이 어이없다는 듯 물었다.
"그렇소. 이 사원이 생긴 이래 쭉 타오르고 있는 신성한 불꽃이오. 스승님은 매일 저 불꽃을 보며 명상하셨소."
당장이라도 꺼질 듯한 불꽃이 천 년간 살아 있다니 신기한 노릇이었다. 미셸은 유심히 불꽃을 바라봤다. 자세히 보니 불꽃은 어던가 신비로운 구석이 있었다. 얼핏 봤을 땐 푸른색처럼 보였던 불꽃은 시시각각 빛깔이 바뀌었다. 푸른색에서 보라색으로, 곧이어 일렁이는 주홍색으로 변했다. 마치 빛깔로 신호라도 하듯 뭔가를 말하려는 듯한 느낌이었다.

"잠깐 혼자 있을 수 있을까요?"

미셸이 말했다. 주지승은 잠시 망설이다가 말했다.

"신성한 불꽃이니 절대 가까이 다가가선 안 되오."

"알아요."

미셸이 고개를 끄덕이자, 주지승은 법당을 나섰다.

법당 안은 수백 년 동안 켜켜이 쌓여 온 정적으로 가득했고 히말라야가 탄생했을 때부터 존재한 불꽃은 자갈 틈에서 고요하게 흔들리고 있었다. 미셸은 한 번도 명상을 해 본 적이 없었다. 하지만 불꽃을 보고 있자니 주변과 분리된 듯 마음이 차분해지는 것이었다. 이윽고 자신의 호흡 소리가 북소리처럼 크게 들리기 시작했다.

생소한 경험이었다. 꼭 불꽃을 통해 백 년 전 소라지의 감정과 맞닿을 수 있을 것 같은 막연한 느낌이 들었다.

미셸은 더욱 불꽃에 집중했다. 처음엔 아무런 변화도 없었다. 고요한 경내와 차가운 공기, 그리고 가녀린 불꽃만이 있을 뿐이었다. 미셸은 포기하지 않고 불꽃을 응시했다.

시간이 얼마나 흘렀을까. 갑자기 불꽃이 일렁이기 시작했다. 마치 잠에서 깨어나 기지개라도 켜듯 활발하게 움직이는 것이었다. 뒤이어 손톱만 하던 불꽃이 서서히 커지더니 모닥불만 해지는 것이 아닌가. 지금 미셸은 넓은 대지 위에 불꽃과 단둘이 남은 듯한 기분이었다. 심장은 천둥처럼 박동하고 천 년을 이어 온 불꽃은 하늘을 불태울 듯 일렁이고 있었다.

불꽃은 어느새 미셸의 키만큼 거대해졌다. 그러더니 춤을 추기 시작했다. 인디언의 사냥 의식처럼 원시적이고 격정적인 춤이었다.

미셸은 넋을 잃고 불꽃의 춤을 바라봤다. 그런데 어느 순간 춤이 멈추더니 그 너머에 뭔가가 보이기 시작했다. 그것은 다른 세계로 연결된 문 같은 것이었는데 몇백 광년의 웜홀을 지나 조우한 새로운 우주 같았다. 심장이 터질 듯 박동 치고 호흡이 가빠졌다. 그것은 이제껏 경험한 적 없는 새로운 세계였다.

미셸은 블랙홀에 빨려 들어가는 빛처럼 저항 한번 못 해 보고 문 너머 세계로 들어갔다. 그러자 시간과 공간을 초월한 누군가의 생생한 기억 세계가 펼쳐졌다.

궁극의 아이 2 넥스트 차일드

파리야 소라지

 시종이 소라지의 이마에 세 번째 눈을 그려 넣고 있었다. 미래를 보는 눈이라고 여겨지는 세 번째 눈은 매일 아침 치러지는 쿠마리의 화장 중 가장 중요한 부분이었다. 이마 전체를 감싼 붉은 화장 중앙에 검고 동그란 세 번째 눈동자가 자리를 잡았다.
 "이제 신도들을 접견할 시간입니다. 쿠마리."
 시종 딜루가 예의를 갖추며 말했다. 쉰 살이 넘은 딜루는 늘 자상하고 친절했다. 소라지는 그녀가 모시는 세 번째 쿠마리였다. 소라지가 고개를 끄덕이자 딜루가 소라지를 등에 업었다. 쿠마리는 절대 맨발로 땅을 밟아선 안 된다. 나쁜 것을 봐도 안 되고 불경한 음식을 가까이해서도 안 된다. 그것들로부터 쿠마리를 보호하는 게 딜루의 임무였다. 열일곱 살이 된 소녀를 종일 업는 건 쉬운 일이 아니었다. 하지만 딜루는 불평 한마디 없이 평생을 하고 있었다.

딜루는 소라지를 데리고 창가로 향했다. 아침 6시인데도 법당 앞에는 소라지를 보려고 모여든 신도들로 인산인해를 이루고 있었다. 모두 며칠 전에 있었던 사건 때문이었다.

"쓸데없는 짓을 했어."

소라지가 창밖의 신도들을 보며 중얼댔다.

"쿠마리님. 신도들 보는 앞에서 말씀을 하시면 안 됩니다."

딜루가 서둘러 커튼을 치며 말했다.

"빌어먹을 계율."

"제발요. 그런 불경한 단어를 입에 담으시다니."

딜루는 어쩔 줄을 몰라 하는 반면, 소라지는 눈도 끔쩍 안 했다.

"그냥 죽게 내버려둘걸."

소라지는 닷새 전 사건을 말하고 있었다.

성스러운 일요일 아침이었다. 왕은 왕비와 함께 정례적으로 쿠마리의 축복을 받기 위해 처소를 방문했다. 여느 때처럼 입장을 알리는 종을 울리고 맨발로 쿠마리의 처소에 들었다. 이어서 두 번 절을 올리고 쿠마리 앞에 무릎을 꿇었다.

그런데 쿠마리의 환대가 예전 같지 않았다. 평소 같으면 꽃잎이 담긴 성수를 왕의 머리와 어깨에 뿌리며 축복했을 텐데 그날따라 무표정하게 바라만 보는 것이었다. 왕을 포함한 모든 사람이 불안하게 소라지를 바라보자 옆에 있던 제사장이 소라지에게 물었다.

공식 석상에서는 제사장만이 유일하게 쿠마리에게 질문을 할 수 있었다.

"언짢은 게 있으십니까? 쿠마리님."

소라지는 벽에 걸려 있던 왕의 사진과 바닥을 가리키는 것이었다. 이 모습을 본 사람들이 웅성대기 시작했다. 공식 석상에서 쿠마리는 절대 말을 해서는 안 되었기에 예언할 때에는 주변의 사물을 가리켜 암시했다. 왕의 사진과 마룻바닥을 가리킨 건 왕가에 안 좋은 일이 생긴다는 의미였다.

당황한 왕이 제사장에게 귀엣말했다.

"구체적으로 어떤 안 좋은 일이 생긴다는 건지 말해 주실 수 있습니까? 쿠마리님."

조심스럽게 물은 제사장에게 소라지가 가까이 오라고 손짓했다. 그러곤 제사장의 귀에 뭔가를 이야기했다. 소라지의 전언이 끝나자, 제사장이 왕에게 말했다.

"쿠마리께서 예언하셨습니다. 이틀 후 신의 분노가 천지에 진동할 것이니 사방에 불이 일어 사람들이 죽고 다치게 될 겁니다. 그중 왕가의 자손도 있을 것이니 왕께서는 마음을 경건히 하시고 신을 찾아 봉헌하라 하셨습니다."

놀랍게도 이틀 후 네팔 전역에 지진이 발생했다. 진도 7의 강진으로 네팔 역사상 두 번째로 큰 지진이었다. 그뿐만 아니라 예언대로 넷째 왕자가 학교를 마치고 궁으로 돌아오던 중 전신주가 무너지며 차를 덮쳐 크게 다친 것이다. 다행히 목숨을 건졌지만, 이 사건을 계기로 소라지에 대한 믿음은 더욱 강해진 것이다.

"난 신이 진노했다고 한 적 없어. 그저 땅이 흔들리고 왕자가 다칠 거라고만 했어. 그건 제사장이 멋대로 지어낸 얘기야. 늙은 여우 같으니."

창밖에는 수천 명의 신도가 소라지와 눈이 마주치기 위해 기다리고 있었다. 쿠마리는 하루 세 번 창문을 열고 신도들을 만나야만 했다. 소라지가 제일 싫어하는 시간이었다.

"제발요. 쿠마리님. 말씀을 삼가시라니까요."

"왕의 헌납을 더 받으려고 잔머리를 쓴 거지. 날 이용해서."

딜루는 더 이상 말해 봐야 소용없다는 듯 조심스럽게 커튼을 걷었다.

"이제 신도들을 만날 시간입니다. 준비되셨죠?"

마지못해 소라지는 입을 뗐다.

"됐어."

딜루가 창문을 열었다. 소라지는 천천히 발코니로 향했.

소라지가 등장하자 거리를 메우고 있던 신도들이 일제히 환호성을 질렀다. 그들은 소라지와 눈을 마주치려고 안간힘을 쓰며 '쿠마리'를 외쳤다. 온통 거리에 쿠마리의 이름이 가득했다. 소라지는 어쩔 수 없이 손을 흔들었다. 그것이 쿠마리가 해야 하는 의무 중 하나였으니까.

늦은 밤, 소라지는 뒤척이다가 깨고 말았다. 속옷이 붉게 젖어 있었다. 생리가 시작된 것이다.

"젠장!"

본래 쿠마리는 생리가 시작되는 순간 은퇴해야만 했다. 피가 보이면 쿠마리로서 능력이 사라진다고 믿기 때문이다. 하지만 단 두 명의 쿠마리만이 생리가 시작된 후에도 쿠마리로 남을 수 있었다.

첫 번째는 삼십 년간 쿠마리로 지내다 은퇴한 128대 쿠마리 '룽타'였다. 그녀는 놀라운 예언 능력 덕분에 서른여섯 살까지 쿠마리를 역임했다. 은퇴 후에도 많은 사람으로부터 예언가로 추앙받으며 풍족하게 살았다.

두 번째가 소라지였다. 그녀는 아홉 살이라는 늦은 나이에 쿠마리에 올랐고 열일곱 살이 된 지금까지도 쿠마리로 추앙받고 있었다.

소라지는 속옷을 벗고 준비된 세면용 물에 혈흔을 씻었다. 갈수록 하혈하는 양이 늘고 있었다. 소라지는 딜루를 부르려다 말고 조용히 방을 나섰다. 새벽 2시였다. 종일 소라지를 업고 다니느라 피곤해 곯아떨어졌을 것이다. 소라지는 그녀의 방 서랍장에서 생리대를 찾았다.

"여자란 참 거추장스럽군."

간신히 생리대를 챙긴 소라지는 조심스럽게 창가로 향했다. 신도들과 알현하는 시간 이외엔 절대 창밖을 봐서는 안 된다는 규율을 깨고 몰래 커튼 너머로 도시를 내려봤다.

언제부턴가 그녀의 마음속에는 알 수 없는 욕망이 간헐천처럼 솟구치고 있었다. 그것은 사춘기 때 겪는 성징과는 다른 것이었다. 쿠마리가 되기도 전부터 가지고 있었던, 마치 야생의 피 냄새를 쫓아 사바나를 헤매는 맹수의 본능 같은 것이었다. 여태 그 본능을 잘 억누르고 있었지만, 이제 그 욕망이 봉인을 풀고 모습을 드러내려 하고 있었다.

카트만두의 밤은 고즈넉했다. 비록 허름하지만, 히말라야의 정기를 받아 콧대가 높을 대로 높아진 도시는 해가 지면 바로 수면에 들어갔다. 전기가 귀한 탓도 있지만 수천 년 동안 매서운 추위와 동거를 한 탓에 몸을 사리는 것도 있을 것이다. 도시는 바람에 흔들리는 창문 너머로 새 나오는 몇몇 불빛을 제외하면 그야말로 쥐 죽은 듯 고요했다. 그러나 소라지는 두툼한 가면을 쓴 정적 너머에 숨겨진 욕망을 읽을 수 있었다.

어느 도시에나 존재하는 인간 본연의 숨겨진 욕망이었다. 해발 1,400미터라고 해서 다를 것은 없었다. 그 욕망이 소라지를 부르고 있었다. 이제껏 간신히 자제했던 소라지도 더는 참을 수 없다는 걸 알고 있었다. 임계점을 넘어선 물이 끓어 넘치듯 소라지의 본능이 솟구치고 있었다.

바위취 꽃망울이 옹골차게 여문 5월이었지만 히말라야의 밤은 쌀쌀했다. 인적마저 드물어 을씨년스럽기까지 했다. 하지만 처음으로 감옥 같은 처소를 벗어나자, 발걸음은 구름 위를 걷듯 가벼웠다.

소라지는 오래전부터 이 순간을 위해 준비해 둔 남자 복장을 하고 뉴스보이 캡을 뒤집어쓴 채 카트만두 시내를 걷고 있었다. 2층 처소에서 바라보던 거리는 막상 실제로 걸어 보니 매우 달랐다.

특히 냄새가 달랐다. 처소에는 훈제라도 하려는 듯 종일 향을 켜났다. 덕분에 거리에서 불어오는 향기를 맡을 기회라곤 이른 아침 창가에서 신도들을 맞을 때뿐이었는데 실제 거리로 내려오자, 창가에서와는 사뭇 다른 향취가 둘러쌌다.

향기로운 냄새는 아니었다. 술꾼들의 토사물, 쓰레기 더미 속에서 썩어 가는 쥐의 사체, 천 년간 화석처럼 내려앉은 인간 희로애락의 분비물 등 설명할 수도 없을 만큼 복잡하고 역겨운 향취들로 가득 차 있었다. 소라지는 그 냄새가 싫지 않았다. 비로소 인간들이 사는 세계에 합류한 듯한 안도감이 들었다.

소라지는 친근한 악취를 즐기며 더르바르 광장으로 들어섰다. 저 멀리 히말라야 정상에서 불어온 바람이 한바탕 청소하듯 악취를 몰아내곤 언덕 아래로 사라졌다. 소라지는 모자가 벗겨지지 않도록 단단히 붙잡았다.

그때 저만치 둔탁한 구둣발 소리와 함께 낯선 언어가 들렸다. 소라지는 벽 뒤에 몸을 숨긴 채 구두 소리의 주인을 살폈다.

순찰하는 영국군이었다. 그들은 강철로 된 철모를 쓰고 짙은 회색 전투복에 소총을 들고 있었는데 두 명씩 조를 짜서 시내를 순찰했다. 그들은 순찰할 때도 정확히 발걸음을 맞췄는데 투박하게 울려 퍼지는 군화 소리는 처소에도 들릴 정도로 인상적이었다.

소라지는 얼마 전 읽었던 신문 기사를 떠올렸다. 유럽의 도시 사라예보에서 세르비아 청년이 오스트리아 황태자 부부를 암살했다는 내용이었다. 이 때문에 오스트리아는 세르비아에 선전포고했고 러시아와 영국까지 가세해 전쟁은 유럽 전체로 퍼져 나가고 있었다. 네팔은 유럽으로부터 멀리 떨어져 있었지만, 영국이 지배하였기에 전쟁에서 벗어날 수 없었다. 그렇게 흑사병처럼 전 세계로 퍼져 나가던 전쟁은 히말라야 해발 1,200미터까지 검게 물들이고 있었다. 소라지는 영국군이 사라지자 조심스럽게 발길을 돌렸다.

얼마쯤 걸었을까. 거리 저편에서 다른 소리가 들려오기 시작했다. 이제까지는 바람에 흔들리는 간판이나 쓰레기통을 두고 싸우는 히말라야 붉은여우의 영역 다툼 같은 소음이 전부였다. 그런데 언제부턴가 그 이면의 소리가 들리기 시작한 것이다.

아마도 타멜 거리에 들어서면서부터였을 것이다. 그곳은 카트만두 중심가였다. 관광객을 위한 호텔과 서구식 술집, 기념품 가게 등 마을에서 가장 번화한 곳이었다. 덕분에 도박꾼, 소매치기, 성매매 등 어느 도시에나 있는 욕망의 민낯이 고스란히 드러났다.

"네년을 갈가리 찢어발기고 말 테다."

어둠 저편에서 누군가 소리쳤다. 뒷골목의 누런 고름을 잔뜩 들이켠 듯 걸걸한 목소리. 소라지는 너무 놀라 주저앉을 뻔했다. 태어나서 이토록 분노에 찬 저주는 들어 본 적이 없었다. 소리는 건물 2층에서 비롯되고 있었다. 작은 월세방이었는데 희미한 불빛 아래서 한 부부가 싸우고 있었다.

"당장 네 아비한테 가서 결혼 지참금으로 주기로 했던 소 세 마리를 받아 오지 않으면 두 번 다시 이 집에 발 들일 생각 마. 빈손으로 돌아오면 그땐 죽을 줄 알아! 이년아!"

남자의 고함에 이어 여인의 울음소리가 뒤를 이었다.

소라지는 혼란스러웠다. 이제껏 비단으로 만든 옷을 입고 안락한 처소에서 준비된 세상만 봤던 그녀는 인간의 어두운 본성이 고스란히 드러난 대화를 처음 들은 것이다. 하지만 세상의 이면은 쉴 새 없이 구정물을 쏟아부었다.

"아까 유럽에서 온 놈들한테 더 뜯어냈어야 했는데. 그놈들 100루피가 얼만지도 모르더라고. 병신 같은 것들. 다음엔 제대로 벗겨 먹어야지."

반대편 건물이었다. 사방에서 분노와 욕망에 찌든 소리가 쏟아지고 있었다. 소라지는 한꺼번에 밀려드는 도시의 민낯에 혼란스러웠다. 소라지는 뒷걸음질을 쳤다.

"잘못했어요! 아버지! 살려 주세요!"

이번에는 골목 저편에서 어린아이가 맞고 있었다.

"밥은 왜 처먹어! 이 버러지만도 못한 놈! 내일도 못 벌어 오면 다리몽둥이를 부러뜨릴 줄 알아!"

술에 취한 남자가 아이를 마구 때리고 있었다. 아이는 울부짖으며 매달렸지만 소용없었다. 남자는 비틀거리며 매질을 계속했다. 그 모습이 시체의 내장을 파먹고 있는 악귀 같았다.

소라지는 더 이상 이곳에 있을 수 없었다. 허둥지둥 돌아갈 길을 찾았지만 어둠이 흔적을 지워 보이질 않았다. 두려움이 몰려왔다.

"딜루!"

시종을 찾았지만, 있을 턱이 없었다. 소라지는 사방에서 몰려드는 도시의 신음을 떨치며 달리기 시작했다. 진흙탕에 발이 빠지고 돌부리에 걸려 넘어졌지만 다시 일어나 달렸다. 최대한 빨리 이곳을 빠져나가기만 바랐다. 그러나 그럴수록 깊은 도시의 어둠 속으로 빨려 들어갈 뿐이었다. 이제 두려움에 심장이 터지기 직전이었다.

저기에서 빛이 보였다. 마치 탈레주 여신이 구원의 손을 뻗듯 밝고 영롱한 불빛이었다. 소라지는 망설일 것도 없이 불빛을 향해 달렸다. 불빛은 무지개처럼 여러 색깔이 뒤섞여 번쩍이고 있었는데 경쾌한 음악 소리도 함께 흘러나오고 있었다. 소라지는 간신히 어둠을 빠져나와 불빛에 도착했다.

더 로열 구르카(The Royal Gurkha)

간판에 적힌 이름이었다. 화려하게 일렁이던 불빛은 술집으로부터 흘러나온 것이었다. 술집은 마치 파리에서 막 도착한 듯 전형적인 서양 스타일이었는데 맥주 회사 로고가 그려진 문 너머에서 감미로운 스윙 재즈와 함께 사람들의 웃음소리가 흘러나왔다.

소라지는 조심스럽게 창문 너머로 살펴보았다. 안에는 서양식 복장을 한 네팔인과 서양인들이 잔을 부딪치며 술을 마시고 있었는데 그 모습이 비현실적으로 행복해 보였다. 언젠가 사진에서 본 적은 있었지만 실제로 보는 건 처음이었다. 소라지는 전등불에 홀린 나방처럼 바 안으로 들어갔다.

수십 개의 가스 등불이 대낮처럼 밝게 켜져 있던 내부는 마치 시공간을 넘어 유럽에 온 것처럼 화려했다. 천장에는 태양처럼 번쩍이던 샹들리에가 매달려 있었고 한쪽 벽면을 가득 메우고 있던 진열장에는 화려한 서양 술들이 일렬로 늘어서 있었다. 벽면에는 코카콜라며 버드와이저 맥주 등의 포스터가 장식하고 있었고, 바 한편에 놓여 있던 축음기에선 흥겨운 음악이 흘러나오고 있었다. 그리고 안나푸르나를 오르려고 온 유럽인들과 개화한 네팔인 등이 흥겹게 술을 마시고 있었다. 소라지는 이렇게 흥미롭고 즐거운 곳이 있으리라고 상상도 해 본 적이 없었다. 마치 오늘 밤을 위해 준비된 운명적인 도착지 같았다. 소라지는 천장에 매달린 샹들리에를 넋 놓고 바라보며 바로 향했다.

"뭐 마실 거요?"

소라지를 발견한 바텐더가 다가왔다. 양복과 나비넥타이를 두른 40대 네팔인이었다. 소라지는 주위를 둘러봤다. 옆 테이블의 서양인이 위스키를 마시고 있었다.

"저게 뭐죠?"

"술을 마시기엔 어린 것 같은데."

바텐더가 의심스러운 듯 아래위로 훑어보며 물었다.

"먹을 만큼 먹었어요."

소라지는 여자인 걸 감추기 위해 모자를 쿡 눌러쓰며 낮은 목소리로 말했다. 그러자 바텐더가 캐묻기 귀찮다는 듯 위스키를 잔에 따랐다. 걸쭉한 갈색 액체가 스트레이트 잔에서 일렁이고 있었다.

소라지는 평생 한 번도 술을 접한 적 없었지만 저 액체가 입안에 들어가는 순간 신세계가 펼쳐질 거라는 걸 본능적으로 알 수 있었다.

"6루피, 선불이야."

신세계 앞에는 6루피라는 깊은 해자가 버티고 있었다. 소라지는 평생 돈을 내고 뭔가를 사 본 적이 없었다. 필요한 건 딜루가 준비했다. 무엇이든 말만 하면 됐다.

"미안한데 지금은 없어요. 하지만 다음에 꼭 갚을게요."

"돈이 없으면 술도 없어. 쓸데없이 물 흐리지 말고 집에나 가, 꼬마야."

냉정하게 위스키를 도로 병에 부으려는 바텐더의 손을 소라지가 잡았다.

"돈 대신 다른 걸 내면 어때요? 아저씨."

소라지는 사람들이 돈만큼 원하는 게 뭔지 알고 있었다. 바텐더가 피식거렸다.

"네까짓 게 뭘 할 수 있는데?"

소라지는 그저 조용히 바텐더의 눈을 바라봤다. 그리고 천천히 그의 미래 속으로 들어갔다. 갑작스러운 소라지의 행동에 바텐더는 움찔했다.

"이상한 녀석일세."

바텐더가 돌아서려 했다.

"아샤는 괜찮을 겁니다."

순간 바텐더는 멈칫했다.

"아샤는 잘 이겨 낼 거예요. 비록 한쪽 다리를 절겠지만."

소라지의 말에 바텐더는 얼어붙은 듯 바라봤다.

"네가 내 아들 아샤를 어떻게 알아?"

"그 아이는 당신이 생각하는 것보다 강한 아이예요. 그러니 걱정 말아요. 좋은 선생님이 될 겁니다. 당신 바람대로."

이 말이 바텐더의 중심을 건드린 모양이었다. 바텐더의 눈동자가 흔들렸다. 그는 가져가려던 위스키를 도로 소라지 앞에 놓았다.

"내 아들을 어떻게 아는지 모르겠지만 공짜 술은 이게 마지막이야."

소라지는 씩 웃고는 위스키를 쭉 들이켰다. 갈색 액체가 식도를 불태우며 순식간에 내려갔다. 소라지는 목을 잡고 기침을 해 댔다.

"콜록콜록! 대체 이게 뭐죠?"

"위스키라는 거야. 쓸 만하지?"

바텐더가 키득거리며 대답했다. 소라지는 잔에 남아 있는 위스키 향을 맡아 보았다. 불에 그슬린 나무 향과 달콤한 곡물 향이 적당히 섞이며 부드럽게 후각을 자극했다. 불타는 것 같던 위장도 시간이 지나자 열기가 온몸으로 퍼져 나가며 기운을 북돋웠다. 소라지는 위스키라는 게 맘에 들었다. 그녀는 밑바닥에 남은 위스키 잔액마저 홀짝 마셔 버리고는 주위를 둘러봤다. 저만치 한 무리의 사람들이 테이블 주위에 모여 있었다. 뭔가 흥미로운 일이 벌어지고 있는 모양이었다. 그냥 지나칠 소라지가 아니었.

"뭘 하는 거죠?"

흥미진진하게 게임을 지켜보는 구경꾼 중 한 명에게 물었다.

"포커라는 거야. 서양 게임인데 넷 중 셋이 거덜 나야 끝나지."

소라지는 게임보다도 플레이어에게 눈길이 갔다. 모두 네 명이었는데 서양인 셋과 네팔인 한 명이었다. 서양인을 코앞에서 보는 게 처음인데도 소라지는 네팔인만을 바라보았다. 그는 잘 차려입은 양복에 멋진 콧수염을 기른 모습이 꼭 영국 귀족과도 같았다. 그뿐만 아니라 영어도 유창했다. 그는 서양인들을 상대로 능수능란하게 게임을 리드하고 있었다.

"저 사람은 누구죠?"

소라지가 묻자, 구경꾼이 어이없다는 듯 돌아봤다.

"어디서 굴러온 놈이야? 이 가게 주인 카말을 몰라?"

"대단한 사람이에요?"

"말해 뭐 해. 경찰서장이며 도지사, 영국군 대령까지 쥐락펴락한다니까. 콧대 높은 서양 놈들도 카말한테는 껌뻑 죽는다구."

"술집 주인이 뭐 대단하다고."

"허허, 이 친구 세상 물정 모르네. 유럽에서 전쟁이 터졌대요. 그래서 국경마다 통행증이 없으면 서양 놈들도 통과가 안 돼. 스파이를 잡는다나 뭐라나. 근데 카말이 통행증을 꽉 잡고 있어. 영국 대사관이며 군대며 발이 안 닿는 데가 없거든. 그러니 서양 놈 중에도 통행증 없는 놈들은 카말한테 설설 기는 거지. 여기가 겉만 술집이지 국경 검문소야."

카트만두는 중국이나 파키스탄으로 가는 요충지였다. 그 때문에 영국군이 모든 도로 검문소에 상주하고 있었다.

"젠장. 더럽게 안 붙네."

서양 플레이어 둘이 패를 던졌다. 남은 건 카말과 마지막 서양인이었다. 그는 거친 인상에 수염을 덥수룩하게 기르고 있었는데 잔뜩 독이 올랐다. 이미 많이 잃은 모양이었다. 반면 카말은 테이블에 쌓여 있는 지폐 더미만큼 여유로웠다.

"올인! 이게 내가 가진 전부야."

서양인이 전 재산을 밀어 넣으며 소리쳤다. 카말이 새로 담배에 불을 붙였다.

"받고 거기에 20파운드 더!"

카말이 베팅 금액을 높이자, 서양인은 당황했다. 그는 자신의 패를 보더니 포기가 안 되는지 어쩔 줄을 몰라 했다.

"20파운드만 꿔 줘!"

"미안하네. 자네는 이미 크레디트를 초과했어. 죽든지 아님, 다른 걸 걸든지."

카말이 느긋하게 담배 연기를 내뿜었다. 영국인은 뚫어지게 패를 보다가 주머니에서 뭔가를 꺼내 던졌다. 그러자 장내가 술렁였다.

"영국 총독이 직접 서명한 거야. 이거면 되겠지?"

그가 던진 건 국경 통행증이었다. 카말은 국경 통행증을 이리저리 살폈다. 대영제국 엠블럼이 그려져 있던 서류 맨 밑에 영국 총독의 자필 서명이 멋지게 자리 잡고 있었다. 이거면 영국령 어디든 무사통과였다.

"이렇게까지 해야겠나?"

"쫄리면 죽든지?"

영국인은 자신만만했다. 하지만 기죽을 카말이 아니었다.

"그럼 오픈할까?"

영국인이 기다렸다는 듯 패를 펼쳤다.

"10 포카드! 어때? 한 방 먹었지?"

영국인이 의기양양하게 판돈을 쓸어 가려 했다.

"미안하네."

카말이 카드를 펼쳤다. 킹 포카드였다. 장내에서 환호성이 터져 나왔다. 기고만장하던 영국인을 동족 카말이 누른 것이다. 모두 영국으로부터 독립이라도 한 듯 카말을 축하했다.

그때였다. 소라지의 에메랄드빛 눈동자에 불길한 미래가 스쳐 지나갔다. 그것은 눈앞에 닥친 죽음의 그림자였다.

"피해!"

소라지가 카말을 향해 소리쳤지만, 환호성에 묻혀서 들리지 않았다. 순간 영국인이 자리를 박차며 소리쳤다.

"이 드러운 인디언 새끼! 날 속였지!"

영국인이 안주머니에서 묵직한 걸 꺼내 들었다. 총이었다. 그는 분노에 찬 총구를 카말에게 겨눴다.

"뒈져라! 깜둥아!"

방아쇠를 당기기 직전 소라지가 몸을 날려 영국인을 덮쳤다.

"안 돼!"

탕! 장내에 총성이 울려 퍼졌다. 그와 함께 정적이 뒤를 따랐다. 정적은 멈춘 시간과 함께 사람들을 붙잡았다.

"사람이 다쳤어!"

누군가 소리쳤다. 그 소리에 모두 정신이 돌아왔고 영국인에게 달려들었다. 총을 빼앗긴 영국인은 미친 듯이 소리쳤지만, 사람들에게 붙잡혀 꼼짝할 수 없었다.

"이봐! 괜찮아?"

카말이 소라지를 부축했다. 소라지의 팔에서 피가 흐르고 있었다. 카말이 상처를 살폈다. 다행히 총알이 스쳐 깊지는 않았다.

"보드카랑 붕대를 가져와! 어서!"

바텐더가 서둘러 가져오자, 카말이 상처에 술을 부었다.

"이건 마시면 기분 좋아지는 거 아닌가요?"

소라지가 그 와중에 농담을 건넸다.

"상처를 소독하기도 하지. 그런데 자네……."

그때 벌컥 문이 열리며 무장한 영국군들이 들이닥쳤다. 인근을 순찰하던 중 총소리를 듣고 출동한 것이다.

"모두 제자리에 정지!"

그들은 소총을 겨누며 사람들을 위협했다. 겁에 질린 소라지는 반사적으로 테이블 아래 몸을 숨겼다. 영국군 장교는 바닥에 떨어져 있던 권총을 발견하곤 물었다.

"누구 총이지?"

사람들은 하나같이 영국인을 가리켰다.

"제 말 좀 들어 보세요. 중위님. 저 검둥이 자식이 치팅을 했다고요."

영국군 장교가 손을 들어 말을 막았다.

"모두 통행증을 꺼낸다. 신분이 확인되지 않은 자는 전부 연행해."

그러자 군인들이 통행증을 확인하기 시작했다. 테이블 아래 소라지는 안절부절못한 채 떨고 있었다. 통행증이 있을 리 없었다. 상처 따윈 잊은 지 오래였다. 첫 외출인데 엉뚱한 사건에 휘말린 것이다. 이대로 잡혀간다면 골치 아파질 게 뻔했다.

"중위님. 잠깐 저 좀 보시죠."

카말이 정중하게 말했다.

"카말 씨. 당신 명성은 익히 들어 알고 있소. 하지만 총기 사건은 간단히 넘어갈 문제가 아니야."

영국군 장교는 단호했다.

"제 얘기를 들어 주신다면 앨런비 대령께서도 기뻐하실 겁니다."

상관의 이름이 나오자 장교는 마지못해 카말을 따라갔다. 카말은 바 구석에서 은밀히 대화를 나눴다. 그렇게 몇 마디를 나누더니 장교가 돌아왔다.

"부대 차렷! 모두 귀대한다!"

"통행증 미지참자는 어떻게 할까요? 중위님."

영국군 병사가 물었다.

"여긴 네팔 경찰에 맡긴다. 부대 출발!"

장교는 부대와 함께 문제의 영국인을 데리고 바를 빠져나갔다. 그제야 바는 다시 정상을 찾았다.

"자, 오늘 영업은 여기까지입니다. 모두 돌아가세요."

카말이 아무 일 없었던 것처럼 능숙하게 장내를 정리했다. 사람들이 웅성대며 바를 빠져나갔다. 소라지는 아직도 정신을 못 차린 채 테이블 아래서 웅크리고 있었다. 한바탕 눈사태가 휩쓸고 지나간 것 같았다. 카말은 테이블 아래를 보며 말했다.

"어이, 배짱 좋은 친구. 따라와."

 카말이 데려간 곳은 바 뒤편에 있는 자신의 사무실이었다. 사무실은 아담했다. 낡은 책상 하나가 놓여 있고 벽에 몇 개의 액자가 걸려 있었다. 액자에는 젊은 시절 카말의 사진과 영어로 된 대학 졸업장 등이 걸려 있었다.

"어떻게 알았지? 그놈이 총을 쏜다는 걸?"

 카말이 대뜸 물었다. 소라지는 대답을 못 하고 머뭇거렸다.

"자넨 그놈이 총을 꺼내기도 전에 피하라고 외쳤어."

"그야 뭐 대충 감으로……."

 그러자 카말이 책상 서랍 속에 있던 신문을 툭 던졌다. 신문 1면에는 큼지막한 사진과 함께 기사 제목이 있었다.

쿠마리, 재앙을 예언하다!

 기사 제목이었다. 그리고 그 아래 전통 예복을 입은 소라지의 사진이 선명하게 인쇄되어 있었다.

"만나 뵙게 돼서 영광입니다. 쿠마리님."

 카말이 정중히 고개를 숙이며 말했다. 그의 입가에는 정체 모를 기묘한 미소가 걸려 있었다. 소라지는 쓰고 있던 모자를 벗어 치렁치렁한 긴 머리를 드러냈다.

"언제부터 알았죠?"

"바에 들어설 때부터요. 위스키를 좋아하시더군요."

"명성이 자자한 덴 이유가 있네요."

소라지가 받아쳤다.

"주인은 모든 걸 알고 있어야 한답니다. 바텐더가 몰래 주는 공짜 술까지도 말입니다."

카말이 윙크하며 아래 서랍에 있던 위스키를 꺼냈다. 흰색 레이블이 붙은 고급스러운 갈색 병.

"탈리스커라는 겁니다. 제가 제일 좋아하는 술이죠. 아까 드신 건 이거에 비하면 오줌이나 다름없지요."

세월을 머금은 갈색 액체를 건네던 카말의 입가에는 거부할 수 없는 마력이 묻어 있었다. 소라지는 잠시 망설이다가 잔을 받아 들었다. 이번엔 천천히 향을 음미하며 마셨다. 그 모습을 카말이 의미심장하게 지켜보고 있었다.

"캬!"

술이 마음에 들었는지 감탄사가 터져 나왔다.

"어떠십니까?"

"확실히 맛이 달라요. 뭐랄까. 진하다고 할까."

"마음에 들어 하시니 다행입니다."

카말이 다시 잔을 채우며 말했다.

"그나저나 귀하디귀한 쿠마리님께서 이 밤중에 술집을 방문하시고. 어인 일이십니까?"

그 말을 들은 소라지가 화들짝 놀라 카말의 입을 틀어막았다.

"아니요. 전 여기 없던 겁니다. 절대 제가 왔다는 게 알려져선 안 돼요. 하늘이 두 쪽이 나도."

"걱정 마십시오. 이 일은 무덤까지 가지고 갈 테니."

그제야 안도의 한숨을 내쉬며 소라지는 소파에 몸을 뉘었다. 술기운이 은근히 올라왔다.

"당신은 쿠마리라는 게 얼마나 못 해 먹을 짓인지 상상도 못 할 거예요. 두 다리 멀쩡한데 맘대로 걸을 수도 없지, 말도 못 하지. 뭔 놈의 규칙은 그리도 많은지. 젠장."

소라지가 익숙하게 새 잔을 비우며 투덜댔다.

"그래도 모든 사람이 우러러보지 않습니까? 왕까지도 말입니다."

카말이 한 잔 마시며 물었다.

"다 쓸데없는 짓이에요. 겉만 번지르르해서 날 이용할 뿐이라고요. 난 오히려 당신이 부러워요. 맘대로 세상을 여행할 수도 있고 술도 맘대로 마실 수 있고."

"쿠마리님도 하시면 되잖습니까?"

"그게 맘대로 돼요? 오늘 탈출도 몇 년을 준비한 건데. 내가 나온 걸 제사장이 아는 날엔 나라 전체가 발칵 뒤집힐걸요."

그러자 카말이 바짝 얼굴이 드밀었다.

"모르게 하면 되죠."

"무슨 수로요? 사방에 눈이 깔려 있는데."

카말의 입가에 씩 미소가 떴다.

"제가 도와 드리겠습니다."

"당신이?"

"쿠마리님은 미래를 보실 수 있지만 전 현실을 볼 수 있답니다. 우리 둘이 힘을 합치면 감시망쯤은 아무것도 아니죠. 제가 도와

드리겠습니다. 일주일에 한 번 탈출할 수 있도록. 그뿐만 아니라 제가 가진 모든 걸 마음대로 사용하십시오. 오늘은 맛보기에 불과합니다. 앞으로 상상도 못 할 경험을 하게 해 드리겠습니다. 어떠십니까?"

카말이 벽에 붙어 있던 영국 런던 사진을 가리키며 말했다. 그 사진에는 화려한 런던 도심을 배경으로 서 있는 카말이 있었다. 정장을 잘 차려입은 카말 뒤로 수많은 자동차와 광고판이 번쩍이고 있었다. 마치 세상의 모든 빛을 빨아들인 듯 눈이 부시게 화려한 장관이었다. 소라지는 넋을 잃고 사진을 바라봤다.

"런던도 갈 수 있을까요?"

"런던이 문제겠습니까. 파리, 뉴욕도 가시죠."

"왜 날 도우려는 거죠?"

의심 가득한 얼굴로 내뱉은 소라지의 질문은 카말이 기다리던 질문이었다.

"대신 저를 도와주십시오. 당신의 위대한 능력으로."

카말이 계약서를 내밀 듯 손을 내밀었다.

"나도 조건이 있어요."

"뭐든 말씀하십시오."

"당신 외에 누구도 저를 알아봐서는 안 돼요. 제가 쿠마리인 걸 알아도 안 되고요."

"물론입니다. 쿠마리님의 얼굴을 볼 수 있는 사람은 저밖에 없을 겁니다."

카말의 제안에는 거부할 수 없는 마력이 담겨 있었다. 소라지는 도장을 찍듯 카말의 손을 잡았다. 신이 난 카말이 두 잔 가득 위스키를 따랐다.

"쿠마리님의 새롭고 비밀스러운 미래를 위하여!"

두 사람은 은밀한 미소를 지으며 잔을 부딪쳤다. 드디어 제대로 된 일탈 계약서가 작성되는 순간, 갑자기 소라지가 멈춰 섰다. 그리고 천천히 뒤를 돌아봤다. 마치 어둠을 장막 삼아 은밀히 기척을 숨기고 있던 밀정을 솎아 내려는 듯. 그러나 좁은 방에는 두 사람 외에 아무도 없었다.

그렇지만 소라지는 벽과 천장이 만나는 모퉁이 어둠을 뚫어져라 응시하는 것이었다. 그곳에는 어둠의 균열 같은 것이 있었다. 그 균열 너머에는 시공간 저편에서 소라지의 기억을 엿보고 있던 미셸이 있었다. 두 사람은 백 년의 간극을 뚫고 서로를 응시하였다. 눈이 마주친 미셸은 소스라치게 놀랐다. 태어나 이런 경험은 처음이었다. 하지만 시선을 피하지 않았다. 아니 피할 수 없었다.

그것은 다른 차원을 비춰 주는 마술 거울을 마주하고 있는 것처럼 경이로운 체험이었다. 그렇게 기적 같은 만남이 백 년의 시간 터널을 지나고 있었다. 그때였다. 소라지가 벼락같이 소리쳤다.

"뒤를 봐!"

궁극의 아이 2 넥스트 차일드

조우(遭遇)

 섬뜩한 전율이 천년의 불꽃을 위태롭게 흔들었다. 미셸은 반사적으로 뒤를 돌아봤다. 곧바로 반쯤 열린 창문 틈으로 치명적인 쇳조각이 음속보다 빠르게 날아들더니 옆을 스쳐 지나갔다. 너무도 순식간에 벌어진 일에 미셸은 그대로 나뒹굴었다. 총알은 천년의 불꽃을 암살하고 자갈에 박혔다.
 "누구냐?"
 미셸이 총알이 날아온 방향을 바라보며 소리친 찰나 미셸의 눈에 미래의 기억이 스쳤다. 두 번째 총알이었다. 미셸은 숨 돌릴 겨를도 없이 반대편 벽으로 몸을 날렸다. 아니나 다를까, 또 다른 총알이 유리창을 깨며 날아왔다.

이번에는 정확히 미셸의 미간을 노리고 매섭게 돌진했다. 다행히 간발의 차이로 총알을 피할 수 있었다. 그녀는 벽에 몸을 바짝 붙인 채 창밖을 살폈다. 불당 밖은 흔한 바람조차 불지 않고 고즈넉했다. 순간 또 다른 미래의 기억이 떠올랐다. 그것은 어떤 상황이 아니었다. 누군가의 얼굴이었다. 바로 총알의 주인이었다.

그는 푸른색 야구 모자를 거꾸로 쓴 채 소총을 겨누고 있었다. 그런데 그의 얼굴을 알아본 미셸은 얼음처럼 굳어 버렸다.

볼트액션 소총의 주둥이에선 아직도 연기가 일렁이고 있었다. 누군가 능숙하게 볼트를 잡아당기자, 탄피가 튕겨 나왔다.
"사냥용 소총이라니 꽤 짓궂으시군요."
로드니였다. 말은 그렇게 했지만, 그 역시 전통 사냥 모자에 트위드 재킷을 입고 발목까지 오는 부츠를 신고 있었다. 전형적인 영국 귀족들의 사냥 복장이었다.
"사냥에 사냥총을 가져온 게 뭐가 문제지?"
신라가 재장전하며 대답했다. 그들은 불당이 내려다보이는 언덕 바위 뒤편에 몸을 숨기고 있었다. 신라는 다저스 야구 모자를 고쳐 쓰곤 스코프를 살폈다.
"뭐 하나 여쭤도 될까요?"
로드니가 물었지만, 신라는 스코프에서 눈을 떼지 않았다.
"'형제'들을 죽일 때 죄책감은 안 들던가요?"
그러자 신라의 미간이 미세하게 일그러졌다. 그는 버릇처럼 약통을 꺼내더니 알약 몇 개를 입에 물었다.

"내가 사람이 죽는 걸 처음 본 게 몇 살인 줄 알아? 다섯 살 때야. 옆집에 살던 마리아라는 여자였지. 내가 굶고 있으면 샌드위치를 만들어 주던 여자였어. 뭐랄까, 임명을 잘못 받아서 지옥에 떨어진 천사 같다고 할까. 그런데 그런 여자 남편이란 새끼가 그녀 가슴에 여섯 발을 쐈어. 술에 취해서."

신라는 다시 스코프로 시선을 집중했다.

"그걸 보면서 뭘 느끼셨습니까?"

"세상에 선악 따윈 없다. 그저 약자와 강자가 있을 뿐. 중요한 건……."

"중요한 건?"

"그런 세상으로 날 밀어 넣은 게 너희들이라는 거야."

"전 그저 그분들이 시키는 대로 할 뿐입니다."

"또 하나 깨달은 게 있어."

"뭐죠?"

"모든 것엔 대가가 따른다……."

신라가 다시 로드니를 쳐다봤다. 로드니는 기묘한 미소를 지을 뿐이었다.

두 번이나 총에 맞을 뻔했던 미셸은 불당 너머에 몸을 숨긴 채 꼼짝도 하지 않았다. 신라가 자리를 접고 일어섰다.

"드디어 근접전인가요?"

"인사를 했으면 마무리를 지어야지."

신라가 언덕을 빠르게 내려갔다.

검붉은 히말라야의 흙은 거칠었다. 사방에서 튀어나온 돌과 굵은 알갱이들이 고스란히 느껴졌다. 신라는 야성적인 히말라야의 기세가 맘에 들었다. 스무 살이라는 어린 나이에도 불구하고 산전수전 다 겪은 자신과 닮았기 때문이다.

 신라는 여섯 명의 형제 중 가장 밑바닥으로 내팽개쳐진 실험체였다. 어머니는 돈을 위해 자궁을 임대한 미혼모였고 제대로 된 직장 하나 없이 평생 잡일을 전전했다. 매달 나오는 양육비 때문에 신라를 버리진 않았지만, 어미 노릇을 한 적도 없었다.

 양육비는 술과 마약을 사는 데 탕진했고 서른이 되기도 전부터 약물 중독 센터를 제집처럼 드나들었다. 덕분에 신라는 어린 시절부터 노숙자 무료 급식소에서 끼니를 해결해야만 했다. 형제들보다 체구가 작은 건 아마도 그 때문이리라.

 신라 나이가 열두 살이던 해, 어머니는 시궁창 같은 방에 신라를 남겨 둔 채 사라져서 두 번 다시 나타나지 않았다. 그 후 위탁 가정에 맡겨졌지만 번번이 가출했고 뉴욕의 밑바닥을 배회했다.

 안 해 본 일이 없었다. 스트립 바 호객꾼부터 고층 건물 창문 닦기까지. 살아남기 위해 안간힘을 썼다.

 그런 신라는 자신의 운명을 원망하지 않았다. 오히려 감사했다. 언젠가 그날이 오면 지금의 절박함이 빛을 발할 거라는 걸 잘 알고 있었기 때문이다. 그리고 오늘이 바로 그날이었다.

 "호강에 겨운 계집애, 순식간에 해치워 주마."

 신라는 불당에 도착하자 눈을 감았다. 그리고 미래의 기억 속으로 들어갔다.

 언제나 그렇듯 그곳에는 골목이 있었다. 익숙하지만 어두운 기억으로 가득한 골목. 미로처럼 구불구불 이어진 기억 속의 골목 벽에는 온통 지저분한 욕설과 음란한 그라피티가 그려져 있었고 사방엔 오물이 널려 있었다. 신라의 불우한 과거를 상징이라도 하듯.

코너를 돌 때마다 떠올리기 싫은 기억들이 토사물처럼 쌓여 있었고 비참했던 과거가 급소를 찔렀다. 왜 하필 이 골목이 미래로 가는 길이 되었는지 알 수 없었다. 마음에 들진 않았지만 미래의 기억을 엿보기 위해선 반드시 골목을 지나야만 했다.

신라는 운명을 받아들이듯 골목을 지나 미래의 기억을 향해 나아갔다. 한겨울 맨발로 빨래를 훔치던 골목을 돌아 동네 양아치들에게 집단 구타를 당하던 가로등을 지났다. 칼에 찔려 살려 달라고 외치던 행인의 지갑을 훔쳤던 모퉁이를 돌자, 엄마의 마지막 뒷모습이 멀어지던 골목이 나타났다. 그렇게 마지막 골목을 돌아서자 두 갈래로 나뉜 길이 보였다. 이런 일은 처음이었다.

신라는 뛰어난 능력의 소유자였다. 형제 중에도 탁월한 예지력을 지니고 있었다. 덕분에 여기까지 올 수 있었다. 그리고 미래는 언제나 한길로 이어져 있었다. 그런데 지금 그 길이 둘로 갈라진 것이다.

'선택을 하라는 건가.'

신라는 직관이 이끄는 방향으로 발을 내디뎠다. 왼쪽이었다. 천천히 갈라진 미래로 나아갔다. 마침내 기억이 모습을 드러냈다.

그곳에는 아무도 없었다. 덩그러니 불당만 있을 뿐이었다. 미래의 기억 속에 엑스트라 따윈 존재하지 않는다. 그들은 그저 흩어져 사라지는 안개로 표현될 뿐이다. 그곳에 등장하는 인물은 기억에 남을 만한 존재감이 있어야 한다.

신라는 기억을 따라 천천히 앞으로 나아갔다. 뒷마당을 지나 반쯤 열린 공양간을 거쳐 법당에 다다랐다. 안을 살폈지만, 미셸은 없었다. 이미 모습을 감춘 후였다. 끼익. 반대편 창문이 바람에 울고 있었다. 창문을 통해 달아난 게 분명했다. 신라는 능숙하게 창틀을 밟고 옥상으로 올라갔다. 옥상을 통해 기습할 작정이었다.

옥상에 도착하자 조심스럽게 건물 반대편으로 접근했다. 인기척이 있었다. 미셸이 법당 벽을 따라 달아나고 있었다. 그녀는 잔뜩 겁에 질려 있었다. 신라는 권총을 꺼내 들고 빠르게 뒤쫓았다.

이윽고 미셸 바로 위에 도착했다. 미셸이 담 너머로 몸을 날리려던 순간이었다. 신라가 놓칠세라 재빨리 덮쳤다. 예상치 못한 공격에 놀란 미셸이 비명을 질렀다. 신라는 미친 듯이 반항하는 미셸을 짓누르며 총구를 겨눴다. 신라가 방아쇠를 당기려는 그때 갑자기 미셸이 연기처럼 사라져 버렸다. 당황한 신라가 헐레벌떡 주위를 살폈다. 하지만 흔적도 보이지 않았다. 그야말로 신기루처럼 사라진 것이다. 신라는 번쩍 눈을 떴다.

"이건 뭐야?"

미래의 기억 속에서 대상이 사라지는 일은 이제껏 한 번도 없었다. 메모리 칩 속의 데이터가 이유도 없이 지워진 것이다.

신라는 혼란스러웠지만 넋 놓고 있을 수 없었다. 지금은 목숨을 건 게임 중이었다. 길이 나눠진 게 마음에 걸린 신라는 다시 기억 속으로 들어가려 했다. 오른쪽 길을 확인해 볼 필요가 있었다.

오른쪽 길로 발을 디디려고 할 때 둔탁한 무언가가 신라의 뒤통수를 겨누는 것이었다.

"총 내려놔."

미셸이었다. 그녀가 혼란을 틈타 어느새 유리한 고지를 점령한 것이다. 외통수였다. 신라는 어쩔 수 없이 총을 내려놨다.

"다른 총도."

미셸은 예비용 권총도 이미 알고 있었다. 신라는 종아리에 숨겨둔 총도 바닥에 던졌다. 미셸은 총을 줍더니 들고 있던 나무 막대를 던져 버리고 대신 겨눴다.

"미래를 바꾼 거야. 그렇지?"

신라가 돌아서려 하자 미셸이 더욱 바짝 총구를 드밀었다.

"꼼짝 마. 허튼수작했다간 뒈지는 수가 있어."

신라는 두 손을 든 채 멈췄다.

"그게 가능하군. 생각보다 쓸 만한데. 금수저."

"넌 누구냐? 왜 날 죽이려는 거지?"

"내가 누구냐……. 나도 알고 싶군. 한 가지 확실한 건 우리가 피를 나눈 형제라는 거다."

"난 형제 같은 거 없어. 다시 묻겠다. 넌 누구냐?"

그러자 신라가 두 손을 든 채 천천히 돌아섰다.

"말했을 텐데! 움직이지 말라고!"

경고에도 아랑곳하지 않고 신라는 미셸을 향해 돌아섰다. 그렇게 둘은 서로를 마주했다. 순간 미셸의 얼굴이 하얗게 무너져 내렸다. 지금 그녀의 눈앞에는 부활한 아버지 가야가 서 있었다.

"형제라기보단……, 쌍둥이가 적절하려나."

비록 뒤를 잡혔지만, 신라는 자신만만했다. 마치 숲을 보는 자가 나무를 쫓는 자를 굽어보듯.

"그, 그럴 리 없어. 궁극의 아이는 한 세대에 한 명만 존재해. 그런데 어떻게……."

미셸은 극도로 혼란스러웠다. 조금 전 쿠마리와 백 년의 시공간을 넘은 만남을 제대로 마치기도 전 또 다른 궁극의 아이가 나타난 것이다.

"파도 하나를 넘은 사람은 바다로 나가지 못하지."

신라가 그 틈을 파고들었다.

"축복으로 여겼겠지. 특별한 줄 알았을 거야. 도박이며 복권이며 흥청망청 능력을 써 댔겠지. 그게 재앙으로 돌아올 줄 모르고."

"뭐?!"

"나도 생각을 안 해 본 건 아니야. 솔직히 사 본 적도 있어. 상금이 무려 700만 불이었지. 그렇지만 마지막 순간 찢어 버렸어. 왜인지 알아?"

"무슨 헛소리야?"

미셸은 소리쳤지만 신라는 멈추지 않았다.

"더 큰 걸 봐 버렸거든. 그걸 위해 때를 기다려야만 했어. 그리고 그때가 왔다."

순식간에 신라가 총을 가로채고는 미셸을 자빠뜨렸다. 어느새 전세가 역전되어 신라는 미셸의 이마에 총구를 겨누고 있었다.

"지금 널 끝장낼 수도 있어. 하지만 그러지 않을 거야. 왜냐면 난 마리아의 남편이 아니거든. 이유도 알려 주지 않고 가슴에 여섯 방을 쏠 생각은 없어."

신라가 총을 거뒀다.

"그러나 다음에 만날 땐 각오하는 게 좋을 거야. 그땐 주저하지 않고 네 가슴에 여섯 방을 쏠 테니까. 그러니 네 운명에 대해 결론을 내리는 게 좋을 거야."

"난 널 만난 적도 없는데 왜 죽이려는 거지?"

"네가 말했지. 한 세대에 궁극의 아이는 한 명뿐이라고. 그게 우리 운명이야. 그리고 내 이름은 신라다."

이 말을 남기고 신라는 자리를 떠났다.

바람처럼 언덕을 타고 내려가던 신라의 입가에는 묘한 미소가 걸려 있었다. 마치 일생을 기다린 상대를 만난 검사처럼.

미셸은 훔친 차를 몰며 정신없이 언덕을 내려가고 있었다.

어느 날 눈을 떠 보니 사방에서 죽음이 쓰나미처럼 밀려오고 있었다. 몸에는 시한폭탄처럼 죽음이 째깍대고 있었고 난생처음 보는 형제가 나타나 총구를 겨누고 있었다. 더욱 혼란스러운 건 놈의 생김새였다. 신라는 아버지 가야가 부활한 것처럼 똑 닮아 있었다.

물론 궁극의 아이들은 모두 쌍둥이처럼 똑같은 외모를 하고 있었다. 그렇지만 인종이나 오드 아이의 색이 다르기도 했으며 환경과 살아온 삶이 달라서 다른 인상을 풍겼다. 그런데 신라는 가야와 모든 면에서 똑같았다.

동양인의 얼굴을 하고 있었고 눈동자도 에메랄드빛과 검은색을 띠고 있었다. 헤어스타일까지 가야와 똑같았다. 그게 묘한 감정을 불러일으켰다. 마치 오랜 시간 간절히 바라던 소원이 이루어졌는데 예상과는 전혀 다른 결말로 치닫는 느낌이었다. 미셸은 한 번도 아버지를 만난 적이 없었다. 태어나기 전 이미 세상을 떠났기 때문이다. 그렇기에 하루도 아버지를 잊은 적이 없었다. 그러다 보니 언젠가 아버지가 마법처럼 앞에 나타날 것만 같았는데 오늘 놀랍게도 그 꿈이 이루어진 것이다. 그런데 아버지가 따뜻한 손을 내밀기는커녕 자신을 죽이려 하고 있었다.

"염병할 궁극의 아이!"

머리에서는 신라가 진짜 아버지가 아니라는 것을 알고 있었지만, 가슴은 아버지를 만난 것처럼 콩닥대고 있었다. 미셸은 요동치는 심장과 혼란으로 뒤엉킨 머리를 부여잡은 채 안나푸르나 등성이를 빠르게 내려갔다.

저만치 카트만두 시내가 보일 즈음이었다. 핸드폰이 울렸다. 미셸은 번호를 확인했다. 발신지는 미국이었다.

"여보세요?"

"미셸 신 씨?"

사무적인 목소리의 여자.

"그런데 누구시죠?"

"여긴 에디슨시 경찰서입니다. 어머니 성함이 엘리스 신 씨 맞죠?"

"그런데요."

"다름이 아니라 어머니 엘리스 씨가 행방불명돼서 연락드렸습니다."

느닷없이 등장한 경찰이 전해 준 메시지는 충격적이었다.

"행방불명이라뇨? 이틀 전만 해도 멀쩡했는데."

그러자 경찰이 차분히 자초지종을 설명했다.

"어제 새벽 2시경 신고가 들어왔습니다. 엘리스 씨 댁에서 총격이 있었다고. 그래서 곧바로 순찰차가 출동했는데 집 내부에 사방으로 총탄 흔적이 있었고 엘리스 씨는 보이지 않았습니다. 인근을 모두 수색했지만 끝내 발견할 수 없었고요. 그래서 유일한 혈육인 미셸 씨에게 연락한 겁니다."

미셸을 덮친 쓰나미는 이제 엘리스까지 휩쓸려 하고 있었다.

어머니의 집은 쑥대밭으로 변해 있었다. 마치 대규모 부대가 총격전을 벌인 듯 온통 총탄 자국이었고 성한 가재도구를 찾아보기 힘들었다. 평생 거실을 지켰던 꽃무늬 소파도 내장을 고스란히 드러낸 채 널브러져 있었다. 그 모습을 보자 미셸은 울컥했다. 낡고 허접한 가구들이라고 생각했는데 막상 엉망이 된 모습을 보니 가슴이 아팠다.

"엄마! 어딨어? 나야. 미셸! 내가 돌아왔어!"

경찰은 행방불명됐다고 얘기했지만 믿을 수 없었다. 어머니가 없는 이 집을 상상도 할 수 없었다. 어머니는 평생을 이 집에서 한 발짝도 떠나지 않았다. 미셸은 미친 듯이 집 안을 뒤지고 다녔다.

"내가 돌아왔다고. 어서 나오란 말이야!"

엘리스의 방을 살피고 2층 자신의 방을 뒤졌다. 화장실 샤워 커튼을 젖히고 창고 안을 뒤졌지만, 엘리스는 보이지 않았다. 심지어 옷장 안까지 살폈지만 소용없었다. 경찰의 말대로 엘리스는 사라지고 없었다. 거실로 돌아온 미셸은 부서진 소파에 주저앉아 흐느꼈다. 아무런 경고도 없이 그녀를 지탱하던 모든 것이 사라진 것이다. 또다시 익숙한 공허함이 안개처럼 몰려왔다. 비록 원망했지만, 어머니는 유일한 가족이었다. 그 가족이 예고도 없이 사라진 것이다. 이제 미셸은 완벽한 혼자였다.

미셸은 엄마가 걱정됐지만 뭘 어떻게 해야 할지 엄두도 나지 않았다. 미셸은 소파에 쭈그리고 앉아 흐느꼈다. 이대로 자신도 사라지고 싶었다.

그때였다. 어디선가 퉁―, 하는 둔탁한 소리가 들렸다. 소리는 지하실에서 비롯되고 있었다. 미셸은 죽은 듯 꼼짝도 안 했다. 잠시 후 다시 퉁―, 하는 소리가 들렸다. 그 소리는 마치 미셸을 부르는 것만 같았다. 미셸은 소파에서 일어나 소리가 들리는 지하실로 향했다. 지하실은 음산한 어둠이 가득했다.

미셸은 조심스럽게 계단을 내려갔다. 퉁. 또다시 소리가 이어지고 있었다. 이번에는 좀 더 선명하고 간절했다. 미셸은 불을 켰다.

지하실은 텅 비어 있었다. 엄마가 그동안 모아 둔 궁극의 아이 자료들은 모두 사라지고 없었다. 누군가 궁극의 아이에 관한 흔적을 지우려는 듯 아무것도 남아 있지 않았다. 퉁. 소리는 벽에서 들려왔다. 미셸은 벽으로 다가갔다.

"엄마?!"

미셸이 막연한 기대를 담아 불렀다. 퉁.

"엄마지. 어떻게 들어간 거야? 어떻게 하면 벽을 열 수 있어! 말해 봐!"

그러자 벽 너머에서 레버 당기는 소리가 들렸다. 잠시 후 끼이익—, 하며 벽 일부가 열렸다. 패닉룸이었다.

십 년 전 가야와 함께 엄청난 일을 겪었던 엘리스는 만약을 대비해 패닉룸을 만들어 두었던 것이었다. 미셸은 서둘러 패닉룸 안으로 들어갔다.

두 사람이 들어갈 만한 크기의 방 안은 온통 시멘트로 둘러싸여 있었고 작은 찬장에는 비상용 통조림과 담요 등이 쌓여 있었다. 그리고 피가 묻은 바닥에 엘리스가 쓰러져 있었다.

"엄마!"

미셸이 달려갔다. 그런데 엘리스의 배에서 피가 흐르고 있었다. 스스로 어설프게나마 응급조치를 취했지만, 상처는 치명적이었다. 그녀는 차가운 시멘트 바닥에서 이틀을 버틴 것이다.

"이런 세상에. 대체 누가 이런 짓을……. 당장 병원에 가자! 엄마. 일어날 수 있겠어?"

부축하려는 미셸을 엘리스가 붙잡는 것이었다.

"미셸……, 어떻게 됐니?"

엘리스가 들릴 듯 말 듯 작은 목소리로 물었다.

"뭐가 어떻게 돼?"

"파리야 소라지 말이야……."

"지금 그게 중요해? 병원부터 가잔 말이야!"

그러나 엘리스는 완강했다.

"어떻게 됐어……?"

"아직 못 찾았어! 그런데……, 믿기 힘든 일이 벌어졌어."

순간 엘리스가 미셸의 팔을 꽉 움켜쥐었다.

"소라지를 만났어. 설명하자면 긴데……, 우린 시공간을 초월해서 연결된 것 같아."

그제야 엘리스가 안심이 된다는 듯 미소를 지었다. 그녀의 몸에서 점차 힘이 빠져나가고 있었다.

"엄마. 정신 차려!"

그러자 엘리스가 평온한 얼굴로 미셸을 바라봤다.

"꼭 방법을 찾아. 미셸……. 넌 살아야 해."

"안 돼! 엄마. 이대로 가면!"

미셸의 눈에서 하염없이 눈물이 흘러내리고 있었다.

"울지 마. 우리 딸. 이게 내 운명이야. 넌 네 운명을 살면 되는 거야."

"제발 날 두고 가지 마! 엄마!"

엘리스가 미셸의 얼굴을 쓰다듬었다.

"네가 우리 딸이어서 행복했어, 미셸."

이 말을 남기고 엘리스는 고개를 떨궜다. 모래시계의 마지막 모래가 떨어지듯.

"엄마……, 가면 안 돼……. 우리 화해도 못 했는데……, 이렇게 가면 내가 뭐가 돼……."

미셸은 무너지듯 엘리스의 가슴에 얼굴을 묻고 오열했다. 추억이 가득한 집에는 평생 함께했던 가구들이 엘리스의 주검에 얼굴을 묻고 흐느끼는 미셸을 묵묵히 지켜보고 있었다.

궁극의 아이 2 넥스트 차일드

지구본을 든 소년

 엘리스는 미셸보다 일찍 죽는다는 걸 예상이라도 한 듯 모든 걸 준비해 뒀다. 심지어 자신의 관마저도.
 임시지만 무덤을 만들고자 미셸은 집 뒷마당을 파고 있었다. 삽질하는 내내 눈물이 멈추지 않았다. 가슴에 묻는다는 게 바로 이런 것인 모양이다. 지난 십 년간 엄마를 미워했다. 원치 않은 삶을 살게 만든 엄마를 증오했다.
 친구 한 명 사귈 수 없는 특별한 능력을 준 엄마를 용서할 수 없었다. 그런데 막상 엄마가 세상을 떠나고 나자, 모든 게 후회로 바뀌고 있었다. 엄마의 조언을 안 듣고 마구 능력을 쓴 탓에 위태로운 삶을 사는 동안 엄마는 미셸을 살리기 위해 십 년간 궁극의 아이를 연구했고 결국 단서를 찾아냈다.

엄마가 떠난 자리에는 그간 남몰래 자신을 위해 애쓴 흔적들이 고스란히 남아 있었다. 구덩이를 다 판 미셸은 엄마의 시신이 든 관을 구덩이 안으로 조심스럽게 밀어 넣었다. 엘리스가 거의 평생을 살았던 작은 집은 이제 영원한 안식처가 되어 버렸다. 그녀의 눈은 앞이 보이지 않을 정도로 퉁퉁 부어 있었다.

"내가 바보였어. 엄마 속도 모르고. 대신 약속할게. 내가 꼭 살아남을게. 꼭 할머니가 돼서 엄마를 만나러 갈게."

미셸은 한없이 흐느끼며 엄마의 관 위로 흙을 붓는 동시에 엄마를 죽인 놈들을 향한 분노가 치솟았다. 그들이 누구인지 추리할 필요도 없었다.

"악마 개구리 새끼들! 다 죽여 버리겠어!"

엄마를 묻은 후 미셸은 서둘러 패닉룸으로 향한 후 장비를 챙겼다. 모두 엘리스가 준비한 물품이었다.

패닉룸 캐비닛 안에는 상당량의 현금과 권총, 그리고 정체불명의 냉동 상자가 들어 있었다. 미셸은 상자를 열어 보았다. 안에는 일회용 주사약과 함께 엘리스의 메모가 적혀 있었다.

이건 트로돈 주사약이야. 마비 증상이 왔을 때 근육에 주사하도록 해. 하루 세 번까지 주사할 수 있어. 일시적이지만 도움이 될 거야.

자신을 위해 모든 걸 준비한 엄마를 생각하니 가슴이 저몄다. 하지만 언제까지 슬픔에 잠겨 있을 순 없었다. 목적을 알 순 없었지만 악마 개구리는 미셸을 없애려 하고 있었다. 그리고 상대는 자신과 같은 궁극의 아이였다.

"신라……."

녀석이 언제 다시 공격해 올지 모를 일이었다.

그는 악마 개구리로부터 지원을 받는 듯했다. 여러모로 불리한 상황이었다. 미셸은 전투 경험이 전혀 없었다. 그렇다고 넋 놓고 당할 생각은 추호도 없었다. 총과 탄약을 가방에 넣고 엄마가 마지막으로 지니고 있던 사진을 꺼내 들었다. 엘리스가 패닉룸으로 피신할 때 겨우 챙긴 벽에 붙어 있던 다섯 장의 사진이었다.

미셸은 다시 사진을 유심히 살폈다. 첫 번째는 금장 실크 블라우스를 입은 소년의 초상화. 두 번째는 파리야 소라지. 세 번째는 푸른 눈의 히피 남자. 마지막으로 아버지 신가야였다.

사진 속에선 특별한 걸 찾을 수 없었다. 미셸은 무심코 첫 번째 사진의 뒷면을 봤다.

지구본을 든 소년, 조반니 바티스타 모로니 작, 1564년 프랑스, 뉴욕 메트로폴리탄 미술관 소장

그림의 제목이었다. 미셸은 다른 사진들의 뒷면도 살폈다.

파리야 소라지, 1896년 네팔, 1963년 사망
존 마이어스, 1963년 로스앤젤레스, 1973년 실종

엘리스가 적은 메모였다. 위태롭고 가늘지만 연결된 단서. 조사할 필요가 있었다.

물론 이들은 서른 살을 넘길 순 없었지만, 실마리가 있을 가능성은 충분했다. 그뿐만 아니라 죽음에 관한 단서를 찾기도 전에 교감이 끊어졌으니 파리야 소라지와 다시 연결할 고리도 찾아야 했다. 가방을 챙기던 미셸은 안에 있던 라이터를 발견했다.

"설마."

미셸은 라이터의 불을 켰다. 작은 불꽃이 스테인리스 마개 위에서 일렁였다. 혹시나 하는 마음에 불꽃을 응시했지만 싸구려 가스불에 모습을 드러낼 소라지가 아니었다. 라이터를 집어넣고 나서기 직전, 한동안 잠잠하던 왼손에 기습처럼 고통이 몰아닥쳤다.

"아악!"

고통은 이전보다 심했다. 미셸은 제자리에 꼬꾸라져서 비명도 못 지른 채 뒹굴었다. 얼마나 아픈지 차라리 잘라 버렸으면 좋겠다고 생각할 정도였다. 그 순간 엄마의 주사약이 떠올랐다.

미셸은 바닥을 기어서 주사약을 꺼냈다. 그리고 있는 힘껏 허벅지에 꽂았다. 투명한 액체가 주삿바늘을 통해 혈관으로 흘러 들어갔다. 효과는 있었다. 잠시 후 온몸을 포박했던 고통이 서서히 물러갔다. 통증은 사라졌지만, 제자리에서 꼼짝도 할 수 없었.

그만큼 고통은 엄청났다. 단 몇십 초였지만 진이 빠질 정도로 힘들었다. 간신히 정신이 든 미셸은 왼손을 바라봤다. 검은 흉터는 어느덧 다섯 손가락 전부를 장악하고 있었다. 손가락 전체가 잉크에 담갔던 것처럼 검게 변해 있었다. 더 큰 문제는 손가락이 움직이지 않는다는 것이었다. 남의 손처럼 감각도 없었다.

미셸은 두려웠다. 떼어 낼 수 없는 시한폭탄을 매단 채 초침이 줄어드는 소리를 고스란히 듣고 있어야 하는 무력감이 몰려왔다. 그렇지만 이대로 떨고만 있을 수는 없었다. 미셸은 젖 먹던 힘까지 긁어모아 일어섰다.

개장 전인데도 미술관 앞은 관광객과 단체 관람을 온 고등학생들로 인산인해를 이루고 있었다. 미셸은 어쩔 수 없이 사람들과 함께 줄을 섰다. 고통의 여운으로 아직도 식은땀이 흐르고 있었다.

다행히도 얼마 후 미술관이 개장했다. 사람들이 줄을 서서 입장하자 미셸도 뒤를 따랐다.

세계 3대 미술관은 이름에 걸맞게 어마어마했다. 규모도 컸지만, 소장한 작품도 훌륭했다. 대부분의 관람객은 유명한 인상파 그림이 전시된 방으로 향했다. 미셸은 그들과 반대로 곧장 2층 유럽 그림 전시실로 향했다. 한가하게 그림이나 감상할 시간이 없었다.

널찍한 전시실에는 한쪽에 앉아 책을 읽고 있던 전시실 관리인뿐이었다. 덕분에 그림을 찾는 건 어렵지 않았다.

소년의 초상화는 두 번째 방구석에 걸려 있었다. 상반신 초상화는 가로세로 1미터 정도 크기였는데 세밀하고 사실적으로 묘사되어 있었다. 사진 속 소년은 금장 단추가 달린 자주색 비로드 재킷을 입고 한 손에 은으로 만들어진 지구본을 들고 있었다. 지구본에는 축구공보다 작은 크기로 아시아 대륙이 그려져 있었다. 배경에는 짙은 보라색 커튼이 드리워져 있었고 어울리지도 않는 두 개의 화분이 경비병처럼 소년 양옆에 보초를 서고 있었다. 배경은 어두웠고 소년만 조명을 받은 듯 밝게 그려져 있었다. 그리고 미셸을 모델로 그린 듯 똑같은 얼굴을 하고 있었다.

〈지구본을 든 소년〉 1564년 조반니 바티스타 모로니 작, 프랑스

그림 옆에 제목과 작가명이 황동 판에 적혀 있었다. 이어서 그 아래 또 다른 명패가 있었다.

에곤 바라크 기증, 2002년

"뭔가 있을 거야. 뭔가······."
미셸은 어떻게든 단서를 찾기 위해 안간힘을 썼다. 배경을 살피고 화분의 꽃을 관찰했다. 지구본에 그려진 대륙의 위치를 파악하고 소년의 의상에서 특이점을 찾으려 했지만, 눈에 띄는 건 없었다.
"모로니의 작품에는 비밀이 가득하죠."
누군가 갑자기 말을 걸었다. 미셸은 소스라치게 놀랐다.
"미안합니다. 놀라게 할 생각은 없었어요."
전시실 관리인이었다. 지긋한 50대 남자였는데 적당히 숱 없는 머리에 콧수염을 기르고 있었다. 그는 책 읽는 게 지루했는지 미

셸에게 말을 걸었다.

"보아하니 이 작품에 관심이 많은 것 같아서."

"비밀이라뇨?"

미셸이 넌지시 물었다.

"이 작품은 미술사적으로도 중요하지만 풀리지 않는 미스터리가 있어요."

직원이 그림에서 소년을 가리켰다.

"소년의 이름은 장 피에르 드 리슐리외. 17세기 프랑스 최고 권력자였던 아르망 장 뒤 플레시 드 리슐리외의 아들이죠."

"이름 한번 기네요."

미셸이 중얼댔다.

"혹시 〈삼총사〉라는 영화 알아요? 하나는 모두를 위해, 모두는 하나를 위해."

"들어 본 적 있어요."

"알렉상드르 뒤마의 소설 『삼총사』에 나오는 악당이 바로 리슐리외 추기경이에요. 실존 인물이죠."

"그게 이 그림이랑 무슨 상관이죠?"

미셸이 따지듯 묻자 담당자가 미소를 지으며 말했다.

"리슐리외는 성직자였어요. 고로 결혼을 하지 않았죠. 애인은 있었지만, 평생 자식을 갖지 않았어요. 야사에는 왕비 '안 도트리슈'와 불륜을 저질렀고 루이 14세의 친부라는 이야기도 있지만 증명된 건 없어요. 그런데 어느 날 갑자기 리슐리외는 저 소년을 양자로 입양해요. 소년에 관해서는 전혀 알려진 바가 없어요. 이탈리아 여행을 갔다가 길거리에서 죽어 가던 비렁뱅이의 아들을 데려왔다는 설도 있고, 당시 프랑스를 섭정했던 모후 '마리 드 메디시스'의 환심을 사기 위해 그녀의 숨겨진 자식을 입양했다는 설도 있어요. 사실 그런 것보다 더 재밌는 건 저 소년이 리슐리외의 목숨을 구했다는 거예요. 그것도 세 번이나."

그 말에 미셸은 처음으로 호기심을 보였다.

"구했다고요?"

"추기경이자 프랑스 재상이었던 리슐리외는 냉정하고 야심이 컸던 정치인이었어요. 그 때문에 정적이 많았죠. 모후 마리 드 메디시스를 등에 업고 정치계에 입문했지만, 재상에 앉은 뒤에는 오히려 루이 13세와 가까워졌어요. 배신감을 느낀 모후 마리는 왕좌를 노리던 루이 13세의 동생 가스통, 마리약 형제와 결탁해서 리슐리외를 제거하려고 했어요. 그뿐만 아니라 귀족과 제후들도 왕권을 강화하려던 리슐리외를 엄청나게 싫어했죠. 덕분에 그는 늘 암살 위험에 노출되어 있었어요. 잘 때도 항상 총을 곁에 두고 잘 정도였으니까요. 그러던 어느 날이었어요……."

담당자가 신나서 설명을 이어 나가는 동안 미셸은 장 피에르의 얼굴을 유심히 바라봤다. 그림 속 장 피에르는 인위적인 미소를 지은 채 정면 45도 각도를 응시하고 있었다. 설명할 순 없었지만, 미셸은 그와 연결되어 있다는 걸 어렴풋이 느낄 수 있었다. 저 멀리 네팔에서 백 년 전 소라지와 연결되었던 것처럼.

미셸은 오백 년 전 그의 기억을 떠올리기 위해 안간힘을 쓰며 눈을 마주쳤다. 그때였다. 45도 각도를 응시하던 장 피에르의 눈동자가 움직이더니 미셸을 바라보는 것이었다. 찰나, 두 사람은 눈이 마주쳤다. 그리고 오백 년의 간극을 뚫고 한 장면이 날아와 뇌리를 관통했다.

◈ ◈ ◈ ◈ ◈

아침 이슬이 마르기도 전 리슐리외는 미사복을 갖춘 채 전신 거울 앞에 서 있었다. 그는 평범한 키였지만 호리호리해서 실제보다 커 보였다. 정갈하게 수염을 기른 얼굴에는 군살 하나 없었고 비스듬히 뜬 회색빛 눈동자는 냉철했다.

잔뜩 긴장한 하인 둘이 시중을 들고 있었다. 오늘은 궁에서 미사가 집전되는 날이었다. 완벽주의자인 그는 옷매무새에 흠집 하나 없어야 했다. 붉은색 추기경복을 차려입은 리슐리외는 거울에 비친 자신을 꼼꼼히 살피더니 고개를 끄덕였다. 그러자 하인이 조심스레 금장 수레를 끌고 왔다. 수레에는 수십 개의 향수가 가지런히 놓여 있었다.

"오늘은 '신성한 욕망'으로 하지."

리슐리외가 가장 좋아하는 향수였다.

"네. 주인님."

하인이 향수병을 들어 리슐리외의 옷에 뿌리려던 순간이었다.

"잠깐."

장 피에르였다. 그가 소리치자 모두 돌아봤다.

"무슨 일이냐? 장 피에르."

리슐리외가 물었다. 장 피에르라는 이름은 리슐리외가 직접 지어 준 이름이었다.

"제가 약속드렸던 것을 기억하십니까? 아버님."

장 피에르의 말에 리슐리외의 눈빛이 변했다.

"그날이 오늘이냐?"

"그렇습니다."

"그래서 뭘 어쩌면 좋겠느냐?"

"오늘은 향수를 안 뿌리시는 게 좋겠습니다."

리슐리외가 하인들을 물리자 리슐리외가 다가왔다.

"그거면 되겠느냐?"

"대신 그 향수를 다른 시종에게 뿌리십시오. 비슷한 키와 외모를 가진. 그리고 그 시종을 먼저 입궁시키세요."

리슐리외는 만약을 대비해 늘 대역을 할 시종을 거느리고 있었다.

"그렇게 하마."

"그리고 미사복 안에 갑옷을 입으십시오."

장 피에르가 나지막이 말했다.

"오늘은 부활절 미사가 있는 날이야. 왕과 모든 귀족이 참석하는 자리란 말이다."

리슐리외가 불편한 듯 말했다. 하지만 장 피에르는 물러설 기미가 없었다.

"갑옷을 입으세요. 꼭!"

◈ ◈ ◈ ◈ ◈

 직원은 손짓 발짓을 보태 가며 열심히 설명 중이었다.
 "리슐리외는 향수를 상당히 즐겼는데 그중에도 머스크 향을 병적으로 좋아했다고 해요. 그가 나타나면 100미터 밖에서도 이 향이 날 정도였다니 말 다 했죠. 그런데 그날따라 양아들 장 피에르가 향수를 절대 뿌려선 안 된다고 말리는 거예요. 이상했던 리슐리외는 그날만은 향수를 뿌리지 않고 궁으로 향했죠. 그런데 놀랍게도 그의 사무실 복도에 자객이 숨어 있었던 거예요. 자객은 리슐리외의 향수를 단서로 암살하려고 준비하고 있었죠. 그런데 향수를 안 뿌린 덕에 복도를 무사히 지날 수 있었어요. 대체 장 피에르는 어떻게 그 사실을 알았을까요?"
 미셸은 그 이유를 잘 알고 있었다. 장 피에르는 16세기 궁극의 아이였다. 잠깐이지만 몇백 년의 틈을 뚫고 장 피에르와 교감할 수 있었다. 그렇다면 모든 궁극의 아이는 시대와 공간을 넘어 서로가 교감할 수 있다는 것인가.
 "그런데 왜 이런 얘기를 해 주는 거죠?"
 의심스러운 눈으로 묻는 미셸을 보며 직원은 기묘한 미소를 지었다.
 "제가 이 미술관에서 근무한 지 이십오 년이에요. 초상화 전시실에서만 십삼 년을 있었죠. 그런데 그림 속 주인공이 걸어 들어온 건 오늘이 처음이랍니다."
 직원은 미셸의 얼굴을 뚫어지게 바라봤다. 마치 희귀한 곤충을 수집하려는 듯. 당황한 미셸은 정체가 들통난 스파이처럼 주춤주춤 달아났다. 담당자는 그 모습을 응시하며 어디론가 전화를 거는 것이었다. 따르르르―, 따르르르―, 이윽고.

"오랜만이군. 밥."

지극히 사무적이고 냉정한 중년 남자.

"그 아이가 나타났습니다. 지금 나가고 있어요. 정문 쪽으로."

미셸은 관람객 사이를 달려 미술관을 빠져나가고 있었다. 직원의 시선은 끝까지 미셸을 좇고 있었다.

"확실한가?"

남자의 목소리가 조금 상기되었다.

"틀림없습니다. 찾으시는 그 아이가 분명해요. 보는 순간 그림 속에서 걸어 나온 줄 알았으니까요."

헐레벌떡 미술관을 나온 미셸은 주변을 살폈다. 무섭고 혼란스러운 나머지 주위 모든 사람이 자신을 감시하고 있는 것만 같았다. 미셸은 서둘러 그 자리를 떴다. 인파 속을 빠르게 걸으며 미셸은 사진을 꺼냈다. 그림 속의 소년은 궁극의 아이가 맞았다. 하지만 더 이상 단서를 찾을 순 없었다. 이제 남은 건 1973년에 실종된 존 마이어스뿐이었다.

답답했던 미셸은 담배를 꺼내 물었다. 라이터로 불을 붙이려는데 제대로 켤 수 없었다. 몇 번을 시도했지만, 라이터는 헛돌기만 했다. 왼손은 이제 움직이지 않았고 오른손도 제멋대로였다.

미셸은 오른손을 살폈다. 중지와 검지의 손톱이 검게 물들어 있었다. 어느새 오른손에도 검은 그림자가 드리워지고 있었다.
"빌어먹을!"
라이터를 집어 던지며 소리치자 지나던 행인 몇몇이 그녀를 힐끗댔다.
"뭘 봐! 미친년 처음 봐!"
행인들은 전염병이라도 걸린 동물을 본 듯 거리를 두며 빠르게 지나쳤다. 미셸은 무너지듯 주저앉았다. 사흘 전만 해도 죽음은 안드로메다 성운만큼 먼 이야기였다. 하지만 지금은 사방에서 조여 오는 거대한 벽처럼 그녀의 숨통을 조여 오고 있었다. 이대로 모든 걸 포기하고 죽음을 기다리는 게 차라리 낫다고 생각하려던 순간에 엄마의 말이 뇌리를 스쳤다.
'꼭 방법을 찾아. 미셸……, 넌 살아야 해.'
엄마는 그녀를 살리기 위해 십 년간 단서를 찾고 끝끝내 자신의 목숨마저도 버렸다. 이렇게 엄마의 죽음을 헛되이 할 수 없었다. 미셸은 다시 힘을 내서 일어섰다.

유럽 그림 전시실에는 여전히 관리인만이 남아 누군가와 통화 중이었다. 마치 하수도에서 사금이라도 발견한 표정으로.
"그 아이가 맞으면 약속한 금액을 주셔야 합니다."
"확인하는 대로 연락하겠네."
이 말을 남기고 상대방이 전화를 끊자 직원은 전시실이 떠나가라 환호성을 질렀다. 그때였다. 두 남자가 전시실로 들어오는 것이었다.

"오랜만이군요. 메트로폴리탄이라니. 전에는 가끔 점심 식사 후에 들르곤 했는데."

로드니였다. 그는 유니폼처럼 중산모에 영국식 슈트를 입고 우산을 들고 있었다.

"그런데 이 와중에 여긴 무슨 일로 온 걸까요?"

로드니가 동행한 사람은 신라였다. 그는 야구 모자를 비스듬히 쓰고 낡은 스니커를 끌며 전시실에 들어섰다. 신라는 전시실을 쓱 훑어보더니 직원에게 향했다.

"방금 왔던 여자, 무슨 그림을 봤나요?"

신라가 물었지만 직원은 할 말을 잃은 채 신라의 얼굴만을 바라봤다.

"당신 얼굴……?!"

그러자 신라가 최면에서 깨우듯 손가락을 튕기며 다시 물었다.

"아까 그 여자가 본 그림이 뭐냐니까?"

직원이 떨리는 손으로 〈지구본을 든 소년〉을 가리켰다. 신라는 곧장 그림으로 향했다. 뒤를 이어 로드니가 직원에게 다가왔다.

"잠깐 핸드폰 좀 볼 수 있을까요?"

"제 핸드폰은 왜……?"

로드니가 미소를 지으며 거부할 수 없는 손을 내밀었다. 직원은 어쩔 수 없이 핸드폰을 건네주자마자 로드니가 대뜸 핸드폰을 바닥에 던지더니 마구 짓밟는 것이었다. 갑작스러운 행동에 직원은 어이없이 바라보고 있었다. 이윽고 핸드폰이 가루가 되자 로드니가 지갑을 꺼냈다.

"새로 나온 핸드폰이 성능이 좋더군요. 이참에 바꾸시죠."

돈을 건네주고 로드니는 신라의 뒤를 따랐다. 신라는 자기 초상화를 감상하듯 〈지구본을 든 소년〉을 보고 있었다.

"16세기 궁극의 아이군요. 그런데 왜 이걸 보러 온 걸까요? 목숨이 위태로운 상황에."

신라는 씩 웃으며 답했다.

"기억상실증 환자가 왜 자기 과거를 쫓을까?"

"기억을 찾고 싶어서?"

갑자기 신라가 큰 소리로 웃기 시작했다.

"금수저는 존재 이유를 찾고 있는 거야! 죽음을 앞둔 늙은이처럼! 하하하!"

신라의 웃음소리가 전시실을 뚫고 미술관 전체로 울려 퍼졌다.

점심시간 5번가 교차로에는 수많은 사람이 신호를 기다리고 있었다. 미셸은 굳어 가는 손을 품에 넣은 채 인파 속에 묻혀 있었다.

그녀가 향하는 곳은 뉴욕 공립도서관이었다. 그곳에는 지난 백년간 출간된 모든 신문 기사가 보관되어 있었다. 그중에는 1973년에 실종된 존 마이어스에 관한 기사가 있을 게 분명했다.

신호가 파란불로 바뀌자, 사람들이 밀물처럼 흘러가기 시작했다. 미셸도 그 틈에 끼여 길을 건너고 있었다. 건널목 중간쯤에 다다랐을 때였다. 왼쪽 눈에 섬광이 번쩍이듯 미래의 모습이 스쳐 지나갔다. 그것은 능력이 보내는 일종의 경고였는데 앞으로 벌어지게 될 사건을 암시하는 것이었다. 그리고 대부분 목숨이 걸린 위험한 일이었다. 하지만 사진 플래시가 터지듯 순식간에 지나가서 모든 걸 정확히 기억할 순 없었다. 미셸은 깨진 파편 조각을 모으듯 조심스럽게 장면들을 떠올렸다. 그러자 현상액 속에서 사진이 모습을 드러내듯 하나씩 수면 위로 올랐다.

첫 번째 장면은 도심 뒷골목 폐공장의 벽이었다. 화재에 그을린 붉은 건물 벽에 문장이 적혀 있었다.

전생의 기억…… 이곳으로…… 브루클린 포스터…… 234……

흰색 페인트로 갈겨 쓴 글자는 지저분한 낙서 사이에 적혀 있었는데 일부는 소실되고 일부만이 남아 있었다.

두 번째 장면은 복슬복슬한 머리를 포니테일로 묶은 한 소녀가 열쇠를 든 채 미셸을 바라보고 있었다. 소녀는 문지기처럼 놋쇠로 된 열쇠를 들고 말했다.

'미안해요. 어쩔 수 없었어요.'

이어 벼락처럼 문이 닫혔다.

세 번째는 초상화가 서서히 불타는 장면이었다. 초상화의 주인은 미셸이었다. 연필로 그린 미셸의 얼굴이 타들어 가더니 결국 재로 변했다.

빵빵. 경적 소리에 미셸은 현실로 돌아왔다. 어느새 신호는 붉은색으로 바뀌었고 혼자 도로 한복판에 서 있었다. 인내심 없는 자동차들이 연신 경적을 울려 대며 지나갔다.

 반대편에 도착한 미셸은 아까의 장면을 되뇌었다. 그중 첫 번째 장면은 누군가 의도적으로 미셸의 기억 속에 들어와 메시지를 남긴 것이었다. 미셸은 단박에 메시지의 주인을 알 수 있었다.

 "신라! 이 빌어먹을 자식!"

 녀석이 어떻게 자신의 기억 속으로 들어왔는지 알 순 없었지만, 함정일 게 뻔했다. 하지만 메시지에는 거부하기 힘든 내용이 포함되어 있었다.

 전생의 기억

 녀석은 미셸이 찾고 있는 게 뭔지 정확히 꿰뚫고 있었다. 어차피 녀석과의 결투는 피할 수 없었다. 그렇다면 정면으로 상대할 생각이었다.

 "택시!"

 미셸은 손을 들어 지나가던 택시를 잡았다.

 "어디로 갈까요?"

 택시 기사가 물었다.

 "브루클린 포스터 에비뉴 234번지."

 기사는 브루클린 다리를 향해 핸들을 틀었다.

 미셸은 눈을 감고 기억의 징검다리를 찾았다. 그러나 어쩐 일인지 나타나지 않았다. 갑작스러운 사건들 때문에 집중력이 흐트러진 탓이리라. 미셸은 마음을 가라앉히기 위해 창밖 풍경을 바라봤다.

 지난밤에 내린 소나기 덕에 청명하게 드러난 푸른 하늘이 뉴욕을 감싸고 있었다. 가을 햇살을 즐기는 뉴요커들이 거리를 메우고 단풍을 앞둔 나무들이 옷을 갈아입고 있었다. 차창 너머에는 평화로운 오후가 느리게 흘러가고 있었다. 미셸은 이별 사진을 찍듯 도시의 가을을 눈에 담았다. 이런 흔한 평화가 얼마나 소중한지 비로소 깨닫고 있었다. 그녀에겐 이 오후 햇살이 마지막일 수도 있었다.

 택시는 어느덧 브루클린 다리를 지나 다운타운으로 들어서고 있었다. 브루클린 도서관을 쭉 지나 미를 에비뉴로 들어서던 순간이었다. 차창 너머로 붉은색 폐공장이 번쩍 등장했다.

 "멈춰요!"

 미셸이 소리치자 택시가 급정거했다.

 "잠깐만 기다려 줘요."

 불에 그을린 붉은 벽. 분명 첫 번째 기억 중 일부였다.

 미셸은 건물 사이로 난 골목으로 들어섰다. 그러자 막다른 골목처럼 낡은 벽이 나타났다. 거기엔 기억의 부스러기들이 모여 있었다.

 여기저기 떨어져 나간 벽돌, 어설픈 그라피티와 적나라한 욕지거리. 방금 기억에서 봤던 그 벽이 틀림없었다. 하지만 문장은 보이지 않았다. 뭔가 이상했다. 미셸의 기억까지 침입해서 메시지를 남길 정도면 현실에도 남아 있어야 했다. 미셸은 다가가 문장이 적혀 있던 벽을 만져 보았다. 그런데 벽은 최근에 다시 보수한 것처럼 시멘트가 덧발라져 있었다.

미셸은 주변에서 쓸 만한 도구를 찾았다. 폐공장 안에 공사용 철골 자투리가 버려져 있었다. 미셸은 철골을 주워 시멘트 벽을 긁어내기 시작했다. 그렇게 얼마쯤 긁어내자 덮여 있던 시멘트가 부서지며 온전한 문장이 모습을 드러냈다.

전생의 기억을 찾고 싶다면 이곳으로 와라. 브루클린 포스터 에비뉴 234, 1-1405

숨겨진 문장은 기억에서 봤던 것과 일치했다. 중간중간 지워진 부분까지 적혀 있었다. 미셸은 다시 택시로 돌아갔다.

신라의 능력은 생각보다 강력한 것 같았다. 미셸과의 대결을 오래전부터 치밀하게 준비한 게 틀림없었다. 시멘트의 상태로 볼 때 메시지는 적어도 수개월 전 적어 놓은 게 분명했다. 미셸이 기억할 수 있는 미래는 고작 한 달에 불과했다. 그뿐만 아니라 녀석은 미셸의 기억까지도 꿰뚫어 볼 수 있는 모양이었다. 여러모로 불리한 상황이었다. 머리가 복잡해졌다.

"저 아파트가 234번지예요."

택시 기사가 건물 앞에 차를 멈췄다. 미셸은 택시비를 계산하고 곧장 아파트로 향했다.

아파트는 단 두 동뿐이었다. 미셸은 그중 첫 번째 동으로 향했다.

20층 정도 되는 아파트는 서민들이 사는 평범한 아파트였다. 입구에 관리실이 있었지만 비어 있었다. 낡은 소파가 놓여 있던 로비를 지나자 엘리베이터가 나타났다.

한 소녀가 핸드폰을 만지작거리며 엘리베이터를 기다리고 있었다. 소녀는 검은 피부에 복슬복슬한 머리를 포니테일로 묶고 있었다. 미셸은 천천히 소녀 곁으로 다가갔다. 얼굴을 확인하려는데 엘리베이터 문이 열렸다. 소녀는 핸드폰에 집중하며 올랐다.

"안 타요?"

흑인 소녀가 힐끗 물었다. 미셸은 그제야 소녀의 얼굴을 확인할 수 있었다. 기억 속의 소녀였다. 미래 기억이 하나둘 맞아떨어지고 있었다. 남은 건 불타는 미셸의 초상화였다. 미셸은 긴장을 늦추지 않고 엘리베이터에 올랐다. 14층 스위치를 누르는데 어쩐 일인지 작동하지 않았다.

"14층은 안 가요."

소녀가 연신 타이핑을 하며 말했다.

"왜?"

"14층은 비어 있어요."

"전체가?"

소녀가 고개를 끄덕였다.

"14층에 가려면 관리인한테 열쇠를 받아야 해요."

"관리인이 누군데?"

"우리 엄마."

미셸이 50달러 지폐 한 장을 꺼냈다. 그제야 소녀가 핸드폰에서 눈을 뗐다.

소녀는 오래지 않아 돌아왔다. 손에는 묵직한 열쇠 꾸러미를 들고 있었다. 모두 놋쇠로 된 열쇠들이었다. 소녀는 능숙하게 열쇠 하나를 고르더니 전원 상자에 꽂았다. 열쇠를 돌리자 14층 스위치에 불이 들어왔다. 이윽고 문이 열리자 길고 어두운 복도가 펼쳐졌다. 14층이었다.

"여긴 왜 가려는 거예요? 아무도 안 사는데."

"찾을 게 있어서."

그러자 소녀가 열쇠 하나를 건네줬다. 손때가 잔뜩 묻은 열쇠에는 1405호라고 적혀 있었다.

"수고했어."

미셸이 50달러를 건넸다. 소녀는 냉큼 돈을 챙기더니 엘리베이터 문을 닫았다. 순간 미셸이 문틈에 발을 끼워 넣었다.

"왜 여기만 비어 있는 거지? 다른 층은 멀쩡한데."

소녀가 모르겠다는 듯 어깨를 으쓱했다. 미셸은 하는 수 없이 50달러 한 장을 더 꺼냈다.

"여긴 원래부터 비어 있었어요."

"너 여기서 얼마나 살았니?"

"태어나서 쭉."

소녀는 50달러를 낚아채고는 사라졌다.

복도에는 오랜 시간 갇혀 있던 눅눅한 공기와 어둠만이 남아 있었다. 미셸은 복도를 지나며 호수를 확인했다. 1401……, 1402……, 1403……. 복도는 누군가 강제적으로 거주민을 퇴거시킨 듯 벽과 바닥이 심하게 긁혀 있었다. 가끔 만기일이 지난 쿠폰들이 발에

챌 뿐이었다. 미셸은 계속해서 복도를 지나갔다.

1405. 낡은 문 위에 황동으로 적힌 숫자. 미셸은 권총을 꺼내 탄창을 확인했다. 이곳은 신라의 함정이 분명했다. 어떤 부비트랩이 기다리고 있을지 알 수 없었다. 미셸은 심호흡하고 열쇠를 꽂았다.

끼익. 문을 열고 들어서자 작은 스튜디오형 집이 나타났다.

40제곱미터 정도 크기의 집에는 가구와 가재도구들이 갖춰져 있었는데 조금 전까지 누군가 살았던 것처럼 사람의 향취가 고스란히 남아 있었다. 미셸은 집 안을 둘러보았다. 가재도구로 미루어 볼 때 집주인은 여자였다. 그것도 20대의 여성이었다.

레이스가 달린 원피스, 형형색색 립스틱과 마스카라, 그리고 냉장고에 붙은 다이어트 식단. 하이힐도 구색을 갖추고 있었고 속옷도 젊은 여성 취향이었다. 하지만 모든 게 한 세대 뒤처져 있었다.

마치 오래전 집주인이 모든 걸 버리고 종적을 감춘 듯, 한 세대 전에 시간이 멈춰 있었다. 먼지가 뽀얗게 쌓인 유리창 너머로 격리된 현재가 스크린에 투영된 영화처럼 상영되고 있었다.

"왜 날 여기로 유인한 거냐?"

미셸은 권총을 꼭 쥔 채 방 안 여기저기서 단서를 찾다가 창가 책상 위에 있던 뭔가를 보았다. 척 보기에도 의도적으로 놓고 간 게 느껴지는 하얀 사각 물체. 초상화였다.

세 번째 미래 기억에서 봤던 바로 그 초상화였다. 연필로 스케치하듯 그린 것이었는데 훌륭한 솜씨였다. 그런데 자세히 보니 초상화의 모델은 미셸이 아니었다. 모델은 짧은 머리에 장신구 따윈 하나도 달고 있지 않았다. 미셸은 이제껏 한 번도 머리를 짧게 자른 적이 없었다. 그리고 입술과 귀에 여러 개의 피어싱 링을 달고 있었다. 그 그림 아래 화가의 서명이 적혀 있었다.

엘리스

그림을 그린 화가는 다름 아닌 엄마였다. 그렇다면 그림 속 모델은.
"아빠?!"
신라가 유인한 장소는 젊은 시절의 엄마와 아빠가 살았던 집이었다.
미셸은 책상 서랍을 뒤졌다. 서랍 속에는 미술용 연필과 물감 등이 들어 있었다. 낡은 사진 한 장도 있었다. 젊은 시절 엘리스와 가야가 나란히 찍은 사진이었다. 두 사람 모두 풋풋한 이십 초반으로 티 없이 맑게 웃고 있었다. 미셸은 자기보다 어린 부모의 사진을 한참 동안 바라봤다.
"엄마가 참 예뻤구나."
미셸은 사진을 챙기고 다시 집 안을 둘러보기 시작했다.
책장에는 엄마가 좋아했던 로맨스 소설들이 꽂혀 있었고 립스틱도 엄마가 바르던 브랜드였다. 한쪽 귀퉁이에는 엄마가 취미로 그리던 습작들과 이젤 등 미술 도구가 장작처럼 쌓여 있었다. 사용하던 치약과 비누, 헤어젤도 당시 모습 그대로 보존되어 있었다. 한마디로 집 전체를 방부 처리라도 한 듯 이십 년 전 모습을 고스란히 유지하고 있었다. 누군가 의도적으로 보존한 게 틀림없었다.
 그때였다. 따르릉―, 따르릉―, 어디선가 전화벨이 울렸다. 고전 영화에나 등장하는 유선 전화 벨 소리였다. 침대 옆 협탁에 고리짝 전화기가 놓여 있었다. 미셸은 망설이다가 수화기를 들었다.
 "젊은 시절의 부모님 집을 보니 기분이 어때? 금수저."
 신라였다.
 "우리 엄마를 죽인 게 너냐? 대답해!"
 미셸이 칼을 갈듯 나지막이 물었다.
 "잘못 짚었어. 네 어머니를 죽인 놈은 따로 있어. 내 적은 너 하나로 족해."
 그렇다면 범인은 뻔했다.
 "악마 개구리 놈들한테 전해. 반드시 대가를 치를 거라고. 한 놈도 살려 두지 않겠다고."
 미셸은 간신히 분을 억누르고 있었다.
 "그 전에 나부터 지나가야 할 거야."
 "전화 따위 하지 말고 직접 덤비지 그래? 겁쟁이 새끼."
 미셸이 가공의 신라를 향해 총을 겨누며 소리쳤다.
 "궁금한 게 있는데. 벽에 적힌 글, 언제 봤지?"
 "헛소리 말고 덤벼!"
 "주소 아래 적어 놓은 건 못 봤군."
 "주소 아래?"
 미셸은 움찔했다. 벽에 또 다른 메시지가 있었다는 건가.

"멍청한 년. 첫 번째 메시지는 못 봤구나!"

수화기를 타고 신라의 웃음소리가 전해졌다.

"또 무슨 헛소리를 써 놓은 거야!"

순간 웃음소리가 사라졌다.

"뭐라고 썼냐면."

미셸은 등골이 서늘했다.

"네가 만들어진 곳이 네 무덤이 될 거야."

이 말을 끝으로 전화가 끊어졌다.

"내가 만들어진 곳?!"

사진 속에서 젊은 시절의 엄마와 아빠가 환하게 웃고 있었다. 그때 문에서 인기척이 느껴졌다. 미셸은 황급히 총을 겨눴다.

문에는 그 소녀가 서 있었다. 한 손에 놋쇠 열쇠를 든 채. 기억 속 모습 그대로였다.

"미안해요. 어쩔 수 없었어요."

이 말을 남기고 소녀는 문을 닫았다. 철컥. 뒤이어 자물쇠 잠그는 소리가 들렸다. 미셸은 달려가 문고리를 돌렸다. 그러나 단단히 잠긴 문은 꼼짝도 하지 않았다.

"꼬마야. 이 문 열어 줘!"

미셸이 소리쳤지만 소용없었다. 문 너머에서는 소녀의 발소리가 멀어져 가고 있었다. 저벅저벅. 미셸은 또 다른 비상구가 있는지 확인하기 위해 창가로 달려갔다.

쨍그랑. 순간 창문을 깨고 총알 한 발이 날아왔다. 총알은 간발의 차이로 미셸을 비껴갔다. 그런데 총알은 미셸을 겨냥한 것이 아니었다. 날아온 총알은 벽에 박히더니 하얀 불꽃을 일으켰다. 소이 탄환이었다. 불꽃은 순식간에 주변으로 퍼져 나갔다.

이어서 또 한 발이 날아들었다. 탄환은 반대편 책장을 겨냥했다. 오래된 종이를 만난 불꽃은 단번에 거대한 화염 덩어리로 변했다. 미셸은 창문을 열어 보았지만, 문고리가 낡아 꼼짝도 하지 않았다. 화염은 어느새 방 안 전체로 번져 가고 있었다. 스프링클러도 작동하지 않았고 소화기도 없었다. 화장실에서는 역시나 물 한 방울 흘러나오지 않았다.

따르르릉—, 따르르릉—, 소방 경보가 울리고 있었다.

미셸은 정신을 잃지 않으려 안간힘을 쓰며 다시 창가로 달려갔다. 창틀이 좁아 빠져나갈 수 없을 것 같았다. 게다가 여기는 14층이었다. 불길은 어느새 방 전체를 뒤덮고 시커먼 유독가스를 내뿜고 있었다. 미셸은 깨진 창문에 코를 박고 간신히 숨을 몰아쉬었지만 소용없었다. 위압적으로 덮쳐 오는 열기와 가스에 의식이 흐려졌다. 화마에 휩싸이기 직전이었다.

쿵—, 쿵—, 희미해지는 의식 저편에서 문 부수는 소리가 들려왔다. 뒤이어 문이 부서지더니 누군가가 미셸을 향해 달려왔다. 화염을 뚫고 다가온 누군가는 황급히 미셸을 부축했다. 미셸은 흐려지는 시선 속에서 누군가를 바라봤다. 멀어지는 의식 저편에 누군가의 얼굴이 퍼즐처럼 맞춰졌다.

그런데 퍼즐 속 완성된 얼굴은 지극히 익숙한 얼굴이었다. 짧게 자른 머리, 강단 있는 눈매, 그리고 거울을 마주한 듯 똑같은 이목구비. 소라지였다. 그녀가 미셸을 들쳐업으며 말하는 것이었다.

"미래에 끌려다녀선 안 돼, 꼬맹아. 미래는 네 손안에 있어."

소라지의 어깨에선 파릇한 풀 냄새가 났다. 마치 숲 한가운데 누워 있는 것처럼. 미셸은 울창한 나뭇잎 사이로 비치는 햇살을 상상하며 의식을 잃었다.

궁극의 아이 2 넥스트 차일드

해 뜨는 집

사람들은 그곳을 '해 뜨는 집'이라고 불렀다. 말 그대로 붉은 지붕 위로 아침 해가 뜨기도 했지만, 그보다도 '신'이라 불리는 존재가 살기 때문이었다.

카말과 계약한 소라지는 매주 목요일 밤이면 거처를 빠져나와 나라얀히티 거리에 있는 거처로 향했다. 카트만두에서 가장 크고 화려한 저택, 카말의 집이었다.

카말의 인맥과 수완, 거기에 놀라운 예언 능력이 더해지자, 소라지는 순식간에 네팔 전역에 유명세를 떨쳤다. 인도와 중국, 심지어 저 멀리 이란에서도 찾아올 정도였다. 소라지는 예언의 대가로 술과 아편, 서양 문물 등 원하는 걸 얻었고 카말은 유력 인사들로부터 특혜를 누렸다.

소라지는 사람들에게 '신의 붓'이라 불리고 있었다. 말 대신 글로 예언하기 때문이었다. 모두 신분을 감추기 위한 방편이었는데 이것이 오히려 신비롭게 느껴졌고 그의 명성은 더욱 높아져 갔다.

그날도 카말의 저택에는 '신의 붓'을 만나기 위해 모여든 많은 이들로 인산인해를 이루고 있었다.

비단잉어가 뛰노는 연못을 지나 진귀한 나무들이 장식된 정원을 지나면 커다란 2층 목조 건물이 나타났다. 본래 시청으로 사용됐던 건물이었는데 영국의 지배하에 들어간 후 버려진 것을 카말이 매입하여 개조한 것이다. 외형은 네팔 전통 가옥인 가르(Ghar)의 형태를 취하고 있었지만, 내부는 동서양이 적절히 섞인 화려한 인테리어로 장식되어 있었다. 입구에 설치된 중국풍 사자 석상을 지나면 프랑스제 샹들리에가 달린 넓은 거실이 나타났고 그 아래 양장을 차려입은 사람들이 모여 파티를 즐기고 있었다.

시장과 경찰서장을 비롯해 간다크주 최대 농장주와 은행장 등 네팔의 유력 인사들이 모두 모여 있었다. 심지어 영국군 사령관까지 수시로 드나들었다. 그들은 서양 술과 수입 식재료로 조리한 고급 요리를 먹고 아편을 피우며 파티를 즐겼다.

하지만 소라지의 거처는 다른 곳에 있었다. 본관 뒤에 자리 잡은, 과거 시장 관사였다. 본관 뒤 떡갈나무 오솔길을 지나면 나타나는 아담한 건물이었다. 입구에는 두 명의 건장한 경호원이 지키고 있었다.

"정말 별 탈 없겠죠? 카말 씨."

양복이 영 어색한 중년 남자는 연신 불안해했다. 그는 유명한 녹차 무역상이었다.

"걱정 마세요. 여기서 있었던 일은 전부 무덤까지 가져갈 겁니다. 그리고 그분께선 이미 모든 걸 알고 계세요. 그보다 프랑스 정무관과 식사 자리는 확실한 거겠죠?"

카말이 물었다.

"물론이죠. 그랜드호텔에 묵고 있으니까, 연락만 하면 만나 줄 겁니다. 그놈도 한 건 못 해서 안달이 났어요."

카말이 만족스러운 듯 미소를 지었다. 그가 웃으면 깨진 거울에 사물이 일그러지는 듯 왜곡되는 것 같았다.

"명심할 건, 절대 얼굴을 봐도, 먼저 질문해서도 안 됩니다."

카말은 단호하게 말했다.

"그럼 어떻게……?"

"그분께서 다 알아서 하실 겁니다."

경호원이 문을 열어 주자 두 사람은 집 안으로 들어섰다. 별관 내부는 허름한 겉모습과 달리 화려하게 꾸며져 있었다.

맹목적인 사랑을 베푸는 부모가 자식을 위해 진귀한 물건을 모아 놓은 것처럼 온갖 잡동사니로 가득했다. 축음기에선 최신 파리 유행 음악이 흘러나왔고 벽에는 버스터 키튼의 무성 영화가 상영되고 있었다. 여러 개의 오르골이 도미노처럼 탁자에 진열되어 있었고 유럽 각 도시를 대표하는 스노볼이 카펫 위를 뒹굴고 있었다. 파리에서 공수된 최신 원피스와 하이힐이 소파에 널브러져 있었고 먹다 남은 생일 케이크에 곰팡이가 활짝 피어 있었다. 카말은 제설차처럼 통로를 만들며 지나갔다. 잡동사니 미로를 통과하자 커튼이 내려진 또 다른 공간이 나타났다. 커튼 너머에는 누군가가 침대에 누워 아편을 피우고 있었다.

"선생님. 손님을 모셔 왔습니다."

카말이 정중하게 말했지만 커튼 너머에서는 아편 연기만이 아른거릴 뿐이었다.

"선생님?"

그때 커튼 아래로 얼음 통이 나왔다.

"얼음 더 가져와."

소라지였다. 그런데 어딘가 달랐다. 나사가 풀린 듯, 하지만 장중을 압도하는 묘한 위압감이 느껴졌다.

"네, 준비하겠습니다."

이번엔 반쯤 마신 위스키 병이 굴러왔다.

"맛없어. 딴 거 가져와."

"드시던 걸로 준비하겠습니다."

카말은 얼음 통과 위스키를 들고 방을 나섰다. 카말은 나가기 전 무역상에게 입 다물라는 신호를 남겼다. 방에는 커튼을 사이에 두고 무역상과 소라지만 남아 있었다. 무역상은 호기심을 이기지 못하고 슬쩍 커튼 안을 보려고 했다.

"내 얼굴 보면 죽어야 되는데 괜찮겠어?"

소라지의 말에 무역상은 바로 꼬리를 내렸다. 무역상은 질문이 입가를 맴돌았지만 한마디도 못 한 채 서 있었다. 그렇게 몇 분간 어색한 침묵이 흘렀다.

소라지가 문득 생각난 듯 부스럭대며 뭔가를 찾더니 주섬주섬 뭔가를 적었다. 잠시 후 커튼 아래로 종이 한 장이 고개를 내밀었다. 무역상은 낚아채듯 종이를 집었다.

중국행 양귀비 밀수범 검거, 17년 형 선고

"이게 뭐죠?"
무역상이 물었다.
"내일 아침 신문 기사."
소라지가 아편을 빨며 대답했다. 그 말에 무역상은 사색이 돼서 방을 빠져나갔다. 마침 술과 얼음을 들고 돌아오던 카말과 마주쳤다.
"어딜 가요? 씽 사장."
"나중에 얘기해요. 지금 급해서!"
무역상은 신발이 벗겨진 것도 모른 채 꽁무니를 뺐다. 카말은 익숙한 듯 씩 웃었다.
"여기 술 가져왔습니다. 늘 드시던 탈리스커 18년산입니다."
카말이 커튼 너머로 술과 얼음을 밀어 넣었다.
"좀 살살 하지 그러셨어요."
"그냥 보이는 대로 말했을 뿐이야."
소라지는 새로 온 위스키 뚜껑을 땄다.
"그보다 진짜 손님이 기다리고 있어."
"오늘 예약한 손님은 저 사람이 마지막인데요?"

카말이 의아한 듯 물었다.

"거실에 가 봐. 손님이 간 보고 있어."

"누군지 말씀해 주실 순 없을까요?"

그러자 소라지가 한 모금 들이켜며 말했다.

"눈이 아주 파래."

거실에서는 파티가 한창 무르익고 있었다. 그 속에서 카말은 파란 눈의 외국인을 찾았다. 모두 세 명이었다. 그중 두 명은 낯익은 사람이었다. 영국군 대령과 그의 보좌관이었다. 나머지 한 사람은 처음 보는 얼굴이었다.

카말을 발견한 대령이 낯선 외국인과 함께 다가왔다.

"왜 이렇게 얼굴 보기가 힘들어요, 카말 씨. 얼마나 찾았는데."

대령은 이미 얼큰하게 취해 있었다. 반면 낯선 외국인은 술잔을 장식처럼 들고 있었다. 그는 밤인데도 불구하고 짙은 선글라스를 끼고 있었다. 검은 선글라스 너머로 날카로운 눈매가 느껴졌다.

"죄송합니다. 대령님. 오늘따라 부르시는 분이 많아서요. 그보다 처음 뵙는 분이군요."

카말이 낯선 외국인에게 인사를 청했다.

"그렇지 않아도 소개해 주려고 했는데. 이쪽은 우리 대영제국 대사관에 근무하는 스티븐 미들턴 군무관. 여기는 이 저택의 호스트 카말 라메쉬 선생."

대령이 두 사람을 소개했다. 그러자 낯선 외국인이 악수를 청했다.

"말씀 많이 들었습니다, 카말 씨. 잘 부탁합니다."

"제가 잘 부탁드립니다, 미들턴 군무관님."

카말도 정중히 손을 잡았다. 인사차 고개를 숙이는 순간 선글라스 너머로 미들턴의 눈이 살짝 드러났다. 그의 눈은 잉크가 떨어진 것처럼 파랬다.

"군무관이면 군인이시군요, 미들턴 씨."

"정보국 출신이야. 내 휘하에도 있었지."

대령이 대신 답했다. 미들턴은 예의 바른 인형처럼 사무적인 미소를 지었다.

"그런데 카말 씨. 우리 스티븐 군무관이 부탁할 게 있다는데."

대령이 넌지시 본론으로 들어갔고 카말은 이미 내용을 예상하고 있었다.

"어떤 부탁이죠?"

"여기 아주 특별한 분이 계신다고 들었거든."

소라지의 예언은 여지없이 적중했다.

낯선 이에게 소라지를 소개하는 건 규칙에 어긋나는 일이었고 이제껏 한 번도 그런 일은 없었다. 하지만 대령의 간곡한 부탁을 거절할 수는 없었다. 카말은 어쩔 수 없이 미들턴을 데리고 별관으로 향했다. 카말은 미들턴에게 규칙을 강조했지만, 꺼림칙한 기분을 지울 수 없었다.

"한 가지 묻겠습니다."

카말이 들어서다 말고 돌아섰다.

"그분께 뭘 물으려는 건가요?"

미들턴은 선글라스 너머로 카말을 응시했다.

"신의 붓은 묻지 않아도 뭘 물으려는지 안다고 들었소. 그러니 당신도 묻지 마시오."

차가운 이방인이 카말은 맘에 들지 않았다. 대령과의 약속만 아니었다면 당장 돌려보내고 싶었다.

"선생님. 손님이 오셨습니다."

소라지는 여전히 커튼 뒤에서 묵묵히 아편을 빨아 댔다. 미들턴은 커튼 너머 소라지를 매섭게 응시하고 있었다.

"선생님."

카말이 작게 재촉했다. 그러나 소라지는 묵묵부답이었다.

"오늘 너무 손님이 많아서 피곤하신가 봅니다. 다음에 다시 날을 잡으시죠."

카말은 정중히 말했다. 말은 그렇게 했지만, 적당히 돌려보내려는 심산이었다.

"신의 붓, 웃기고 있네. 미개한 아시아 놈들."

미들턴은 들으라는 듯 내뱉고는 매몰차게 자리를 박찼다. 카말은 욱하는 마음을 간신히 억누르며 뒤따랐다. 이제 문을 나서려던 참이었다. 갑자기 소라지가 괴성을 지르는 것이었다.

"아아아악!!!!"

놀란 카말이 헐레벌떡 소라지에게 달려갔다.

"무슨 일이십니까! 왜 그러세요?!"

순간 소라지가 커튼을 젖히며 나타났다. 그녀는 폭포수처럼 눈물을 흘리고 있었다. 그러더니 떨리는 손으로 미들턴을 가리키며 소리쳤다.

"저놈들이……! 저 더러운 양놈들이 우리 왕을!! 우리 왕을!!!!"
피를 토하듯 이 말을 남기고 소라지는 정신을 잃었다.
"소라지 님! 정신 차리세요! 소라지 님!"
갑작스러운 일에 당황한 카말이 부축했다. 그러나 소라지는 완전히 의식을 잃었다. 그 모습을 본 미들턴은 계획이 들통난 암살자처럼 달아났다.

카말은 일단 소라지를 침대로 옮겼다. 그리고 맥박과 호흡을 쟀다. 다행히 큰 문제는 없어 보였다. 카말은 얼음을 수건에 싸서 이마를 감쌌다.

"대체 뭘 봤기에."
카말이 한숨 돌리기도 전에 정문 쪽에서 요란한 굉음이 들렸다. 뒤이어 일개 무리가 몰려오는 소리가 전해졌다. 불길했다. 카말이 바깥 정황을 살피려고 문을 열자마자 경호원이 소리쳤다.
"어르신! 달아나셔야 합니다!"
"무슨 일이냐? 왜 이리 소란스러워!"
"영국군이 쳐들어왔습니다. 사람들을 닥치는 대로 잡아가고 물건을 마구 부수고 있습니다. 지금 이리로 오고 있습니다. 서두르십시오!"
경호원의 말대로 영국군이 몰려오는 소리가 들렸다.
"선생님을 모시는 동안 시간을 끌어라!"
카말은 서둘러 소라지를 업고 뒷문을 향해 달렸다. 영국군은 간발의 차이로 별관으로 들어왔다. 소총으로 중무장한 영국군은 들어서자마자 소라지를 찾기 시작했다. 잠시 후 검은 선글라스를 낀 미들턴이 나타났다.

"무슨 일이 있어도 그 점쟁이를 찾아야 한다. 카말이란 자도 함께."

"옛!"

영국군은 별관을 구석구석 뒤지기 시작했다. 그사이 카말은 비밀 통로로 은밀히 저택을 빠져나와 산길을 달렸다.

그가 향하는 곳은 이런 일에 대비해 만들어 놓은 은신처였다. 그 은신처는 저택으로부터 이백여 미터 떨어진 산속이었는데 입구를 나뭇가지로 가려 외부에선 알아볼 수 없게 꾸민 자연 동굴이었다.

카말은 허파가 터지라 달려 간신히 은신처에 도착했다. 은신처에는 간이 매트리스와 간단한 가재도구, 호롱불 등이 갖춰져 있었다. 카말은 소라지를 매트리스에 눕히고 서둘러 입구를 가렸다. 잠시 후 영국군 수색대가 은신처 입구에 도착했다. 카말이 별관을 빠져나갔다는 사실을 알아차린 모양이었다.

카말은 숨죽이고 이들이 지나가길 기다렸다. 수색대는 사방으로 흩어져 두 사람을 찾았다. 입구 주위를 수색하던 한 명의 영국군 때문에 위기에 빠질 뻔했지만, 짙은 어둠 덕분에 무사히 넘어갈 수 있었다. 이윽고 영국군의 기척이 멀어지자 카말은 안도의 한숨을 내쉬었다. 만약을 대비해 호롱불도 켜지 않고 숨을 돌렸다.

그렇게 몇 분쯤 지났을까.

"아악!"

소라지가 비명을 지르며 깨어났다.

"접니다, 카말. 진정하세요. 이제 괜찮아요, 소라지 님."

카말이 진정시키려 했지만 소라지는 미친 듯이 몸부림을 쳤다.

"아아악!"

"제발, 진정하세요! 제발!"

카말이 소라지의 사지를 포박하며 외쳤다. 두 사람은 그렇게 한동안 몸싸움을 벌였다. 시간이 좀 지나자 기운을 소진한 소라지가 기진맥진하며 쓰러졌다.

"대체 뭘 보신 겁니까? 그놈한테서 어떤 미래를 보셨는데 이러시는 겁니까?"

카말이 묻자 소라지가 멱살을 움켜쥐며 소리쳤다.

"왕을 죽일 거야. 영국 놈들이 바하두르 장군이랑 작당을 해서 왕을 죽일 거라고! 당장 왕궁으로 가야겠어!"

자리를 박차고 일어나려는 소라지를 카말이 가로막았다.

"안 됩니다."

"안 되다니! 지금 왕께서 죽는다니까!"

카말은 꿈쩍도 하지 않았다.

"절대 못 갑니다."

"비켜! 난 가야 해! 그게 내가 할 일이야!"

"내 말 들어!"

카말이 멱살을 잡으며 고함쳤다. 그가 소라지에게 고함을 친 건 이번이 처음이었다.

"지금 가서 알린다고 해도 이미 늦었습니다. 막을 수 없어요."

"아직 시간이 있어. 이틀이나 남았다고."

"이틀이 아니라 두 달이 남았어도 막을 수 없어요. 왜냐면 지금 이 나라는 네팔인의 것이 아니기 때문이에요."

"그게 무슨 말이야? 이 나라가 네팔인의 것이 아니라니."

"이 나라는 이제 네팔인의 것이 아닙니다. 영국인의 것입니다. 그게 현실이에요. 놈들이 왕을 갈겠다고 하면 왕은 바뀔 겁니다. 놈들이 왕을 없애겠다고 하면 왕은 죽을 거예요. 그러니 당신이 미리 알려 준다고 해도 바뀔 건 아무것도 없습니다."

"하지만……, 난 쿠마리야……. 이 사실을 알려야 해……."

소라지의 눈에서 하염없이 눈물이 흘러내렸다.

"거길 가 봐야 당신 목숨만 잃을 뿐이에요."

얼음처럼 냉정하던 카말의 눈에도 눈물이 고여 있었다.

"이거 놔! 놓으란 말이야!"

소라지가 안간힘을 썼지만 카말은 부둥켜안고 놔주지 않았다. 한참을 몸부림치던 소라지는 결국 지쳐서 주저앉았다.

"미래를 보면 뭘 해. 왕 하나 구할 수도 없는데……!"

소라지가 맥없이 허공을 향해 울부짖었다. 그 처절한 울음소리 너머로 카말의 저택이 불타고 있었다.

궁극의 아이 2 넥스트 차일드

수집가

 일렁이던 불길은 여러 개로 쪼개지더니 별이 되어 흩어졌다. 별은 이윽고 크리스털 조각으로 변하더니 영롱하게 햇살을 반사했다.
 눈을 뜨자 처음 보인 건 현대적인 샹들리에였다. 미셸은 일어나 몸을 살폈다. 특별히 다친 곳은 없었지만 옷이 여기저기 찢기고 그을렸다.
 미셸은 주위를 살폈다. 그녀가 있던 곳은 어느 고급 아파트 침실이었다. 방에는 그녀 외에 아무도 없었다. 저 멀리서 자동차 소음이 들렸다.
 커튼을 젖히자, 뉴욕시 전체가 내려다보였다. 엠파이어스테이트와 크라이슬러 빌딩 등을 제외하곤 모두 발밑에 있었다.

 문 너머에서 TV 소리가 들렸다. 미셸은 조심스럽게 문을 열고 나갔다. 긴 복도 양옆에 여러 개의 방이 있고 그 너머에 거실이 있었다. TV 소리는 거실에서 들려오고 있었다.

 미셸은 거실로 향했다. 널찍한 거실에는 블룸버그 방송이 틀어진 문짝만 한 TV가 벽에 걸려 있었고 벽난로가 기분 좋게 타고 있었다. 그 너머로 센트럴파크가 그림처럼 펼쳐져 있었다.

 "터키 샌드위치 좋아하나?"

 걸쭉한 목소리. 은발의 백인 남자가 주방에서 샌드위치를 만들고 있었다. 노인은 훤칠한 키에 호리호리한 몸매였는데 자주색 거실 가운을 입고 있었다. 버릇처럼 만지작대는 은테 안경 너머에는 인생의 먼지가 내려앉은 회색 눈이 자리하고 있었다.

 "소스는 마요네즈? 아님, 머스터드?"

 노인이 소스 병을 들어 보이며 말했다.

 "당신은 누구죠? 여긴 어디예요?"

 미셸이 잔뜩 경계하며 물었다.

 "여긴 내 집이고 난 당신 생명의 은인이지."

 노인은 마요네즈를 듬뿍 바른 후 빵 위에 재료들을 차곡차곡 쌓았다. 곧이어 샌드위치가 완성되자 미셸에게 내밀었다. 잠시 망설이던 미셸은 못 참겠다는 듯 샌드위치를 낚아챘다. 이틀 동안 한 번도 제대로 된 식사를 못 했다.

 "내 말은, 정체가 뭐냐고요? 왜 날 구한 거죠?"

 볼이 터지라 샌드위치를 밀어 넣으며 미셸이 물었다.

"보통 이럴 땐 감사 인사를 하던데."

노인은 정교한 건축물을 쌓듯 자신의 샌드위치를 완성했다.

"내 이름은 에곤 바라크. 들어 본 적 있을 텐데."

샌드위치를 씹던 미셸이 멈칫했다.

"에곤 바라크라면 〈지구본을 든 소년〉?!"

노인은 그림의 기증자였다.

"왜 날 감시한 거죠?"

"감시 따윈 하지 않아. 기다렸을 뿐이지. 그림 속 소년을 기다렸다는 게 정확하겠군."

미셸은 입맛이 사라진 듯 샌드위치를 내려놓았다. 에곤은 궁극의 아이에 관해 알고 있는 듯했다. 그렇다면 위험인물일 가능성이 컸다.

"목적이 뭐죠?"

그러자 에곤이 샌드위치를 주머니에 넣더니 어디론가 향했다.

"이쪽으로."

"어딜 가는 거예요?"

미셸이 의심 가득한 눈으로 물었다.

"목적이 뭐냐며."

에곤은 슬리퍼를 끌며 엘리베이터로 향했다.

엘리베이터에는 단 세 개의 층만이 존재했다. 에곤은 열쇠를 꽂더니 두 번째 단추를 눌렀다. 그 후 열쇠를 돌리자, 엘리베이터가 움직이기 시작했다. 미셸은 여차하면 덤빌 심산으로 잔뜩 웅크리고 있었지만 에곤은 눈길도 주지 않았다.

이윽고 문이 열리자 널찍한 어둠이 나타났다. 에곤은 익숙하게 슬리퍼를 끌며 어둠으로 들어서더니 스위치를 올렸다. 불이 들어오면서 어둠이 걷히고 새로운 공간이 나타났다.

"이것이 바로 자네를 기다린 이유야."

그곳은 수많은 유물과 조각들이 층 전체를 메우고 있었다. 벽에는 그림과 사진, 신전 벽화 등이 걸려 있었고 유리관 안에는 고대 유물과 조각이 전시되어 있었다. 한마디로 에곤을 위한 개인 박물관이었다.

"이게 다 뭐죠?"

미셸이 박물관으로 들어서며 물었다. 하지만 에곤은 말없이 벽에 기댄 채 샌드위치를 꺼내 먹고 있었다.

미셸은 유물들을 둘러봤다. 첫 번째 유물은 고대 이집트 벽화였다. 신전 벽 일부를 통째로 뜯어 온 것이었는데 이집트 신화를 부조로 조각한 것이었다. 제사장으로 보이는 인물이 중앙에 큼지막하게 자리하고 있었고 백성들이 우러러보는 형상이었다.

두 번째는 11세기 중국 송나라 시대의 관음보살상이었다. 나무 조각상으로 한쪽 다리는 가부좌를 틀고 다른 쪽 다리는 늘어뜨린 채 사유를 하는 모습이었다. 이목구비며 옷매무새가 건드리면 잠에서 깰 듯이 정교했다.

세 번째로 시선을 끈 작품은 〈지구본을 든 소년〉 초상화였다. 메트로폴리탄 미술관에 전시되어 있던 것과 같은 것이었다.

"설마 이거……?"

미셸이 물었지만, 에곤은 입에 묻은 소스를 닦고 있었다.

그 외에도 수많은 유물이 박물관을 메우고 있었다. 유물들은 서로 다른 시대와 지역에서 출토된 것이었는데 어떤 공통점도 갖고 있지 않았다. 어떤 것은 인도의 찬달라 왕조 시대 유물이었고 어떤 건 이스라엘 '므깃도'에서 발견된 로마시대 것이었다.

"난 목적을 물었지, 이따위 고물을 보여 달라고 하지 않았어요."

미셸이 짜증 섞인 목소리로 말했다. 그러자 지켜보던 에곤이 입을 열었다.

"어미가 지 새끼조차 못 알아보니 살아남을 새끼가 있나."

"그게 무슨 말이에요? 어미는 뭐고 새끼는……."

그때였다. 정면에 있던 유리 전시관이 보였다. 그 안에는 동양 고서 한 권이 전시되어 있었는데 표지가 지극히 익숙했다. 미셸은 블랙홀에 빨려들듯 책으로 향했다. 닥나무로 만든 한지 표지는 푸른빛을 띠고 있었는데 네팔 문자로 된 제목이 적혀 있었다.

『회개의 서(書)』

놀랍게도 책은 묵티나트 사원에 소장되어 있던 파리야 소라지의 회고록이었다. 미셸은 그제야 유물들의 공통점을 깨달았다.

"이 방에 있는 유물이 전부?!"

"이제야 지 새끼를 알아보네."

방 안에 있던 유물들은 전부 궁극의 아이에 관한 것이었다. 조금 전까지 고루한 폐기물처럼 보였던 것들이 잃어버린 신체의 일부처럼 살갑게 느껴졌다.

"당신, 정체가 뭐야? 왜 궁극의 아이를 쫓는 거지?"

미셸이 유물을 엄폐물처럼 사이에 두고 물었다.

"죽어 가는 마당에 내가 누군지 궁금해? 나라면 차라리 그 책 내용이 궁금할 거 같은데."

에곤이 미셸의 잿빛 손을 가리키며 말했다. 그는 미셸의 죽음에 관해서도 알고 있었다.

"자넬 기다린 건 자네한테 일종의 빚이 있어서야. 전생의 자네라고 하는 게 정확하겠군."

에곤은 벽에 전시된 사진 앞에 멈춰 섰다. 그것은 손바닥만 한 컬러 사진이었는데 두 사람이 나란히 서 있었다. 한 명은 정장을 깔끔하게 차려입은, 젊은 시절의 에곤이었고 또 한 사람은 나이 지긋한 동양 여인이었다. 그녀는 삭발한 머리에 승려복을 입고 있었는데 누군지 단번에 알아볼 수 있었다.

"파리야 소라지!"

하지만 사진 속 소라지는 많이 달랐다. 얼굴은 광대뼈가 두드러질 정도로 초췌했고 눈동자는 백내장에 걸린 듯 초점을 잃고 있었다. 쿠마리 때의 풋풋함은 온데간데없고 세상의 짐을 혼자 짊어진 듯 무거운 표정이었다.

"당신, 소라지를 만났군요!"

미셸이 흥분해서 소리쳤다.

"그분은 내 아버지, 주자크 바라크요."

그의 말대로였다. 만약 사진 속 인물이 눈앞에 있다면 백 살이 넘은 노인이어야 했다. 에곤은 희끗희끗했지만, 기껏해야 환갑 정도로 보였다.

"자네는 운명을 믿나?"

갑자기 에곤이 선문답을 시작했다.

"운명을 믿기에 서른은 너무 젊은 거 아닌가요?"

"아버지께선 술을 드실 때면 항상 이야기를 들려주셨지. 한 손에는 술잔을 들고 무릎에 나를 앉히고는 이야기를 해 주셨어. 그리고 언제나 이 질문부터 하셨지. 넌 운명을 믿니? 에곤."

에곤은 추억 속 오솔길을 걷듯 유물 사이를 걷고 있었다.

"아버지가 소라지를 처음 만난 건 제1차 세계대전 전쟁터 한복판이었어. 그것도 지옥보다 끔찍했다는 베르됭 전투에서였지. 아버지는 당시 오스트리아·헝가리 동맹군 소속으로 독일에 파병되어 작전 중이었어. 소속 부대는 '충격 보병'이라는 특수부대였지. 독일어로 '슈토스트루페(Stoßtruppe)'. 요즘으로 치면 네이비실 같은 거야. 적진 후방 깊숙이 침투해 요원을 암살하거나 탄약고를 폭파하는 특수전 담당 부대였어. 키가 190이 넘던 아버지는 체격이 건장하다는 이유로 뽑히셨지. 문제는 임무가 워낙 위험해서 살아 돌아올 확률이 지극히 낮았다는 거야. 배치받고 석 달을 넘긴 대원이 없었으니까.

당시 열아홉 살이던 아버지의 목숨도 풍전등화 같았지. 그날도 어김없이 임무가 떨어졌어. 프랑스 쪽의 후방 보급로인 '성스러운 길(La Voie sacrée)'에 매복해 있다가 보급부대를 공격하는 것이었지. 문제는 프랑스군이 유일한 보급로인 '성스러운 길'을 철통같이 지키고 있었다는 거야. 밤이 되자 아버지는 다이너마이트와 소총 한 자루를 들고 부대원들과 프랑스 후방으로 침투했지. 그리고 수풀 속에서 새벽이 되기를 기다렸어."

◊ ◊ ◊ ◊ ◊

다리는 여덟 번의 폭파 시도가 있었지만, 여전히 건재했다.

뫼즈 다리(Meuse bridge)는 '성스러운 길'의 유일한 다리로 독일 특수부대가 최우선으로 노리는 목표였다. 하지만 수많은 사상자만 낼 뿐이었다. 백여 미터가 채 안 되는 다리 양옆에는 프랑스제 오치키스 중기관총 두 정이 진지를 구축한 채 지키고 있었다.

다리 위에는 한 개 소대가 상시 보초를 섰고 야간에는 서치라이트가 사방을 비추고 있었다. 제아무리 잔뼈가 굵은 충격 보병이라도 다리에 접근하는 건 불가능에 가까웠다.

어느새 초겨울로 접어든 강가에는 살얼음이 얼어 있었다. 진흙을 온몸에 바른 슐츠 중사는 시간을 확인했다. 새벽 3시. 경계가 가장 허술한 시간이었다.

"다들 준비됐지?"

슐츠 중사가 이끄는 부대원은 총 일곱 명이었다. 모두 자원한 병사들이었는데 그중에는 바라크도 있었다. 추운 날씨에 몇 시간 동안 잠복한 탓에 모두 오들오들 떨고 있었다. 하지만 추위보다 두려운 건 죽음이었다.

"죽음을 두려워해선 안 된다. 조국이 우리를 지켜보고 있다는 걸 명심해라."

"네!"

우렁찬 대답과는 달리 다들 두려운 기색이 역력했다. 막내인 바라크도 마찬가지였다.

"계획대로 파울과 오스카는 나를 따르고 하인츠, 그리고 미카엘은 루카 상병을 따라 왼쪽 진지를 파괴한다. 그사이 바라크는 다리를 폭파한다."

슐츠 중사가 바라크의 어깨를 잡으며 말했다.

"명심해. 심지 길이는 칠 분이다. 그 안에 폭탄을 설치하고 빠져나와야 해. 다시 말해 봐."

"칠 분입니다. 그 안에 빠져나와야 합니다."

바라크가 대답했다.

"우리가 진지를 점령하든 못 하든 넌 폭파에만 집중해. 알겠나? 자, 그럼 작전 개시!"

슐츠 중사의 지시에 맞춰 부대원들이 임무를 향해 움직이기 시작했다. 진지 점령조는 다리 양쪽에 있는 기관총 진지를 향해 출발했다. 그들은 마우저의 반자동 소총과 수류탄으로 무장하고 있었지만, 중기관총을 상대하기에는 역부족이었다. 유일한 희망은 은밀히 다가가 수류탄을 던져 넣는 것이었다. 그리고 바라크가 다리를 폭파하는 동안 중기관총으로 시간을 끄는 게 작전의 핵심이었다.

진지 점령조는 온몸을 진흙으로 위장하고 달팽이처럼 느리게 수풀을 지나고 있었다. 바라크는 성냥을 꺼내 폭탄에 불을 붙일 준비를 했다. 계획대로라면 기관총 진지에 거의 도착할 무렵 불을 붙이고 물속을 통해 다리로 접근해 폭탄을 설치하는 것이었다.

그런데 문제가 있었다. 아직 수중 폭파 장치가 개발되기 전이라 일반 다이너마이트를 방수 상자에 넣어 불을 붙인 후 설치해야 했다. 그 때문에 상자 속으로 물이 스며들어 심지가 젖으면 작전은 실패였다.

"하늘에 맡기는 수밖에."

바라크는 심지에 불을 붙인 후 상자에 넣고 뚜껑을 단단히 밀봉했다. 그리고 타이머를 칠 분에 맞춘 후 물속으로 들어갔다.

서치라이트가 다리 주변을 노려보고 보초들이 다리 위를 지키고 있었다. 부대원들의 위치는 어둠에 가려 확인할 수 없었다.

다리 주위가 고요한 걸 보면 다행히 아직 발각되진 않은 모양이었다. 바라크는 서치라이트가 지나가길 기다렸다가 조심스럽게 다리로 향했다. 수풀 사이로 몸을 숨기며 조금씩 이동했다.

폭탄 상자를 확인하고 싶었지만, 칠흑 같아서 불가능했다. 이대로 밀고 나가는 수밖에 없었다. 그렇게 조용히 서치라이트를 피해 물속을 가로질렀다. 이제 다리까지 오십여 미터가량 남았을 무렵이었다. 갑자기 사방에서 조명탄이 터졌다. 뒤이어 기관총이 불을 뿜었다. 부대원들이 발각된 것이다. 기관총은 강 둔덕을 바느질하듯 촘촘히 쓸어내렸다. 경계병들도 소총을 쏘며 지원했다.

"으아악!"

사방에서 비명이 터져 나왔다. 조명탄 불빛 아래 부대원들이 피를 흘리며 강으로 굴러떨어지고 있었다. 그중에는 슐츠 중사도 보였다. 중사는 마지막까지 총탄을 날리며 저항했지만, 기관총 세례를 이길 순 없었다. 그는 온몸이 벌집처럼 뚫리더니 그대로 꼬꾸라졌다. 바라크는 물속에서 이 모든 광경을 지켜보고 있었다.

신음이 흘러나왔지만 입을 틀어막았다. 살육은 오래 걸리지 않았다. 프랑스군 수십 명이 강 둔덕을 샅샅이 뒤지며 잔당을 수색했다. 아직 목숨이 붙어 있는 부대원은 여지없이 확인 사살을 했다.

방금까지 함께 식사했던 동료들이 피투성이가 돼서 강가에 널브러져 있었다. 태어나서 본 가장 끔찍한 광경이었다.

구토가 나왔지만, 숨조차 크게 쉴 수 없었다. 오랫동안 차가운 물속에 머무른 탓에 사지가 마비될 정도로 추웠다. 부대원들은 이미 몰살했고 사방엔 프랑스군이 깔려 있었다.

폭탄 타이머는 어느새 오 분을 가리키고 있었다. 이대로 폭탄을 안고 자폭하든지 프랑스군의 총알 세례를 받고 죽는 수밖에 없었다.

눈물이 흘렀다. 아직 스무 살도 안 됐는데 차가운 물속에서 죽음을 기다린다는 게 너무 슬펐다. 저 멀리 베르됭 전선에선 다시 포격이 시작되고 있었다. 또다시 손바닥만 한 땅을 두고 피비린내 나는 공방전이 벌어지고 있었다. 바라크는 동료들의 주검을 보며 다짐했다.

'만약 이 지옥에서 살아난다면 이 지긋지긋한 땅을 뜨리라.'

그사이 타이머는 육 분을 가리켰다. 이제 남은 시간은 일 분.

자폭하든지 아니면 프랑스군에게 폭탄을 선물하고 총알받이가 될지 선택해야 할 시간이었다. 때맞춰 저만치서 프랑스군 수색대가 다가오고 있었다.

'이렇게 죽느니 프랑스 놈 몇이라도 죽이고 죽자.'

타이머는 마지막 칠 분을 향해 달려가고 있었다. 바라크가 눈을 질끈 감고 타이머에 맞춰 프랑스군을 향해 폭탄을 던지려던 순간이었다.

"Ne dobd el(던지지 마!)!"

누군가가 어둠 속에서 작게 속삭이는 것이었다. 그 작은 귓엣말은 고요한 어둠을 타고 정확히 귓가에 전달됐다. 바라크는 자기 귀를 의심했다. 그것은 고국 헝가리어였다.

"Ne dobd el! túlélheted(던지지 마. 살 수 있어.)."

또다시 누군가가 말을 했다. 바라크는 목소리가 들린 어둠을 응시했다. 그러자 어둠 저편 수풀 속에 숨은 누군가가 어렴풋이 보였다. 그러는 와중에도 타이머는 0을 향해 달려가고 있었다. 이제 결정할 순간이었다. 바라크는 폭탄을 고쳐 잡고 던지려던 순간 누군가의 귓엣말이 작은 희망처럼 손을 잡았다.

그리고 타이머 바늘은 칠 분을 가리켰다. 바라크는 눈을 꼭 감은 채 폭탄을 들고 있었다. 그런데 어쩐 일인지 폭탄이 터지지 않는 것이었다.

이유는 뻔했다. 상자 안으로 물이 스며든 것이다. 만약 누군가의 말을 듣지 않고 던졌다면 헛되이 목숨만 날릴 뻔했다.

바라크는 누군가가 있던 어둠을 바라봤다. 하지만 인기척은 사라지고 바람만이 수풀을 스치고 있었다.

그때였다. 프랑스 수색대가 코앞까지 접근했다. 그들은 대검이 꽂힌 소총으로 수풀을 쑤시며 잔여 병력을 찾고 있었다.

 이대로라면 붙잡히는 건 시간문제였다. 있는 힘껏 숨을 들이마신 바라크는 물속으로 들어간 후 코를 틀어막은 채 프랑스군이 지나가길 기다렸다. 유일한 방법이었다. 프랑스군은 여전히 소총으로 수풀을 휘젓고 있었다. 소총 대검이 바라크 바로 앞을 스치며 지나갔다. 그렇게 몇 번을 휘젓던 프랑스군은 바라크를 발견하지 못하고 지나갔다. 숨이 턱까지 찼지만, 프랑스군이 최대한 멀리 가길 기다렸다가 물 위로 올라왔다. 프랑스군은 더 이상 잔존 병력이 없다고 판단하고 철수했다. 그제야 바라크는 긴장을 풀 수 있었다. 숨을 몰아쉬던 바라크는 정신이 아득해졌다. 긴장이 풀리자 극심한 추위가 몰려왔다. 바라크는 젖 먹던 힘까지 끌어모아 물 밖으로 나갔다. 그러나 몇 발짝 가지 못해 쓰러졌다.

 온몸의 피가 식어 가는 게 느껴졌다. 그와 함께 저 멀리 전선에서 들려오는 포격 소리가 숨을 머금은 듯 아득히 멀어지고 있었다.

 정신이 든 건 한참이 지난 후였다. 누군가 그의 입술에 따뜻한 물을 붓고 있었다. 온수가 들어가자, 서서히 몸이 녹았다. 바라크는 눈을 떴다.

 "이제 정신이 드나 보군요. 다행이에요."

 누군가가 온수보다 따뜻한 시선으로 내려보고 있었다. 바라크는 몸을 일으키려 했지만, 말을 듣지 않았다.

 "움직이지 말아요. 당신은 저체온증이에요. 최대한 몸을 따뜻하게 해야 해요."

부드러운 목소리였다. 서서히 시각이 돌아오자, 그 얼굴이 선명해졌다. 놀랍게도 동양 여인이었다. 그녀는 20대 초반이었는데 오랫동안 끼니를 거른 듯 야위어 있었다. 색깔이 다른 독특한 눈동자를 지니고 있었고 헝겊으로 싼 작은 상자를 가보라도 되는 듯 꼭 끌어안고 있었다. 여인이 장작을 모닥불에 던지자 기분 좋은 소리를 내며 불꽃이 일었다. 그들이 있던 곳은 허름한 외양간이었다. 포격에 한쪽 지붕이 무너졌지만, 이슬은 피할 수 있었다.

"당신이죠? 수풀 속에 있던 게."

바라크가 물었지만 여인은 미소를 지을 뿐이었다.

"폭탄이 안 터질 걸 어떻게 알았죠?"

"징검다리를 건너면 거기에 답이 있어요."

여인은 이해할 수 없는 말을 했다. 그녀의 에메랄드빛 동공이 모닥불에 반짝이고 있었다.

"내 고향 말을 하던데 어디서 배웠죠?"

여인은 아까와는 달리 영어로 이야기하고 있었다.

"당신에게서요."

"난 당신을 오늘 처음 봐요. 그런데 어떻게……?"

"당신은 운명을 믿나요?"

"글쎄요. 모르겠어요."

"다음엔 대답할 수 있을 거예요."

여인이 장작 하나를 집어 모닥불에 던졌다. 불꽃은 수혈을 받은 듯 타올랐다.

"당신은 날 구하기 위해 신이 보내 준 것 같았어요. 왜 날 구해 준 거죠?"

그러자 여인이 기다렸다는 듯 대답했다.

"왜냐면 당신이 내 임종을 지켜 줄 사람이니까요."

◊ ◊ ◊ ◊ ◊

에곤은 빛바랜 사진 속 아버지를 바라보고 있었다.

"처음엔 전쟁 통에 정신 줄을 놓은 여자구나 생각하셨대. 거지꼴을 한 동양 여자가 전쟁터 한복판에서 운명이며 임종 같은 소리를 하니까. 아버지는 살아남는다면 반드시 보답하겠다고 하셨지. 그러자 소라지가 이렇게 말했어. 걱정하지 말아요. 당신은 살아서 날 다시 만날 테니. 그땐 내 부탁을 하나 들어줘요. 이 말을 남기고 소라지는 홀연히 사라졌어. 연기처럼 말이야. 그녀 말대로 아버지는 전쟁에서 살아남으셨지. 총알을 무려 다섯 발이나 맞고서도 말이야. 전쟁이 끝나고 아버지는 미국으로 건너갔어. 설계도 한 장만 들고. 새로운 기관총 설계도였어. 아버지는 뛰어난 기계 설계자였네. 제1차 세계대전을 겪으며 당시 소총의 문제점을 몸소 깨달은 아버지는 획기적인 총을 설계하셨지. 바로 개인용 기관단총이었어. 그 기관단총은 제2차 세계대전에서 미군이 사용하게 되지. 바로 톰슨 기관단총이야. 제2차 세계대전 동안 200만 정이나 생산되어 전쟁을 승리로 이끈 기관단총이야. 덕분에 아버지는 큰돈을 버셨고 그 후로도 군수산업에 종사하며 막대한 부를 축적

하셨어. 새로운 고향 미국에서 승승장구하게 된 거야. 그런데 그로부터 삼십 년이 지난 어느 날, 아버지 앞에 한 여인이 나타났지. 파르라니 머리를 깎은 네팔의 여승이었어. 비록 주름이 생기고 머리가 하얗게 셌지만, 아버지는 한눈에 알아봤지. 베르됭에서 아버지를 구했던 바로 그 여인이었던 거야."

이야기를 들은 미셸은 혼란스러웠다.

"대체 왜 소라지가 거기 있었던 거죠? 네팔에서 몇천 킬로나 떨어진 전쟁터 한복판에!"

에곤은 의미심장하게 말했다.

"자넨 궁극의 아이의 운명에 관해 알고 있나?"

"죽음에 관한 거라면 알고 있어요."

미셸이 왼손을 들어 보였다. 그러자 에곤이 고개를 저었다.

"전쟁에 관한 운명 말이야."

"전쟁?"

"모르는군."

에곤은 〈지구본을 든 소년〉에게 다가갔다.

"장 피에르 리슐리외. 본명은 아무도 알지 못해. 왜냐면 저 소년은 원래 보헤미아 지방을 떠돌던 집시였거든. 그런데 리슐리외 추기경이 왜 그런 소년을 양자로 삼았을까. 바로 전쟁 때문이야. 당시 유럽은 가톨릭교를 지지하는 국가와 개신교를 지지하는 국가 사이에 벌어진 종교 전쟁이 한창이었어. '30년전쟁'이라고 알려졌지. 리슐리외가 추기경이 되었을 당시 전쟁은 막바지로 치닫고 있었어. 전쟁 초기에는 각국이 구교와 신교로 나뉘어 싸웠지만 전쟁이 진행되면서 종교보다 영토나 이권을 챙기기 위해 개입하고 있었지. 한마디로 아수라장이었었던 거야. 가톨릭 국가였던 프랑스도 스페인의 영향력을 막기 위해 개신교 편에 서서 전쟁 중이었지. 리슐리외는 피폐한 나라를 살리기 위해 어떻게든 전쟁을 끝내려고 했어. 하지만 워낙 많은 나라가 개입된 터라 휴전의 실마리를 찾기가 쉽지 않았지. 그러던 어느 날이었어. 전쟁 중재를 위해 보헤미아 왕국의 국왕을 만나고 돌아가던 길에 지방의 한 여관에 묵게 돼. 그리고 거기서 기묘한 광경을 목격하게 되지."

◊ ◊ ◊ ◊ ◊

여관은 깊은 숲 한가운데 뜬금없이 자리하고 있었다.

진흙 벽에 허수아비처럼 밀짚 지붕을 뒤집어쓴 여관은 식사도 엉망이었고 침대에는 벼룩이 들끓었다. 손님이라곤 인근 탄광의 광부나 떠돌이 장사치들이 전부였다.

게다가 소보타산은 보헤미아 왕국에서도 산세가 험하고 숲이 깊어 도적이 자주 출몰하는 곳이었다. 그 때문에 귀족들은 브로츠와프로 돌아가거나 안전한 오데르강 수로를 이용했다. 그런데도 리슐리외는 수행원들이 모두 말리는 그곳에서 하루를 묵으려 하고 있었다. 그가 굳이 이곳에서 묵으려는 데는 특별한 이유가 있었다.

자정이 넘자 리슐리외는 후드를 깊게 눌러쓴 후 여관을 빠져나갔다. 동행한 수행원은 경호원 보나르 한 명뿐이었다. 그 역시 평민처럼 허름한 옷을 입고 있었다. 언뜻 보면 두 사람은 떠돌이 장사치 같았다.

달도 안 뜬 밤이라 숲은 칠흑같이 어두웠다. 등불 없이는 한 발짝도 나아갈 수 없었다. 사방에서 늑대가 울어 댔고 산짐승의 기척이 느껴졌다. 그러나 리슐리외는 두려워하지 않고 어디론가 가고 있었다.

"어르신. 아무래도 돌아가는 게 좋겠습니다. 너무 위험합니다."

보나르가 사방을 경계하며 말했다. 하지만 리슐리외는 묵묵히 산길을 가고 있었다.

"대체 어디를 가시는 겁니까? 이런 깊은 숲에서."

그 물음에 리슐리외가 돌아봤다.

"전쟁을 끝내러 간다. 그러니 아무 말 말고 따라와라."

리슐리외가 도착한 곳은 작은 개천 위에 지어진 돌다리였다. 아치형 돌다리에는 전쟁 따위 상관없다는 듯 호젓한 냇물 소리가 들릴 뿐이었다. 리슐리외는 등불을 이리저리 비췄지만, 인적은 보이지 않았다. 리슐리외는 등불을 끄고 다리 위에서 누군가를 기다렸다. 잠시 후 다리 아래서 누군가가 나타났다. 인기척에 보나르가 반사적으로 칼을 빼 들었다.

"괜찮다. 안내원이다."

늑대 털모자를 눌러쓴 안내원은 리슐리외를 보더니 다짜고짜 손을 벌렸다. 리슐리외는 묵직한 돈주머니를 건넸다. 금액을 확인한 안내원은 따라오라며 손짓했다. 다리 아래에는 말이 준비되어 있었다. 그렇지만 두 필뿐이었다. 리슐리외가 보나르를 함께 태우자, 안내원이 고개를 저었다.

"보나르도 같이 간다."

리슐리외가 말하자, 안내원은 어쩔 수 없다는 듯 박차를 가했다.

안내원은 한 시간가량 불빛도 없는 숲속을 달렸다. 코앞도 분간할 수 없었지만, 말은 제집 마당을 달리듯 거침없이 질주했다.

그렇게 한참을 달리자 희미한 불빛이 나타났다. 다가갈수록 불빛은 번식하듯 늘어났는데 결국 작은 군락으로 변했다.

안내원은 일정한 거리를 두고 멈추더니 불빛 하나를 가리켰다.

"저기냐?"

리슐리외가 묻자 안내원이 고개를 끄덕였다. 그러곤 말을 몰고 어둠 속으로 사라졌다. 원래 어둠의 일부였던 것처럼.

리슐리외는 잠시 불빛을 응시했다. 특유의 동물 털과 헝겊을 이어 만든 텐트들이 옹기종기 모여 있었고 군데군데 모닥불이 피어 있었다. 집시들의 촌락이었다.

불 주위에는 집시들이 저녁 준비를 하고 있었다. 낡은 냄비에선 김이 모락모락 피어올랐고 갓 잡은 동물 고기가 불에 익고 있었다.

"여긴 집시촌 아닙니까? 이런 곳에서 어떻게 전쟁을 끝낸다는 겁니까? 어르신."

보나르가 어이없다는 듯 물었다.

"내가 뭐라고 했느냐. 아무 말도 하지 말라고 하지 않았더냐."

리슐리외가 따끔하게 말했다.

"죄송합니다."

"이제부터 무슨 일이 벌어져도 내 허락 없이는 절대 입을 열어서도 안 되고 칼을 뽑아서도 안 된다. 알겠느냐?"

"예."

리슐리외는 집시촌으로 향했다.

텐트들은 비스듬한 강 둔덕에 자리 잡고 있었다. 얼마 전 사냥한 동물 가죽이 여기저기 널려 있었고 반나체의 집시들이 텐트를 수선하거나 식사 준비를 하고 있었다. 그 사이를 리슐리외는 조용히 지나갔다. 외부인의 갑작스러운 등장에 집시들은 경계의 눈빛을 보냈다. 어떤 집시는 아이를 데리고 텐트 안으로 숨기도 했다. 하지만 리슐리외는 무시하고 안내원이 가리켰던 텐트로 향했다.

그때였다. 곰만 한 덩치의 집시 한 명이 앞을 가로막았다. 뒤따라 다른 집시들도 에워쌌다. 리슐리외는 순식간에 수십 명의 집시에게 포위되었다. 보나르는 반사적으로 칼집을 움켜쥐었다.

"내가 뭐라고 했더냐."

보나르는 마지못해 칼에서 손을 뗐다.

"우두머리를 만나러 왔다. 길을 비켜라!"

소리치는 리슐리외를 보고 집시들이 웃기 시작했다.

"제대로 찾아오셨네. 내가 우두머린데. 무슨 일이쇼? 같이 춤이라도 한판 추시게?"

덩치 집시가 잔뜩 뻐기며 말했다. 주위 집시들이 키득거리며 추임새를 넣었다. 그러자 리슐리외가 매섭게 노려봤다.

"내가 듣기로 여기 우두머리는 작고 총명한 소년이라 하던데 네 놈은 덩치만 큰 고깃덩어리로구나."

"이 영감탱이가 노망이 났나! 혼쭐나 봐야 정신 차리지!"

덩치 집시가 엄포를 놨지만 리슐리외는 꿈쩍도 하지 않았다. 덩치가 주먹을 들어 냅다 치려던 순간이었다.

"그만두지 못하냐. 야보크."

누군가 단호하게 말했다. 덕분에 덩치의 주먹이 멈췄다.

"그분은 귀한 손님이다. 비켜라."

나이가 지긋한 노인 집시는 정중히 리슐리외를 맞았다. 그는 머리를 허리까지 기르고 치마 같은 집시 특유의 복장을 하고 있었다.

"어서 오십시오. 그분께서 기다리고 계십니다."

그제야 리슐리외는 긴장을 풀고 노인의 뒤를 따랐다.

노인이 향한 곳은 우두머리의 텐트였다. 가장 크고 화려한 텐트로 입구에는 횃불이 타오르고 있었고 경호원으로 보이는 덩치 둘이 칼 던지기를 하며 지키고 있었다.

"들어가시죠."

보나르가 동행하려고 하자 노인이 앞을 막았다.

"너는 여기 있거라."

이 말을 남기고 리슐리외는 들어갔다.

텐트 안은 아늑했다. 바닥은 보헤미안 문양이 수놓인 카펫이 깔려 있었고 여러 동물의 털가죽이 깔린 침대와 고풍스러운 가구가 배치되어 있었다. 중앙에는 큼지막한 난로가 놓여 있었는데 집시 여인이 수프를 끓이고 있었다. 그 옆에 제왕이 앉을 법한 마호가니 의자가 버티고 있었는데 그 위로 한 소년이 앉아 있었다. 언뜻 보기에도 왜소한 소년은 서로 다른 빛깔의 눈동자로 리슐리외를 응시하고 있었다.

"여기 앉으시죠."

노인이 의자를 가져왔다. 리슐리외가 앉자 여인이 작은 탁자를 준비했다. 그리고 수프 한 사발을 그릇에 담아 놓아 주었다. 구수한 수프 냄새가 텐트 안에 진동했다.

"드셔 보세요. 우르슬라의 고슴도치 수프는 기가 막힙니다."

소년은 목소리도 가냘팠다. 리슐리외는 주머니에서 편지 한 장을 꺼내며 물었다.

"이걸 보낸 사람이 자넨가?"

소년이 의자에서 일어나 다가왔다. 그는 다른 집시들과는 달리 고급스러운 비단옷을 입고 있었는데 귀족 가문의 자제라고 해도 손색없는 용모를 하고 있었다.

"그 편지가 도움이 됐군요. 여기까지 행차하신 걸 보면."

리슐리외가 난감한 듯 바라봤다. 편지에는 프랑스어로 짧은 문장만이 적혀 있었다. 편지의 내용은 이러했다.

하카펠리타트(hakkapeliitat)를 반더베그(Wanderweg) 숲에 매복시키면 라인란트(Rhineland) 전투에서 승리할 겁니다.

"라인란트에서 전투가 벌어질지 어떻게 알았지? 그건 군사 기밀인데."

리슐리외가 물었다.

"하카펠리타트 기병대는 훌륭하죠. 좀 잔인하긴 하지만. 승리를 축하드립니다."

소년이 담배를 들자 여인이 불을 붙였다. 여인은 거의 어머니뻘이었는데도 순종적으로 시중을 들고 있었다.

리슐리외가 편지를 받은 건 지금으로부터 석 달 전이었다. 당시 그는 스페인과 새로운 전투를 구상 중이었다. 프랑스군은 여러 전투에서 스페인군을 격파했지만, 완전히 몰아낼 순 없었다.

오히려 스페인은 나폴리를 탈환하는 등 남부 이탈리아를 장악하고 있었다. 그 때문에 리슐리외는 치명타를 먹일 방법을 강구하고 있었다. 그러던 어느 날 리슐리외의 책상에 편지 한 장이 놓여 있었다. 그리고 한 줄의 문장이 전쟁의 판도를 바꿀 전투를 구상하게 만든 것이다.

리슐리외는 정체불명 조언자의 말대로 라인란트 지역에서 하카펠리타트라고 불리는 핀란드 기병 부대를 써서 대승을 거뒀다. 그 후 리슐리외는 편지의 임자를 수소문했고 결국 여기까지 온 것이다.

"이걸 왜 나한테 보냈지?"

"추기경님이 절 찾아온 이유와 같겠지요."

"내가 널 찾아온 이유가 뭐지?"

"전쟁의 결과를 알고 싶으니까요."

소년은 닳고 닳은 정치인처럼 능수능란했다.

"너에 대한 소문은 익히 들었다. 페르디난트 국왕도 널 찾고 있다던데, 왜 날 찾아온 거냐? 돈이라면 페르디난트 국왕이 더 많이 줄 수 있을 텐데."

 소년은 한 발짝 다가갔다.

"왜냐면 이기는 쪽에 승부를 걸기 위해서죠."

"그 말은……."

 리슐리외의 미간이 좁아졌다.

"그러나 승리를 위해선 몇 가지 조건이 필요합니다. 거기엔 추기경님의 생사도 걸려 있죠."

"무슨 말이냐?"

"앞으로 세 번의 암살 시도가 있을 겁니다. 그 암살을 피해 살아남으시면 일 년 후 전쟁이 끝날 겁니다. 물론 승자는 프랑스가 될 거고요. 하지만 만약 살아남지 못하시면 전쟁은 앞으로 십 년간 더 계속될 겁니다."

 리슐리외의 표정이 굳었다. 그러자 기다렸다는 듯 소년이 말했다.

"제가 구해 드리죠. 대신 조건이 있습니다."

◈ ◈ ◈ ◈ ◈

 그림 속 장 피에르는 묘한 미소를 짓고 있었다. 마치 속을 알 수 없는 우물처럼 신비롭고 어두운.

"그것이 어떤 조건이었는지는 알 수 없지만 리슐리외는 조건을 받아들였지. 그게 장 피에르를 입양한 이유야. 그런데 재밌는 건 리슐리외가 세 번째 암살을 피하지 못하고 죽었다는 거야. 1642

년에 스페인의 르루숑 지방을 제압하기 위하여 군대를 이끌고 친정했을 때 도중에 병에 걸려 사망했지. 병사라고는 하지만 독살이라는 게 정설이야. 덕분에 전쟁은 그 후로도 칠 년간 지속돼."

"도저히 이해할 수 없군요. 일부러 권력가를 찾아가다니. 이용당할 걸 뻔히 알면서."

미셸이 물었다.

"소라지가 왜 전쟁터 한복판에 있었을까. 이유는 간단해. 영국군이 소라지를 납치해서 데려갔거든. 소라지는 카말의 조언을 무시하고 결국 왕을 찾아가 모든 사실을 말했지. 하지만 카말의 말대로 영국은 바하두르 장군을 앞잡이 삼아 국왕을 암살했어. 그리고 소라지를 영국으로 보내지. 영국도 궁극의 아이에 관한 소문을 알고 있었던 거야. 영국으로 끌려간 소라지는 사 년간 혹사당하다가 전쟁이 끝날 무렵 간신히 탈출해서 돌아오게 되지. 오는 도중 아버지를 만났고. 고향으로 돌아온 소라지는 외부와 모든 인연을 끊고 승려가 돼."

미셸은 그제야 사진 속 소라지를 이해할 수 있었다.

"염병할 인간 새끼들!"

미셸이 사진을 보며 소리쳤다.

"인간이 아닌 것처럼 말하는군. 자네는 전쟁이 궁극의 아이를 끌어들인다고 생각하나?"

"당연한 거 아니에요?"

"내 생각은 좀 달라."

"그럼 뭐란 거죠?"

"내 생각엔 궁극의 아이가 있는 곳에 전쟁이 있는 거야. 자네 아버지 신가야를 보자고. 신가야가 없었다면 미국이 이라크전을 일으킬 수 있었을까? 제아무리 911테러의 충격이 컸다고는 해도 전면전을 일으킬 만큼 승리에 대한 확신이 있었을까? 또다시 베트남전처럼 전쟁의 늪에 빠져 허우적댈 수도 있었을 텐데 말이야. 중요한 건 정치인들이야. 전쟁이 장기전으로 흘러간다면 정권을 잃을 게 뻔한데, 승리에 대한 확신 없이 전면전을 승인할 수 있었을까. 소라지도 마찬가지야. 소라지를 만나기 전 영국은 배후에서 지원만 할 뿐 직접 참전하진 않았어. 그런데 소라지를 얻게 되자 기다렸다는 듯 독일에 선전포고하고 전쟁에 뛰어들지."

"그래서 하고 싶은 얘기가 뭐죠?"

미셸이 매섭게 물었다.

"궁극의 아이는 인간의 본성을 자극하기 위해 존재한다. 그리고 인류를 본성의 극단까지 몰고 가지. 탐욕과 파괴 본능의 끝판왕이 바로 전쟁이야. 궁극의 아이는 그것을 자극한다. 고로 전쟁이 궁극의 아이를 부르는 게 아니라 궁극의 아이가 전쟁을 부르는 거야. 장 피에르, 소라지, 신가야. 그리고 자네도 마찬가지야."

그러자 더 이상 못 참겠다는 듯 미셸이 소리쳤다.

"내가 태어나 들어 본 헛소리 중 최고의 헛소리군요. 난 궁극의 아이로 태어나고 싶어서 태어난 게 아니에요. 그건 장 피에르도 소라지도 마찬가지고요. 우리가 전쟁을 부른다고요? 미안하지만 난 그따위 전쟁이니 권력 같은 건 하나도 관심 없어요. 난 그저!"

그 순간이었다. 미셸의 왼팔에 통증이 시작되는 것이었다. 통증은 순식간에 손목을 지나 팔 전체로 퍼져 갔다. 왼팔 전체가 잘려 나가듯 극심한 고통이 몰아닥쳤다. 미셸은 비명을 지르며 쓰러졌다. 그녀는 온몸에 경련을 일으키며 진통제를 찾았다. 그러나 주머니는 텅 비어 있었다.

"내 가방에……, 진통제가……."

미셸이 애원하듯 말했다. 그러나 에곤은 그 모습을 무표정하게 바라봤다.

이윽고 미셸이 의식을 잃기 직전이었다. 에곤이 주머니에서 뭔가를 꺼내더니 다가왔다. 동양 의학에서 쓰는 침이었다. 에곤은 정수리와 명치, 그리고 방광 주위에 능숙하게 시침했다. 미셸은 낯선 치료법에 저항하려 했지만 꼼짝도 할 수 없었다. 잠시 후 시술을 마친 에곤은 시계를 보며 경과를 지켜봤다. 놀랍게도 몇 초가 지나지 않아 사지를 찢는 듯한 고통이 썰물처럼 빠져나갔다.

"두려워하지 마. 소라지. 넌 괜찮을 거야……."

에곤의 목소리가 안개에 휩싸이듯 아득히 멀어졌다. 그리고 안개 너머에 자리 잡고 있던 아련한 기억이 모습을 드러냈다.

◆ ◆ ◆ ◆ ◆

61년형 르노 트럭은 심하게 흔들렸다. 소라지는 군용 담요를 뒤집어쓴 채 짐칸에서 바들바들 떨고 있었다. 창백한 얼굴에는 온통 붕대를 감고 있었고 품에는 뭔가를 소중하게 안고 있었다.

"조금만 버텨요! 이제 거의 다 왔소!"

운전석에 있던 바라크가 소리쳤다.

두 사람은 누군가를 피해 어디론가 달리고 있었다. 트럭도 훔친 것이었다. 그들이 달리던 도로는 프랑스의 어느 시골길이었다. 도로를 따라 이어진 전신주 외에는 온통 칠흑 같은 어둠만이 펼쳐져 있었다.

"내 말 들려요?"

바라크가 백미러로 연신 확인하며 소리친 순간 소라지가 더 이상 버티지 못하고 쓰러졌다.

"이봐요!"

바라크는 급히 트럭을 멈추고 짐칸으로 달려갔다. 소라지는 의식을 잃은 채, 가쁜 숨을 몰아쉬고 있었다.

"정신 차려요! 이제 거의 다 왔소!"

바라크가 부축하며 말했다. 그러자 소라지가 떨리는 손으로 건너편 숲을 가리켰다.

"저기로 가자고?"

바라크는 부축해서 숲으로 향했다. 푸른 달빛만이 비추는 숲은 고요했다. 바라크는 소라지를 나무에 기대어 앉혔다. 그녀의 숨소리는 점점 가빠지고 있었다.

"주사를 맞으면 괜찮아질 거요. 조금만 버텨요."

진통제를 꺼내려고 하는 바라크의 손을 소라지가 잡았다.

"왜요?"

소라지가 이제 늦었다는 듯 고개를 젓는 것이었다.

"안 돼요. 이대로 갈 순 없소. 너무 억울하잖소. 목적지가 바로 코앞인데."

소라지가 할 말이 있는 듯 중얼댔다. 하지만 너무 작아서 들리지 않았다.

"다시 말해 봐요."

바라크가 귀를 가까이 댔다.

"붕대를……, 풀어……줘……요."

바라크는 떨리는 손으로 붕대를 풀기 시작했다. 잠시 후 붕대가 한 움큼 떨어져 나오자 달빛에 소라지의 얼굴이 고스란히 드러났다.

"이런 세상에."

바라크의 목소리가 심하게 떨렸다. 소라지의 얼굴은 숯처럼 검게 변해 있었고 움직일 때마다 파편이 떨어져 내렸다. 영겁의 시간 동안 암석 속에 갇혀 있다가 공기를 만난 화석처럼.

"당신 말대로군! 당신의 임종을 정말 내가 보게 되다니."

소라지가 바라크의 팔을 움켜쥐며 말했다.

"미래가 보이지 않는 자를 찾아……. 그가 비밀을 알고 있어."

"그게 무슨 소리요?"

갑작스러운 말에 바라크가 물었다. 소라지는 마치 다른 사람이 빙의된 것처럼 허공을 보며 계속 중얼댔다.

"다섯 개의 조각을 모으면 문이 나타날 거야……. 미궁의 문……."

의미심장한 말을 읊조리며 소라지가 품에 있던 것을 내밀었다. 그것은 케이크 상자만 한 크기의 사각 물체였는데 누런 포장지에 싸여 있었다. 바라크는 영문도 모른 채 물건을 받아 들었다.

"이걸 아이에게……, 전해 줘……."

이 말을 남기고 소라지는 마지막 임무를 마친 군인처럼 고개를 떨궜다. 그리고 잠시 후 몸 전체가 재로 변하더니 불어온 바람에 날려 흩어지는 것이었다.

◈ ◈ ◈ ◈ ◈

헉. 미셸은 동면에서 깨어나듯 눈을 떴다. 그녀가 있던 곳은 처음 깨어났던 방이었다.

"정신이 좀 드나?"

에곤은 창밖에 펼쳐진 뉴욕 시내를 내려다보고 있었다. 그제야 정신이 돌아온 미셸은 몸에 꽂힌 침을 뽑으려 했다.

"잠시 그대로 두는 게 좋을 거야."

에곤이 나지막이 말했다.

"도침시술이라고 동양에서 사용하는 치료법이야. 진통제 따위보단 백배 나을 거야."

미셸은 팔을 살폈다. 정말 고통이 느껴지지 않았다. 오히려 이전보다 상쾌해진 기분이었다.

"방금 소라지를 만났어요."

에곤이 돌아봤다.

"당신 아버지가 소라지의 임종을 지켰더군요. 예언대로."

에곤이 다시 창가로 시선을 돌렸다.

"그녀가 죽는 모습을 봤어요. 한 줌의 재가 돼서……. 우린 그렇게 죽는군요."

미셸이 얼굴을 감쌌다. 방 안에 무덤 같은 침묵이 흐르다가 문득 그녀는 무언가가 생각난 듯 고개를 들었다.

"소라지가 이런 말을 했어요……. 미래가 보이지 않는 자를 찾아라……. 그가 비밀을 알고 있다. 다섯 개의 조각을 모으면 문이 나타날 것이다."

에곤이 천천히 다가왔다.

"그 말뜻을 알겠나?"

순간 미셸이 침대에서 벌떡 일어섰다.

"소라지가 죽기 전 당신 아버지에게 준 게 있어요. 네모난 상자! 갖고 있나요?"

미셸이 물었다. 그러자 에곤의 얼굴에 의미심장한 미소가 떴다.

"이쪽으로."

앞장선 에곤이 향한 곳은 거실이었다. 거실에는 여전히 증권 방송이 흘러나오고 벽난로가 자작자작 타고 있었다.

에곤은 거실 중앙으로 가더니 바닥에 깔린 카펫을 걷어 냈다. 그러자 대리석 바닥 한가운데에 철문이 나타났다. 에곤은 주머니에서 열쇠 꾸러미를 꺼내더니 철문 손잡이에 있던 열쇠 구멍에 밀어 넣었다. 둔탁한 기계음과 함께 철문이 열리더니 네모난 금고 하나가 올라왔다.

강철로 된 구식 금고였다. 가로세로 50센티 정도의 정육각형으로 모서리마다 세월의 때가 고스란히 묻어 있었다. 둥근 리벳이 사마귀처럼 온통 붙어 있었고 두껍게 칠해진 검은 페인트가 허물처럼 여기저기 벗겨져 있었다. 얼핏 보기에도 만들어진 지 족히 백 년은 넘은 구식 금고였다.

"이게 소라지가 아버지에게 남긴 유품이네."

에곤이 금고를 바라보며 말했다. 그런데 금고에는 특이한 점이 있었다. 번호 다이얼이나 열쇠 구멍 같은 기본적인 장치가 하나도 달리지 않았다. 심지어 손잡이조차 없었다.

"어떻게 여는 거죠?"

"나도 그걸 묻고 싶네."

에곤이 대답했다.

"그러면 내용물이 뭔지 모른다는 거예요?"

"이건 19세기 말 프랑스에서 특수 제작된 금고야. 제작 목적이 뭔지는 몰라도 내용물을 안에 넣은 채 만들어졌어."

"그 말은?"

"열 수 없게 제작되었단 말이야."

에곤이 어이없다는 듯 웃었다.

"엑스레이를 찍어 내부를 본 적이 있어. 하지만 안에 든 물체가 뭔지 확인할 수 없었네. 그런데 특이한 건……."

"뭐죠?"

"정면 강판 내부에 손잡이 같은 게 있다는 거야."

미셸은 금고의 정면 강판을 유심히 살펴봤다. 에곤 말대로 강판과 강판 사이에 틈이 있었다. 그러나 역시 열 수 있는 장치같은 건 없었다.

그때였다. 미셸의 왼팔이 스스로 움직이는 것이었다. 돌처럼 굳어서 손가락 하나 까딱할 수 없던 손이 제멋대로 움직이고 있었다. 손은 자석에 끌려가듯 금고로 다가가더니 허공에서 손잡이를 잡는 시늉을 했다. 그리고 천천히 돌아가는 것이었다.

그러자 놀라운 일이 벌어졌다. 금고 내부에서 둔탁한 마찰음과 함께 뭔가가 작동하는 소리가 들렸다. 왼손은 마임을 하듯 가상의 손잡이를 돌리더니 직각으로 꺾어졌다.

철컥! 둔탁한 자물쇠가 풀리는 소리와 함께 금고가 열렸다.

"이런 세상에!"

에곤 입에서 감탄사가 터져 나왔다. 그의 말대로 열린 금고 안쪽에는 손잡이가 달려 있었다. 놀라운 건 내부에서 손잡이를 돌린 게 미셸의 왼손처럼 석화된 잘린 오른손이었다. 손잡이를 움켜쥐고 있던 손은 밖으로 나오자, 승전보를 전한 전사처럼 힘을 잃고 떨어졌다. 미셸은 반사적으로 손을 잡았다.

손은 정확히 손목 부분에서 절단되어 있었는데 검은 물결무늬가 손 전체에 일렁이고 있었다. 게다가 이전에는 자유롭게 움직일 수 있었다는 게 믿기지 않을 정도로 단단했다.

"누구 손일까?"

에곤이 떨리는 목소리로 물었다.

"소라지의 손이에요. 스스로 잘랐던."

"어떻게 알지?"

"그냥 알 수 있어요."

미셸은 잠시 소라지의 손을 바라보다가 도로 금고에 넣었다. 그러곤 왼손을 금고에 대고 정신을 집중했다. 마치 마술사가 상자 안에 든 사과를 비둘기로 바꿀 때처럼. 그러자 놀랍게도 손이 다시 움직이기 시작했다. 이번엔 반대 방향으로 돌아갔다. 잠시 후 철컥하는 소리와 함께 금고가 잠겼다.
"무슨 짓이야? 힘들게 열어 놓고."
당황한 에곤이 소리쳤다.
"금고는 내가 가져가겠어요. 원래 내 손이나 다름없으니까."
미셸이 금고를 챙기며 당당하게 말했다.
"그리고 한 가지 질문이 있어요. 소라지가 임종 직전 당신 아버지와 향했던 곳이 어디죠?"

궁극의 아이 2 넥스트 차일드

신라

　수프가 식어 가고 있었다.
　식사가 나왔지만, 신라는 넋 나간 사람처럼 접시를 응시하고 있었다. 아직도 그 눈빛이 머리에서 떠나질 않았다. 불길에 휩싸이기 직전, 부모의 사진을 바라보던 미셸의 얼굴에는 그리움과 슬픔, 그리고 애증이 교차하고 있었다. 마치 온도가 다른 눈물을 한데 모아 응축한 수정처럼 애잔한 균열이 여기저기 이어지고 있었다.
　"음식이 입에 안 맞으십니까?"
　로드니가 빈 잔에 물을 채우며 물었다. 신라는 그저 말없이 수프를 바라볼 뿐이었다. 마치 시각만으로 수프의 온도를 측정하듯.

그들이 있던 곳은 뉴욕 외곽에 있는 한 저택이었다. 악마 개구리 중 한 명이 가끔 사용하는 별장이었다. 별장이라고는 해도 웬만한 고급 저택과는 비교도 안 될 만큼 크고 호화로웠다.

로드니는 물 잔을 채우고 나자 테이블 반대편에 앉았다. 둘 사이에는 스무 개도 넘는 바로크식 의자가 늘어서 있었다.

"신가야는 어떤 사람이었지?"

신라의 목소리가 온기를 그리워하는 벽을 타고 메아리처럼 울렸다.

"잘은 모릅니다만 궁극의 아이 중 최고의 능력을 지녔다고 들었습니다."

수프가 식고 있었다.

"아니, 그런 거 말고. 어떤 사람이었냐고."

"전 그분에 대해 모릅니다. 죄송합니다."

로드니의 목소리엔 진심 어린 거짓이 묻어났다. 신라가 수프를 밀치고 일어났다.

"어딜 가십니까?"

"신가야 만나러."

로드니가 앞을 가로막았다.

"그분은 삼십 년 전 돌아가셨습니다."

"그럼 우린 어떻게 만들었지?"

"……."

"너희들이 신가야를 보관하고 있다는 걸 알고 있어."

신라가 로드니를 밀치며 현관으로 향했다.

"어디 있는지도 모르잖습니까?"

그러자 신라가 돌아보며 말했다.

"난 모르지만, 앤드루는 알겠지."

이 말을 남기고 신라는 문을 나섰다. 로드니의 긴 한숨이 뒤를 따랐다.

남자 4의 사무실은 5번가에 있는 마천루였다.

완공된 지 얼마 안 된 건물로 착공 당시부터 독특한 설계로 세간의 이목을 집중했다. 건물은 총 96층으로 레고 블록을 엇갈려 쌓은 것 같은 형태였는데 층층이 정원이 조성되어 있어 '리틀 정글'이라고 불렸다. 실제로 멀리서 보면 350미터짜리 거대한 나무처럼 보였다. 더욱 특이한 건 건물 내부였다. 리틀 정글은 거대한 미로와도 같았다. 건물 중앙에는 엘리베이터를 중심으로 계단들이 미로처럼 얽혀 있었고 사무실들이 블록처럼 공중에 떠 있었다. 거기에 울창한 정글까지. 덕분에 처음 방문한 사람은 길을 잃기 십상이었다. 어느 모로 봐도 세계 최고의 인공지능 프로그램 회사 건물과는 거리가 멀었다.

남자 4는 어느 날 혜성처럼 등장해 전 세계 인공지능과 바이오 시장을 장악했는데 혁신적인 경영뿐만 아니라 독특한 기행으로 유명했다. 직접 제작한 인공지능 자동차를 타고 시베리아를 횡단하기도 하고 자신의 바이오 회사에서 개발한 신약의 최초 임상 실험자로 나서서 화제가 되기도 했다. 자신의 인공지능을 이용해 중국 경쟁 회사의 인공지능을 해킹해서 외교 문제를 일으키기도 했고 불로불사의 신약을 개발해 인류를 신으로 만들겠다고 천명해 종교계로부터 비난을 받기도 했다. 이처럼 남자 4의 행보는 매주 신문 1면을 장식할 만큼 파격적이었다.

신라는 입구에서 건물을 올려다봤다. 별명에 걸맞게 유리창에 비친 구름 사이로 초록들이 하늘까지 뻗어 있었다. 그의 인공지능이 지구를 넘어 천국까지 장악할 것처럼.

그 너머로 백 살이 넘은 엠파이어스테이트 빌딩이 근엄한 할아버지처럼 굽어보고 있었다.

"앤드루 님 집무실은 96층에 있습니다."

로드니가 함께 올려다보며 말했다.

"왜 막지 않지?"

"막으면 그만두실 건가요?"

"적응한 건가, 포기한 건가."

신라는 거리낌 없이 입구로 들어섰다. 어쩐 일인지 로드니가 따라오지 않았다. 수상한 낌새를 눈치챈 생쥐가 독이 묻은 치즈를 피해 가듯.

로비에는 유명 조각가들의 조각상이 체스판의 말처럼 드문드문 서 있을 뿐 한가했다. 그리고 킹이 있을 자리에 최첨단 검색대가 설치되어 있었다. 검색대에는 엑스레이 검색기와 함께 무장한 경비원들이 버티고 있었는데 정부 요원들처럼 검은 양복에 검은 선글라스를 쓰고 있었다.

신라는 곧장 검색대로 향했다. 입구를 출입하는 사람들은 모두 번듯한 옷맵시를 하고 있었다. 그에 반해 신라의 외모는 그들과 다르게 이질적이었다. 마치 최고급 와규로 끓인 스튜에 빠진 파리처럼. 하지만 신라는 아랑곳하지 않고 검색대에 들어섰다.

"무슨 일이죠?"

경비원이 파리 앞을 막아섰다.

"여기 회장인 앤드루 씨한테 볼일이 있어서 왔는데."

신라의 말에 경비원들이 모두 웃음을 터트렸다.

"돌아가시오. 여긴 당신 같은 사람이 올 데가 아니야."

경비원이 비렁뱅이를 내쫓듯 밀쳤다. 신라가 인내심을 갖고 다시 말했다.

"앤드루한테 신라가 왔다고 전해. 그럼 만나 줄 거야."

그러자 경비원이 싸늘한 얼굴로 앞을 막아섰다.

"좋은 말로 할 때 돌아가지. 험한 꼴 당하고 싶지 않으면."

경비원은 진압봉을 위협적으로 만지작거렸다. 신라는 차분히 주위를 둘러봤다. 검색대 바로 위에 감시 카메라가 설치되어 있었다. 카메라는 신라의 일거수일투족을 따라 움직이고 있었다. 이곳에 도착하기 전, 로드니가 남자 4에게 언질을 주었을 것이다. 그게 로드니의 임무니까.

"본시 왕이라는 동물은 사람 고기를 먹고 사는 법이지."

신라가 카메라를 뚫어지게 응시하며 중얼댔다.

"뭐라고 떠드는 거야? 나가라니까."

경비원이 위협적으로 다가서며 말했다. 그런 경비를 신라가 매섭게 노려봤다.

"네가 내 첫 번째 고기구나."

신라가 허리춤에서 총을 꺼내려던 순간이었다. 삐—, 삐—, 경비원의 무전기가 울렸다.

"정문입니다."

무전기에서 급하게 지시가 내려왔다. 짧고 명료한 지시였다. 그리고 경비가 물러서는 것이었다. 주인의 호통을 들은 도베르만처럼. 뒤를 지키고 있던 경비들도 홍해가 갈라지듯 비켜섰다. 신라는 움켜쥐었던 총을 든 채 검색대를 통과했다.

삑—, 삑—, 삑—, 금속탐지기가 요란하게 울렸지만 개의치 않고 경비원들을 지나 엘리베이터에 올랐다. 닫히는 문 너머로 경비원들이 차갑게 노려보고 있었다. 신라는 문틈 사이로 실랑이가 붙었던 경비원에게 공갈 총을 날렸다.

"탕!"

사방이 유리로 된 최신식 엘리베이터에는 저녁 햇살이 스며들고 있었다. 신라는 96층을 눌렀다. 엘리베이터는 현기증이 날 정도로 빨랐다. 빠르게 오르던 엘리베이터는 중간에 멈췄다.

57층이라는 안내 멘트와 함께 문이 열렸다. 그 앞에는 정장을 잘 차려입은 직원이 기다리고 있었다.

"어서 오십시오. 회장님께서 기다리고 계십니다."

직원은 정중하게 길을 안내했다. 신라는 아무 말 않고 따라갔다. 57층은 활기가 넘쳤다. 롤리 팝을 우물거리며 세그웨이를 타는 직원이 있는가 하면 소파에 널브러진 채 만화책을 읽는 직원도 있었다. 감자칩을 먹으며 냅킨에 아이디어를 스케치하는 직원이 있는가 하면 음악을 들으며 낮잠을 자는 직원도 있었다.

모두 제각각이었지만 누구도 뭐라 하는 사람은 없었다. 직원은 자유가 넘치는 복도를 지나 몇 개의 보안 문을 통과했다.

자유로운 분위기에 비해 보안은 철통같았다. 매번 보안카드 외에 홍채와 음성 인식을 해야 했고 경비가 직접 신분을 확인하는 방도 있었다. 그렇게 몇 개의 보안 장치를 지나자 한 남자가 나타났다.

"모셔 왔습니다. 회장님."

남자 4였다. 그는 트레이닝복에 슬리퍼를 신고 있었는데 방금 일어났는지 까치 머리를 하고 있었다.

"잠깐만."

남자 4는 어딘가와 서둘러 통화를 마무리하더니 또 다른 보안 문을 향해 갔다.

"이쪽으로. 보여 줄 게 있어."

남자 4는 잔뜩 신이 나서 건물에서 가장 은밀한 방으로 데려갔다. 방 앞엔 무장한 경비 둘이 지키고 있었다. 경비들은 남자 4가 나타나자 반갑게 인사를 하더니 특수한 열쇠로 방문을 열었다. 그러자 놀라운 장비가 나타났다. 방에는 수십 대의 슈퍼컴퓨터가 바둑판처럼 일렬로 늘어서 있었는데 헤아릴 수 없이 많은 전선과 지시등이 파도처럼 물결치고 있었다. 인공지능의 두뇌였다.

"사람들은 내가 어떻게 그토록 짧은 시간에 이처럼 굉장한 혁신을 이루었는지 궁금해 해. 나는 매번 혁신은 진정 자신이 원하는 게 뭔지 알게 됐을 때 시작된다고 대답했지. 하지만 사실 전부 개소리야. 귀찮아서 대충 둘러대는 거지. 멍청한 대중이 듣고 싶어

하는 말을 해 주는 거야. TV 광고처럼."

남자 4는 네온사인처럼 번쩍이는 슈퍼 컴퓨터의 전기 신호 사이를 지나며 끊임없이 주절댔다.

"진정한 혁신을 이루는 진짜 방법이 뭔지 알아?"

남자 4가 멈춰 서더니 돌아봤다.

"지겨운 거야. 이 세상 모든 게 진부하고 따분한 거야. 필요도 없는 자수를 뜨는 늙은 할머니처럼. 그래서 다 부숴 버리고 싶은 거야. 진부하고 따분한 세상을. 그게 혁신의 시작이야."

남자 4가 우주의 비밀이라도 알려 준 듯 씩 웃었다.

"당신, 말이 너무 많아. 지금 어딜 가는 거야?"

신라가 짜증을 냈다.

"따라와 봐. 좋아할 거야."

남자 4는 도서관 서고처럼 늘어선 컴퓨터 장비를 지나더니 커다란 모니터와 자판이 놓인 책상 앞에 멈춰 섰다.

"여기가 에스겔과 대화하는 곳이야. 일종의 조종석 같은 거지."

'에스겔'은 남자 4가 개발한 인공지능의 이름이었다. 지금까지 개발됐던 수많은 인공지능을 단숨에 제압하고 세계 인공지능 시장을 점령한 인공지능 프로그램이었다. 인간의 지능을 월등히 능가하는 에스겔은 일반 상용 시장뿐만 아니라 미국 국방성과도 군사용 인공지능 개발을 진행 중이었다. 덕분에 독과점 논란과 군사용 개발에 대한 우려를 일으키고 있었다.

"뭘 어쩌자고 여길 데려온 거야? 게임이라도 한판 하게?"

신라가 못마땅한 듯 묻자 남자 4가 의기양양하게 말했다.

"뭐든 묻고 싶은 게 있으면 물어봐. 과거든, 미래든 뭐든."
"미래?"
"에스겔은 지금까지 인류의 역사와 전 세계 뉴스 정보를 전부 러닝했어. 그 데이터를 통해 미래를 예측하지. 너와는 다른 방식으로 말이야."
"웃기는 소리군. 역사를 배워서 미래를 예측한다고?"
신라가 어이없다는 듯 말했다.
"넌 인간의 행동이 예측 불가하다고 생각하는군. 하지만 놀랍게도 아니야. 인간의 행동 양식은 지극히 반복적이고 모듈화되어 있어. 극단적으로 말하면 단세포보다 조금 복잡한 수준이지. 만약 한 인간의 생애를 모두 데이터화해서 에스겔의 인간 행동 분석 알고리즘에 넣는다면 그 사람의 남은 생애를 예측할 수 있어. 마지막 죽게 될 시간과 장소, 병명까지. 그런데 에스겔은 인류가 이제껏 남긴 모든 기록과 출판물, 디지털화된 정보를 89퍼센트까지 습득했지. 저 멀리 중국 은나라 갑골 문자에서부터 수메르의 설형 문자 기록까지. 그걸 통해 인류의 종류를 분류하고 알고리즘화했어. 성격, 교육 수준, 태어난 시대와 지역, 그리고 문화적 환경 등등. 그렇게 분류한 인류의 종류가 몇인지 알아? 놀랍게도 칠백여 종이야. 인류가 먹는 물고기 종류보다도 적지."
남자 4는 자신만만했다.
"마치 신이라도 된 듯 말하는군. 칠백 종 중 하나인 주제에."
신라가 매섭게 받아쳤다.
"못 믿겠으면 한번 시험해 봐."

남자 4가 씩 웃었다. 신라는 마지못해 질문을 생각했다.
"내가 악마 개구리를 없앨 수 있을까? 한 놈도 빼지 않고."
신라가 남자 4를 빤히 바라보며 물었다. 그러자 잠시 후 모니터에 문장이 떴다.

"이 질문을 하는 당신은 누굽니까?"

"내 이름은 신라, 궁극의 아이다."
모니터의 커서가 생각에 잠긴 듯 잠시 껌뻑였다. 이윽고 문장이 나타났다.

"그것은 가능하기도 하고 불가능하기도 합니다."

에스겔은 궁극의 아이에 관한 데이터도 갖고 있었다. 신라는 호기심이 생긴 듯 다시 물었다.
"자세히 설명해 봐."
다시 커서가 움직였다.

"현재 악마 개구리 회원 제거를 의미한다면 가능합니다. 많은 난관이 있겠지만 당신의 능력을 이용한다면 가능합니다. 하지만 악마 개구리는 또다시 생겨날 것입니다. 그들은 이전에도 존재했고 이후에도 존재할 겁니다. 왜냐하면 그것은 인간의 본능 중 탐욕을 완전히 제거하는 것과 같기 때문입니다. 고로 궁극적으로는 불가능합니다."

"우문현답이군."

남자 4가 만족스러운 듯 말했다. 신라는 모니터 전원을 꺼 버렸다. 단단한 대리석처럼 모니터에 박혀 있던 인공지능의 대답이 순식간에 사라졌다.

"내가 온 건 이따위 장난감을 보기 위해서가 아니야."

"알고 있어. 신가야를 만나러 왔지."

"신가야는 지금 어딨지?"

"처음 있던 곳에 아직도 누워 있지. 삼십 년째."

"그게 어디냐고."

남자 4가 한숨을 내쉬었다.

"테스트 중 감상에 빠지는 건 좋지 않아."

"테스트는 내가 알아서 해. 그러니 앞장서."

"오리지널 궁극의 아이를 만나니 피가 끌리던가?"

그러자 신라가 매섭게 노려봤다.

"네가 널 버린 아비 사진을 들고 다니는 거랑 비슷한 거겠지."

"네가 생각하는 센티멘털한 이유가 아니야."

"그만 지껄이고 앞장서."

신라가 총을 겨누며 말했다.

"그럴 필요 없어. 안 그래도 데려갈 참이었으니까. 한 가지 충고를 하자면……."

신라는 의문스러운 표정이었다.

"네가 생각했던 모습이 아닐 거야."

남자 4의 미소에는 비릿한 냉소가 묻어 있었다.

그곳은 악명 높은 교도소를 연상시켰다.
뉴저지의 깊은 숲속에 자리 잡은 건물 주변에는 4미터가 넘는 담장이 둘러싸고 있었고 그 위에는 고압 전류가 흐르는 철조망이 설치되어 있었다. 중간중간 세워진 초소에는 중무장한 경비원들이 삼엄하게 지켰고 수많은 감시 카메라가 지켜보고 있었다.
신라를 태운 리무진이 멈춰 서자 두 대의 카메라가 나란히 노려봤다. 로드니가 창문을 열고 얼굴을 드밀자, 주인을 알아본 카메라가 철문을 열어 주었다. 문을 통과하자 잡초가 무성한 정원 사이로 도로가 이어졌다. 그 끝에 거대한 저택이 자리 잡고 있었다.
빅토리아풍의 저택은 황제가 머물렀던 것처럼 웅장했지만 저주를 받은 듯 불길했다. 리무진은 중앙 분수대를 한 바퀴 돌고 정문 앞에 멈췄다.
"도착했습니다."
로드니가 문을 열어 주며 말했다. 차에서 내린 신라는 저택을 바라봤다.
"무덤치곤 거창하군."
로드니는 조용히 앞장섰다. 정문에는 토스터기만큼 커다란 자물쇠가 입을 꼭 다물고 있었다. 로드니가 열쇠 꾸러미를 꺼내 자물쇠를 해체했다.
"들어가시죠."
신라가 버릇처럼 주머니에서 약통을 꺼낸 후 풍선껌처럼 알약을 입에 물었다. 그 모습을 지켜보던 로드니가 말했다.

"신경안정제를 지나치게 드시면 몸에 좋지 않습니다."

"미치는 거보단 낫잖아."

신라가 심호흡하고 집 안으로 들어섰다.

저택은 몰락한 거부의 폐가가 아니었다. 그곳은 폐쇄된 병원이었다. 넓은 중앙 홀에는 여러 종류의 의료 장비들이 흰 천을 뒤집어쓴 채 무질서하게 놓여 있었고 복도에는 방치된 이동 침대가 늘어서 있었다. 창문은 모두 쇠창살로 막혀 있었고 복도마다 자물쇠로 잠긴 철문이 설치되어 있었다. 그런 공간을 로드니는 익숙하게 지나갔다. 철문이 나타나면 열쇠를 찾아 해체했다.

그렇게 몇 개의 철문을 지나자, 빛이 닿지 않는 공간 너머로 엘리베이터가 나타났다. 스위치를 누르자 기지개를 켜듯 신음하며 문이 열렸다.

"저도 돌아가신 후 뵙는 건 처음입니다."

두 사람은 말없이 엘리베이터가 내는 기괴한 비명을 듣고 있었다.

이윽고 엘리베이터가 지하 3층에서 멈추며 문이 열렸다. 그러자 거대한 어둠이 나타났다. 어둠 속에는 오래전 작동을 멈춘 여러 물건이 세월 순으로 차곡차곡 쌓여 있었고 그 위에 시간의 잔해가 두텁게 내려앉아 있었다. 로드니는 준비한 손전등을 켜고 잡동사니들을 지나갔다. 정확히 스물일곱 걸음을 내딛자 온통 녹을 뒤집어쓴 철문 하나가 나타났다. 로드니는 열쇠 꾸러미에서 제일 큰 열쇠를 고르더니 구멍에 밀어 넣었다. 철컥. 탁한 쇳소리와 함께 문틈으로 오랜 어둠이 퀴퀴한 냄새를 품은 채 흘러나왔다. 냄새는 죽은 생물을 오랫동안 버려둔 듯 역했다. 로드니가 준비한 마스크를 건네며 말했다.

"이걸 쓰십시오."

그 사이 로드니는 전원 스위치를 올렸다. 어둠이 걷히며 거대한 공간이 나타났고 숨을 쉴 수 있게 된 신라는 그 공간을 살폈다.

두 사람이 도착한 곳은 일종의 버려진 지하 농장이었다. 축구장만큼 넓은 공간에는 흙이 깔려 있었고 그 위에 정체불명의 작물이 버려진 채 썩고 있었다.

"대체 뭘 키웠기에 자물쇠까지 걸어 둔 거지? 양귀비라도 키웠나?"

신라가 물었지만, 로드니는 대답 대신 어딘가를 가리켰다.

"저기가 그분이 계신 곳입니다."

로드니가 가리킨 곳은 농장 중앙에 있는 콘크리트 방이었다.

사막의 아이스크림 가게처럼 농장 한복판에 뜬금없이 서 있었는데 네모반듯한 건물에 문만 달려 있었다. 신라는 콘크리트 방으로 향했다. 가까이 가자 안에서 웅—, 하는 모터 소리가 들렸다.

철제 손잡이를 돌리자 둔탁한 마찰음과 함께 문이 열렸다. 방에는 퇴색한 콘크리트 냄새와 기묘한 화학 약품 냄새가 엉켜 있었다. 손전등을 비추자 광선 검처럼 명확한 빛줄기가 어둠을 갈랐다.

방은 그다지 크지 않았는데 양쪽 벽면에 설치된 뭔가에서 기계음이 들렸다. 신라는 벽면을 비췄다. 울고 있던 것은 거대한 냉동고였다. 관이 들어갈 만한 크기의 사각문이 나란히 늘어서 있었는데 검시소의 시체 보관고와 흡사했다. 각각의 문에는 이름이 적혀 있었다. 신라는 손전등을 비춰 이름을 확인했다.

첫 번째와 두 번째 문은 빈칸이었다. 신라는 세 번째, 네 번째 문을 지나 다섯 번째 문 앞에 멈췄다.

UC-5 신가야

신라의 눈동자가 어둠 속에서 빛을 발했다. 하지만 선뜻 문을 열지 못했다. 그의 머릿속에는 미셸이 젊은 시절의 부모 사진을 마주했을 때처럼 복잡한 감정이 스치고 있었다.

냉동고를 응시하던 신라는 마침내 결심했는지 손잡이를 잡아당겼다. 미닫이 트레이가 열리며 그 위에 놓여 있던 시체 한 구가 딸려 나왔다. 시체는 투명 유리 커버에 덮여 있었고 그 위에 하얀 성에가 두텁게 끼어 있었다. 신라는 조심스럽게 성에를 제거했다.

그러자 오래전에 죽은 한 남자가 모습을 드러냈다. 옛적부터 핏기가 사라진 입술은 립스틱을 바른 것처럼 새파랬고 두 눈은 지렛대로도 열 수 없을 것처럼 굳게 감겨 있었다. 그리고 관자놀이에 커다란 총구멍이 나 있었다. 신가야였다.

신라는 유리 덮개에 비친 자기 얼굴과 가야의 얼굴을 번갈아 봤다. 둘은 데칼코마니처럼 똑 닮아 있었다.

"사실이었군. 신가야의 유전자로 우리를 만들었다는 게."

가야를 바라보는 신라의 눈에 수많은 감정이 스치고 있었다. 미셸과는 다른 감정이었다. 배신감과 분노, 원망의 감정이었다. 그 분노는 권력을 위해 인간의 존엄성 따윈 저버린 악마 개구리로 향하고 있었다.

"괜찮으십니까?"

지켜보고 있던 로드니가 걱정스러운 듯 물었다.

"지금까지 살면서 이렇게 명쾌한 기분은 처음이야."

신라가 분노를 삭이려고 심호흡했지만 그럴수록 바람을 불어 넣은 풍선처럼 부풀었다.

"이제 어쩌실 겁니까?"

"일단 테스트를 통과해야지. 이 세상에 궁극의 아이는 한 명이어야 하니까. 그런 다음……."

신라의 입술이 파르르 떨렸다.

"이 모든 인과 관계를 만든 놈들에게 대가를 치러 줘야지. 마지막 피 한 방울까지."

신라는 가야를 다시 바라봤다. 마지막 인사를 하듯.

도로 냉동고에 넣으려던 순간이었다. 가야가 번쩍 눈을 뜨는 것이었다. 곧이어 신라를 똑바로 바라봤다. 신라는 움찔 물러섰다.

"봤어?"

"뭘 말입니까?"

"눈을 떴어!"

신라는 가야를 확인했다. 하지만 가야의 주검은 언제 그랬냐는 듯 굳게 눈을 감고 있었다.

"분명히 눈을 뜨고 날 봤어! 마치 할 얘기가 있는 것처럼."

다시 살폈지만 가야는 처음 모습 그대로였다.

"최종 테스트 때문에 스트레스가 많은가 봅니다. 가서 잠깐이라도 눈을 붙이시죠."

로드니가 문을 열며 말했다. 하지만 신라는 여전히 가야의 시신을 응시하고 있었다. 그러더니 갑자기 주변에서 뭔가를 찾기 시작했다.

"뭘 하시는 겁니까?"

로드니가 물었지만, 신라는 대꾸하지 않고 손전등을 비추며 뭔가를 찾았다. 이윽고 창고 귀퉁이에 있던 쇠파이프를 집어 들고는 있는 힘껏 유리 덮개를 내리쳤다.

"무슨 짓이에요! 그만두세요!"

로드니가 말렸지만 소용없었다. 신라는 연신 덮개를 내리쳤다.

쨍그랑. 결국 유리 덮개가 산산조각이 났다. 외부 공기가 유리관 속으로 빨려 들어갔다. 덮개 내부는 진공이었다.

"대단한 분이네요. 원하는 건 반드시 하고야 마는군요."

로드니는 황급히 방을 빠져나가더니 핸드폰을 꺼내 들었다. 악마 개구리에게 보고하려는 것이다. 신라는 상관하지 않고 가야를 살폈다. 덮개가 사라지고 같은 공간 속에 있자 기묘한 감정이 몰려왔다. 환생하기 전, 자신의 육신을 바라보듯 두렵지만 신비롭고, 블랙홀에 빠진 듯 우주적이면서 미시적인 체험이었다.

신라는 손을 뻗어 가야의 얼굴을 만지려 했다. 그때였다. 가야가 번쩍 눈을 뜨더니 신라의 손을 움켜쥐는 것이었다. 너무 놀란 나머지 신라는 주저앉을 뻔했다. 하지만 가야는 손을 놓아주지 않았다. 그러고는 뭔가를 말하려는 듯 신라의 눈을 처절하게 응시했다. 순간 신라의 회색 눈동자에 한 오래된 기억이 스쳤다.

◈ ◈ ◈ ◈ ◈

　그곳은 도시의 뒷골목이었다. 비가 추적추적 내리는 밤, 가야가 비를 맞으며 서 있었다. 그는 모든 걸 포기한 듯 슬픈 눈으로 고개를 숙이고 있었다. 주위에는 여러 대의 경찰차 경광등이 서치라이트처럼 둘러싸고 있었고 경찰들이 총을 겨눈 채 가야를 주시하고 있었다. 가야는 마지막 순간을 즐기듯 비를 맞더니 신라를 바라보는 것이었다. 시간을 초월해 대화를 나누려는 듯.
"내 심장을 전해 줘……."
　이 말을 남기더니 가야는 총구를 머리에 가져갔다. 그리고 신라를 바라보며 방아쇠를 당겼다. 탕!

◈ ◈ ◈ ◈ ◈

　현실로 돌아온 신라는 가야의 주검을 응시했다. 순간 가야의 몸이 재로 변하더니 무너져 내리는 것이었다. 마치 이 순간을 위해 삼십 년을 기다린 것처럼. 재로 변하면서도 가야는 신라를 응시하고 있었다. 유언을 남긴 유일한 가족을 보듯. 그리고 마침내 신라의 손을 잡고 있던 가야의 손도 재가 되어 사라졌다.
"어떻게 된 겁니까? 신가야의 시신은 어디 있어요?"
　돌아온 로드니가 소리쳤다. 신라는 아까 겪은 놀라운 경험을 음미하듯 손을 바라보고 있었다.
"비로소 자유로워졌어."

재로 변한 가야의 육신이 죽은 양귀비 밭 위로 흩날리고 있었다. 그런데 트레이 위에 검붉은 물체가 남아 있었다.

신라는 조심스럽게 물체를 집었다. 주먹만 한 크기의 돌덩어리였다. 그러나 단순한 돌이 아니었다. 그것은 정확히 좌심실과 우심실에 대동맥이 연결되면 당장이라도 피를 뿜을 듯 생생한 모습을 하고 있었다. 신가야의 심장이었다

궁극의 아이 2 넥스트 차일드

로젠크로이츠의 화학적 결혼식

1604년 신성 로마 제국 독일 왕국의 하르츠 숲.

가문비나무들이 비바람에 군무를 추고 있었다. 춤사위에 흥을 돋우듯 드문드문 번개가 내리쳤다. 어두운 밤에 억수같이 쏟아지는 폭우 덕에 한 치 앞도 분간할 수 없었고 여름인데도 입김이 나올 정도로 을씨년스러웠다. 그런 깊은 숲속을 두 명의 집시가 길을 잃고 헤매고 있었다.

"수백 번도 더 지나다닌 길인데 여기가 어딘지도 모르겠어!"

앞장서던 집시 1이 말했다. 그는 일행 중 가장 경험이 풍부했다.

"일단 비가 그칠 때까지 머물 곳을 찾아보죠."

뒤따르던 집시 2가 소리쳤다. 그들은 생필품을 사기 위해 마을로 향하던 중이었다.
"높은 데로 가면 바위 사이에 동굴이 있을 거야."
집시 1이 언덕 정상으로 향하자, 집시 2도 뒤를 따랐다. 가는 도중 낙상할 위기가 여러 번 있었지만, 집시들은 포기하지 않고 쉴 곳을 찾았다. 하지만 마땅히 피할 만한 곳은 보이지 않았다.
"이제 어쩌죠? 이러다간 한여름에 얼어 죽겠어요!"
집시 2가 오들오들 떨며 소리치던 그때였다. 저만치 산 정상 부위에 번개가 내리쳤다. 그와 동시에 인근 바위가 무너지며 산사태가 일어났다.
"피해!"
집채만 한 바위가 머리 위로 덮쳤다. 다행히 간발의 차이로 무사할 수 있었다. 그런데 벼락이 떨어진 자리에 움푹 파인 동굴 같은 것이 보였다. 집시들은 망설일 틈도 없이 그곳으로 향했다.
놀랍게도 동굴이 있었다. 그런데 동굴은 자연적인 것이 아니었다. 벽과 천장은 도구를 사용해 파낸 흔적이 역력했고 바닥에는 수레를 끈 바퀴 자국이 선명했다. 그리고 동굴을 숨기기 위해 입구를 바위와 흙으로 덮어 놓았다.
"왜 이런 데 동굴을 만든 걸까요?"
집시 2가 둘러보며 말했다.
"대개 이런 데 굴이 있는 경우 누군가의 무덤이 틀림없지. 그것도 세상에 알려지고 싶지 않은 누군가."
집시 1이 헝겊을 찢어 횃불을 만들며 대답했다.
"그리고 대개 이런 무덤에는……."

"금은보화가 묻혀 있죠!"

집시 2가 소리쳤다. 집시들은 들고 있던 짐을 던져 버리고는 동굴 안으로 들어가기 시작했다. 동굴은 상당히 깊었고 안으로 갈수록 넓어졌다. 집시 1이 동굴 벽을 살피며 말했다.

"원래 있던 자연 동굴을 인위적으로 다듬었어."

동굴 벽에는 공사 시에 만들었던 횃불 걸이가 일정한 간격으로 있었고 바닥은 수레가 지나다닐 수 있도록 평평하게 다듬어져 있었다.

집시들은 잰걸음으로 동굴 안으로 향했다. 그렇게 얼마를 들어가자 커다란 석문이 나타났다. 석회암으로 만들어진 석문은 코끼리가 들어갈 만큼 컸는데 장정 스무 명이 밀어도 꿈쩍 안 할 것 같았다.

"젠장. 이걸 열려면 군대라도 불러야겠네."

집시 2가 있는 힘껏 문을 밀며 말했다.

"원래 무덤에는 문 같은 건 만들지 않아. 그건 날 도굴해 주쇼 하는 거거든. 그런데 이렇게 거창한 문을 만들었다는 건……."

집시 1은 횃불을 들어 석문을 유심히 살폈다. 석문 중앙에는 커다란 십자가가 조각되어 있었는데 가운데 장미 모양의 문양을 중심으로 다섯 개의 별이 일렬로 늘어서 있었다. 그 아래 여덟 개의 사각 구멍이 있었고 문자가 새겨져 있었다.

Dies, Mensis, Annus

"뭐라고 쓴 거죠?"

집시 2가 눈을 비비며 물었다.

"일, 월, 년."

글자를 읽은 집시 1은 라틴어를 읽을 수 있었다. 그는 뭔가 눈치챈 듯 주위를 둘러봤다. 아니나 다를까 문 옆에 정육면체로 다듬어진 돌들이 가지런히 쌓여 있었고 각각의 돌 맨 앞에 문자가 새겨져 있었다.

"처음 보는 글잔데요?"

집시 2의 말대로 그것은 라틴어가 아니었다.

"이건 저 멀리 동방에서 건너온 숫자야."

돌에 새겨진 문자는 '아라비아 숫자'였다. 당시 유럽에는 아라비아 숫자가 전파되긴 했지만, 주로 로마 숫자가 사용됐다. 그런데 숲 한가운데 숨겨진 동굴에 동방에서 온 낯선 숫자가 적혀 있었다.

"날짜를 맞추라는 거 같은데."

집시들은 떠오르는 대로 날짜를 맞췄다. 예상대로 정육면체는 정확히 구멍에 맞았다. 하지만 문은 꼼짝도 하지 않았다. 그렇게 한참 동안 숫자와 씨름하던 집시 1은 뭔가 떠오른 듯 특정 숫자를 조합해 구멍에 넣었다.

14 08 1604

오늘 날짜였다. 그러자 문이 움직이기 시작했다.

문에는 기계 장치가 설치되어 있었는데 둔탁한 소리를 내더니 안쪽으로 열리는 것이었다.

"굉장한 귀족인가 봐요. 무덤 주인이."

집시 2가 넋이 나가서 중얼거렸다.

"그런데 왜 하필 오늘이지?"

두 사람은 천천히 새로운 공간으로 들어갔다. 오랜 시간 갇혀 있던 공간은 농밀한 암흑으로 채워져 있었다.

집시 1은 들고 있던 횃불로 어둠을 밀어냈다. 그러자 칠각의 커다란 공간이 나타났다.

그곳은 칠각 상자를 거대하게 부풀린 듯한 방이었는데 장정 열댓 명이 누워도 될 만큼 큼직했다. 중앙에는 가슴 높이의 원통형 석제 테이블이 있었고 그 주위를 빙 둘러 정체불명의 글자가 빼곡히 새겨져 있었다. 바닥에는 테이블을 중심으로 칠각별이 사방으로 뻗어 있었고 별을 따라 알 수 없는 문자들이 쓰여 있었다.

칠각 벽에는 저마다 마법 주문을 형상화한 듯한 특이한 문양들이 있었는데 여러 개의 삼각형이 형이상학적으로 연결된 것부터 처음 보는 문자가 반복적으로 이어지는 독특한 문양까지 다양했다. 모두 자주색과 상아색, 그리고 푸른색 대리석으로 이루어져 있었다. 새겨진 문양과 글자도 모두 정교하게 세공되어 있었다. 마치 알려지지 않은 종교의 교주가 마법 주술을 후세에 남기기 위해 남겨 놓은 듯한 기묘한 방이었다.

"제기랄. 간신히 들어왔더니 보물은커녕 동전 한 닢 안 보이네."

집시 2가 투덜댔다. 그러나 집시 1은 이곳이 평범한 방이 아니란 걸 알았다. 그는 신중히 방 안을 살폈다. 그런데 벽면마다 뭔가가 들어 있었다. 그것은 나무 상자였는데 벽면에 정교하게 끼어 있어 눈치채지 못했다. 상자에도 여지없이 정체불명의 문양이 그려져 있었다.

"금화라도 들었나."

그 말을 들은 집시 2가 재빨리 상자를 끄집어냈다. 흥분한 집시 2가 서둘러 상자를 열었지만, 들어 있던 것은 금화가 아니었다. 낡은 실험 도구였다. 여러 종류의 유리 시험관과 해부 도구, 가열기 등이 가지런히 들어 있었다.

실망한 집시 2는 다른 상자들도 마구 끄집어냈다. 하지만 금화는 보이지 않았다. 일곱 개의 상자에는 방 주인이 생전에 사용했던 걸로 보이는 도구가 들어 있었다.

태양 빛을 모으는 거대한 돋보기, 초기 형태의 현미경과 천체 망원경, 정체를 알 수 없는 다양한 실험 도구들이 상자 가득 들어 있었다. 마지막 상자에는 필사 서적이 차곡히 쌓여 있었다.

"그래, 내 팔자에 무슨 금이야. 젠장."

집시 2가 상자를 걷어찼다. 반면 집시 1은 필사본 책을 유심히 살폈다. 책에는 라틴어 문장과 삽화가 매 페이지에 그려 있었다. 그림들은 형이상학적 우주의 형상이나 실험 장면 등을 자세히 묘사하고 있었다.

"이 방 주인은 연금술사야. 그곳도 상당한 실력의."

"연금술사라면 금을 만드는 사람 말이에요?"

"그래. 이 방을 둘러봐."

집시 1이 바닥과 벽에 그려진 글자들을 가리키며 말을 이었다.

"어쩌면 저게 납으로 금을 만드는 비법일지도 몰라."

"납을 금으로! 읽을 수 있어요?"

"그럴 리가."

집시 1은 호기심이 생긴 듯 중앙의 원형 테이블로 다가갔다.

"이건 뭐죠?"

집시 2가 시큰둥하게 물었다.

"관 같은데."

집시 1이 중앙 테이블의 주위에 새겨진 글자를 살폈다.

Ego, Christian Rosenkreuz, in mea patria Erend, exactis CXX annis post, renatus ero. Qui me invenerit, accipiat duodecim solidos argenti et vadat ad Erend, ut me inveniat et me recipiat. Tunc deducet te ad abundantiam.

집시 1은 조심스럽게 내용을 읽어 나갔다.

"나, 크리스티안 로젠크로이츠는 정확히 120년 후 나의 고향 에렌드에서 다시 태어날 것이다. 나를 찾은 자는 은화 열두 개를 가지고 에렌드로 가서 새로운 나를 찾아라. 그러면 새로운 내가 당신을 풍요로 인도할 것이다."

문장이 끝나는 위치에 작은 서랍이 설치되어 있었다. 집시 1은 조심스럽게 서랍을 열었다. 그 안에는 정확히 은화 열두 개가 들어 있었다.

마을에 하나뿐인 주점은 시끌벅적했다. 간만에 주머니가 넉넉해졌는지 숯 만드는 나무꾼들이 초저녁부터 거나하게 취해 있었다. 집시 1과 2는 그들 사이에서 맥주를 마시고 있었다. 가게 주인이 접시 가득 돼지고기 요리를 들고 왔다.

"돈은 있는 거지?"

미덥지 않은 듯 술집 주인이 물었다. 가난한 마을 에렌드에서 돼지고기를 안주로 먹을 수 있는 사람은 세금 징수원들뿐이었다.

"걱정 붙들어 매. 번쩍번쩍한 은화로 낼 테니까."

집시 2가 슬쩍 주머니 속 은화를 보이며 고깃덩어리를 집었지만 집시 1은 고기 따윈 안중에도 없었다.

"뭐 해요? 하나 뜯지 않고. 간만에 공돈 들어왔는데 호사 한번 누려 봅시다. 안 먹으면 내가 다 먹어요."

집시 2가 게걸스럽게 먹어 대며 말했다. 순간 집시 1이 벌떡 일어서더니 술집 주인에게 다가가 뜬금없이 물었다.

"오늘 이 마을에 태어난 아기가 있소?"

"갑자기 아기는 왜?"

주인이 되물었다.

"여긴 웬만한 동네 남정네가 전부 드나들 테니 알 거 아니오. 오늘 태어난 아기가 있소?"

에렌드는 인구 백여 명의 작은 마을이었다. 대부분 숯을 만들거나 인근 수정 광산에서 일하는 인부들로 여기서 나고 자란 사람들이었다.

"그러고 보니 양봉쟁이 욘트 마누라가 산달이 됐다던데."
"욘트란 사람, 어디 살고 있소?"
"저 언덕 넘어 참나무 숲 입구."
집시 1은 다시 테이블로 돌아왔다.
"은화, 이리 줘 봐."
집시 1이 대뜸 말했다.
"왜요? 반반씩 나누기로 했잖아요."
집시 2가 고기를 뜯다 말고 대꾸했다.
"이리 줘 보라니까."
"영감, 설마?!"
그러자 집시 1이 막무가내로 은화를 뺏었다.
"이 노인네가 미쳤나? 진짜 그 말을 믿는 거야? 백 년 전에 뒈진 놈의 말을!"
집시 2가 소리쳤지만, 집시 1은 이미 가게를 나선 후였다.

 가뜩이나 초라한 마을은 누런 진창에 파묻혀 있었다. 마을을 지난 집시 1은 언덕을 넘어 참나무 숲으로 향했다. 한참을 걷자, 술집 주인이 말했던 오두막집이 나타났다. 진흙과 나무로 지어진 집은 누추하기 짝이 없었다. 수백 년이나 된 참나무를 기둥 삼아 지어진 통나무집은 당장이라도 무너질 것처럼 허술했고 두 사람이 간신히 발을 뻗을 수 있을 정도로 작았다. 집을 빙 둘러 성긴 울타리가 쳐져 있었고 잡초가 무성한 마당에서 흠뻑 젖은 개 한 마리가 짖고 있었다. 그리고 집 안에서 아기 울음소리가 흘러나오고 있었다.

집시 1은 조심스럽게 집으로 다가갔다. 가까이 갈수록 울음소리는 커졌지만 아무도 아기를 달래는 사람은 없었다.

집시 1은 창문 틈으로 집 안을 살폈다. 허름한 집 안에는 한 남자가 침대에 누워 있는 여인을 멍하니 바라보고 있었고 그 옆에 누런 천에 싸인 아기가 울고 있었다.

양봉쟁이 욘트와 그의 아내였다. 부인은 눈을 굳게 감은 채 손을 침대 아래로 떨구고 있었는데 맥을 재 보지 않아도 숨을 거뒀다는 걸 알 수 있었다. 욘트는 죽은 아내를 넋 잃고 바라보고 있었다. 아기 울음소리만 아니었다면 시간이 멈춘 듯한 모습이었다.

하늘에선 다시 비가 내리기 시작했다. 문밖을 서성이던 집시 1은 인기척을 냈다. 그제야 욘트가 돌아봤다. 수염을 덥수룩이 기르고 있던 그는 며칠 잠을 못 잤는지 수척했다.

"지나던 길에 아기 울음소리가 들려서……."

둘러대는 집시 1을 욘트는 아무 감정 없는 눈으로 바라봤다. 그러다가 문뜩 생각난 듯 말했다.

"혹시 시간 있소?"

"……."

두 사람은 커다란 참나무 아래 구덩이를 팠다. 그리고 부인을 묻었다. 묘비는커녕 나뭇가지로 만든 십자가조차 없는 초라한 무덤이었다. 하객이라고는 푸르게 굽어보는 참나무들이 전부였다.

하늘에선 여전히 추덕추덕 비가 내리고 있었다. 욘트는 한참을 멍하니 무덤을 바라봤다.

"아기 울음소리가 그쳤군요. 아기를 저렇게 둔 지 얼마나 됐지요?"

집시 1이 정적을 깼다.

"내 아이가 아니오. 이 사람 아이지."

욘트가 무덤 속 부인을 가리켰다.

"아이를 어쩔 거요?"

욘트는 대꾸 없이 집 안으로 들어갔다. 그러곤 덥석 아기를 안더니 억수같이 쏟아지는 비를 뚫고 어디론가 향했다.

"아기를 어쩔 거냐고 묻잖아요!"

집시 1이 소리쳤다. 그러자 욘트가 멈췄다.

"당신이 무슨 상관이야? 죽이든 살리든."

"그 아이를 내게 파시죠."

빗줄기가 점점 거세지고 있었다.

"얼마면 팔 거지?"

집시 1이 진지하게 묻자 욘트는 은화 무게를 재듯 아기를 물끄러미 바라봤다.

"은화 열두 닢."

고심 끝에 정한 가격이었다. 집시 1은 내심 놀랐다. 무덤 주인이 예언한 금액과 정확히 일치했기 때문이다. 집시 1이 돈주머니를 건네자, 욘트가 은화를 확인했다. 그러곤 거추장스러운 잡동사니를 처리하듯 아기를 넘겨주고 집으로 향했다.

"내가 누군지 궁금하지도 않나요?"

욘트는 대꾸하지도 않고 뒤돌아보지도 않았다. 집시 1은 고개를 숙여 조심스럽게 포대기를 열어 보았다. 비록 기진맥진해 보였지만, 아기는 건강했다.

"네가 우리를 풍요롭게 만들진 모르겠지만 반갑구나. 은화 열두 닢아."

집시 1이 아기 얼굴을 쓰다듬었다. 그러자 아기가 알아들었다는 듯 그의 손가락을 잡았다. 자신의 운명을 움켜쥐듯.

놀랍게도 이 아이는 열 살부터 신비로운 능력으로 집시들을 이끌더니 열여섯 살이 되는 해 프랑스 왕실 고문이자 추기경 '리슐리외'의 양자로 들어간다.

◆ ◆ ◆ ◆ ◆

웅—, 하며 고막이 비현실적으로 이명하고 있었다. 미셸이 잠든 곳은 에곤의 전용 비행기 안이었다.

"마실 걸 가져다 드릴까요?"

승무원이 물었다.

"차가운 물."

승무원이 곧장 얼음물을 가져다주었다. 미셸은 단숨에 잔을 비웠다. 입안에 남아 있던 떨떠름한 꿈의 잔재가 냉수와 함께 흘러내렸다. 동그란 창문 너머에는 하얀 구름 평원이 뻗으면 닿을 듯 펼쳐져 있었다. 미셸을 실은 걸프스트림은 프랑스 리옹 국제공항을 향해 날고 있었다. 최종 목적지는 리옹의 인근 마을 '클뤼니(Cluny)'였다.

소라지가 임종 직전에 향했던 곳이었다. 그녀가 클뤼니에서 정확히 뭘 하려 했는지는 알 수 없었다. 그전에 무슨 일이 벌어졌는지도 알 수 없었다. 분명한 것은 임종 직전, 끔찍한 일이 벌어진 건 틀림없었다. 마지막 순간에 보았던 그녀의 모습은 말할 수 없이 처참했다.

미셸은 가방 안에 있던 백 년 된 금고를 바라봤다. 케이크 상자처럼 작은 금속 덩어리 안에는 한 세기 전 궁극의 아이의 손이 들어 있었다. 미셸은 자기 왼손을 바라봤다. 검게 석화된 손은 다른 차원에 존재하듯 이질적이었다.

미셸은 금고를 열고 소라지의 손을 꺼냈다. 그리고 자기 손과 나란히 놓았다. 쌍둥이처럼 닮은 두 개의 손. 그 주위로 작은 먼지 입자들이 살아 있는 생물처럼 부유하고 있었다. 그런데 소라지의 손바닥에 전에 발견하지 못했던 뭔가가 있었다.

२० ३१ ०९ १६

네팔의 숫자였다. 생경한 숫자가 검은 물결무늬 사이에 정확히 그려져 있었다. 미셸은 밝은 빛에 숫자를 비춰 보았다.

숫자는 필기구로 적은 것이 아니었다. 특이한 점처럼 피부 아래 단단히 박혀 있었다. 미셸은 번역 앱으로 숫자를 해독해 보았다.

"20, 31, 09, 16……."

암호와도 같은 숫자 배열이었다. 미셸은 잠시 고민해 봤지만, 뭘 의미하는지 알 수 없었다.

"기장입니다. 이제 곧 리옹 생텍쥐페리 공항에 도착합니다. 승객 여러분은 착륙에 대비해 안전벨트를 매 주시기를 바랍니다."

도착한 모양이었다. 미셸은 소라지의 손을 금고에 넣고 안전벨트를 맸다. 구름이 사라지고 부르고뉴의 녹색 평원이 나타났다. 그와 함께 소라지의 마지막 여정도 미로 속에서 기지개를 켜고 있었다.

클뤼니는 전형적인 프랑스의 전원 마을이었다. 구불구불한 도로를 따라 낮은 건물들이 옹기종기 늘어서 있고 아담한 식당과 상가들이 오후 장사를 준비하고 있었다. 미셸은 공항에서 빌린 장난감 같은 차를 몰고 호텔로 향했다.

로마시대에 만들어진 도로는 한가했다. 덕분에 미셸은 불어로 주절대는 내비게이션을 따라 호텔에 도착할 수 있었다. 에곤이 출발 전에 예약한 호텔은 마을 중심의 셩드포와흐 광장(Pl. du Champ de Foire)에 있었다. 천 년도 넘은 마을답게 호텔 역시 중세 모습을 고스란히 간직하고 있었다. 입구에 붙은 간판만 아니었으면 성당인 줄 알 정도였다. 본관 꼭대기에는 공주가 갇혀 있을 법한 첨탑이 있었고 객실 창문은 모두 아치형이었다. 체크인 전 미사라도 참석해야 할 것 같았다.

"취향 한번 끝내주는군."

주차장으로 향하며 미셸이 중얼댔다. 미셸은 주차장에 차를 세우고 짐을 챙겼다. 짐이라곤 소라지의 손이 든 금고가 전부였다. 미셸은 금고를 둘러메고 로비로 향했다.

금장 간판이 붙은 입구를 지나자 아담한 로비가 나타났다. 다행히 로브를 입은 수도승은 보이지 않았다. 문 하나를 사이에 두고 수백 년을 건너뛴 듯 현대적으로 장식되어 있었다.

가구들은 구식이었지만 핸드폰 충전기가 비치되어 있었고 샹들리에에는 촛불 대신 LED 전구가 불을 밝히고 있었다. 미셸은 곧장 카운터로 향했다.

"어서 오십시오. 저희 호텔에 오신 걸 환영합니다."

보타이를 맨 직원이 불어로 인사를 건넸다.

"예약했어요."

미셸이 영어로 대답했다.

"성함을 말씀해 주시죠."

직원은 곧장 영어로 바꿨다.

"미셸 신."

직원이 예약자 명단을 체크했다.

"확인했습니다. 예약된 방은 스위트룸입니다. 맨 꼭대기 층으로 클뤼니의 명물인 클뤼니 수도원이 한눈에 보인답니다. 오른쪽 엘리베이터를 타시면 직원이 안내해 드릴 겁니다."

직원이 열쇠 카드를 주며 말했다. 미셸은 방으로 향하려다가 문뜩 물었다.

"17세기 건물을 찾으려면 어떻게 해야 하죠? 건물 연대가 표시된 안내서 같은 건 없나요?"

그러자 직원이 웃으며 대답했다.

"클뤼니의 건물들은 대부분 사백 년 이상 됐답니다. 어떤 건물은 팔백 년이 넘은 것도 있답니다. 저희 호텔만 해도 지어진 지 오백 년이 넘었는걸요. 참고로 말씀드리면 나폴레옹 황제와 소설 『삼총사』에 등장하는 아르망 리슐리외 대주교도 저희 호텔에 묵으셨답니다."

직원은 자랑스러운 듯 벽에 걸린 액자를 가리켰다. 액자에는 나폴레옹과 리슐리외의 것으로 보이는 친서가 들어 있었다. 누런 양피지에는 친필 서명이 적혀 있고 액자 아래 나폴레옹과 리슐리외의 이름이 적힌 금장 명패에 있었다. 그 외에도 호텔에 숙박했던 유명인들의 서명이 벽면을 메우고 있었다.

"리슐리외 주교가 여기 묵었다고요?"

미셸이 되물었다.

"네, 수도원을 들를 때마다 저희 호텔에 묵으셨죠. 식당에 가시면 그분이 사용했던 식기와 냅킨 등이 전시되어 있답니다."

"말만 들어도 입맛이 도네요."

미셸은 엘리베이터로 향했다.

"그런데……, 전에 저희 호텔에 묵으신 적 있으시죠?"

직원이 미셸을 뚫어지게 보며 물었다.

"프랑스는 처음이에요."

"아……. 굉장히 낯이 익어서요. 좋은 시간 보내십시오."

직원이 업무적인 미소를 지었다.

방은 생각보다 훌륭했다. 호텔에서 가장 좋은 방이었는데 외형과는 달리 상당히 모던하게 장식되어 있었다. 얼마 전에 리모델링을 한 듯 가구도 요즘 유행하는 것들이었고 가전제품도 모두 최신식이었다. 음성 인식 비데와 거품 목욕 욕조까지 갖춰져 있었다.

미셸은 곧장 옷을 벗고 샤워실로 향했다. 지난 며칠 동안 샤워조차 못 했기 때문이었다. 신라에게 쫓기느라 네팔에선 물론이고 뉴욕에서조차 씻을 겨를이 없었다.

온수를 틀자 하얀 김을 뿜으며 뜨거운 물이 쏟아졌다. 온몸에 물을 맞자 한숨이 절로 나왔다. 미셸은 비누 거품을 구석구석 바르며 잠시나마 여유를 느꼈다.

일주일도 안 되는 동안 엄청난 일들이 벌어진 것이다. 라스베이거스 도박장 사건, 정체불명의 발병, 몰랐던 자신의 정체, 소라지와의 만남, 그리고 엄마의 죽음까지. 평생 묻어 두었던 불운의 댐이 터지며 고름처럼 찐득한 불행이 한꺼번에 덮쳐 온 기분이었다. 미셸은 뜨거운 물을 맞으며 왼손을 바라봤다. 손끝에서 시작된 석화 현상은 어느덧 손목까지 번져 있었다.

"제기랄!"

미셸의 고함이 샤워실에 울려 퍼졌다. 미셸은 주저앉아 미친 듯이 욕을 해 댔다. 모든 것이 원망스러웠다. 냉정한 신도, 자신 따윈 관심 없는 듯 잘 굴러가는 세상도 모두 원망스러웠다. 하지만 그런다고 바뀔 것은 아무것도 없었다. 미셸은 엄마를 떠올렸다.

물기를 닦고 나서려던 순간, 똑똑. 누군가 문을 두드렸다. 이 낯선 마을에서 찾아올 사람은 없었다. 미셸은 타월로 몸을 가리고 배낭에서 총을 찾았다.

다시 똑똑.

"미셸 양, 계십니까?"

점잖은 중년 남성의 목소리였다.

"누구세요?"

미셸이 총을 겨누며 물었다.

"지배인입니다. 여쭤볼 게 있어서 왔습니다."

미셸은 보안 창을 통해 복도를 살폈다. 점잖게 수염을 기른 남자가 서 있었다. 미셸은 잠시 망설이다가 문을 열었다.

"무슨 문제죠?"

미셸이 당당하게 타월 차림으로 물었다. 그러자 지배인은 민망스러운 듯 고개를 돌리며 말했다.

"문제가 아니라 제안이 있어서 왔습니다."

"제안?"

"카운터 직원한테 들으니 17세기 건물에 관심이 많으신 것 같던데 고풍스러운 방으로 옮기는 건 어떤지요. 마침 예약이 취소됐답니다."

"고풍스러운 방?"

미셸은 끌리지 않았다. 관광차 온 여행이 아니었다.

"나폴레옹 황제께서 1803년 5월 12일부터 5월 21일까지 묵으셨던 방이죠."

"혹시 리슐리외 추기경도 묵었나요?"

그제야 미셸이 관심을 보였다.

"물론입니다. 매번 수도원을 방문하실 때마다 묵으셨죠. 어떠십니까?"

지배인은 밀당에서 승리한 낚시꾼 같은 미소를 짓고 있었다.

"기다려요."

미셸이 문을 닫으며 말했다.

방은 영화 속 세트 같은 분위기였다. 지배인 말대로 가구며 커튼, 심지어 메모지를 담는 작은 케이스까지 수백 년 세월을 간직하고 있었다. 창문 너머로 보이는 클뤼니 수도원까지 더해지자 17세기로 넘어온 것 같았다.

"어떠십니까?"

지배인이 뻐기듯 물었다.

"추가 요금은 에곤 씨한테 청구하세요."

미셸이 방 안을 둘러보며 중얼댔다.

"알겠습니다. 그럼 멋진 시간 보내십시오."

이 말을 남기고 지배인은 방을 나섰다.

미셸은 천천히 방 안을 둘러봤다. 역사나 문화에 전혀 관심 없던 미셸이었지만 모든 것들이 17세기에 만들어진 거라는 걸 알 수 있었다. 바닥에는 페르시아산 카펫이 깔려 있었고 천장에는 나무를 조각해 만든 마호가니 패턴들이 수놓여 있었다. 가구도 섬세하게 조각되어 있었고 소파도 중세 드레스처럼 화려했다.

"이거 황송해서 잠이 오겠나."

미셸은 침대에 올라가 가방을 열었다.

금고는 곤히 잠들어 있었다. 미셸은 금고를 열기 위해 왼손을 가까이 뻗었다. 자기 손이었지만 석화된 후 내 것처럼 느껴지지 않았다. 마치 누군가가 원격 조종기를 들고 의도에 따라 전원을 켜고 끄는 것 같았다. 미셸은 소라지의 손을 확인하고 싶었다. 그녀는 정신을 집중하고 왼손을 움직이려 했다. 잠시 후 철컥. 거짓말처럼 금고가 열렸다.

"소라지……. 난 이제 어디로 가면 되나요……."

미셸이 소라지의 손을 조심스럽게 꺼내려 했다. 그때였다. 소라지의 손이 움직였다. 경련을 일으키듯 움찔거리더니 검지로 어딘가를 가리키는 것이었다. 다시 봐도 믿기지 않는 장면이었다. 하지만 지금은 놀라고 있을 때가 아니었다. 미셸은 손가락이 가리킨 방향을 바라봤다. 벽에 설치된 벽난로였다. 미셸은 손가락이 가리키는 곳으로 향했다.

벽난로 위 선반이었다. 거기에 작은 보석 상자가 놓여 있었다. 그런데 상자 모양이 익숙했다. 정육면체 상자에는 철제 표면에 작은 리벳들이 빼곡히 박혀 있었다. 그리고 어디에도 손잡이나 열쇠 구멍이 보이지 않았다. 소라지의 손이 들어 있던 금고와 똑같은 디자인이었다. 하지만 금고처럼 자물쇠를 열 필요는 없었다.

미셸은 조심스럽게 뚜껑을 열었다. 안에는 낡은 은화 한 닢이 들어 있었다. 마모된 것으로 보아 수백 년 전 만들어진 은화였다.

앞면은 아무것도 없이 텅 비어 있었다. 은화를 뒤집어 보니 로마 숫자가 있었다.

XX XXXI IX XVII

"20, 31, 9, 17……."

미셸은 이와 흡사한 숫자를 본 적 있었다. 소라지의 손에 새겨져 있던 네팔 숫자였다. 미셸은 손에 새겨진 숫자와 은화의 로마 숫자를 비교해 보았다. 앞의 세 숫자는 일치했고 마지막 숫자만 달랐다. 16과 17. 중요한 단서였다. 미셸은 동전을 도로 상자에 넣으려 했다. 그런데 그 순간 에메랄드빛 눈동자에 징검다리가 늘어서는 것이었다. 은화를 통해 과거와 연결된 것이다. 미셸은 은화를 쥔 채 천천히 징검다리를 건너기 시작했다.

◆ ◆ ◆ ◆ ◆

그 방은 지하 감옥 중에서도 가장 깊은 곳에 있었다. 길게 이어진 벽은 죄수들의 피와 고통으로 검붉게 물들었고 절망에 그을린 철창마다 비명이 흘러내렸다.

"으아악!"

죄수는 고문 도구 중 가장 고통이 심하다는 절망의 바퀴에 묶인 채 사지가 잘려 나가고 있었다. 고문관이 요리 재료를 다지듯 고문하는 모습을 한 남자가 의자에 앉아 지켜보고 있었다.

프랑스 왕실 주교이자 재상, 리슐리외였다. 그는 눈앞에서 죄수가 피범벅이 되는데도 눈썹 하나 까딱 않고 찻잔을 기울이고 있었다.

그는 차에 꿀 한 스푼을 넣고는 조심스럽게 휘저었다. 그 와중에도 죄수의 비명이 처절하게 울려 퍼졌다.

"정신을 잃었는데요, 주교님."

고문관이 말했다. 죄수는 이미 팔과 다리의 뼈가 모두 으스러져 문어처럼 너덜너덜하게 매달려 있었다.

"그럼 깨워라."

고문관이 양동이에 있던 물을 죄수 얼굴에 붓자 죄수가 간신히 눈을 떴다.

"마지막으로 묻겠다."

리슐리외가 차 한 모금을 입에 물고 말했다.

"날 죽이라고 사주한 놈이 누구냐?"

리슐리외가 물었지만, 죄수는 가쁜 숨을 몰아쉴 뿐이었다.

"가스통 공작이냐? 마리약 후작이냐? 아니면 마리 드 메디시스 모후?"

리슐리외가 매섭게 추궁했지만, 죄수는 입을 열 기운조차 남아 있지 않았다. 그저 죽음을 기다릴 뿐이었다. 그때 문이 열리더니 보나르가 들어왔다.

"어르신, 저놈 숙소에서 이게 나왔습니다."

보나르가 헝겊에 싸인 뭔가를 리슐리외에게 건넸다.

리슐리외는 찻잔을 치우고 물건을 살폈다. 작은 단도였다. 손바닥만 한 크기의 단도는 상당히 고급스러웠다. 칼날은 여러 겹의 단조 무늬가 일렁였고 정교하게 주조된 손잡이는 도금이 되어 있었다. 그리고 검동(劍銅) 부위에 보석으로 장식된 문장이 붙어 있었다. 방패 모양 문장은 노란색 바탕에 다섯 개의 붉은 자수정이 쌍을 이뤄 박혀 있었고 맨 위에 푸른색 터키석이 자리 잡고 있었다. 그 주위를 백합 모양의 금장이 감싸고 있었다.

메디치 가문의 문장이었다. 리슐리외의 입가에 미소가 떴다. 그는 한눈에 검의 주인을 알 수 있었다.

"수고했구나. 보나르."

리슐리외는 검을 들고 암살범에게 다가갔다.

"이 검을 준 사람이 누군지 불면 네 가족은 살려 주겠다. 이 검을 준 사람이 누구지?"

리슐리외가 검을 드밀며 물었다.

"말해도……, 어차피 가족은 죽는다……. 빨리 죽여라……."

암살범은 이미 모든 걸 포기한 상태였다.

"네가 말하지 않아도 이미 알고 있다."

리슐리외는 고문실을 빠져나갔다.

늦은 밤이었지만 리슐리외는 입궁 준비를 하고 있었다. 그는 평소보다 더욱 옷매무새에 신경을 썼다. 전투가 벌어지기 전 갑옷을 손질하는 기사처럼.

"오늘은 무슨 향수를 뿌리시겠습니까? 주인님."

시종이 물었다. 리슐리외는 장식장에 있던 향수병을 유심히 살폈다. 수십 개의 향수가 선택을 기다리고 있었다.

"오늘은 '치명적인 제안'으로 하지."

리슐리외가 의미심장한 미소를 지으며 말했다. 그는 이제 곧 왕궁으로 가서 숙적인 마리 모후와 결전을 벌일 생각이었다.

마리 드 메디시스는 이탈리아 메디치 가문 출신으로 프랑스 국왕 루이 13세의 어머니였다. 그녀는 얼마 전까지 어린 루이 13세를 대신해 섭정하고 있었다. 하지만 성인이 된 루이 13세는 스스로 나라를 다스리고 싶어 했고 결국 루이 13세는 리슐리외를 포섭해 사사건건 대립하던 마리 모후를 블루아성에 유폐시켰다.

앙심을 품은 마리 모후는 루이 13세의 친척이던 마리약 후작, 가스통 공작과 연계해서 호시탐탐 리슐리외를 제거할 음모를 꾸미고 있었다. 이미 두 번의 암살 시도가 있었고 어젯밤 또다시 독살 시도가 있었다. 다행히 이번에도 양아들 장 피에르의 도움으로 불상사를 모면할 수 있었다. 게다가 이번에는 확실한 증거가 수중에 있었다. 리슐리외는 오늘 밤 마리 모후를 완전히 끝장낼 생각이었다. 똑똑. 누군가 문을 두드렸다.

"누구냐?"

"접니다, 아버님."

양아들 장이었다.

"무슨 일이냐? 이 늦은 밤에."

장은 말없이 다가왔다.

"무슨 일인지 몰라도 나중에 얘기하자꾸나. 지금 입궁해야 하니."

리슐리외가 거울에 옷매무새를 비춰 보며 말했다.

"이제 때가 됐습니다."

장은 비장해 보였다.

"때라니?"

리슐리외가 시치미를 뗐다.

"세 번의 암살을 피하게 해 드리면 주시기로 한 약조 말입니다. 이번이 세 번째 암살이었습니다."

"아, 그 약속 말이냐. 그래. 그랬었지. 기억하고 있다."

"약조를 지켜 주십시오."

그러자 리슐리외가 돌아섰다.

"내가 그간 네게 섭섭하게 한 거라도 있느냐?"

"없습니다."

"그런데 왜 이리 급하게 구는 거냐? 지금은 어느 때보다 네 힘이 필요해."

리슐리외가 평소와 달리 살갑게 장의 어깨를 잡았다. 그러나 장은 조금도 흔들리지 않았다.

"약조를 지켜 주십시오."

"알겠다. 일단 지금은 국사가 먼저니 궁에 다녀와서 얘기하자꾸나."

이 말을 남기고 리슐리외는 방을 나섰다.

리슐리외는 마차에 오르기 전 예배당에 들렀다. 그는 입궁 전 항상 미사를 올렸고 오늘도 예외는 아니었다.

"이 와중에 무슨 기도를 이렇게 오래 하시는 거야."

보나르가 초조하게 마차 주변을 서성였다. 그는 리슐리외를 경호할 무사 열두 명을 대기시키고 있었다. 마차도 가장 튼튼한 것으로 준비했다.

"오늘따라 왜 이렇게 긴장하십니까. 대장님답지 않게."

수하 무사 하나가 말했다. 그러자 보나르가 매섭게 바라봤다.

"너희도 목숨줄 건지려면 정신 바짝 차리는 게 좋아. 칼이 계속 울리고 있어. 오늘 밤에 사달이 벌어질 거다."

보나르는 촉이 좋은 편이었다. 지난번 카탈루냐 반군 지원을 위해 바르셀로나에 잠입했을 때도 촉 덕분에 매복한 스페인군을 따돌릴 수 있었다. 그런데 오늘 밤, 불길한 촉이 오래된 칼끝과 함께 울리고 있었다.

리슐리외가 나타난 건 그로부터 한 시간가량 후였다. 가뜩이나 날카로워 보이던 그의 눈매에는 서슬 퍼런 독기가 묻어 있었다. 보나르가 마차 문을 열어 주었다.

"모후는?"

마차에 오르며 리슐리외가 물었다.

"아직 모르고 있습니다."

"전하는?"

보나르가 고개를 저었다. 리슐리외 입가에 보일 듯 말 듯한 미소가 떴다.

"모후도 모르는데 전하께서 알 리가 없지. 가자. 베르사유로."

리슐리외가 타자 나머지 호위무사들도 마차에 올랐다. 다섯 대의 마차가 정원을 가로질러 정문으로 향했다. 그런데 정문 앞에 누군가가 가로막고 있었다. 때문에 마차는 급정거했다.

"무슨 일이냐?"

놀란 리슐리외가 창문을 열고 소리쳤다.

"누군가가 입구를 막고 있습니다."

마부가 대답했다. 그 말대로 정문 한가운데에서 버팀목처럼 누군가가 서 있었다.

"웬 놈인데 길을 막는 거냐! 썩 비켜라!"

보나르가 칼을 겨누며 소리쳤다. 그러자 누군가가 천천히 다가왔다.

"약조를 지켜 주십시오. 아버님."

장 피에르였다. 그가 정문을 굳게 닫은 채 서 있었다.

"도련님, 왜 이러십니까? 어서 비키십시오."

보나르가 달랬지만 장은 조금도 물러설 생각이 없었다. 리슐리외가 창문 너머로 손짓했다. 장은 리슐리외의 마차로 다가갔다.

"앉거라."

리슐리외가 앞자리를 권했다. 부자는 마차 안에서 대치하고 있었다.

"대체 거기서 뭘 찾으려는 게냐?"

"그건 아버님이 상관하실 바가 아닙니다."

리슐리외가 한숨을 쉬었다.

"네가 찾으려는 게 뭐든 난 더 대단한 걸 줄 수 있다. 작위를 원하면 작위를 내려 줄 수도 있어. 영지를 원하면 지금 당장 부르고뉴의 비옥한 땅을 줄 수도 있다. 그곳에서 네가 아끼는 집시들과 얼마든지 행복하게 살 수 있게 해 주겠다. 그러니 지금 떠나겠다는 생각은 접어라."

리슐리외가 차분히 구슬렸다. 그런데도 장은 꿈쩍도 하지 않았다.

"전 아버님과의 약속을 모두 지켰습니다. 그러니 아버님도 약조를 지켜 주십시오."

장의 눈에선 조금의 망설임도 찾을 수 없었다. 리슐리외는 어떤 제안을 해도 넘어오지 않을 거란 걸 알았다.

"아버지로서 부탁을 해도 떠나겠느냐?"

리슐리외가 마지막으로 매달렸다. 하지만 장은 대꾸하지 않았다. 그러자 리슐리외가 가방에서 서류첩과 깃펜을 꺼냈다.

서류첩에는 공문서가 들어 있었는데 그중 '칙령서'라고 쓰인 종이를 꺼내더니 적기 시작했다. 이윽고 문서를 완성하자 서명을 하고 봉투에 넣은 후 밀봉했다.

"이거면 네가 원하는 곳이 어디든 갈 수 있을 거다."

그는 자필 칙령서가 든 봉투를 건넸다. 장은 밀랍에 찍힌 리슐리외의 인장을 확인했다.

"감사합니다."

"더 필요한 것은 없느냐?"

리슐리외가 물었지만 장은 고개를 저었다.

"그동안 감사했습니다."

"나도 고마웠다. 목숨을 구해 줘서."

이 말을 마지막으로 장은 마차에서 내렸다. 그는 말을 타고 어둠을 향해 달려갔다. 오랜 수감 생활을 마치고 출소한 죄수처럼.

리슐리외는 그 모습을 끝까지 응시했다. 더는 장의 모습이 보이지 않자 리슐리외는 보나르를 불렀다.

"무슨 일이십니까? 어르신."

리슐리외가 장이 사라진 어둠을 응시하며 말했다.

"지금 당장 저 아이를 뒤쫓아라. 그리고 파리를 벗어나면 즉시 죽여라. 시체는 조각조각 찢어서 두 번 다시 찾을 수 없도록 동서남북 사방에 따로 묻어라. 그 누구도 저 아이의 시체를 찾아선 안 된다."

리슐리외의 지시에 보나르는 당황했다.

"어르신. 꼭 그렇게까지……."

그러자 리슐리외가 차갑게 말했다.

"현재 저 아이를 찾는 나라가 몇이나 된다고 생각하느냐. 놈들이 저 아이를 뭐라고 생각하는지 아느냐. 저 아이를 손에 넣는 자가 이 전쟁뿐 아니라 세상을 지배한다고 믿고 있다. 어떤 놈은 저 아이가 재림한 예수님이라고 떠벌리고 다닌다. 저 아이가 죽은 걸 알게 되면 시체를 찾기 위해 무슨 짓이든 할 놈들이니 시체를 찾는다면 그걸 십자가 이상 가는 신의 가호로 여길 것이다. 아니, 무슨 수를 써서라도 그렇게 만들 테지. 온갖 불경한 짓을 다 해서 저 아이를 재림한 예수로 만들 것이다. 그럼 아둔한 백성들은 저 아이의 시체 조각 아래 모여들겠지. 그러면 이 전쟁은 오십 년, 아니 백 년간 이어질 것이다. 절대 그런 빌미를 남겨 두어선 안 된다. 무슨 말인지 알겠느냐?"

리슐리외가 단호하게 말했다.

"옛, 분부대로 시행하겠습니다."

마차에서 내린 보나르는 곧장 정예 무사 셋을 거느리고 장을 뒤쫓기 시작했다. 저 멀리 불길한 기운을 잔뜩 머금은 먹구름이 몰려오고 있었다.

장 피에르는 리슐리외의 칙령서를 쥔 채 어디론가 미친 듯이 달렸다. 그는 단 한 번도 쉬지 않고 어두운 파리의 밤거리를 지나 곧장 남서부로 향하고 있었다.

보나르는 눈치채지 않게 일정한 거리를 두고 뒤를 쫓고 있었다. 그는 이런 일로 잔뼈가 굵었다. 리슐리외의 눈에 든 것도 맡은 일을 실수 없이 처리하는 꼼꼼함 때문이었다. 이제 갓 열일곱 살이 된 어린애 하나 해치우는 건 일도 아니었다. 하지만 그것과 별개로 뒤를 쫓는 내내 그의 마음 한구석에 묘한 불안감이 자리 잡고 있었다.

파리 중심가를 통과한 장은 도메닐 거리(Av. Daumesnil)로 들어섰다. 유흥업소가 즐비한 거리로 낮에도 혼자 돌아다닐 수 없는 곳이었다. 지난밤 억수같이 비가 쏟아진 덕에 도로는 온통 진창이었다. 거리에는 유혹하는 창녀들이 즐비했고 인사불성인 취객들이 길바닥 여기저기 널브러져 있었다.

장은 중간쯤 이르렀을 때 말을 멈췄다. 이제껏 한 번도 멈추지 않았던 터라 말은 가쁜 숨을 몰아쉬고 있었다. 장은 말이 목을 축이는 동안 미행이 없는지 주위를 경계했다. 보나르는 능숙하게 골목에 몸을 숨겼다. 창녀 몇이 다가왔지만 칼을 보여 주자 이내 달아났다. 이윽고 말이 숨을 고르자 장은 다시 달리기 시작했다.

보나르도 부하들과 말에 올랐다. 곧이어 거리가 끝나자, 남쪽 검문소가 나타났다. 입구에는 무장한 경비병들이 파리를 오가는 사람들의 신원을 확인하고 있었다. 다행히 늦은 밤이라 검문소를 통과하는 사람들은 많지 않았다.

장은 차례가 오자 칙령서를 보여 줬다. 그 모습을 저만치 성벽 너머에서 보나르가 지켜보고 있었다.

"뱅센느 숲에 도착하면 곧바로 행동에 들어간다. 살해한 후 시체는 열두 조각으로 잘라 각자 세 조각씩 나눠 갖게 될 거다. 곧장 동서남북으로 흩어져서 일러 준 숲속에 묻는 거다. 절대 얕게 묻어선 안 된다. 누구에게 들켜서도 안 되고. 알아듣겠나?"

"옛!"

장이 검문소를 통과하자 보나르는 이내 뒤를 쫓았다.

검문소 밖은 칠흑처럼 어두웠다. 뱅센느 숲 인근에는 몇몇 빈민촌만이 있을 뿐이었다. 그믐이라 달도 뜨지 않았다. 보나르는 빠르게 달렸지만 장은 한참을 앞서갔는지 보이지 않았다.

다행히 뱅센 숲까진 길이 하나뿐이었다. 보나르는 박차를 가했다. 그렇게 한참을 달렸지만 어쩐 일인지 장의 모습은 보이지 않았다. 마침내 뱅센 숲에 다다랐다. 그런데 숲 입구에서 길이 세 갈래로 나뉘는 것이었다. 보나르는 말을 멈췄다.

"너무 거리를 뒀나 봅니다. 이제 어쩌죠?"

부하 한 명이 초조한 듯 말했다.

"쉿!"

보나르가 땅바닥에 귀를 바짝 붙이고 소리를 들었다. 주위는 미물들의 작은 움직임 외에 아무런 소리도 들리지 않았다. 보나르는 추적에 일가견이 있었다. 그는 미세한 진동도 놓치지 않았다. 그리고 드디어 세 번째 길 저편에서 말발굽 소리가 들렸다.

"이쪽이다!"

보나르는 부하들을 이끌고 세 번째 갈림길로 들어섰다. 한참을 달리자, 어둠 저편에 장의 실루엣이 어렴풋이 나타났다. 그는 추격을 눈치챘는지 당황한 모습이었다.

"저기 있다. 이번엔 놓치지 않는다."

보나르가 말을 재촉하며 말했다. 말의 가쁜 숨소리와 함께 장의 실루엣이 점점 가까워졌다. 보나르가 안장에 숨겨 두었던 석궁을 꺼내 장을 겨누려던 순간이었다.

갑자기 땅이 무너지며 보나르와 부하를 태운 말이 땅속으로 꼬꾸라지는 것이었다. 함정이었다. 느닷없는 낙마에 보나르는 내동댕이쳐지며 정신을 잃을 뻔했다. 부하들도 혼란에 빠지긴 마찬가지였다. 말들은 미친 듯이 발버둥 쳤다. 빠져나가려 안간힘을 썼지만 함정은 상당히 깊었다. 그때 일개 무리가 나타났다.

그들은 활로 무장하고 있었는데 머리를 길게 늘어뜨리고 보헤미안 차림을 하고 있었다. 집시였다.

"웬 놈들이냐! 우리가 누군 줄 알고 감히……!"

순간 아담한 소년이 나타났다. 장 피에르였다. 그가 말을 탄 채 내려다보고 있었다.

"안녕, 보나르."

"장 도련님?!"

장은 이제까지와는 달리 냉정해 보였다.

"뭔가 오해가 있는 것 같습니다. 제가 도련님을 쫓아온 건 어르신께서 혹시 모를 불상사를 대비해서 보내신 거예요. 어서 저희를 꺼내 주십시오."

그러나 장은 표정 하나 바꾸지 않고 입을 열었다.

"없애."

베르사유궁에서 루이 13세와 독대를 마치고 나오던 리슐리외의 입가에는 회심의 미소가 걸려 있었다. 이제껏 불리했던 정치적 입지가 단번에 역전된 것이다. 마리 모후의 암살 시도는 왕을 움직이기에 충분했고 메디치 가문의 문장이 새겨진 단도는 증거로 충분했다. 마리 모후는 이 사실도 모른 채 콩피에뉴에서 승리감에 도취해 파티를 열고 있을 터였다.

이제 남은 건 추방뿐이었다. 이미 결정된 거나 진배없었다. 내일 왕이 루브르궁으로 돌아와 추방안에 서명만 하면 됐다.

그러나 리슐리외는 냉철한 사람이었다. 마리 모후가 프랑스 땅에서 쫓겨나는 모습을 보기 전까진 조금도 긴장을 늦출 생각이 없었다. 베르사유의 밤은 파리보다 차가웠다. 긴장이 풀리자 한기가 몰려왔다.

"서둘러 가자. 몹시 피곤하구나."

리슐리외는 옷깃을 여미며 마차에 올랐다. 그런데 마차에는 누군가가 타고 있었다.

"웬 놈이냐!"

리슐리외가 소스라치게 놀라 소리쳤다. 그러자 누군가가 조용히 말했다.

"장을 그렇게 쉽게 죽일 수 있을 거로 생각하다니 당신답지 않군, 추기경."

누군가는 장 피에르의 암살 계획을 알고 있었다.

"이런 미친놈을 보았나. 여봐라. 아무도 없느냐! 이놈을 당장 끌어내라!"

경비병들이 몰려왔지만 남자는 조금도 당황하지 않았다. 오히려 어둠 속에서 미소를 짓고 있었다.

"당신의 암살 계획은 실패했소. 리슐리외 추기경."

"뭐야?"

"장 피에르는 보나르를 뱅센느 숲에 묻고 지금 클뤼니로 향하고 있소."

순간 마차 문이 열리며 경비병들이 나타났다.

"무슨 일이십니까? 추기경님."

그러나 리슐리외가 손을 들어 경비병을 막았다.

"네놈이 그걸 어떻게 아느냐?"

"미래를 기억하는 아이를 그렇게 쉽게 죽일 순 없소, 추기경. 잘 알 텐데."

"넌 누구냐?"

남자가 처음으로 그림자에서 나와 얼굴을 보였다. 그는 50대 남자였는데 지극히 평범한 얼굴을 하고 있었다. 마치 모든 남자의 얼굴을 한데 섞어 평균을 낸 듯 어디에나 있고, 어디에도 없는 얼굴이었다. 그리고 어디에서도 감정을 찾아볼 수 없었다. 마치 태어날 때부터 감정이 삭제된 채 나온 것처럼.

"난 유일하게 그 아이를 지울 수 있는 사람이오."

"네놈 말대로라면 그 아인 미래를 볼 수 있는데 어떻게 죽인단 말이냐?"

남자가 서릿발 같은 미소를 지었다.

"왜냐면 난 미래가 보이지 않는 사람이기 때문이오."

그는 알 수 없는 소리를 이어 가고 있었다.

"원하는 게 뭐냐?"

리슐리외가 물었다. 남자는 고민을 하듯 두 손으로 삼각형을 만들었다.

"당신이 원하는 대로 장을 지워 주겠소. 대신 내 질문에 답을 해 주시오."

"어떤 질문?"

리슐리외가 의심 가득한 목소리로 물었다. 남자는 다시 어둠에 기대며 물었다.

"신의 종이라 자처하는 자가 어떻게 사람을 죽일 수 있는 거요? 그것도 수십만 명이나."

리슐리외의 얼굴이 백지장처럼 변했다. 그의 회색 눈동자에 남자가 사신처럼 비쳤다.

암살을 모면한 장은 집시들이 준비한 배를 타고 루아르(Loire)강 상류까지 거슬러 올라갔다. 거기서 마차로 옮겨 탄 후 디구앙(Digoin)을 거쳐 목적지인 클뤼니에 도착했다.

마을로 들어섰을 땐 이미 어둠이 내린 후였다. 마차에는 장 외에 네 명의 집시가 더 타고 있었다. 그중에는 곰처럼 큰 야보크도 있었다. 그들은 몇 달 전부터 모든 걸 준비했다. 장의 지시에 따른 것이다. 장은 리슐리외가 자신을 제거할 걸 알고 모든 걸 대비했다.

"이제 어쩌실 겁니까?"

집시 1이 물었다. 십칠 년 전 장을 데려왔던 그는 이제 백발이 성성한 노인이 되어 있었다.
"백이십 년 전 수도원에 숨겨 둔 물건을 찾아야지."
장이 마을 풍경을 감상하며 말했다.
"대체 백이십 년 전 수도원에 숨겨 둔 게 뭔데 이렇게까지 하시는 겁니까?"
"보물?"
듣고 있던 야보크가 끼어들었다.
"넌 잠자코 있거라."
집시 1이 핀잔을 줬다. 그러자 장이 피식 웃으며 대답했다.
"보물이지. 이 세상 제일가는."
마차는 중앙 광장에 들어서고 있었다.
클뤼니는 고요한 마을이었다. 갓 20시가 넘었는데 마차는 물론이고 지나다니는 사람 한 명 안 보였다. 마치 마을 전체가 수면제를 먹고 깊은 잠에 빠진 것 같았다.
마을의 유일한 마차는 광장을 지나 어느 여관 앞에 멈췄다. 여관의 입구엔 십자가와 세 명의 남자가 그려진 간판이 걸려 있었다. 예수의 탄생을 지켜본 동방 박사를 의미하는 모양이었다.
"여자는 고사하고 쥐새끼 한 마리 안 보이네. 젠장."
집시 하나가 중얼댔다.
"이 마을은 저 수도원 때문에 먹고산단다. 수행자들을 상대로 장사를 해서 아마 술도 안 팔 거다."
집시 1이 클뤼니 수도원을 가리키며 말했다.

밤에 보자 수도원은 신을 모시는 장소가 아니라 마을 주민의 피를 빠는 마귀가 튀어나올 것처럼 스산했다. 마차에서 내린 집시들은 여관으로 들어갔다.

여관은 허름하기 짝이 없었다. 로비에는 한복판에 큼지막한 테이블과 등받이도 없는 긴 의자가 덩그러니 놓여 있었다. 그리고 한쪽에 방 열쇠 꾸러미와 현상범 그림이 걸린 계산대가 있었다. 그게 전부였다. 주인으로 보이는 남자가 테이블을 닦고 있었다.

"방 구하러 왔으면 헛수고요. 다 찼으니 다른 데 알아보쇼."

주인은 쳐다보지도 않고 말했다. 장은 말없이 테이블에 묵직한 주머니를 내려놨다. 그러자 주인이 이내 다른 사람처럼 변했다.

"방은 두 개뿐인데 괜찮으시겠어요?"

주인은 어느새 돈을 세고 있었다.

"그거면 충분하오. 먹을 거나 넉넉히 올려 보내 주시오."

장이 대답했다.

"알겠습니다. 이쪽으로."

주인이 열쇠 꾸러미를 들고 계단으로 향했다.

"너희는 방에서 기다려라. 절대 이목을 끌어선 안 된다. 알았지?"

장이 단단히 일렀다.

"두목은 어딜 가십니까?"

"난 만날 사람이 있다. 오늘 밤엔 안 돌아올지도 모르니 기다리지 마라."

이 말을 남기고 장은 여관을 나섰다.

그가 향한 곳은 근처 허름한 식당이었다. 같은 주인이 운영하는지 식당도 큼지막한 테이블 몇 개와 긴 의자가 전부였다. 늦은 식사를 하는 손님 몇이 있을 뿐이었다. 수도원에서 미사를 올리기 위해 다른 지역에서 온 수행자들이었다. 모두 흰색 로브를 입고 있었고 빵과 치즈뿐인 간단한 식사를 하고 있었다. 장도 로브를 뒤집어쓰고 들어갔다. 그는 가장 안쪽에 자리를 잡았다. 잠시 후 종업원이 다가왔다.

"지금 시간엔 메뉴가 하나뿐이에요."

종업원은 스산한 마을처럼 불친절했다.

"그거면 돼요. 그리고……, 주인장한테 '로젠크로이츠'가 왔다고 전해 줘요."

장이 슬쩍 동전 하나를 내밀며 말했다. 종업원이 동전과 함께 주방으로 사라졌다. 옆 테이블에는 식사를 마친 수행자가 감사 기도를 올린 후 테이블에 식사비를 두고 식당을 나섰다. 이제 식당에는 장 혼자뿐이었다. 식사는 금방 준비됐다. 하지만 서빙을 한 건 종업원이 아니었다. 주방장이 직접 들고 나왔다. 음식도 주문한 것과 달랐다. 빵과 치즈가 아닌 감자를 곁들인 메추리 요리였다. 주방장은 접시를 든 채 한동안 장을 바라봤다. 마치 메뉴에도 없는 요리를 시킨 손님과 한바탕하려는 듯.

"당신이오? 나를 부른 게."

주방장이 무뚝뚝하게 물었다. 그가 식당 주인인 모양이었다.

그는 키가 천장에 닿을 만큼 컸고 팔뚝은 고목만큼 두툼했다. 앞치마만 아니었으면 이 마을을 접수하러 온 산적으로 오해하기 십상이었다. 장은 조금도 위축되지 않고 주머니에서 뭔가를 꺼냈다.

"계산은 은화로 하겠소."

은화를 본 주방장은 눈이 휘둥그레졌다.

"식사하고 계시오. 곧 돌아올 테니."

주방장은 헐레벌떡 식당을 나섰다.

장은 여유롭게 식사했다. 오는 동안 끼니를 때울 여유가 없었다. 생긴 것과는 달리 주방장의 요리 솜씨는 쓸 만했다. 훈연한 고기는 부드러웠고 정체불명의 소스도 나쁘지 않았다.

그렇게 메추리를 반쯤 먹고 나자 주방장이 나타났다. 이번에는 혼자가 아니었다. 여섯 명의 남자와 함께 들어왔다. 주방장은 식당에 아무도 없는 걸 확인하자 문을 잠그고 겉 창문을 모두 닫았다.

남자들은 얼핏 보기에도 이곳 사람들이 아니었다. 옷차림새도 서로 달랐고 나이도 제각각이었다. 70대 노인부터 30대까지 다양했고 계층도 각양각색이었다. 러프를 두르고 비단 더블릿을 차려 입은 상류층도 있었고 여기저기 기운 망토를 두른 하류층도 있었다. 그들은 포위하듯 장을 둘러쌌다. 하지만 장은 아랑곳하지 않고 식사를 계속했다. 남자들은 서로를 바라보다가 이윽고 노인이 은화를 내려놓으며 말했다.

"당신이 로젠크로이츠 님이라는 걸 증명해 보시오."

그러자 장이 포크를 내려놓았다.

"너희가 출판한 책을 읽어 보았단다. 제목도 맘에 들더군.『화학적 결혼식』. 내가 너희 선조들과 했던 대화들이 많이 등장하더구

나. 그렇지만 많은 부분이 왜곡되었더군. 특히 나는 연금술을 한 번도 시시하게 생각한 적 없다. 연금술은 세상이 아는 것처럼 수은을 금으로 만드는 천박한 기술이 아니거든. 내가 너희 선조들한테 가르침을 주기 전 항상 하던 말이 있다."

장은 테이블에 있던 은화를 오른손으로 꼭 쥐었다. 마치 은화를 금화로 바꾸기라도 하려는 듯.

"연금술은 수은을 증발시켜 금을 얻는 것이 아니라 자신의 영혼을 갈아 넣은 후 거기에 물질의 가르침을 보태고 고통을 제련하여 영적인 깨달음에 이르는 것이다."

장의 목소리가 명징하게 실내에 울려 퍼졌다. 그 모습이 마치 수백 년을 이어 온 밀교의 교주가 선택된 제자에게 가르침을 내리는 듯 압도적이었다. 뒤이어 장은 쥐고 있던 은화를 테이블 위에 내려놓았다. 그런데 은화는 온데간데없고 번쩍이는 금화가 놓여 있었다. 남자들은 금화를 집어 들더니 이리저리 살폈다. 한 명은 금화를 이빨로 물어 보기도 했다. 분명 순금 금화였다. 이제껏 의심의 눈초리로 지켜보던 남자들이 웅성대기 시작했다.

"내가 너희 선조의 스승이자 예언자 로젠크로이츠이다. 장미십자회 계승자들아."

장이 자리에서 일어나며 소리쳤다. 그러자 남자들이 무너지듯 무릎을 꿇었다. 노인은 장의 손에 연신 입을 맞추며 눈물을 흘리고 있었다.

"드디어 돌아오셨군요, 스승님. 돌아오실 줄 알았습니다."

나머지 남자들도 모두 장의 손등에 입맞춤했다.

"지난 백이십 년 동안 저희는 단 하루도 스승님의 가르침을 잊은 적이 없습니다."

주방장이 눈물을 닦으며 말했다.

"정말 이렇게 돌아오시다니 믿기지 않습니다."

남자들은 장의 손에 입을 대고 흐느꼈다.

"고맙구나. 날 잊지 않고 있었다니."

장이 어깨를 토닥이며 말했다.

"어찌 스승님을 잊을 수가 있겠습니까? 이제 스승님과 저희를 업신여겼던 자들에게 복수를……."

"그런데……."

장이 말허리를 잘랐다.

"내가 온 이유는 알고 있겠지?"

"물론입니다. 오래전 준비를 마쳤습니다."

노인이 대답했다.

"수도원은?"

"몇몇 수도승을 포섭해 두었습니다. 지금 당장이라도 실행할 수 있습니다. 이날을 위해 저희 모두 직업까지 바꿨습니다."

노인의 말에 장이 미소를 지었다.

"동이 트자마자 계획을 실행한다."

장이 창문 너머를 바라보며 말했다. 그곳에는 종교개혁에 앞장선 베네딕트회 수도원이 신을 향해 기도를 올리고 있었고 허름한 식당 안에선 세기를 초월해 환생한 비밀 결사단이 첫 번째 모임을 하고 있었다.

궁극의 아이 2 넥스트 차일드

미래가 보이지 않는 자

날카로운 오토바이 엔진음이 미셸을 현실로 불러들였다.

지난 며칠간 전생을 오가다 보니 현실 감각이 무너지고 있었다. 무기력증 같은 것이었는데 모든 게 비현실적으로 느껴졌다. 아직도 사백 년 전 수도원의 종소리가 귓가에 울리고 있었다. 그만큼 전생의 기억은 생생했다. 미셸은 은화에서 손을 뗐다.

거울에 비친 몰골이 환자처럼 수척했다. 얼굴에 찬물을 묻히자 오감이 조금씩 돌아왔다. 정리가 필요했다. 전생 기억이 한꺼번에 쏟아지며 정보의 홍수를 이루고 있었다. 미셸은 침대에 누워 차분히 정리해 보았다.

궁극의 아이는 어느 시대든 권력가에게 이용당하고 있었다. 그들 외에도 궁극의 아이 능력을 알게 된 사람들은 누구나 이용하려 했다.

"미래가 보이지 않는 자를 찾아라……. 그가 비밀을 알고 있다……. 다섯 개의 조각을 모으면 문이 나타날 것이다……."

소라지는 이 유언을 남기고 먼지가 되었다. 수수께끼 같은 단서였다. 미셸은 이 메시지를 자신에게 남겼다고 확신했다.

장 피에르 역시 뭔가를 찾고 있었다. 그는 두 번의 생을 오가면서 어떤 물건을 찾고 있었다. 미셸은 금고 너머로 내밀고 있는 소라지의 손을 바라봤다.

"당신이 말하는 조각이 궁극의 아이 신체를 말하는 건가요?"

대화를 시도했지만, 돌이 된 손이 대답할 리 만무했다.

"게다가 로젠크로이츠는 또 누구야? 젠장."

미셸은 핸드폰을 꺼내 로젠크로이츠를 검색했다.

크리스티안 로젠크로이츠(Christian Rosenkreuz)는 비밀 조직 '장미십자회'의 창립자로 알려진 전설적인 인물이다. 1378년 독일에서 출생한 로젠크로이츠는 어려서부터 신비주의 지식을 탐닉하였고 16세 때 성지 순례를 떠나 동방을 여행하게 된다. 키프로스를 지나 아라비아의 다마스쿠스에 도착한 로젠크로이츠는 그곳에서 만난 현자들로부터 동방의 신비주의 지식을 배우게 된다. 이후 이집트를 거쳐 모로코의 성스러운 도시 '페즈(Fez)'로 여행하며 지식을 쌓는다. 우주의 진리를 깨달은 로젠크로이츠는 자신의 지식을 세상에 전파할 포부를 안고 스페인으로 향한다. 하지만 그곳의 지식인들은 그를 조롱할 뿐이었다. 다른 유럽의 지식인들도 마찬가지였다. 실망한 로젠크로이츠는 고향 독일로 돌아간다. 거기서 자신의 이상을 나눌 일곱 명의 수도사를 제자로 받아들인다. 이것이 '장미십자회'의 시작이다. 그는 일곱 제자에게 동방에서 배운 고대의 지혜를 가르친다. 세월이 흐른 뒤 일곱 제자는 유럽 각지로 흩어졌고 비밀리에 장미십자회의 지식과 교리를 전파한다. 그 후에도 로젠크로이츠는 홀로 은둔해서 연금술과 우주의 지식을 연구한다. 그가 몇 살에 사망했는지, 어디에 묻혀 있는지는 일곱 제자조차 몰랐다. 그가 죽은 뒤에도 그의 지식은 계승자들에 의해 계속 유지되었다.

이것이 로젠크로이츠에 관한 내용이었다.
"장미십자회. 갈수록 태산이군."
미셸은 다른 내용도 찾아보았다. 대부분 비슷한 내용이었는데 그중 익숙한 단어가 있었다.

로젠크로이츠가 쓴 세 개의 경전, 장미십자회.
『형제의 명성(Fama Fraternitatis)』
『형제의 고해(Confessio Fraternitatis)』
『화학적 결혼식(Chymical Wedding)』

"『화학적 결혼식』?!"
장 피에르가 언급했던 책의 제목이었다. 그 책은 1616년 독일 스트라스부르에서 발간되었다. 저자는 '크리스티안 안드레이'라고 되어 있지만 실제 저자는 '크리스티안 로젠크로이츠'라고 알려져 있었다. 자료는 로젠크로이츠가 장미십자회에서 만든 가상의 인물일 가능성이 있다고 서술하고 있었다. 하지만 로젠크로이츠는 사망한 지 백이십 년 후 장 피에르로 환생하여 클뤼니 수도원에 숨겨진 뭔가를 찾고 있었다.

미셸은 다시 은화를 꺼냈다. 그리고 다른 기억을 만나기 위해 손에 꼭 쥐었다. 그러나 배터리가 소진된 핸드폰처럼 아무것도 나타나지 않았다.

미셸은 침대를 박차고 일어났다. 이렇게 뒹굴뒹굴할 시간이 없었다. 천 년 된 마을 어딘가 은화보다 많은 정보가 묻혀 있을 게 분명했다. 미셸은 창밖을 바라봤다. 마을 저편에 웅장한 클뤼니 수도원의 첨탑이 보였다.

"첫 번째 목적지는 정해졌군."

사백 년 전 장 피에르가 수도원에 있는 뭔가를 찾고 있었다면 소라지 역시 수도원으로 향했을 가능성이 컸다. 미셸은 금고가 든 가방을 둘러메고 방을 나섰다.

중앙 광장에서는 벼룩시장이 열리고 있었다. 인적 없던 마을에는 어디서 나타났는지 수많은 인파가 몰려 있었다. 미셸은 광장을 지나 곧장 수도원으로 향했다. 작은 마을이라 도보로도 충분히 갈 수 있는 거리였다. 수도원은 마을 규모에 비해 웅장해서 어느 방향에서도 첨탑이 보였다. 덕분에 길 잃을 일은 없었다.

오랜만에 시장을 거닐고 있으니 잊고 있던 일상의 평온이 느껴졌다. 가판대에는 희귀한 단추부터 백 년 전 자동차 부품까지 없는 게 없었다. 먹거리 가판대에선 케밥이나 팔라펠 같은 길거리

음식을 팔고 있었다. 사람들은 한 손에 크레이프를 들고 시장을 구경했다. 미셸은 인파를 지나 수도원으로 향했다.

광장을 지나 수도원으로 이어진 좁은 도로로 들어서던 순간이었다. 징검다리가 나타났다. 미셸은 눈을 감고 다리를 건넜다. 이번 기억은 단편적이고 파편적이었다.

첫 번째는 누군가가 미셸을 바닥에 내동댕이치고 달아나는 장면이었다.

두 번째는 건물이었다. 건물은 오래되고 낡았지만, 상당히 익숙한 형태였다. 그리고 온통 덩굴로 덮여 있었다. 악몽에 나오는 털투성이 괴물처럼.

세 번째는 정체불명의 사람들이었다. 그들은 계단에 서서 미셸을 보고 있었는데 어둠에 가려 얼굴을 분간할 수 없었다. 그런데 그중 한 명이 미셸의 금고를 들고 있었다.

미셸은 눈을 떴다. 불길했다. 그녀는 금고를 확인하기 위해 가방을 열어 보았다. 다행히 금고는 안전했다.

그때였다. 누군가가 미셸을 밀치는 것이었다. 조금 전 미래 기억에서 봤던 장면 그대로였다. 미셸은 바닥에 내동댕이쳐졌다. 그러자 누군가가 미셸의 가방을 가로채더니 달아나는 것이었다.

"야! 내 가방 돌려줘!"

미셸은 소매치기를 뒤쫓기 시작했다.

로마시대에 만들어진 골목은 엉킨 노끈처럼 구불구불했다. 소매치기는 노끈 위를 달리는 종이 벌레처럼 능숙하게 달아났다.

마을 토박이가 분명했다. 미셸은 죽을힘을 다해 소매치기를 쫓았다. 유일한 단서이자 유품인 금고를 뺏길 순 없었다. 숨이 턱에 차도록 쫓았지만, 소매치기는 재빨랐다. 게다가 미로 같은 골목 때문에 끝내 놓치고 말았다.

"빌어먹을!"

미셸은 요동치는 심장을 부여잡고 숨을 몰아쉬었다.

주변을 둘러봤지만, 소매치기는 흔적도 없었다. 이대로 포기할 순 없었다. 미셸은 호흡을 가다듬고 다시 인근 골목을 뒤지기 시작했다. 그렇게 얼마 동안 놈을 찾아 헤맸다. 그런데 어느 순간 미셸 앞에 익숙한 건물 하나가 나타났다. 마치 영겁의 세월 동안, 이 순간을 기다린 것처럼 운명적으로.

"이 건물은……!"

사백 년 전 장 피에르가 집시들과 묵었던 그 여관이었다.

◆ ◆ ◆ ◆ ◆

첨탑을 지키고 있던 십자가에 성령이 내린 듯 아침 햇살에 반짝이고 있었다. 이제 막 동이 텄을 뿐인데 수도승들은 새벽 미사를 준비하고 있었다. 마차 한 대가 수도원 입구를 두드리고 있었다.

마차에는 수도승 복장을 한 여덟 명의 남자가 타고 있었다. 장 피에르와 일곱 명의 계승자였다.

"꼭두새벽부터 무슨 일입니까?"

문지기가 물었다. 정문에는 검과 창으로 중무장한 십여 명의 군인이 지키고 있었다. 성벽 위에도 중간중간 보초를 서는 군인들이 보였다. 그들 역시 석궁 등으로 무장하고 있었다. 얼핏 보면 수도원이 아니라 전략적 요충지 같았다.

클뤼니 수도원은 종교 개혁의 중심지였다. 프랑스에는 아직도 종교개혁에 반대하는 세력이 존재하고 있었다. 그들은 프랑스가 개신교 편에서 전쟁에 참여한 것에 대한 불만을 품고 있었으며 종교개혁의 중심지였던 클뤼니 수도원을 여러 번 공격했다. 수도원을 불태우려 했고 개혁을 주장하는 수도승들을 위협했다. 이에 리슐리외 추기경은 군대를 보내 수도원을 보호하고 있었다. 그래서 이곳을 통과하려면 추기경의 친서가 있어야 했다.

"우린 리슐리외 추기경님의 명으로 원장님을 알현하기 위해 온 사람들일세. 문을 열게."

나이 지긋한 계승자가 칙령서를 보이며 말했다. 문지기는 칙령서를 꼼꼼히 살펴봤다.

"원장님은 새벽 미사를 보고 계시니 기다려야 할 겁니다. 들어가십시오."

칙령서의 효과는 확실했다. 마차는 무사히 입구를 통과해 수도원으로 들어섰다. 높은 외벽으로 둘러싸인 수도원은 요새를 연상시켰다. 정문을 통과하자 정원 사이로 난 길이 이어졌고 그 너머에 로마네스크 양식을 대표하는 수도원 본당이 있었다.

하늘을 떠받칠 듯 우뚝 선 두 개의 첨탑 사이로 붉은 지붕을 이고 있는 긴 회랑이 있었고 거대한 돔을 중심으로 십자가 형태의 본당 건물이 자리 잡고 있었다. 수도원은 붉은 지붕을 제외하면 장식을 최소화한 형태로 지어진 건물이었다.

장 피에르는 마차를 몰고 본당 뒤편으로 향했다. 소성당에서 아침 미사 소리가 새벽안개를 타고 은은히 들려왔다.

"한 가지 궁금한 게 있는데."

장이 정적을 깼다.

"말씀하십시오."

"너희 중 누구 선조가 내 시신을 여기로 옮겼지?"

그러자 계승자 중 한 명이 물었다.

"혹시 일곱 제자의 이름을 기억하십니까?"

누더기 망토를 둘러쓴 계승자였다.

"아직도 날 믿지 못하는 거냐?"

장이 물었다. 망토는 대꾸 없이 바라봤다. 무언의 긍정처럼.

"그레고리, 에밀, 리온, 미카엘, 루카스, 막시밀리안, 그리고……."

어쩐 일인지 마지막 제자의 이름이 떠오르지 않았다.

"일리아스."

망토가 도왔다.

"그래. 일리아스."

장이 그제야 떠올랐는지 무릎을 쳤다.

"스승님을 옮긴 사람은 제 조부이신 일리아스였습니다."

"아……, 그랬군."

"왜 제 증조부님이 스승님의 시신을 옮겼는지 이유를 아십니까?"

망토가 다시 물었다.

"그건 기억나지 않는구나."

마차는 터벅터벅 정원을 지나고 있었다. 망토는 안주머니에서 주섬주섬 뭔가를 꺼냈다.

"스승님께서 돌아가시기 전 제 조부님께 이걸 보내셨습니다."

망토가 건넨 건 오래된 편지였다.

사랑하는 제자여. 이제 내 삶이 끝나 가는구나. 요즘 들어 너희와 함께 했던 시간이 더욱 소중하게 느껴진다. 그중에도 함께 일궜던 보리밭이 가장 기억에 남는다. 함께 수확한 보리로 만들었던 첫 번째 맥주 맛도. 내가 너희에게 남긴 지식을 올바른 일에 사용하길 바란다. 내가 이렇게 펜을 든 것은 마지막으로 부탁이 있기 때문이다. 나는 나의 마지막을 홀로 맞이할 것이다. 모든 준비는 끝났다. 무덤도 오래전에 완성했다. 무덤은 누구도 찾을 수 없는 은밀한 곳에 마련해 두었다. 그곳에 이제까지 깨달은 모든 지식과 우주의 이치를 기록해 둘 생각이다. 그곳에서 나는 최후를 맞이할 것이다. 그런데 단 한 명, 내 무덤을 찾으려는 자가 있다. 그자가 내 무덤을 찾아서 내 시신을 가져가려 할 것이다. 그전에 내 무덤을 찾아서 내 시신을 은밀한 곳에 숨겨 주길 바란다. 그래야 내가 백이십 년 후 환생할 수 있단다. 네가 내 마지막 부탁을 성실히 수행해 주리라 믿는다. 너의 삶에 우주의 축복이 깃들길 바라며.

로젠크로이츠가.

이것이 편지의 내용이었다. 그런데 편지 뒤편에 또 다른 메시지가 있었다.

51.76, 10.62

무덤의 위치를 알려 주는 위도와 경도였다. 17세기는 위도와 경도가 완성되지 않은 시기였다. 그래서 소수점 두 자리 좌표까지만 표시할 수 있었다.

"증조부님께서는 이 편지를 받자마자 스승님의 시신을 이곳으로 모셨습니다."

"그랬구나."

"그런데 그 사람이 누굽니까? 스승님의 시신을 찾는 자 말입니다."

망토가 물었다. 다른 계승자들도 모두 궁금한 듯 바라보고 있었다.

"……."

장은 전생의 기억을 대부분 갖고 있었다. 그렇지만 어째서인지 죽기 직전 기억은 전혀 떠오르지 않았다.

그때 마차가 본당 뒤편에 도착했다. 그곳은 뒷마당이었는데 수도승들의 숙소 건물과 창고가 있었다. 나이 든 계승자가 앞장서며 말했다.

"이쪽으로."

장과 일곱의 계승자들은 본당 뒷문으로 향했다. 소성당에서는 새벽 미사가 한창 진행 중이었다. 그레고리 찬가 소리가 수도원 구석구석 퍼져 가고 있었다. 뒷문에 도착하자 나이 든 계승자는 조심스럽게 노크했다. 잠시 후 문이 열렸다.

"서두르슈."

문을 연 사람은 잡역부였다. 수도원의 잡일을 맡아 하는 사람이었는데 등이 굽은 사람이었다. 장과 계승자들이 들어서자, 잡역부는 주위를 살피고는 문을 닫았다.

"사십 분 후면 미사가 끝날게요. 그 전에 일을 마치슈. 만약 잡혀도 나랑은 상관없는 일이오."

잡역부가 열쇠 하나를 건네주며 말했다.

"알았네. 걱정 말게."

나이 든 계승자가 돈주머니를 쥐여 주며 대답했다. 잡역부는 돈을 확인하고는 사라졌다.

"이제 어디로 가면 되지?"

장이 물었다.

"이쪽입니다."

이번엔 망토가 앞장섰다. 그는 제단까지 이어진 회랑을 지났다.

본당의 규모는 어마어마했다. 천장 높이는 35미터에 달했고 스물네 개의 화강암 기둥이 돔 천장을 받치고 있었다. 바닥은 흰색과 검은색 대리석으로 마감되어 있었고 제단까지 거리는 130미터에 달했다. 아치형 창문은 예수의 고난사가 담긴 스테인드글라스로 장식되어 있었다. 파리의 노트르담 대성당과 비교해도 손색이 없는 규모였다. 장은 수도원의 규모에 압도되어 넋을 잃고 바라봤다.

"서두르셔야 합니다. 스승님."

나이 든 계승자가 말했다. 장은 정신을 차리고 뒤를 따랐다. 중간쯤 지나자 지하로 이어진 계단이 나타났다. 망토는 계단을 내려갔다. 장도 뒤를 따랐다.

그런데 지하로 향하던 장의 머릿속에 찜찜한 뭔가가 남아 있었다. 그것은 재료와 어울리지 않는 양념이 가미됐을 때 느끼는 이질감 같은 것이었는데 시간이 지날수록 향이 강해지고 있었다.

계단을 모두 내려가자 철창살 문이 나타났다. 문 너머에는 길게 이어진 복도가 있었다. 망토는 조금 전 잡역부에게 받은 열쇠로 문을 열었다. 끼익—. 기분 나쁜 쇳소리와 함께 어두운 복도가 나타났다. 장은 준비한 횃불을 꺼냈다. 불을 붙이자, 복도가 모습을 드러냈다. 백여 미터 정도의 긴 복도 양옆에는 크고 작은 방들이 연결되어 있었는데 다양한 종류의 석관들이 놓여 있었다. 지하 납골당이었다. 수백 년 동안 수도원을 거쳐 간 수도사와 순교자들이 묻힌 곳이었다.

장은 복도를 지나갔다. 여덟 명의 발걸음 소리가 메아리치며 따라왔다. 복도를 지나는 동안 장은 이질감의 원인을 찾으려 애썼지만 나타날 듯 떠오르지 않았다.

"여깁니다."

도착한 곳은 끝에서 두 번째 방이었다. 방에는 모두 십여 개의 석관이 놓여 있었다.

"맨 끝에 있는 관입니다."

망토가 나지막이 말했다. 망토를 비롯한 계승자들은 입구에서 기다리고 있었다. 장은 횃불을 들고 마지막 관을 향해 갔다. 그 순간 성가시게 굴던 이질감의 이유가 떠올랐다.

"그게 아니야!"

장이 소리쳤다.
"뭐가 말입니까?"
나이 든 계승자가 물었다.
"마지막 제자."
그러자 망토의 얼굴이 하얗게 굳는 것이었다.
"일곱 번째 제자 이름은 일리아스가 아니야. 마지막 제자 이름은……, 율리안이야."
장이 망토를 응시하며 말했다. 망토는 스멀스멀 뒤로 물러섰다.
"왜 날 속였지?"
그때 어둠 속에서 인기척이 났다. 장은 화들짝 놀라 돌아봤다. 마지막 관 옆에 누군가가 있었다.
"누구냐?"
장이 횃불을 드밀며 소리쳤다. 그러자 누군가가 천천히 다가오며 말했다.
"잘 있었나. 장 피에르. 아니, 크리스티안 로젠크로이츠."
누군가가 횃불 불빛 속으로 들어서자 얼굴이 드러났다.
"당신은?!"
그는 리슐리외와 대면했던, 미래가 보이지 않는 자였다.

◈ ◈ ◈ ◈ ◈

기억 속의 여관은 특별한 것이 없는 평범한 건물이었다. 시간의 주름을 감추려는 듯 담쟁이덩굴이 노쇠한 벽을 온통 감싸고 있었고 그 외에는 사백 년 전 모습을 그대로 간직하고 있었다.

미셸은 소매치기에 관한 생각은 까맣게 잊은 채 여관으로 다가갔다. 덩굴이 창문까지 덮고 있어 안을 살필 수 없었다. 미셸은 손으로 대충 덩굴을 치우고 안을 살폈다. 건물은 오랜 시간 사용하지 않은 것 같았다. 문을 열어 보았지만 잠겨 있었다. 혹시 싶어 창문을 하나씩 열어 보았다. 아니나 다를까 창문 하나가 열려 있었다. 미셸은 주위를 살핀 뒤 조심스럽게 창문을 통해 들어갔다.

그곳은 이전에 문 닫은 베이커리였다. 먼지가 자욱이 앉은 진열대에는 빵 종류가 적힌 팻말들이 있었고 계산대에는 수동식 현금 출납기가 놓여 있었다. 창가에는 흰 천에 덮인 테이블과 의자가 있었고 주방에는 제빵 기구들이 고스란히 남아 있었다. 베이커리는 2층과 연결되어 있었는데 계단이 낯익었다.

미셸은 천을 걷어 내고 의자에 앉았다. 그리고 창밖을 보며 조용히 나타나기를 기다렸다. 계단은 기억 속 정체불명의 남자들이 서 있던 곳이었다.

덩굴 사이로 골목에서 공을 차는 아이들의 웃음소리가 들려왔다. 커피만 있으면 제격이겠지만 베이커리는 문을 닫았다. 그렇게 몇 분이 지나자, 계단에서 인기척이 들렸다.

누군가가 계단을 조심스럽게 내려왔다. 하지만 오래된 계단 탓에 디딜 때마다 삐걱 소리가 정적을 깼다.

"금고가 안 열리던가?"

미셸이 누군가를 노려보며 말했다. 그런데 금고를 들고 있던 사람은 소매치기가 아니었다. 희끗희끗한 수염을 기른 중년 남자였다.

"훔치려던 건 아니었소. 잠깐 확인만 하려던 것뿐이오. 미안하게 됐소."

남자가 테이블 위에 금고를 내려놓았다. 미셸이 금고를 확인하며 입을 열었다.

"그 얘기는 이 안에 든 게 뭔지 알고 있다는 건데. 당신들은 누구고, 왜 금고를 노린 거지?"

그러자 또 다른 사람이 계단을 내려오며 말했다.

"왜냐면 당신을 오랫동안 기다린 사람이기 때문입니다."

두 번째 사람은 다름 아닌 미셸의 방을 옮겨 준 호텔 매니저였다.

"은화도 당신이 갖다 놓았군. 매니저 양반."

미셸이 은화를 만지작거리며 말했다.

"매니저가 아니라 호텔 주인입니다. 당신을 확인하기 위해 갔죠. 설마 했는데 얼굴을 보는 순간 심장이 멈추는 줄 알았습니다."

"맞혀 볼까? 당신들이 누군지. 장미십자회."

미셸이 무심히 말했다.

"알고 있군요."

호텔 주인이 말했다.

"대박이네. 사백 년 동안 날 기다린 사람이 있다니. 그런데 왜 두 명뿐이지? 모두 일곱 명일 텐데."

"왜냐면 더는 장미십자회는 존재하지 않으니까요. 사백 년이 지나도 나타나지 않는 지도자를 기다릴 추종자는 없습니다. 게다가 지금은 AI가 판을 치는 세상입니다. 비밀 조직 따위가 발붙일 곳이 없죠. 그런데 갑자기 당신이 나타난 겁니다. 마치 오래된 빚을 받으러 온 세금 징수원처럼."

"빚?"

미셸이 고개를 갸웃했다.

"오래전에 맡긴 물건이라고 해 두죠."

호텔 주인이 머쓱하게 대답했다.

"그 말은 내가 당신들한테 받을 물건이 있다는 건데."

"그게 뭔지 기억하십니까?"

호텔 주인이 물었다.

"장 피에르 리슐리외가 수도원에서 찾으려 했던 거겠지. 그걸 당신들이 갖고 있나?"

"죄송합니다만 없습니다. 대신 그 물건을 찾는 걸 도와 드릴 순 있습니다."

"왜 도와주려는 거지? 장미십자회는 사라졌다며."

그러자 호텔 주인이 다가왔다. 그리고 금고를 응시하며 말했다.

"왜냐면 당신이 나타났으니까요."

"그게 뭔진 알고 있나?"

미셸이 날카롭게 물었지만 호텔 주인은 침묵을 지켰다. 뭔가 꿍꿍이가 있었다. 그러나 장 피에르의 물건을 찾는 게 우선인 지금으로선 달리 방도가 없었다. 미셸은 금고를 챙겼다.

"앞장서시지."

수도원은 20유로를 내면 누구나 들어갈 수 있는 관광지가 되어 있었다. 왕실 친위대가 철통같이 지키던 성벽과 정문은 사라진 지 오래고 베드로 성당에 비견되던 웅장한 본당도 일부만 남아 있었다. 평일이라 입장하는 관광객도 몇 명에 불과했다.

"1789년의 프랑스 대혁명 때 건물 대부분이 파괴되었습니다. 천 년 전에 지어졌던 위대한 건축물이 폭도들 손에 한순간의 재가 되었죠. 그 후 한때는 채석장으로 쓰이기도 했습니다. 남아 있는 부분은 종탑, 곡식 창고, 마구간 정도예요. 최근 들어 보수 작업이 진행되고 있지만 과거의 웅장한 모습은 박물관 모형에서밖에 볼 수 없답니다."

호텔 주인이 입구를 통과하며 말했다. 검표원에게 관람권을 내고 통과하자 복도를 따라 수도원의 역사와 유물 사진이 전시되어 있었다. 한때 프랑스를 대표했던 건축물이라고 하기엔 지나치게 소박한 분위기였다.

"이쪽으로."

세 사람은 수도원 본당으로 향했다. 정원에 들어서자 거대한 건물이 동서로 길게 뻗어 있었다. 본당은 3층 건물이었는데 자주색 지붕 아래 수십 개의 창문이 늘어서 있었다. 오른쪽으로 회랑이 있었고 왼쪽에는 두 개의 첨탑이 있는 강당 건물이 있었다. 상당 부분 보수를 통해 다시 지어진 건물이었다.

"지금 보는 건 과거 수도원의 10분의 1도 안 됩니다. 전성기 때는 천이백 개의 기둥과 수많은 조각상이 장식되어 있었죠. 만 명의 수도사들이 함께 미사를 치를 수 있을 정도로 엄청난 규모였답니다."

호텔 주인은 가이드처럼 건물을 지날 때마다 설명했다.

"그런 건 관심 없고. 찾는 물건은 어딨죠?"

미셸이 무심하게 말했다.

"이쪽입니다."

세 사람은 긴 회랑을 지나 동쪽 첨탑으로 향했다. 수십 개의 아치형 회랑 기둥을 지나자 갑자기 천장이 사라지며 수십 미터 높이의 첨탑이 나타났다. 그 아래 지하로 이어진 계단이 있었다. 전생 기억에서 봤던 바로 그 계단이었다.

"지하로……."

호텔 주인이 안내하려 했지만, 미셸은 이미 계단을 내려가고 있었다. 계단은 그리 깊지 않았다. 지하 1층에 도착하자 지하 묘지로 이어진 철문이 나타났다. 미셸이 문을 열어 보았지만 잠겨 있었다.

"실례하겠습니다."

호텔 주인이 나섰다. 그의 손에는 낡은 열쇠 하나가 들려 있었다. 열쇠를 꽂고 돌리자, 철문이 맥없이 열렸다. 묘지는 어둠으로 가득 찬 긴 복도로 이어져 있었다.

"제가 도와 드릴 수 있는 건 여기까지입니다."

호텔 주인이 손전등을 건네며 말했다. 미셸은 손전등을 켜고 묘지 안으로 발을 디뎠다.

관 위에 적힌 망자의 이름이었다.

장은 이해할 수 없었다. 대체 왜 크리스티안 로젠크로이츠의 관에 자신의 이름이 적혀 있는 것인가. 더욱 의문스러운 건 이 남자의 정체였다.

"당신은 누구요? 어떻게 날 알고 있는 거지?"

그러자 남자가 정중하게 두 손을 모으며 말했다. 그는 평민이 입는 남루한 재킷과 바지를 입고 있었다. 신발에는 잔뜩 흙이 묻어 있었고 지극히 평범한 얼굴을 하고 있었다. 옆에 있는 것조차 알아채지 못할 만큼 존재감이 없었다. 그는 강가에 있는 적당한 크기의 자갈 같은 남자였다. 그 자갈이 차분히 말했다.

"당신은 잘못된 질문을 하고 있소. 장 피에르 리슐리외. 그보다 중요한 건 내가 올 걸 왜 당신이 알지 못했냐는 거요."

맞는 말이었다. 장은 이 계획을 실행하기 전, 수십 번도 넘게 시뮬레이션했다. 매번 자신의 계획대로 이루어졌다. 이 남자는 한 번도 등장한 적이 없었다. 그렇다면 혹시.

"미궁(迷宮)의 문지기?!"

장이 피를 토하듯 내뱉은 단어였다.

언젠가 들은 적이 있었다. 과거 궁극의 아이로부터. 저주로부터 살아남기 위해선 미궁으로 통하는 문을 찾아야 한다고. 그 문을 열고 들어가면 문을 지키는 한 남자가 있다고. 그는 아무도 기억 못 하는 얼굴을 하고 누구도 그의 미래를 볼 수 없다고.

"당신이 문을 지키는 자군!"

한 발짝 물러서며 말하는 장을 향해 남자가 한 발짝 다가갔다. 마치 자석의 반대 극이 끌려가듯.

"미래가 보이지 않는 자……. 그래서 기억 속에 당신은 없었던 거야."

장이 다시 한 발 물러서자 남자 역시 한 발을 내디뎠다.

"그런데 왜 나타난 거지? 난 아직 모든 조각을 모으지 못했는데."

"왜냐면 아직 때가 아니기 때문이오."

"때라니?"

남자는 신중하게 단어를 고르듯 장을 바라봤다.

"인류에겐 아직 기회가 남았소. 그러니 아직 문을 열어선 안 된단 말이오."

"그 말은……, 난 저주에서 벗어날 수 없다는……."

장의 목소리가 떨리고 있었다. 남자는 대답 없이 조용히 바라봤다. 그때였다. 뒤에 누군가 나타났다. 장은 반사적으로 돌아섰다. 그런데 그곳에 예상치 못한 또 다른 남자가 서 있었다.

"이럴 필요는 없었다, 장."

리슐리외 추기경이었다. 그가 머스킷 총에 화약을 장전하고 있었다. 옆에는 장미십자회의 계승자들이 있었지만 누구도 저지하려 하지 않았다.

"그저 내 곁에 계속 있기만 했으면 됐다. 그럼 넌 세상을 가질 수 있었어. 그런데 그 모든 제안을 거절하고 찾은 게 고작 이따위 무덤이란 말이냐?"

리슐리외가 장을 향해 총을 겨눴다.

"잘 가거라, 아들아."

뒤이어 총소리가 지하 무덤에 울려 퍼졌다.

◆ ◆ ◆ ◆ ◆

수백 년간 내려앉은 어둠은 찐득한 액체처럼 변해 있었다. 미셸은 손전등 불빛으로 어둠을 걷어 내며 앞으로 나갔다.

복도에는 일정한 간격으로 묘실이 있었고 방마다 십여 개의 석관이 있었다. 관들은 형태도 제각각이었고 재질도 달랐다.

"끝에서 두 번째 방이었어."

미셸은 기억을 더듬으며 계속 나아갔다.

"열넷……, 열다섯……, 열여섯."

드디어 길었던 복도가 끝나고 막다른 벽이 나타났다. 세월이 부딪힌 탓에 회벽이 떨어져 나가 벽돌이 그대로 노출되어 있었다. 미셸은 마지막에서 두 번째 방으로 들어갔다.

널찍한 방은 천장이 둥그런 돔 형태였는데 드문드문 곰팡이처럼 벽돌이 드러나 있었다. 그 아래 열두 개의 석관이 놓여 있었다.

묘지에 들어섰는데도 무섭지 않았다. 오히려 편안한 느낌이었다. 미셸은 천천히 마지막 관으로 향했다.

장 피에르 리슐리외

관은 기억에서 본 것과 똑같았다.

미셸은 가방을 내려놓고 석관을 살폈다. 관 뚜껑은 밀봉되어 있지 않았다. 미셸은 심호흡하고 있는 힘을 다해 뚜껑을 밀었다.

대리석으로 된 뚜껑은 무게가 엄청났다. 하지만 미셸은 포기하지 않고 젖 먹던 힘까지 보탰다. 그러자 뚜껑이 조금씩 움직였다.

미셸은 기세를 늦추지 않고 마지막 힘을 쥐어짰다.

"으악!"

쿵—, 하는 둔탁한 소리를 내며 뚜껑이 열렸다. 땀이 비 오듯 흘렀지만 머뭇거릴 여유가 없었다. 미셸은 서둘러 손전등을 내부에 비췄다.

"이게 뭐야?"

이역만리를 날아와 힘겹게 도착한 무덤의 관은 어이없게도 텅 비어 있었다. 다시 뚜껑에 적힌 이름을 확인하고 다른 관들도 찾아봤지만 특별한 건 없었다.

"빌어먹을!"

미셸은 관을 걷어차며 소리쳤다. 그때였다.

탕탕! 두 발의 총성이 무덤 입구에서 들려왔다. 이윽고 누군가 요란한 발소리를 내며 복도를 지나고 있었다.

미셸은 헐레벌떡 가방에서 총을 꺼냈다. 그리고 관 뒤에 엄폐한 후 문을 향해 총을 겨눴다. 저벅저벅. 누군가의 발소리가 가까워지더니 묘실 입구에서 멈췄다. 미셸은 잔뜩 긴장한 채 노리쇠를 장전했다. 여차하면 방아쇠를 당길 심산이었다.

"이걸 찾고 있나? 금수저."

불쾌하지만 익숙한 목소리.

"네놈은?!"

신라였다. 그가 한 손에는 총을, 다른 한 손에는 정체불명의 뭔가를 든 채 입구에 서 있었다.

"네가 왜 여기 있는 거야?"

미셸이 총을 겨눈 채 소리쳤다.

"그보다 이게 뭔지 궁금하지 않아?"

신라가 들고 있던 뭔가를 내밀며 말했다. 어둠에 가려 물체의 정체를 알 수 없었다. 미셸은 어쩔 수 없이 총을 겨눈 채 다가갔다. 신라는 총을 들고 있었지만 위협을 가하진 않았다. 미셸은 조심스럽게 손전등을 물체에 비췄다.

"그건?!"

신라가 들고 있던 건 석화된 장 피에르의 머리였다. 머리는 목 부분이 잘린 채 고스란히 형태를 보존하고 있었는데 회색 재질만 아니었다면 그리스 조각상과 흡사했다.

"네놈이 왜 그걸 가지고 있는 거냐?"

"넌 여전히 멍청하구나, 금수저. 설마 이걸 찾는 게 너뿐이라고 생각한 거야?"

신라가 장 피에르의 머리를 농구공처럼 던졌다 받으며 물었다.

"……?!"

"널 여기까지 인도해 준 놈들이 정말 장미십자회의 후손이라고 생각하는 거야?"

"그럼, 아까 그 총소리?!"

"그놈들은 악마 개구리한테 사주받고 접근한 떨거지들이야. 멍청한 금수저."

"그럼, 악마 개구리도 궁극의 아이 유물을? 대체 왜?"

미셸이 총구를 드밀며 소리쳤다. 그러자 신라가 다가오며 말했다.

"그건 네가 유물을 모두 모으면 알게 되겠지. 하지만 그전에 나와 해결해야 할 일이 있을 텐데. 설마 잊은 건 아니겠지?"

미셸의 총구 앞까지 다가온 신라는 조금도 두려운 기색이 없었다.

"지금 당장 대갈통에 총알을 박아 줄까? 가짜 새끼!"

미셸이 방아쇠를 쥔 검지에 힘을 주며 소리쳤다. 하지만 신라는 눈도 깜빡이지 않았다.

"그렇게 되면 세 번째 조각은 영영 찾을 수 없을 텐데. 그래도 괜찮겠어?"

"세 번째 조각?"

신라는 핸드폰을 꺼내 사진 한 장을 보여 줬다. 가야의 석화된 심장이었다.

"네가 어떻게 이걸……?"

그러자 신라가 씩 웃었다.

"이게 누구 심장인지 알아?"

"……?"

"네 아버지의 심장이야. 신―가―야."

망설임 없었던 미셸의 총구가 흔들리고 있었다.
"네 아버지가 그러더군. 네게 전해 주라고."
신라가 핸드폰을 도로 주머니에 넣었다.
"네 아비의 심장을 받고 싶으면 날 이겨야 할 거야. 그래야 찾을 수 있을 테니까. 모레 저녁 9시까지 뉴욕으로 와라. 장소는 말 안 해도 알겠지. 궁극의 아이니까."
신라가 돌아서더니 묘실을 나섰다.
"머리도 함께 보관하고 있을게. 그럼, 뉴욕에서 보자. 금수저."
신라의 휘파람 소리가 복도를 따라 멀어졌다. 곡명은 비발디의 〈사계〉 중 '봄'이었다.

궁극의 아이 2 넥스트 차일드

빙의

 수도원 주차장에는 신라의 휘파람 소리가 얄밉게 울려 퍼지고 있었다. 신라는 주차장에 서 있던 붉은색 마세라티로 향했다.
 그런데 차 트렁크에서 기묘한 신음이 들렸다. 신라는 비발디의 '봄' 클라이맥스를 멋들어지게 불며 트렁크를 열었다. 그 안에는 손발이 묶이고 테이프로 입을 틀어막은 로드니가 있었다.
 "더 이상 악마 개구리에게 보고하지 않는다고 약속하면 풀어 주지."
 로드니는 사정하듯 웅얼댔다.
 "싫으면 계속 그러고 있든가."
 신라가 트렁크를 닫으려 하자 로드니가 살려 달라는 듯 고개를 끄덕였다.

"진작 그럴 것이지."

신라가 로드니의 팔과 다리를 풀어 주었다. 그제야 로드니는 테이프를 떼어 내고 숨을 몰아쉬었다.

"정말 대단한 분이로군요. 노인네를 묶어서 세 시간이나 트렁크에 처박아 두다니. 그분들이 이 사실을 아시면……."

신라가 테이프를 집어 들었다.

"아, 말이 헛나왔습니다. 그보다 일은 잘됐습니까?"

로드니가 조수석에 올라타며 물었다.

"이제 진짜 승부야."

신라가 시동을 걸자 붉은 스포츠카가 연기를 내뿜으며 요란하게 예열했다.

"그 전에 악마 개구리들을 소집해 줘. 전쟁 전에 확인할 게 있어."

"뭘 말입니까?"

"모이면 알게 될 거야."

마세라티가 부르고뉴의 고즈넉한 석양을 향해 출발했다.

병실에는 모두 스물여덟 명의 환자가 있었다. 그들은 환자복을 입고 있었지만 무병자라고 해도 믿을 정도로 활기가 넘쳤다. 어린 환자는 새로 나온 게임에 빠져 있었고 백발의 환자는 체스를 두며 농담하고 있었다.

그러나 석 달 전까지만 해도 그들은 죽음을 앞둔 시한부 인생이었다. 그들이 있던 곳은 존스 홉킨스 대학병원 말기 암 임상실험 병동이었다.

"17번 환자의 종양 크기도 10분의 1 정도로 작아졌습니다. 전이된 부위도 현저히 줄었고요."

격벽 창문 너머에서 지켜보던 리처드가 말했다. 그는 실험의 전 과정을 지켜봤던 임상실험 전문의였다.

"종양 체내 표시기(Tumor Marker)는 어떤가? 리처드."

실험 책임자인 피츠 앨런 박사가 물었다. 그는 며칠째 잠을 못 자 두 눈이 벌겋게 충혈되어 있었다. 의사 가운에선 퀴퀴한 냄새가 났고 수염은 관리가 안 된 채로 길었지만 환희에 차 있었다.

"CA19-9 수치는 36으로 다소 높지만, 정상 범위 내입니다."
"정상 범위를 유지한 게 얼마나 되지?"

피츠 앨런 박사가 차트를 살피며 물었다.

"지난달 8일부터니까, 육 주가 넘었습니다."
"암을 치료한 지 삼십 년이 넘었지만 이렇게 놀라운 성과는 처음이야."

피츠 앨런 박사의 목소리가 떨리고 있었다.

그들이 하고 있던 임상실험은 '벨레로폰(Bellerophon)'이라는 신약이었다. 벨레로폰은 이제까지 존재했던 신약과는 차원이 다른 유전자 치료제였다. 유전자 치료에 선구자였던 피츠 앨런 박사는 이제까지 밝혀진 이만 개의 단백질 유전자 외의 비단백질 유전자, 일명 '암흑 유전자'의 분석과 용도를 연구하던 중 그것이 질병 발생에 주요 원인이라는 사실을 발견한다. 그리고 이들을 분석하여

한 권의 보고서를 발간한다. 제목은 『인간 생명 지침서』.

이 보고서는 학계에서 센세이셔널한 반응을 불러일으키지만, 신약 개발까진 많은 난관이 남아 있었다. 인간의 유전자 중 98퍼센트에 달하는 암흑 유전자를 완벽하게 분석하는 것은 산타모니카 해변의 모래를 크기별로 분류하여 일렬로 세워 놓는 것과 흡사한 일이었다.

그러던 중 놀라운 투자자가 나타난다. 바로 세계 최고의 인공지능 프로그램 회사의 창업자이자 여러 바이오 회사를 거느린, 남자 4였다. 그는 3억 달러라는 거금의 투자와 함께 암흑 유전자 분석에 자신의 인공지능 '에스겔'을 사용할 것을 제안했다. 박사는 제안을 받아들였고 곧바로 인공 지능 에스겔과 암흑 유전자 해독과 변이 유전자를 분석하기 시작했다. 그로부터 삼 년 후 불가능에 가까웠던 암흑 유전자 해독을 마친 에스겔은 동시에 진행된 변이 유전자 분석마저도 끝냈다. 박사는 이 유전자 지도를 바탕으로 유전자 치료제 벨레로폰의 개발에 들어갔고 이 년 육 개월 만에 시제품을 완성한 것이다. 그리고 지금 눈앞에 시제품 벨레로폰의 성공적인 결과가 펼쳐져 있었다.

"축하드립니다, 박사님. 이 치료제가 완성되면 박사님은 인류를 불치병으로부터 구한 위대한 과학자로 역사에 기록되실 겁니다."

리처드가 안경을 벗으며 말했다. 그런데 안경을 벗자 그의 얼굴은 누군가와 놀라울 정도로 닮아 있었다. 그는 어디에도 있고 어디에도 없는, 지극히 평범한 얼굴을 하고 있었다. 마치 강가에 있는 자갈처럼.

"고맙네, 리처드. 자네가 없었으면 '키마이라(Chimaera)'를 개발할 수 없었을 거야."

키마이라는 피츠 앨런 박사가 개발한 '유전자 가위'였다. 유전자 가위는 특정한 위치의 DNA를 절단하는 도구로 유전자 치료제 개발에 가장 중요한 도구이다. 이전에도 '징크 핑거 뉴클레아제(Zinc Finger Nuclease)', '탈렌(Talen)' 등 유전자 가위가 있었지만 이들은 정교함이 떨어져 치료제 개발에는 효과적이지 못했다. 그 때문에 피츠 앨런 박사는 획기적으로 정확성을 높인 유전자 가위인 키마이라를 개발하고 있었다. 그러나 복잡한 제작 과정으로 인해 난관에 봉착한 어느 날 임상실험 전문가 리처드가 나타났다. 그는 마치 기다리고 있었다는 듯 세균의 면역 시스템에서 착안한 새로운 디자인을 제안했고 그렇게 키마이라를 완성할 수 있었다.

"전 그저 박사님의 긴 논문 중 빈칸 하나를 채웠을 뿐입니다."

리처드가 겸손하게 말했다.

"자네가 그 빈칸을 채워 준 덕분에 논문이 완성된 거야. 자네의 노고는 절대 잊지 않겠네."

"감사합니다. 그런데……."

리처드의 표정이 차갑게 변했다.

"뭔가?"

"벨레로폰을 어쩌실 겁니까?"

"어쩌다니?"

"벨레로폰의 가능성은 단지 암 치료에서만 끝나지 않을 겁니다. 여기 사용된 유전자 기법을 이용하면 암뿐만 아니라 당뇨, 알츠하이머, 루게릭병 등 인류가 직면한 대부분의 불치병을 치료할 수 있게 될 겁니다."

"그럼 좋은 일 아닌가. 인류가 이백만 년 동안 겪어 왔던 질병의 고통으로부터 마침내 해방되는 건데."

박사는 어린아이처럼 천진난만하게 웃었다. 그에 반해 리처드는 얼음처럼 냉정했다.

"이 신약이 세상에 공개되는 순간 지금까지 제약업계를 지배해 왔던 수많은 공룡 기업이 무너지게 될 겁니다. 그와 동시에 이 신약을 갖게 되는 자는 세상을 지배할 거란 말입니다."

그 말에 박사의 얼굴이 굳었다. 순간 기다렸다는 듯 박사의 핸드폰이 울렸다. 누군가가 보낸 문자였다.

조금 전 임상실험 결과를 확인했습니다. 제 눈으로 보고도 믿지 못할 정도로 놀랍더군요. 진심으로 축하드립니다, 박사님. 이번 주 내로 찾아 뵙겠습니다. 저와 함께 신약 출시 절차를 준비하시죠. 다시 한번 박사님의 노고에 경의를 표합니다. 앤드루.

문자는 남자 4로부터 온 것이었다. 박사는 핸드폰을 떨어뜨리며 다급하게 물었다.

"자네가 실험 결과를 앤드루에게 알렸나?"

"그럴 리가요. 하지만······."

리처드가 실험실 책상 위에 켜져 있는 모니터를 가리켰다. 모니터에는 프로그램 하나가 있었다. 바로 인공지능 에스겔이었다.

"그렇게 돼선 안 되지, 절대."

박사가 모니터를 응시하며 중얼댔다. 모니터에는 에스겔의 커서가 감시 카메라처럼 깜빡이고 있었다.

불이 났던 아파트는 스프레이를 뿌린 듯 한 층 전체가 시커멓게 그을려 있었다. 때문에 가뜩이나 초라한 외관이 더욱 처량해 보였다.

입구에는 경찰이 설치한 접근 금지선이 쳐져 있었지만 아무도 신경 쓰지 않았다. 아이들은 금지선을 경계로 숨바꼭질했고 어른들은 투덜대며 넘어 다녔다. 신라는 입구에서 건물을 올려다보고 있었다.

"여긴 무슨 일로 오신 겁니까?"

로드니가 물었다. 그러자 신라가 돌아봤다.

"당신은 이제 돌아가. 전쟁터에는 어울리지 않으니까."

"죄송하지만 제 임무가 두 분을 관찰하고 보고하는 거라 어쩔 수 없었습니다."

로드니가 멋쩍게 말했다.

"여러모로 고마웠어. 나를 사람대접해 준 사람은 당신이 처음이야."

신라가 악수를 청했다. 로드니는 잠시 망설이다가 손을 잡았다.

"별말씀을요. 행운을 빕니다."

인사를 마치자, 신라는 아파트 안으로 들어갔다.

엘리베이터는 10층까지만 운행했기에 10층부터는 걸어서 올라가야 했다. 계단을 오르자 14층 입구가 나타났다.

입구에도 경찰의 접근 금지선이 쳐져 있었다. 신라는 금지선을 넘어 복도로 들어섰다. 사방에서 꿉꿉한 탄내가 진동했고 온통 시커멓게 변해 있었다. 천장은 무너져 있었고 벽도 여기저기 금이 갔다.

폐허로 변한 복도를 말없이 지나던 신라는 1405호 팻말이 붙은 문 앞에 멈췄다. 문은 새까맣게 탄 채 뒹굴고 있었는데 놀랍게도 팻말은 숫자를 알아볼 수 있을 정도로 멀쩡했다.

집 안은 엉망이었다. 마치 거대한 벽난로 안에 들어온 것 같았다.

"추억이란 이렇게 헛된 거지. 그런데도 인간은 추억 따위에 목숨을 건다니까. 한심하긴."

신라는 방금 완성한 자신의 조각품을 감상하듯 집 안을 둘러봤다. 그때였다.

'과연 그럴까?'

누군가가 조용히 말했다. 귓엣말하듯.

"누구냐?"

신라가 총을 꺼내며 소리쳤다. 하지만 방에는 아무도 없었다. 복도도 살폈지만 잿더미뿐이었다. 신라는 자기 귀를 의심하며 다시 방 안을 살폈다. 창가에는 시커멓게 탄 책상이 반쯤 무너져 있었고 그 위에 타다 남은 뭔가가 놓여 있었다.

"대체 뭘 보고 있었던 거냐? 금수저."

그것은 엘리스와 가야의 사진이었다. 엘리스 부분은 불에 타고 가야만 남아 있었다. 신라는 덮고 있던 재를 털어 냈다. 그러자 삼십 년 전 가야가 나타났다. 이제 갓 스무 살이 넘긴 가야는 태어나 처음 웃는 듯 어색하게 미소 짓고 있었다.

신라는 벽에 걸려 있던 거울을 바라봤다. 사방으로 금이 간 거울에는 일그러진 신라의 얼굴이 비쳤다. 비록 일그러져 있지만 사진 속의 얼굴을 빼다 박은 듯 똑 닮아 있었다.

"웃기고 있네."

신라는 사진을 바닥에 내팽개쳤다. 그러나 가야는 소용없다는 듯 바닥에서 환하게 웃고 있었다. 신라는 사진을 주워 들더니 라이터를 꺼냈다.

"내가 비록 당신에게서 태어났지만 난 당신하고는 근본적으로 달라. 난 너처럼 나약하지도 멍청하지도 않거든. 중요한 건, 너희들처럼 이용당하지 않을 거야. 오히려 놈들을 이용해서 세상을 지배할 거야. 보란 듯이."

사진에 불을 붙이자 사진 속 가야가 불타기 시작했다. 몸뚱이를 태우고 올라가던 불꽃은 이윽고 가야의 얼굴에 다다랐다. 이제 가야의 얼굴이 불타려던 순간이었다.

'두려운 거냐?'

또다시 누군가가 말했다.

"어떤 새끼야!"

신라가 총으로 사방을 겨누며 소리쳤다. 그렇지만 방에는 여전히 신라뿐이었다.

"한 번 더 장난치면 대갈통을 날려 버린다!"

그때였다.

'두려워할 거 없다. 내게도 추억은 고통이었으니까.'

목소리는 타들어 가는 사진에서 들려오고 있었다. 사진은 이제 재가 되어 꺼져 가고 있었다. 그렇지만 마지막 불꽃이 가야의 눈동자에서 일렁이고 있었다. 마치 가야의 분노가 응집되어 불이 붙은 것처럼. 신라는 믿을 수 없다는 얼굴로 마지막 불꽃을 응시했다. 순간 불꽃이 사라지며 사진 속으로 빨려 들어갔다.

◆ ◆ ◆ ◆ ◆

옥상에는 탁 트인 푸른 하늘이 펼쳐져 있었고 그 아래로 성수동 공장 지대가 내려다보였다. 조은금속, 경인제화, 문일공업사 등 폐기름과 먼지를 뒤집어쓴 간판들이 구름 한 점 없는 하늘 아래 목화밭의 노예처럼 늘어서 있었다.

학교 운동장은 얼마 후 있을 축제 준비로 부산했다. 옥상 난간에는 '2000년 밀레니엄 장운고등학교 봄 축제'라는 플래카드가 봄바람에 흔들리고 있었다. 그 너머에선 한 학생이 흩날리는 벚꽃 잎을 바라보며 일진들에게 뭇매를 맞고 있었다.

맞고 있던 학생은 학창 시절의 가야였다. 일진 두 놈이 가야의 팔을 잡고 다른 한 놈이 있는 힘껏 주먹을 날리고 있었다. 그 뒤에는 서너 명의 잔챙이들이 망을 보며 담배를 피우고 있었다.

주먹을 날리던 놈은 일진 이인자였다. 씨름부로 얼마 전 전국 고등학생 씨름대회에서 백두급 7위를 한 덩치였다. 그런 녀석의 주먹세례를 받으면서도 가야는 신음 한번 내지 않았다.

"내가 왜 때리는지 궁금하지 않냐?"

그러나 가야는 고개를 숙인 채 대답하지 않았다.

"그냥 너란 새끼가 싫어. 소름 끼치는 네 눈깔도 싫고, 네 말투도 싫고. 근데 제일 좆같은 게 뭔지 아냐? 너한테 귀신이 붙었다는 거야. 이 괴물 새끼야."

망보던 조무래기들이 키득대며 웃었다.

"야! 다시 잡아. 이 새끼, 귀신 떼어 내려면 좀 더 맞아야겠다."

덩치가 다시 주먹을 쥐려던 그때 갑자기 가야가 키득거리는 것이었다.

"씨발놈이 점심 먹은 게 없었나. 왜 실실 쪼개고 지랄이야?"

그러자 가야가 고개를 들며 말했다.

"내가 왜 잠자코 네 솜 주먹을 맞아 주는지 아냐?"

"뭐?"

순간 가야의 오렌지색 애교머리 사이로 에메랄드빛 눈동자가 나타났다.

"귀신이 그러는데 너 내일 뒈질 거래. 그것도 몸이 갈기갈기 찢겨서. 크크크."

가야의 웃음소리가 옥상에 울려 퍼졌다.

"이런 또라이 새끼! 네가 오늘 무덤을 파는구나. 야, 잡아!"

덩치가 다시 주먹을 날리기 시작했다. 그와 함께 난간에 앉아 있던 까마귀가 하늘로 날아올랐다. 불길한 검은 점처럼.

딩동댕동. 수업이 끝나는 종이 울려 퍼졌다. 석양이 시멘트를 따뜻한 선홍색 카펫으로 물들이고 있었다. 가야는 엉망이 된 채 옥상에 누워 있었다. 한참을 두들겨 맞았는데도 가야는 어쩐 일인지 편안해 보였다. 마치 지옥 같은 일상 중 짧은 휴식을 취하는 것처럼. 퉁퉁 부은 눈두덩 너머로 뭉게구름이 유유히 흘러가고 있었다. 가야는 손을 들어 구름을 향해 공갈 총을 겨눴다.

"그래. 당신이 죽든 내가 죽든 해 보자."

가야가 하늘을 향해 총을 쐈다. 탕.

수업 종이 쳤는데도 교실은 어수선했다. 선생님도 보이지 않고 학생들은 전쟁이라도 터진 듯 쑤군대고 있었다. 드르륵. 첫 수업이 거의 끝나 가는데 가야가 교실로 들어섰다. 훈계 따윈 익숙한 듯 당당하게 자리로 가려던 참이었다.

분위기가 심상치 않았다. 가야는 자리에 앉으려다 말고 주변을 둘러봤다. 반 학생 모두가 그를 귀신 보듯 보고 있었다.

"뭐?"

가야가 시큰둥하게 물었다. 순간 교실 앞문이 열리더니 담임이 들어왔다. 담임은 난감한 모양이었다.

"신가야, 너 따라와."

가야는 가방을 멘 채 담임을 따랐다. 담임은 교무실로 향했다. 다른 반 학생들도 힐끗거리며 쑤군댔다. 불길했다. 아니나 다를까 교무실 앞에 경찰들이 서 있었다. 그 옆에는 가야를 괴롭히던 일진 조무래기들이 상기된 얼굴로 서 있었다.

"네가 신가야니?"

경찰이 물었다.
"그런데요?"
"같이 좀 가자."
경찰이 가야의 팔을 붙잡으며 말했다.
경찰서는 잡범들로 넘쳐 나고 있었다. 형사들은 거른 끼니를 컵라면으로 때우며 조사를 했고 용의자들은 발뺌하느라 여념 없었다. 그중 교복을 입은 가야가 있었다.
"어떻게 알았지? 그 아이가 죽게 될 걸."
경찰이 볼펜으로 책상을 두드리며 물었다. 하지만 가야는 입을 굳게 다문 채 꿈쩍도 하지 않았다. 그러자 경찰이 진술서 몇 장을 늘어놨다.
"네 얘기를 직접 들은 증인이 넷이나 있어. 누군지 알지?"
가야는 묵묵부답이었다.
"보니까 사고 친 경력이 나름 화려하더라. 오토바이 훔치다 걸린 적도 있고 훔친 카드 쓰다가 걸린 적도 있네. 폭행 경력도 준수하시고. 이건 그렇다 치자. 애들 얘기를 들어 보니까 네가 무슨 예언 같은 걸 한다던데."
경찰이 볼펜을 내려놓았다.
"지난번엔 같은 반 애가 교통사고 날 걸 미리 알았다며. 사실이니?"
가야가 더욱 움츠러들었다. 경찰은 다시 볼펜으로 책상을 두드리기 시작했다. 박자가 빨라졌다.
"네가 상황 파악이 잘 안 되나 본데. 이게 이런 식이면 너한테 상당히 불리할 수가 있어. 그쪽 부모가 널 고발하겠다고 하면 구속해야 할지도 몰라. 설마 소년원에 가고 싶은 건 아니지?"

경찰이 으름장을 놨다. 가야는 고개를 들었다.

"뭐? 얘기해 봐."

"그 새끼……."

"걔 뭐?"

"어떻게 죽었어요?"

그러자 경찰이 맥 빠진다는 듯 의자에 기댔다.

"공사용 쇠파이프가 가슴을 관통했어. 꽤 아팠을 거야."

경찰이 주변 서류들을 정리하며 말하자 가야가 씩 웃는 것이었다.

"너 지금 웃었냐?"

경찰이 어이없다는 듯 물었다. 그때 경찰서 문을 박차고 누군가가 헐레벌떡 들어섰다. 가야의 어머니였다.

성수동 골목에는 자욱한 밤이 내려 있었다.

경찰서를 나온 어머니와 가야는 말없이 골목을 걷고 있었다. 어머니가 앞에 걷고 가야가 뒤따랐다. 어머니는 경황이 없었는지 앞치마를 두르고 있었다. 앞치마에는 치킨집 로고와 함께 기름내가 고스란히 배어 있었다. 그렇게 얼마쯤 가던 어머니가 어느 가게 앞에서 멈췄다. 설렁탕집이었다.

"밥은 먹이면서 하데?"

어머니가 물었다.

"지금 밥이 중요해?"

가야가 퉁명스럽게 대답했다.

"지금 몇 신데. 애 밥은 먹여야지. 들어가자. 배고프겠다."

어머니는 설렁탕집으로 들어갔다. 그런 어머니를 가야는 답답한 듯 바라보고 있었다. 그러자 어머니가 다시 나와 가야의 팔을 끌었다.

"어여 들어오지 않고 뭐 해?"

순간 가야가 어머니의 손을 뿌리치면서 소리쳤다.

"내가 살인범으로 몰렸다고! 그 빌어먹을 능력 때문에! 그런데도 엄만 밥이나 먹자고! 내가 미쳐! 내가 미친다고!"

가야가 가방도 팽개친 채 골목 저편으로 달려갔다.

"가야야!"

어머니가 애타게 불렀지만 가야는 이미 어둠 속으로 사라진 후였다. 바닥에 널브러진 가방을 챙기던 어머니의 눈에서 눈물이 흘러내렸다.

가야는 달리고 또 달렸다. 언제부턴가 부슬부슬 비까지 내렸다. 그렇게 한참을 달렸다. 숨이 턱에 차서 쓰러지듯 멈췄다. 커다란 바위를 가슴에 올려놓은 듯 답답했다. 자신을 둘러싼 모든 게 거추장스러웠다. 오랜 시간 묻어 뒀던 분노 때문이었다. 이 뜨거운 분노를 어디에 내려놓아야 할지 알 수 없었다. 가야는 심장을 부둥켜안은 채 울었다. 그때였다.

"여긴 자네가 있을 곳이 아니야."

어둠 속에서 누군가가 말을 걸었다. 어설픈 한국어였다.

"누구야?"

가야가 잔뜩 경계하며 물었다. 그러자 누군가가 어둠 저편에서 천천히 걸어왔다. 그는 바바리코트를 입고 중절모를 쓰고 있었다. 〈카사블랑카〉에 나오는 험프리 보가트처럼.

"중요한 건 네가 누구냐지. 신가야 군."

남자는 천천히 가야를 향해 다가왔다. 보안등 아래 들어서자 남자의 얼굴이 드러났다. 그는 은발의 외국인이었는데 조금 전 버킹엄궁전에서 나온 것처럼 고풍스러웠다.

"나는 로드니라고 하네. 자네를 오랫동안 지켜본 사람이야."

"나를요?"

"갑자기 외국인이 나타나서 이런 말을 하니 당황스러울 거야. 하지만 자네가 있어야 할 곳은 따로 있어. 자네의 엄청난 능력을 이해해 주고 세상을 위해 사용할 수 있는 곳 말이야."

그는 어설프지만 또박또박 한국말을 하고 있었다.

"내 능력을 어떻게 알죠?"

"난 아주 오래전부터 자네 같은 능력을 가진 사람들과 일하고 있네."

"나 같은 사람이 또 있어요?"

남자가 한 발짝 더 다가왔다.

"물론이지. 자네의 능력은 아주 훌륭한 곳에 사용될 거야. 세상을 더 좋게 만드는 일에 말이야. 물론 그에 따른 보상도 있을 거고. 그곳에 가면 더 이상 자넬 괴물 취급하는 인간들도 없어. 아니, 모두 자네를 우러러보겠지. 신처럼 말이야."

남자는 어느새 가야의 코앞까지 다다랐다.
"내가 안내해 주겠네. 자, 우리와 함께 일하지 않겠나? 궁극의 아이 신가야 군."
남자가 가야에게 명함 한 장을 내밀었다.

카이헨동 인간행동연구소
Kaihendon Institute of Psychoanalysis

명함을 유심히 보던 가야가 도로 돌려주며 말했다.
"미안하지만 코쟁이 아저씨. 난 그런 사탕발림에 넘어갈 만큼 멍청하지 않거든요. 사기 치려면 다른 데 알아봐요."
이 말을 남기고 가야는 골목 저편으로 사라졌다.

신라는 14층을 벗어나 정신없이 계단을 내려가고 있었다.
"내 머릿속에서 나가! 당장!"
신라가 머리를 부여잡으며 소리쳤다. 10층에 도착한 신라는 엘리베이터 스위치를 눌렀지만 어쩐 일인지 움직이지 않았다.
"빌어먹을!"
신라는 버릇처럼 약을 꺼내 몇 알을 입에 물었다. 약을 먹어도 진정되지 않았다. 신라는 어쩔 수 없이 계단을 내려갔다. 9층을 지나 8층으로, 그리고 7층에 들어서려던 순간이었다. 계단 저 아래에서 누군가가 바라보고 있었다. 신라는 반사적으로 총을 겨눴다. 계단 저편 누군가는 가야였다. 그는 조금 전 외국인 남자가 입었던 바바리코트를 입은 채 슬픈 눈으로 바라보고 있었다.
"꺼져! 꺼지라고!"
신라가 가야를 향해 총을 발사했다. 탕탕탕! 총소리가 계단을 타고 굴러떨어졌다. 하지만 가야의 모습은 이미 사라지고 없었다.
'나도 추억은 고통이라고 생각했어. 그녀를 만나기 전까지.'

◆ ◆ ◆ ◆ ◆

달동네에서 하수도 쥐처럼 살았던 가야에게 그곳은 꿈같은 공간이었다. 가야가 머물던 곳은 뉴욕 맨해튼 중심에 있는 펜트하우스였다. 커튼을 걷으면 영화에서나 보던 뉴욕이 발아래 펼쳐져 있었고 문을 열면 미국 대통령이 맞이할 것 같은 화려한 인테리어로 장식되어 있었다. 원하는 건 뭐든 가질 수 있었다. 새벽 2시에 송로버섯이 곁들여진 필레미뇽을 달라고 하면 전용 요리사가 그 자리에서 요리해 줬다. 새로 출시된 게임은 전부 보유하고 있었고 집사가 종일 시중을 들었다. 겉으로만 보면 유럽 왕족이 부럽지 않은 생활이었다. 하지만 그곳은 호화로운 교도소에 불과했다.
가야는 단 한 번도 외출한 적이 없었다. 이유를 물으면 늘 돌아오는 대답은 하나였다.
'때가 되면 마음껏 돌아다닐 수 있을 겁니다.'
지난 삼 년간 가야가 한 일은 매일 전 세계의 모든 신문과 뉴스를 보고 떠오르는 미래 기억을 적어 내는 일이었다. 그리고 피실험자가 되어 능력의 근원을 찾는 일을 했다.

가야는 자신이 속았다는 걸 깨닫고 있었다. 세상에 도움이 되는 일이란 건 순전히 거짓이었다. 악마 개구리들은 가야의 능력을 이용해 거대 자본과 정부를 움직이고 있었다.

그러나 이제 와서 돌이킬 수 없었다. 매달 어머니에게 상당한 양의 돈이 송금되고 있었고 세계 최고의 의사들이 어머니를 치료하고 있었다. 덕분에 어머니의 지병은 호전되고 있었다.

하지만 어머니는 병 따위 안중에 없었다. 어머니는 가출한 가야를 찾아 세상을 떠돌고 있었다. 가야도 그 사실을 알았지만 어머니를 만날 수 없었다. 악마 개구리들이 허락하지 않았기 때문이었다. 그러던 어느 날이었다.

어둠 저편에서 빠르게 채널 돌아가는 소리가 들렸다. 여러 나라의 앵커들이 각국 언어로 다급하게 뉴스를 전하고 있었다. 이윽고 화면이 켜지며 CNN 앵커가 나타났다.

"방금 전 공개된 충돌 항공기 탑승자 명단입니다. 지금 화면에 지나는 명단은 아메리칸 항공 AA11편 승객 명단입니다. 캐롤 드미코, 45세. 로스앤젤레스 거주……, 스테파니 홀스. 21세, 로스앤젤레스 거주……."

아나운서는 차분한 목소리로 명단을 읽어 나갔다. 그러던 중 익숙한 이름이 들려왔다.

"정희연, 46세. 대한민국 서울 거주……."

어머니였다. 어머니의 이름이 어색한 영어 발음을 통해 들려왔다. 순간 가야가 번쩍 눈을 떴다. 조금 전 비전은 이제 곧 벌어질 미래 기억이었다.

"이걸 풀어요! 당장!"

가야가 몸부림을 치자 실험 책임자가 달려왔다. 가야가 있던 곳은 카이헨동 연구소 실험실이었다.

"진정해. 뭘 봤기에 이러는 거야."

실험 책임자가 물었다.

"풀라고요! 어서!"

실험 책임자는 하는 수 없이 가야의 몸에 장착된 전선을 모두 제거했다. 그러자 가야가 미친 듯이 실험실을 뛰쳐나갔다.

거실에는 1세대 악마 개구리들이 모여 있었다. 그들은 차를 마시며 은밀히 이야기를 나누고 있었다. 그 모습이 흡사 아담을 유혹하기 직전 태초의 뱀을 닮아 있었다. 가야는 문을 박차고 들어섰다.

"무슨 일이냐? 중요한 거라도 기억해 낸 거냐?"

가야를 발견한 오귀스트 벨몽이 물었다. 그는 1세대 악마 개구리의 수장이었다. 흥분한 가야가 숨을 몰아쉬었다.

"진정하고 말해 봐라."

안톤 쉬프는 언제나처럼 흐트러짐 없이 정장을 차려입고 있었다.

"어머니……, 제 어머니가 위험해요."

가야가 숨을 몰아쉬며 말했다.

"그럴 리가. 네 어머니는 우리가 보호하고 있잖니."

킨데마이어가 차 한 모금을 물으며 대답했다.

"이틀 후 월드 트레이드 센터에 항공기가 충돌해요. 수천 명이 목숨을 잃게 될 거예요. 그런데 첫 번째 비행기에 어머니가 타고 있어요. 어머니를 살려 주세요. 당신들한텐 힘이 있잖아요. 이렇게 부탁합니다. 제발 살려 주세요."

가야가 무릎을 꿇고 사정했다. 그러자 벨몽이 구더기를 본 듯 인상을 찌푸렸다.

"일어서라. 어서!"

벨몽의 호통이 거실에 울렸다.

"넌 신이다. 세상을 움직이는 신이야. 그런데 무릎을 꿇다니. 앞으로 두 번 다시 그딴 짓 하지 마라. 알았느냐?"

"어머니가 죽게 된다고요. 어머니를 구해 달란 말이에요. 이번 일만 도와주면 앞으로 당신이 하라는 대로 할게요. 그러니 제발 살려 줘요."

벨몽은 휠체어를 끌고 다가왔다.

"이리 와라."

벨몽이 부드럽게 가야의 머리를 쓰다듬었다.

"훌륭하구나. 어머니를 이토록 끔찍이 생각하다니. 알았다. 어머니를 구해 주마. 다른 사람들도 모두. 그러니 걱정 말고 돌아가거라. 오늘은 푹 쉬어. 로드니, 오늘 저녁은 가야가 좋아하는 한국 음식으로 하지. 긴장을 푸는 데 고향 음식만큼 좋은 건 없으니까."

"네, 어르신."

로드니가 가야를 안내했다. 방으로 돌아가며 가야는 벨몽과 악마 개구리들을 살폈다. 그들은 벨몽을 중심으로 둥그렇게 모여 뭔가를 은밀히 상의하고 있었다. 순간 불길하면서도 소름 끼치는 직감이 뇌리를 가로질렀다.

"당신들……. 죽게 내버려 둘 생각이군. 그렇지? 내 어머니와 사람들을 죽게 내버려 둘 생각이야!"

"뭐 하고 있는 거야. 로드니. 데려가라니까!"

벨몽이 차갑게 소리쳤다.

"가야 님. 이러지 마십시오. 제가 곤란합니다."

로드니가 가야를 끌고 방으로 향했다.

"당신들, 정말 쓰레기군. 목적을 위해서라면 누구도 죽일 수 있는 인간 말종이야. 가만두지 않겠어. 네놈들이 저지른 일에 대한 대가를 반드시 치르게 만들 테다. 내 말 명심해!"

순간 로드니가 가야의 목에 진정제를 주사했다.

맨해튼은 지옥으로 변해 있었다. 조금 전 두 대의 민간 항공기가 월드 트레이드 센터에 충돌했던 것이었다. 미국이 건국된 이후 최초의 본토 침공이었다. 뉴욕의 모든 경찰과 소방관이 월드 트레이드 센터로 몰려왔고 주 방위군에도 비상이 걸린 상태였다. 쌍둥이 타워 중 하나는 이미 붕괴하고 있었다.

주위는 코앞도 분간 못 할 정도로 짙은 먼지 폭풍이 뒤덮고 있었다. 머리 위에선 계속해서 폭발이 일어나고 콘크리트 파편이 쏟아지고 있었다. 사방에서 비명이 터져 나오고 먼지를 뒤집어쓴 사람들이 천적을 피해 달아나는 물고기 떼처럼 도망치고 있었다. 그

와중에 한 동양 소년이 먼지 폭풍 속으로 달려가고 있었다.

"이봐. 제정신이야? 저긴 지옥이라고!"

도로를 통제하던 경찰이 가야를 붙잡았다.

"이거 놔요! 난 엄마를 구해야 해요!"

가야가 먼지 폭풍을 향해 처절하게 울부짖었다.

"죽고 싶지 않으면 당장 여길 벗어나!"

경찰이 가야를 밀쳐 냈다. 하지만 가야는 아랑곳하지 않고 먼지 속에서 헤매고 있었다.

"엄마……. 안 돼……."

가야는 넋을 잃고 화염에 휩싸인 월드 트레이드 센터를 바라보고 있었다. 그때였다. 그의 머리 위로 집채만 한 콘크리트 더미가 쏟아졌다. 가야는 피할 생각도 못 한 채 떨어지는 콘크리트를 바라보고 있었다.

"이봐요. 정신 차려요!"

찰나 누군가가 가야의 손을 잡고 달리는 것이었다. 간발의 차이로 콘크리트 더미가 비껴갔다. 뒤이어 한 치 앞도 분간할 수 없는 짙은 먼지 폭풍이 사방으로 퍼져 나갔다. 두 사람은 무작정 먼지 속을 달리고 또 달렸다. 얼마를 달렸을까. 두 사람은 간신히 안전한 곳에 도착했다. 잠시 후 먼지가 가라앉자 누군가가 가야를 부축해 보도블록에 앉혔다. 가야의 초점 잃은 눈동자는 아직도 뿌연 먼지 속에서 헤매고 있었다. 그러자 누군가가 생수병을 건네며 말했다.

"블랙홀 속에도 빛이 있대요. 그러니 기운 내요."

차분하고 부드러운 여인의 목소리. 가야는 그제야 자신을 구해 준 사람을 바라봤다. 생명의 은인은 곱실거리는 갈색 머리에 초록색 눈동자를 가진 여자였다. 그녀가 가야를 보며 환하게 웃고 있었다.

"당신은……, 천사인가요……?"

가야가 꿈을 꾸듯 물었다.

"지금은 천사가 필요하겠네요."

그녀가 불타는 월드 트레이드 센터를 바라보며 말했다.

"내 화구 박스! 젠장!"

여자가 잊어버린 뭔가가 떠오른 듯 아수라장으로 달려갔다. 그녀의 뒷모습을 보던 가야도 잊고 있던 기억 하나를 떠올렸다. 미래의 기억 파편을.

"엘리스……."

가야가 먼지 폭풍 속으로 사라지는 여인을 끝까지 응시하고 있었다.

신라는 쫓기듯 아파트 입구를 빠져나왔다.

"이딴 얘기를 늘어놓는 이유가 뭐냐? 이러면 네 딸을 살려 줄 거 같아서? 네가 아무리 구걸해 봐야 네 딸년은 죽게 돼 있어."

신라가 허공을 향해 고함쳤다. 숨바꼭질하던 아이들이 모두 돌아봤다.

'구걸 따윈 하지 않아. 그 아인 내 핏줄이기도 하지만 네 핏줄이기도 하니까.'

가야의 음성이 그림자처럼 따라다니고 있었다.

"개소리 마! 난 언제나 혼자였어. 핏줄 따윈 필요 없어. 그러니까 꺼져! 이 귀신 새끼야!"

신라는 다시 달아났다. 퇴근길 인파를 밀치며 미친 듯이 달렸다.

한참을 달리던 신라는 인근 공원에 도착했다. 석양 햇살이 조용히 비추는 한가한 공원이었다. 신라는 숨을 몰아쉬며 벤치에 몸을 기댔다. 순간 또 다른 가야의 기억이 스쳤다.

◆ ◆ ◆ ◆ ◆

가야와 엘리스가 조용히 입을 맞췄다. 채 1초도 안 되는 짧은 순간이었지만 이제껏 태어나 맛본 최고의 순간이었다. 세상 모든 햇살을 모아도 그 순간의 환희에 비길 수 없었다. 두 사람이 있던 곳은 바로 그 벤치였다.

"당신은 뭐 하는 사람이죠? 난 당신에 대해 아무것도 몰라요."

엘리스가 물었다. 갓 스무 살이 된 엘리스는 투명하리만치 아름다웠다.

"알고 싶은 게 뭐예요?"

"부자인가요? 이제 난 직장도 없고 주머니엔 17달러밖에 없어요."

"나한테 5달러 있어요."

가야가 주머니에서 지폐 한 장을 꺼내며 말했다.
"그럼, 우리 전 재산은 22달러네요. 맥도날드에서 햄버거 하나씩 먹으면 되겠네요."
엘리스가 쓸쓸한 미소를 지으며 말했다.
"엘리스. 내가 아까 냅킨에 뭐라고 썼죠?"
"즐거운 시간을 갖게 될 거라고요."
"엘리스, 난 절대 거짓말하지 않아요."
두 사람은 다시 입을 맞췄다.

◆ ◆ ◆ ◆ ◆

"빌어먹을!"
신라가 벤치에서 벌떡 일어섰다. 마치 불결한 오염물이라도 묻은 듯.
'사랑을 해 본 적 있나?'
가야의 허상이 건너편 벤치에서 물었다.
"사랑 같은 소리 하고 있네. 그딴 건 개나 줘 버려!"
신라가 다시 달아나기 시작했다.
'사랑은 한없이 달콤하기도 하고······.'
가야의 허상이 미소를 지으며 말했다. 한참을 달려 도착한 곳은 으슥한 뒷골목이었다. 신라가 갑자기 나타나자 골목 저편에서 우당탕 소리가 들렸다. 쓰레기통을 뒤지던 고양이들이었다.
'때로 사랑은 심장을 스푼으로 떠먹듯 고통스럽지······.'

◊ ◊ ◊ ◊ ◊

"당신 대체 정체가 뭐예요?"

엘리스가 두려운 듯 물러서며 물었다.

"날 믿는다고 했잖아요, 엘리스."

가야가 간절하게 매달렸다.

"믿으라고요? 어느 날 갑자기 나타나선 마구 흔들어 놓더니 마약을 하질 않나 정체불명의 남자들한테 쫓기질 않나. 그런데 날 보고 믿으라고요?"

"그래요. 이해해요. 혼란스럽겠죠. 하지만 엘리스, 세상에는 보이지 않지만 중요한 게 있어요. 내 눈을 봐요, 엘리스."

가야가 다가서며 말했다. 그러나 엘리스는 가야의 시선을 외면했다.

"제발 내 눈을 봐요."

가야가 애절하게 부탁하자 엘리스가 마지못해 고개를 들었다.

"난 절대 나쁜 사람이 아니에요. 그리고 언젠가 때가 되면 당신한테 모든 걸 털어놓을 거예요. 하나도 남김없이."

엘리스는 가야의 눈동자 속에서 실마리를 찾으려 했다. 하지만 서로 다른 빛깔의 가스가 뒤엉켜 기묘한 형태를 만들 뿐이었다.

"나도 모르겠어요. 시간을 줘요. 생각할 시간을……."

엘리스가 작은 목소리로 말했다.

"나도 그러고 싶어요. 당신과 시간을 갖고 천천히 조금씩, 다른 사람들처럼 그렇게 사랑하고 싶어요. 하지만……."

가야가 말끝을 흐렸다.

"모두 내 잘못이에요. 내가 너무 많은 걸 바랐어요."

가야는 희망이 사라져 버린 폐허에 홀로 남은 듯한 표정을 짓고 있었다. 그것이 엘리스의 마음을 아프게 했다. 그렇지만 아무 말도 할 수 없었다.

"당신을 만난 건 내 인생 최고의 행운이었어요. 단 이틀이었지만 당신과 있었던 시간을 영원히 잊지 못할 거예요, 엘리스. 당신이 행복하길 빌겠어요. 언제 어디서나."

가야가 슬픈 미소를 지으며 돌아섰다. 그리고 끝이 보이지 않는 소금 사막을 향해 걸어갔다. 엘리스는 잡지 못하고 멀어져 가는 걸 지켜볼 수밖에 없었다.

◆ ◆ ◆ ◆ ◆

신라는 버려진 슈트케이스에 앉아 있었다. 분홍색 슈트케이스는 유행이 지난 원피스처럼 길바닥에 버려져 있었다. 신라는 머리를 움켜잡은 채 미동도 하지 않았다.

골목에는 아무도 없었다. 쓰레기통을 뒤지던 고양이도 더 이상 보이지 않았다. 저 멀리서 앰뷸런스 사이렌이 방점을 찍듯 다가왔다가 멀어졌다. 사이렌 소리가 사라지자 죽음 같은 정적이 골목을 메웠다.

갑자기 신라가 웃기 시작했다. 기침처럼 시작된 웃음은 점차 커지더니 쓰나미가 휩쓸듯 골목을 덮쳤다. 정신병적인 웃음은 한참 동안 이어졌다. 그리고 밀물처럼 빠져나갔다. 다시 텅 빈 갯벌 같은 정적이 찾아왔다.

"딸내미나 아비나 똑같군."

신라는 주머니에서 약병을 꺼내더니 내용물을 모두 버렸다.

"복에 겨운 줄 몰라."

하얀 알약들이 흙바닥에 눈처럼 쏟아졌다.

"내가 두 번째로 죽인 사람이 누군지 알아? 우리 엄마야."

신라는 멍하니 흩어진 알약을 바라보고 있었다.

"그날도 난 속옷 차림으로 길바닥에서 벌을 섰어. 영하 12도에 말이야. 더 이상 내 편을 들어 줄 마리아도 없었어. 남편 새끼가 죽여 버렸거든. 다행히 지나가던 경찰이 날 발견하고 집에 데려다 줬지. 경찰이 가자 엄마가 저녁을 차려 주는 거야. 접시 하나를 들더니 쓰레기통을 뒤지더라고. 그러곤 먹다 버린 음식을 주섬주섬 담더니 내 앞에 놓는 거야. 그리고 이러더라. 부스러기 하나 남기지 말고 다 먹어. 아님, 다시 쫓겨날 줄 알아. 나는 마지못해 먹었어. 꾸역꾸역 입에 넣었지. 곰팡이 핀 빵을 먹고 있자니 눈물이 나더라. 그런 날 보고 엄마가 뭐랬는지 알아? 그 음식도 나한텐 과분하다는 거야. 나 같은 건 낳지 말았어야 한다면서 나 때문에 자기가 불행해졌다고. 나 같은 건 죽었으면 좋겠다고 말하더군. 순간 내 안에 뭔가가 불끈 일어섰지. 시뻘겋고 뜨거운 게 말이야. 그리고 나도 모르게 포크로 엄마 목을 찔렀어. 피가 분수처럼 뿜어져 나오더라. 난 그런 엄마를 그냥 보고 있었어. 그런데 엄마가 죽기 전 뭐라고 했는지 알아? 너 같은 새긴 태어나지 말았어야 했어."

신라가 고개를 들어 반대편 골목을 바라봤다. 골목 저편에서 가야가 슬픈 눈으로 바라보고 있었다.

"그런데도 내가 네 어리광을 계속 듣고 있어야 하니?"

'그게 전부 놈들의 계획인 걸 알고 있잖아. 최상위에서부터 최하위까지 다양한 계급에서 자란 아이들을 관찰한다. 그중 최고의 아이를 선발한다. 넌 불행히도 최하위 계층에 선택된 거야.'

신라의 손끝이 파르르 떨렸다.

"그렇지 않아도 네 딸년을 죽인 다음 전부 없앨 생각이야."

신라가 떨리는 손을 잡으며 말했다.

'놈들을 죽인 다음엔?'

"세상을 정리해야지. 악마 개구리 같은 새끼들이 쌓아 놓은 세상을 부수고 다시 시작하는 거야."

'어떤 세상?'

"우선 그 빌어먹을 사랑이라는 단어부터 없앨까 하는데. 노래 가사, 소설, 영화에서 사랑이라는 단어 사용을 금지하는 거야. 성경에서도 말이야. 어때?"

신라의 말에 응축된 분노가 서려 있었다.

'내가 지옥에 있을 때 누군가 내게 이런 말을 했지. 블랙홀 속에도 빛이 있다고.'

이 말을 남기고 가야가 돌아섰다.

"네 헛소리 들을 만큼 들었어. 그러니 천당으로 가든 지옥으로 가든 꺼져!"

신라가 소리쳤지만 가야는 말없이 골목 저편으로 멀어졌다. 그때였다. 반대편 골목에서 누군가 헐레벌떡 뛰어 들어오는 것이었다. 누군가는 잠옷 차림에 슬리퍼를 신고 미친 듯이 달려왔다. 그리고 골목을 향해 소리치는 것이었다.

"가야 씨! 어딨어요! 제발 날 두고 가지 마요!"

삼십 년 전 엘리스였다. 애타게 가야를 찾던 와중 그녀의 시선에 저만치 멀어지는 가야의 실루엣이 보였다. 엘리스는 환희에 차서 그의 이름을 부르려 한 순간, 누군가가 엘리스의 입을 틀어막아 버렸다.

"엿 같겠지만 세상엔 때라는 게 있어. 보내야 할 걸 잡으려다간 경을 치고 말지."

밑바닥 냄새를 물씬 풍기는 거친 목소리. 남자는 참을 수 없는 악취를 풍기고 온통 누더기를 뒤집어쓴 걸인이었다. 그가 엘리스의 입을 막은 채 몸을 숨겼다.

그때 골목으로 수많은 불빛이 사이렌을 울리며 몰려들었다. 그리고 순식간에 가야를 에워쌌다. 하지만 가야는 조금도 당황하지 않고 서 있었다. 오히려 그들을 기다리고 있던 것처럼 보였다. 이윽고 경찰차에서 내린 십여 명의 경찰들이 그를 둘러쌌다.

"그 자리에서 꼼짝 말고 손을 들어!"

경찰이 소리쳤다. 이제 경찰이 제압하려던 순간이었다.

가야가 고개를 돌려 엘리스를 바라봤다. 어둠 속에서도 명확히 빛을 발하던 그의 눈은 수많은 감정을 품고 있었다. 고마움, 애틋

함, 회한, 그리고 슬픔. 찰나의 순간 수많은 감정을 뿜고 나자 그는 수순처럼 주머니에서 뭔가를 꺼냈다. 총이었다. 그리고 주저하지 않고 자기 머리를 겨눴다.

"내 심장을 전해 줘."

이 말을 남기고 가야는 주저 없이 방아쇠를 당겼다. 탕!

차가운 총소리가 골목에 울려 퍼졌다. 그와 함께 가야를 비롯한 모든 허상이 사라졌다.

골목에는 신라만이 남아 있었다. 그의 뇌리에는 마지막 순간 가야의 슬픈 눈동자가 머리를 관통한 총알처럼 박혀 있었다.

신라는 원형 테이블 위에 가부좌를 틀고 앉아 있었다.

테이블은 마치 인간이 문명을 이루기 전부터 존재했던 것처럼 원시적이면서 지극히 인공적이었다. 그런 테이블 위에 앉아 있자니 천지창조를 앞둔 조물주가 된 것처럼 느껴졌다. 신라는 궁극의 아이의 유물을 확인했다. 보스턴백 안에는 장 피에르의 머리와 신가야의 심장이 들어 있었다. 검게 석화된 두 유물은 독특한 기술을 지닌 조각가의 손에서 만들어진 것처럼 유사한 결을 지니고 있었다.

"모두 다섯 개……."

그때 남자 1이 회의실로 들어섰다. 그는 회색 양복과 검은색 캐시미어 터틀넥을 입고 있었는데 주변마저 무채색으로 만드는 타고난 우울함을 지니고 있었다. 왜소한 체구에 보잘것없는 외모였지만 그는 세계 최대 석유 가스 회사와 광물 회사를 소유한 에너지 왕국의 차르였다.

"의자는 앉으라고 있는 거야. 밟고 올라가라고 있는 게 아니라."

남자 1이 못마땅한지 날카롭게 쏘아 댔다. 하지만 신라는 대꾸하지 않고 시계를 바라봤다. 회의실 한가운데에 걸려 있던 괘종시계는 오전 11시 정각을 가리키고 있었다. 잠시 후 남자 2와 3이 나타났다. 그들 역시 탐탁지 않은 얼굴로 회의실에 들어섰다. 뒤이어 남자 5가 들어섰고 마지막으로 남자 4가 들어왔다. 남자 4는 언제나처럼 머리에 까치집을 얹고 캐주얼한 복장이었다. 남자 4가 자리에 앉자 신라가 입을 열었다.

"다 모였으니 회의를 시작할게."

그러자 남자 1이 가로막았다.

"아직 한 명이 안 왔어."

신라는 못 들은 척 계속했다.

"내가 갑자기 불러서 조금 놀랐을 거야."

"놀랐다기보단 어이가 없었지."

남자 5가 말을 잘랐다. 신라가 남자 5를 보고 씩 웃었다. 경고하듯.

"내가 이렇게 모이라고 한 건 아주 근본적인 질문을 하기 위해서야."

"근본도 없는 놈이 근본적인 질문을 한다니. 웃기는군."

이번엔 남자 2가 말을 가로챘다.

"내가 하려는 질문은……."

신라가 인내심을 갖고 계속하려는데 남자 5가 또다시 가로막았다.

"유전자 치료제는 어떻게 되고 있소? 앤드루. 소문이 좋던데."

남자 5가 남자 4에게 물었다.

"성공적이에요. 말기 암인데도 불구하고 완치율이 90퍼센트에 가까워요. 더욱 놀라운 건 암 치료제는 시작에 불과하다는 거예요. 남은 암흑 유전자 해독까지 마치면 다른 불치병들도 조만간 치료가 가능할 겁니다."

"그렇게 되면 제약 분야에서 영향력이 더욱 확대되겠군요."

"그나저나 버나드는 왜 안 오는 거야. 상의할 일이 산더미 같은데."

악마 개구리들은 신라 따윈 안중에도 없다는 듯 자신들의 이야기를 했다. 그런데도 신라는 미소를 머금은 채 잠자코 있었다. 그때였다. 벌컥 문이 열리더니 로드니가 뛰어 들어왔다.

"무슨 일인가? 자네답지 않게 노크도 없이."

남자 1이 물었다. 그러자 로드니가 황급히 귀엣말로 뭔가를 전하는 것이었다. 남자 1은 벌떡 일어났다.

"그게 정말인가?"

악마 개구리 모두가 남자 1을 바라봤다. 남자 1은 충격에 휩싸인 듯 한동안 말이 없었다.

"대체 무슨 일인가요? 위르겐."

남자 4가 물었다.

"버나드가 죽었네."

악마 개구리들이 웅성대기 시작했다. 버나드는 참석하지 않은 남자 6이었다.

"며칠 전까지만 해도 멀쩡했는데 어떻게?"

그러자 잠자코 있던 신라가 입을 열었다.

"심부전증 치료제인 다이곡신은 과다 복용하면 독성으로 신장 기능이 파괴되지. 무색무취라 사고사로 위장하기도 그만이야."

순간 모든 악마 개구리가 신라를 바라봤다.

"설마 네놈이?"

남자 5가 벌떡 일어서며 소리쳤다.

"이제 내 말이 귀에 들어오나 보지? 역시 인간이란 종자는 본때를 보여 줘야 정신을 차린다니까."

그 말에 남자 2가 소리쳤다.

"이런 배은망덕한 놈을 보았나? 네놈이 숨을 쉬고 있는 게 누구 덕인데 이런 몹쓸 짓을!"

"그러게 이런 놈은 애초에 폐기해야 한다고 하지 않았소!"

"지금이라도 제거합시다!"

흥분한 악마 개구리들이 비난했다. 한숨을 내쉰 신라는 허공을 향해 총을 발사했다. 탕!

"마음만 먹으면 네놈들 전부 해치울 수도 있어. 그러니 입 닥치고 앉아."

악마 개구리들은 마지못해 자리에 앉았다. 그러자 이제껏 잠자코 있던 남자 4가 말했다.

"하려던 얘기가 뭐였지? 신라."

"나는 아주 오랫동안, 이 테스트를 기다려 왔어. 사실 초기에는 테스트보다는 당신들에게 복수하는 게 목적이었지. 우리를 실험실 쥐 정도로밖에 생각지 않았으니까. 하지만 풀어야 할 숙제가 있었어. 그 비밀을 쥐고 있는 게 당신들이었고. 그래서 이번 테스트를 수용한 거야. 그런데 테스트를 치르는 동안 한 가지 의문이 들기 시작했어."

어느새 총을 거둔 신라가 궁극의 아이의 유물을 테이블 위에 늘어놓았다. 유물을 본 악마 개구리들의 표정이 굳었다. 숨겨 둔 카드를 들킨 도박꾼처럼.

"이게 뭔지 모른다고는 못 하겠지. 너희들도 오래전부터 찾고 있었으니까."

악마 개구리들은 능숙하게 침묵을 지켰다.

"너희들 외에 또 다른 한 명이 이걸 찾고 있어. 아주 간절하게. 바로 나와 대결 중인 금수저야. 금수저의 목적은 명확해. 살기 위해서지. 궁극의 아이는 서른이 되기 전 죽게 되니까. 먼지가 돼서."

신라는 바람에 날려 가는 시늉을 했다.

"반면 너희는 죽어 가지도 먼지가 되지도 않아. 그런데도 이걸 찾고 있어. 이유가 뭐냐?"

신라가 악마 개구리들과 일일이 눈을 맞추며 물었다.

"이건 되도록 안 쓰려고 했는데."

"그래. 당신이 리더니까 얘기해 봐, 위르겐."

신라가 남자 1에게 다가왔다. 그러자 남자 1이 주머니에서 뭔가를 꺼냈다. 자동차 스마트 키처럼 생긴 작은 리모컨이었는데 붉은색 버튼이 달려 있었다.

"그건 뭐지?"

신라가 고개를 갸웃하며 물었다.

"이게 뭐냐면······."

남자 1이 버튼을 누르자 신라의 머릿속에서 거슬리는 신호음이 울리는 것이었다. 신호음은 점차 커지더니 고막을 찢을 듯이 진동했다.

"으악!"

신라는 머리를 부여잡은 채 바닥을 뒹굴었다. 머릿속에 괴성을 지르는 면도칼이 굴러다니는 것처럼 고통스러웠다. 남자 1이 신라를 응시하며 말했다.

"미친개를 길들이는 리모컨이지."

남자 1이 버튼을 한 번 더 누르자 신호음이 더욱 커졌다. 그와 함께 고통도 배로 증가했다. 신라는 비명을 지르며 뒹굴었다.

"우리가 너희를 만들 때 아무런 제재 장치도 없이 만들었을 거로 생각하나. 이건 작은 채찍에 불과해. 여기 있는 붉은 버튼을 누르면 네놈 머리는 흔적도 없이 사라질 거야."

"알았으니까 제발 꺼 줘! 제발!"

신라가 고통을 참지 못하고 사정했다. 그러나 남자 1은 멈추지 않았다.

"이제야 미친개가 말귀를 알아먹는군. 앞으로 또다시 장난을 치면 그땐 네놈 머리를 산산조각 낼 테니 명심해."

그러자 신라가 갑자기 미친놈처럼 웃기 시작했다. 키득거리던 웃음소리는 회의장이 떠나갈 듯 커졌다. 예상하지 못한 반응에 악마 개구리들은 당황한 듯 서로를 바라봤다.

"이런 미친놈을 봤나."

남자 1이 버튼을 다시 한번 눌렀다. 머릿속에서 울리던 사이렌 소리가 더욱 커졌지만, 신라의 웃음은 멈추지 않았다.

"왜 웃는 거지? 신라?"

남자 4가 호기심 가득한 얼굴로 물었다.

"너희는 에이스 포커를 들고 있어도 낼 수가 없거든."

신라가 웃음을 멈추며 대답하자 남자 1이 물었다.

"그게 무슨 소리냐?"

"날 죽이면 나머지 유물은 영영 물 건너갈 테니까. 유물은 오직 궁극의 아이만 찾을 수 있고. 너희가 가야의 시신을 삼십 년간 보관했지만 발견하지 못한 걸 보면 알 수 있지. 그러니 너희들은 제아무리 에이스 포커를 들고 있어도 낼 수 없단 말이야."

신라가 자신만만하게 말했다. 그 말을 들은 남자 1이 정지 버튼을 눌렀다. 그제야 신라가 비틀비틀 일어섰다.

"내가 두 개, 금수저가 하나를 갖고 있으니 남은 건 두 조각. 자, 이유를 말해 봐. 너희가 유물을 찾는 이유가 뭐냐?"

신라가 남자 1을 노려보며 물었다.

"네놈이 집요한 건 인정해야겠군."

남자 1이 다시 자리에 앉았다. 그는 물 잔을 들더니 한 모금을 마셨다. 마치 제단에 바칠 어린 양을 죽이기 전 칼에 물을 적시듯.

"우리는 선대부터 너희를 연구했다. 너희가 가진 능력뿐만 아니라 역사와 기원까지. 그러다가 놀라운 사실을 발견했지. 너희들이 우연히 태어난 게 아니라는 거야."

"그게 무슨 말이야? 우연이 아니라니?"

"누군가가 너희를 어떤 의도를 갖고 만들었다는 말이다."

"……?!"

"우리는 너희를 만든 존재를 찾고 있다."

"우릴 만든 존재……?!"

"사람들은 그 존재를 이렇게 부르기도 하지. 신, 혹은 조물주."

기고만장하던 신라가 얼음처럼 굳었다.

"너흰 신을 찾기 위한 미끼인 셈이지."

신을 유혹하기 위한 실험실에는 작은 쥐 한 마리가 길을 잃은 채 떨고 있었고 그 주위를 다섯 명의 유다가 둘러싸고 있었다.

궁극의 아이 2 넥스트 차일드

궁극의 아이 vs 궁극의 아이

미셸 손에는 백합 한 송이가 들려 있었다.

"엄마가 좋아하던 백합이야. 몰랐는데 참 엄마다운 꽃이더라. 꽃말이 변함없는 사랑이더라고."

미셸은 엘리스의 무덤에 꽃을 내려놓았다. 급하게 만든 무덤이라 어딘가 어설펐지만 왠지 모르게 따스함이 감돌았다.

"아빠는 만났어? 잘해 주지? 잘 안 하면 가만 안 둔다고 전해. 평생 고생만 시키고."

미셸의 눈에서 눈물이 흘렀다.

"이제껏 엄마를 원망했는데 지금은 엄마가 보고 싶어. 이럴 줄 알았으면 좀 일찍 화해할걸. 같이 영화도 보고 쇼핑도 했으면 좋았을걸."

눈물이 하염없이 흘러내렸다.

"반드시 살아남겠다고 엄마랑 약속했는데 잘될진 모르겠어. 하지만 노력 중이야. 그러니 지켜봐 줘."

미셸이 무덤을 어루만지며 말했다. 흙에서 엄마의 감촉이 느껴지는 것만 같았다.

"꼭 살아서 다시 올게. 그때까지 잘 쉬고 있어, 엄마."

이 말을 남기고 미셸은 일어섰다. 왼팔은 어느덧 팔뚝까지 석화 증상이 퍼져 있었다.

미셸이 향한 곳은 지하 밀실이었다. 전투를 대비해 탄약과 장비를 챙기려는 생각이었다. 캐비닛에는 칸마다 종류별로 탄약과 총, 단검 등이 진열되어 있었다. 미셸은 여분의 총 한 자루와 탄약 상자를 집었다. 그때였다.

'총알은 한 발이면 충분해.'

소라지였다. 그녀가 오랜만에 말을 걸어왔다. 미셸은 익숙하게 눈을 감고 소라지를 만나러 갔다.

주홍색 승복을 입은 소라지는 묵티나트 사원의 탑 주위를 거닐고 있었다. 탑 주위로 오색 깃발들이 바람에 휘날리고 있었다. 소라지는 뺨에 시원한 바람을 맞으며 평화로운 미소를 짓고 있었다. 미셸은 반가움을 참지 못하고 소라지를 안으려 했지만 연기처럼 사라질 뿐 만질 수 없었다.

"만나고 싶었어요. 소라지. 당신에게 묻고 싶은 게 많아요."

그러자 소라지가 부처 같은 미소를 지으며 돌아봤다.

'난 더 해 줄 말이 없어. 왜냐면 답은 이미 자네 안에 있으니까.'

"하지만 난 아직도 뭐가 뭔지 모르겠어요. 어떻게 해야 나머지 조각을 찾을 수 있는지, 어떻게 해야 살 수 있는지……. 당신은 어떻게 살아남았죠? 다른 궁극의 아이는 서른이 되기 전에 죽었는데."

간절한 미셸을 보며 소라지가 어깨를 토닥이듯 부드럽게 말했다.

'죽음을 두려워하지 마, 꼬맹아. 죽음은 네가 생각하는 것처럼 무서운 게 아니야. 오히려 널 자유롭게 해 줄, 친구 같은 거야.'

미셸이 고개를 들었다.

"난 살 수 없군요……."

실망한 미셸을 소라지가 시공간 저편에서 애처롭게 바라봤다.

'난 죽음을 두 번 겪었어. 영국에 잡혀갔을 때 한 번, 프랑스에서 한 번. 누구에게나 죽음이 두 번씩이나 찾아가지는 않아.'

"영국에서 무슨 일이 있었던 거죠?"

그 말을 들은 소라지의 얼굴이 어두워졌다.

'차라리 죽는 게 나을 정도로 힘든 시간이었어. 영국인들은 나를 실험용 쥐처럼 대했으니까.'

소라지도 예외 없이 인간의 탐욕에 희생됐던 것이다.

'결국 누구나 죽어. 그러니 두려워할 필요 없어. 내 말을 믿어. 수십 번도 더 죽어 봤잖아. 그리고 지금도 이렇게 다시 살아 있잖아. 미셸이란 이름으로.'

"그렇군요."

미셸이 슬픈 미소를 지었다.

'그렇다고 전쟁에서 져도 된다는 말은 아니야. 녀석이 이기면 모든 게 엉망진창이 될 테니까.'

"하지만 난 놈을 이길 자신이 없어요."

'아직 깨닫지 못했구나.'

"뭘요?"

'넌 시공을 초월해서 우리와 대화할 수 있어. 그 말은 과거의 너와도 대화할 수 있다는 뜻이야.'

"과거의……, 나?!"

소라지는 할 말을 모두 한 듯 탑으로 걸어갔다.

"잠깐만요. 다섯 개의 유물을 찾으면 문이 나타날 거라고 했는데 어떤 문이죠? 그 문으로 들어가면 뭐가 있나요?"

그러자 소라지가 멈춰 서더니 말했다.

'많은 아이가 그 문을 열려고 했어. 장 피에르, 나 그리고 많은 궁극의 아이들이. 하지만 아무도 그 문을 열지 못했어. 그렇지만 넌 열 수 있을 거야. 진정한 궁극의 아이니까.'

이 말을 남기고 소라지는 탑 속으로 사라졌다.

깜빡이는 전구 아래 홀로 서 있던 미셸의 손에는 한 발의 총알이 들려 있었다.

미셸은 악명 높은 뉴욕 지하철을 타고 브루클린 36번가로 향하고 있었다. 미래 기억 속의 신라는 36번가 지하철역에서 기다리고 있었다. 이제 마지막 전쟁을 치를 시간이었다.

러시아워가 아닌데도 지하철은 사람들로 붐볐고 여전히 지저분했다. 열차가 코너를 돌 때마다 술병이 굴러다녔고 노숙자가 여러 개의 의자를 차지한 채 코를 골고 있었다. 그러나 미셸의 머릿속에는 오직 잠시 후 벌어질 전쟁으로 가득했다.
"이번 역은 36번가. 내리실 문은 왼쪽입니다."
 덜컹대던 열차가 드디어 목적지에 도착했다. 열차가 플랫폼에 멈추자 문이 열렸다. 미셸은 사람들 틈에 섞여 내렸다. 역사는 붐비지 않았다. 미셸은 미래 기억을 떠올리며 주위를 살폈다. 역사 끝에서 반대편까지 세심하게 훑어 나갔다. 하지만 신라는 보이지 않았다.
"이 자식, 어디 있는 거지?"
 미셸은 주머니에 숨겨 둔 권총을 확인했다. 총알이 장전된 권총은 다소곳이 때를 기다리고 있었다. 미셸은 건너편 역사로 넘어갔다. 사람들을 일일이 확인하며 절반쯤 지날 무렵이었다.
 통증이 시작됐다. 통증은 갈수록 심해지고 있었다. 차마 말 못 할 정도로 고통스러웠다. 미셸은 몸을 가누지 못하고 바닥에 쓰러져 경련을 일으켰다. 너무 고통스러워 비명조차 지를 수 없었다. 역사에는 많은 사람이 있었지만 누구 하나 도와주지 않았다. 오히려 역병 환자를 본 듯 피해서 갔다. 미셸은 간신히 주머니에서 주사약을 꺼냈다. 마지막 남은 주사약이었다.
 미셸은 떨리는 손으로 허벅지에 약을 꽂으려 했다. 그러나 경련이 심해 주사약을 놓치고 말았다. 약은 굴러가더니 지하철 선로에 떨어졌다. 미셸은 온 힘을 다해 선로로 기어갔다. 그리고 손을 뻗어 약을 집으려 했다. 하지만 어림없었다. 약은 철로 한가운데 떨어져서 손이 닿지 않았다. 설상가상으로 저만치서 열차가 다가오고 있었다. 가까워지는 열차의 헤드라이트 불빛이 마치 사신 같았다. 미셸은 너무 고통스러워 차라리 죽기를 바랐다. 그렇게 바닥에 쓰러진 채 의식을 잃어 가고 있었다.

순간 눈앞에 징검다리가 펼쳐지는 것이었다. 아스라이 핀 물안개 위로 적당히 성긴 돌들이 일렬로 이어져 있었다. 안개에는 성스러운 정적이 스며 있었고 무채색 대기가 일렁이고 있었다. 고통도 서서히 멀어지고 있었다. 마치 성스러운 안개가 빨아들인 것처럼.

미셸은 정신을 차리고 징검다리를 건너기 시작했다. 그렇게 얼마를 건너자 안개가 걷히며 미래 기억이 모습을 드러냈다.

미셸이 도착한 곳은 뉴욕의 뒷골목이었다. 정리 안 된 전선들이 좁게 드러난 하늘을 이리저리 가르고 회벽이 떨어져 나간 벽에는 낡은 보안등이 깜빡이고 있었다. 녹슨 철문은 굳게 닫혀 있었고 2층에 비스듬히 간판 하나가 붙어 있었다.

조의 전당포

미셸은 골목 안으로 들어섰다. 조금 전 비가 왔는지 여기저기에 웅덩이가 고여 있었다. 미셸은 웅덩이를 피해 천천히 걸어갔다.

골목은 마치 촬영이 끝난 세트장처럼 텅 비어 있었다. 창문 너머로 보이는 가재도구들도 생활감이라고는 느낄 수 없었다.

미셸은 늦게 도착한 배우처럼 빈 골목을 지나고 있었다. 얼마쯤 지났을까. 인기척이 나타났다. 골목 끝에 누군가가 쭈그리고 있었다. 누군가는 바닥에 뭔가를 그리고 있었다.

'시간은 잘 지키네, 금수저.'

신라였다. 그가 비스듬히 고개를 돌려 바라봤다.

'네가 왜 여기 있는 거야?'

미셸이 놀라서 물었다.

'그러게. 나도 여길 올 수 있는지 몰랐어. 그런데 네 아버지가 알려 주더라.'

'우리 아빠를 만났어?'

'정확히는 네 아버지가 날 찾아왔지. 내 기억 속으로. 그러곤 자기 기억을 보여 줬어. 자기 멋대로 말이야.'

신라가 세트장에 놀러 온 듯 둘러봤다.

'아버지 심장은 어딨지? 당장 돌려줘!'

미셸은 소리쳤지만, 신라는 어느 가게를 기웃거리고 있었다. 창문 너머로 식당 주방이 보였는데 선반에 뭔가가 움직이고 있었다. 90년대 유행했던 '물 먹는 새' 장난감이었다. 모자를 쓴 새가 제자리에서 반복적으로 물을 마시고 있었다.

'심장 내놓으라고!'

미셸의 고함이 골목에 울려 퍼졌다. 그제야 신라가 돌아봤다.

'돌려받으려면 날 먼저 이기라고 했을 텐데.'

'걱정하지 마. 반드시 네놈 머리통에 구멍을 내고 돌려받을 테니까.'

그러자 신라가 기분 나쁜 미소를 지었다.

'한 가지 힌트를 주자면……, 네 기억 속에 묻어 뒀다.'

'내 기억 속?'

'여기서 기다릴게. 찾아와라.'

이 말을 남기고 신라는 사라졌다. 누군가가 현실 속 미셸을 흔들어 깨우고 있었다.

"이봐요. 정신 차려요!"

미셸은 눈을 떴다. 나이 지긋한 할머니가 걱정스러운 얼굴로 내려보고 있었다.

"괜찮아요? 아가씨? 정신이 들어요?"

미셸은 지하철 역사에서 의식을 잃었던 것이다.

"지금 몇 시죠?"

"9시 5분 전."

"젠장!"

미셸은 자리를 박차고 일어난 후 입구를 향해 미친 듯이 달렸다. 그녀가 향한 곳은 기억 속에서 봤던 골목이었다.

골목은 운명의 진자처럼 그 자리에 도사리고 있었다. 36번가에는 수많은 골목이 미로처럼 얽혀 있었지만, 자석에 이끌리듯 단번에 찾을 수 있었다.

하늘을 무작위로 가로지르는 전선, 세월을 못 이기고 부서져 내린 벽과 노안이 온 낡은 보안등. 모든 것이 기억에서 본 것과 똑같았다. 한 가지 다른 점은, 기억과는 달리 현실감이 구석구석 묻어 있었다. 미셸은 권총을 장전하고 골목으로 들어갔다. 얼마쯤 가자 기우뚱한 간판이 나타났다.

조의 전당포

기억 속에서 봤던 간판이었다. 미셸은 간판을 지나 신라가 쭈그리고 있던 곳으로 향했다. 그러나 그 자리는 비어 있었다.

미셸은 총을 거머쥐고 주위를 살폈다. 기억을 떠올리려 했지만, 징검다리는 나타나지 않았다. 그때였다.

"여기가 어딘지 알겠나? 금수저."

어디선가 신라의 목소리가 들렸다. 마치 골목 여기저기 스피커를 달아 놓은 것처럼 무작위로 울려 퍼졌다.

"장난치지 말고 모습을 드러내!"

미셸이 사방에 총을 겨누며 소리쳤다.

"지금 네가 서 있는 자리가 네 아버지가 스스로 목숨을 끊은 자리야."

미셸은 놀라서 서 있던 곳을 바라봤다.

"놀랍지 않아? 네 아비는 너와 네 엄마를 구하려고 스스로 목숨을 끊었어. 바로 그 자리에서."

순간 골목 저편에서 신라가 스쳐 지나갔다. 미셸이 반사적으로 총구를 겨눴지만 순식간에 사라졌다. 미셸은 잔뜩 경계하며 신라가 사라진 골목으로 다가갔다.

"더 놀라운 건 같은 자리에서 너와 내가 생사를 걸고 만났다는 거야. 과연 이게 우연일까?"

신라가 뒤에서 미셸의 머리를 어루만지며 지나갔다. 놀란 미셸이 총을 발사했다. 탕. 공허한 총성이 껍질만 남은 골목에 울려 퍼졌다.

"헛소리 말고 덤벼. 결판을 내자."

이번에는 반대편에서 목소리가 들렸다.

"이게 우연이 아니라는 증거가 있어. 우리가 이전에 만난 적이 있다는 거야. 넌 기억하지 못하겠지만."

"너와 내가 만난 적이 있다고?"

"그래. 그것도 두 번이나."

목소리가 가까워지고 있었다. 미셸은 다시 총알을 장전하고 반대편 골목으로 다가갔다. 이마에서 식은땀이 흘러내리고 있었.

"아빠 심장은 어딨지? 그건 너 같은 놈이 갖고 있을 물건이 아니야. 돌려줘!"

그러자 저만치서 뭔가가 툭 떨어졌다. 미셸은 조심스럽게 다가가 뭔가를 집어 들었다. 사진이었다. 사진 속에는 냉동고에 들어 있던 가야의 시신이 찍혀 있었다.

"네 아버지는 거기서 삼십 년을 갇혀 있었어. 죽은 채로. 그리고 삼십 년이 지나서 내게 심장을 남겼다. 이게 우연일까?"

"뭘 말하고 싶은 거냐?"

미셸이 허공을 향해 소리쳤다.

"넌 중요한 걸 놓치고 있어. 넌 네 하찮은 목숨을 건지기 위해 허우적대고 있지만 거기에는 더 큰 목적이 있다. 더 우주적이고 본질적인 목적."

"무슨 헛소리야?"

순간 신라가 미셸의 뒤통수에 총을 겨누며 나타났다. 그리고 소리쳤다.

"네가 열려는 문 너머에 뭐가 있는지 알아?"

절체절명의 위기였다. 신라의 총구가 코앞에서 노려보고 있었다. 벼락처럼 등장하는 바람에 대응할 시간조차 없었다.

소라지의 말대로였다. 총알은 한 발이면 충분했다. 그러나 불행히도 총알은 미셸을 향하고 있었다. 신라가 방아쇠를 당기려는 순간이었다. 징검다리가 펼쳐지는 것이었다. 징검다리는 지금까지와 달리 물안개를 뚫고 순식간에 늘어섰다. 빨리 감기를 하듯.

그리고 그 너머에서 과거의 미셸이 모습을 드러냈다.

◆ ◆ ◆ ◆ ◆

슬롯머신은 경쾌한 소리를 내며 코인을 쏟아 내고 테이블에선 보타이를 맨 직원들이 패를 돌리고 있었다. 관광객들은 행운의 냄새가 나는 테이블을 찾고 있었고 버니걸 복장의 종업원들이 분주히 서빙하고 있었다. 징검다리를 지나 도착한 곳은 십 년 전 140만 달러를 땄던 선코스트 호텔의 카지노였다.

미셸은 룰렛 테이블 한가운데 앉아 있었다. 앞에는 지금까지 딴 칩이 쌓여 있었고 건너편 딜러가 새로운 판을 준비하고 있었다.

미셸은 이 순간을 생생히 기억하고 있었다. 그녀는 벨라의 죽음을 놓고 엘리스와 심하게 다툰 후 집을 뛰쳐나왔다. 그 후 여러 곳을 전전하다가 라스베이거스에 온 것이다. 당시 주머니에는 단돈 37달러밖에 없었다. 하지만 채 한 시간도 지나지 않아 37달러는 140만 달러로 불어났던 그 순간으로 넘어온 것이다.

그런데 뭔가 이상했다. 미셸이 전생 기억으로 들어갔을 때는 관찰자 시점으로 접촉했다. 그런데 이번엔 누군가의 몸속으로 빙의되어 있었다. 미셸은 자기 몸을 살폈다. 검게 석화되었던 손이 멀쩡했다. 옷차림도 익숙한 청바지와 티셔츠를 입고 있었다. 십 년 전의 본인이었다. 현생의 자신과 접촉할 때는 몸속으로 빙의되는 모양이었다.

"게임 시작하겠습니다. 룰렛 돌아갑니다. 걸고 싶은 숫자에 베팅해 주십시오."

딜러가 스위치를 누르자 룰렛 판이 회전하기 시작했다. 테이블에 앉아 있던 손님들은 저마다 행운의 숫자에 베팅하면서도 사람들의 시선은 온통 미셸에게 집중되어 있었다.

그녀의 테이블에는 칩이 수북이 쌓여 있었고 이제 마지막 베팅만을 남겨 두고 있었다. 이번 베팅으로 미셸은 140만 달러를 따게 된다. 그러나 미셸은 게임 따위를 하고 있을 처지가 아니었다. 조금 전 이마에 총알이 박힐 뻔했다.

미셸은 주위를 살폈다. 이 시간으로 온 데는 분명 이유가 있었다. 이전에도 그랬듯이.

"행운은 준비된 사람에게만 찾아온다죠. 마지막 행운을 잡을 준비 되셨나요? 손님."

딜러가 의미심장하게 물었다. 그때였다.

"미셸 양인가요?"

웨이터 한 명이 다가왔다.

"그런데요?"

"어떤 분이 이걸 전해 드리라고 하셨습니다."

웨이터가 쪽지 한 장을 건넸다. 반쯤 접힌 메모지. 미셸은 쪽지를 펼쳤다.

२० ३१ ०९ १६

쪽지에는 낯익은 문자가 적혀 있었다.

미셸은 이 장면을 기억하고 있었다. 십 년 전에도 마지막 베팅 직전, 웨이터가 쪽지를 전해 줬다. 당시에는 낙서 같은 내용 때문에 구겨서 바닥에 던져 버렸다. 그런데 지금 보니 쪽지에 적힌 문자는 범상치 않았다. 소라지의 유물에 적혀 있던 네팔 숫자였다.

"20, 31, 09, 16?!"

더욱 놀라운 건 네팔 숫자가 140만 달러를 땄던 베팅 숫자와 정확히 일치한다는 것이다. 아직 마지막 베팅 전이었는데도 메모지의 임자는 마지막 베팅 숫자를 알고 있었다.

미셸은 베팅 따윈 관심 없었다. 쪽지를 전해 준 웨이터를 찾았다. 그는 다른 테이블에서 술잔을 정리하고 있었다. 미셸은 다짜고짜 멱살을 잡더니 소리쳤다.

"이 쪽지는 누가 줬어? 대답해!"

깜짝 놀란 웨이터가 재빠르게 말했다.

"어떤 남자가요. 50달러를 주면서요."

"어떻게 생겼지?"

미셸이 다그쳤다. 그러자 웨이터가 말했다.

"당신하고 똑같이 생겼어요. 쌍둥이처럼."

미셸은 쪽지의 주인이 누군지 알 수 있었다. 바로 신라였다.

"그 자식, 어딨어?"

웨이터가 슬롯머신 구역을 가리켰다.

미셸은 가리킨 방향을 바라봤다. 많은 사람이 슬롯머신에 앉아 게임을 즐기고 있었다. 그중 누군가만이 미셸을 바라보고 있었다.

신라였다. 녀석은 슬롯머신 의자에 앉아 땅콩을 먹고 있었다. 녀석도 이제 막 10대를 벗어난 앳된 모습을 하고 있었다.

미셸은 그제야 깨달았다. 그녀가 넘어온 과거는 신라가 말했던 두 번의 만남 중 하나였다. 당시에는 쪽지를 버렸기 때문에 신라가 찾아왔던 사실조차 알지 못했다. 때문에 둘의 만남은 흐지부지됐다. 그러나 지금은 달랐다.

"이 새끼!"

미셸이 쫓자 신라가 기다렸다는 듯 땅콩 봉지를 버리고 도망가기 시작했다. 신라는 뒷문을 통과해서 주차장으로 향했다. 녀석은 쫓아오기를 바라는 듯 시야에서 벗어나지 않았다. 계단을 내려갈 때도 미셸이 오는지 확인하며 달아났다.

미셸은 총을 찾았지만 있을 리 만무했다. 지금은 십 년 전 과거였다. 미셸은 이것이 전쟁에서 이길 새로운 기회라는 걸 알 수 있었다. 십 년 후 미래의 자신은 선수를 빼앗겨 꼼짝없이 죽을 위기에 직면했지만 과거의 신라를 제거한다면 이길 수 있었다. 소라지가 말했던 '미래는 네 손안에 있다'는 말이 무슨 뜻인지 이해할 수 있었다.

신라는 계단을 지나 주차장으로 달아났다. 미셸은 뒤를 쫓으면서도 적당한 무기를 찾았다. 저만치 하수구 공사장이 눈에 들어왔다. 뚜껑이 열린 맨홀 옆에 여러 공구가 널브러져 있었다. 미셸은 그중 렌치 하나를 집어 들었다. 부족한 대로 놈을 쓰러뜨릴 수는 있었다. 신라는 어느새 호텔 후문과 연결된 거리로 들어서고 있었다.

"이번엔 절대 놓치지 않는다."

미셸은 렌치를 움켜쥐고 뒤를 쫓았다.

주차선을 따라 미국 전역 번호판을 단 자동차들이 일렬로 늘어서 있었다. 1층에는 한 가족이 왁자지껄하게 호텔로 향하고 있었다. 미셸은 2층으로 향했다. 철제 계단을 올라 막 도착하려던 순간이었다. 검은 SUV 한 대가 들어왔다. SUV는 한복판에 주차하더니 뒤이어 한 무리의 남자들이 내렸다. 모두 세 명이었는데 하와이안 셔츠에 반바지 차림이었다. 얼핏 관광객으로 보였지만 여러모로 수상쩍었다. 그들은 주위를 살피더니 트렁크에서 뭔가를 주섬주섬 챙겼다. 권총과 망원경, 무전기 등의 장비였다. 그중 우두머리로 보이는 남자가 핸드폰으로 어딘가와 통화를 했다.

"아이가 호텔에 묵고 있다는 정보가 들어왔습니다……. 지금 확인하겠습니다. 만약 아이로 확인되면 어떻게 할까요? ……. 알겠습니다. 아이를 확보하는 대로 연락드리겠습니다."

남자들은 장비를 확인하더니 호텔로 향했다. 각자 동선을 정하며 계단을 내려가려고 할 때 반대편에서 누군가 다가왔다. 누군가는 선글라스로 얼굴을 가리고 한여름인데도 긴 소매의 셔츠에 흰 면장갑을 끼고 있었다. 비록 온몸을 빈틈없이 감싸고 있었지만 미셸은 한눈에 알아볼 수 있었다. 엄마였다.

엘리스가 갑자기 등장한 것이다. 미셸은 혼란스러웠다. 과거 엘리스는 한 번도 라스베이거스에 온 적이 없었다. 라스베이거스에 있다는 사실조차 모르는 줄 알았다. 그런데 기억의 이면에서 공간 이동을 하듯 나타난 것이다.

"저기 혹시……, 뭣 좀 여쭤봐도 될까요?"

엘리스가 우두머리 남자에게 말을 걸었다.

"무슨 일이오?"

남자가 귀찮은 듯 대꾸했다.

"제가 누구를 찾고 있는데요."

엘리스가 핸드백에서 사진 한 장을 꺼냈다.

"이 아이거든요. 혹시 보신 적 있나 해서."

무성의하게 사진을 힐끗 바라본 남자는 사진 속 인물을 알아보자마자 얼굴이 굳었다.

"당신?!"

남자가 엘리스를 알아보고 총을 꺼내려 했다.

"내 딸을 내버려 둬!"

엘리스가 번개처럼 총을 겨누더니 방아쇠를 당겼다. 탕탕탕. 훈

련된 베테랑처럼 능숙한 솜씨였다. 총알은 두 명의 남자 머리를 관통했다. 하지만 마지막 세 번째 남자는 재빨리 고개를 숙여 피했다. 그와 동시에 엘리스에게 달려들어 제압하려 했다. 엘리스는 두 번째 저격을 시도했으나 남자에게 가로막혔다. 남자는 능숙하게 엘리스의 양손을 비틀더니 수갑을 꺼냈다.

"이런 행운이 있나. 아이뿐 아니라 생모까지 데려가면 엄청난 포상이 있겠군."

남자는 기세등등하게 엘리스의 팔에 수갑을 채우려 했다. 그러나 속수무책으로 당할 엘리스가 아니었다. 그녀는 수갑이 채워지기 직전 옷소매에 감춰 두었던 단검을 꺼내 남자의 다리를 찔렀다.

"악!"

남자가 움찔하자, 엘리스는 단박에 포박을 풀고 주먹을 날렸다. 예상치 못한 반격에 남자는 휘청했다. 엘리스가 다시 총을 집으려 했다. 순간 남자가 정신을 차리고 엘리스의 복부를 가격했다. 연이어 엘리스의 얼굴로 주먹이 날아들었다. 남자의 주먹은 매서웠다. 엘리스는 맥없이 바닥을 나뒹굴었다. 안간힘을 쓰며 일어나려 했지만 남자가 머리채를 잡고 집어 던졌다. 엘리스는 공중을 날더니 저만치 나가떨어졌다. 엘리스의 입에서 피가 뿜어져 나왔다.

그 모습을 지켜보고 있던 미셸이 더 이상 참지 못하고 뛰쳐나가려고 할 때 누군가가 미셸의 입을 틀어막으며 머리통에 총을 겨누었다.

"눈물겨운 모녀 상봉을 방해해서 미안한데. 지금은 네가 나설 자리가 아니거든."

신라였다. 녀석이 몸부림치는 미셸을 짓누르며 말했다.

"네가 과거로 온 건 네 엄마한테 어리광을 부리기 위해서가 아니야. 더 중요한 이유가 있어."

"더 중요한 이유?"

미셸이 묻자 신라가 싸움 구경을 해야겠다는 듯 다시 입을 틀어막았다.

남자가 기진맥진한 엘리스에게 마지막 일격을 가하려고 할 때 엘리스는 마지막 힘을 끌어모아 남자의 급소를 가격했다. 남자가 움찔하자 몸을 날려 총을 집었다. 남자도 허리춤에서 총을 꺼냈다. 두 사람은 거의 동시에 서로에게 총구를 겨눴다. 탕.

죽음 같은 정적이 주차장에 흘렀다. 이윽고 남자가 바닥에 꼬꾸라졌다. 엘리스가 승리한 것이다. 하지만 엘리스의 몸은 만신창이였다. 입가에선 연신 피가 흘렀고 뼈가 부러졌는지 왼쪽 흉부를 움켜쥐고 있었다. 그 와중에도 엘리스는 시체를 확인했다.

사망한 걸 확인하자 엘리스는 불편한 몸을 이끌고 시체를 옮겼다. 힘겹게 시체를 트렁크에 싣고 나자 자연스레 신음이 흘러나왔다. 숨을 돌린 엘리스는 차에 오르려다 말고 호텔 입구를 바라봤다. 먼발치에서라도 딸을 보고 싶었다. 그러나 다가갈 수 없었다. 당시의 미셸은 엘리스를 원망하고 있었다. 진심을 전하려 했지만 받아들이기엔 둘의 거리가 멀었다. 세상은 아이러니했다. 간절한 진심이 원망으로 돌아오기도 하는 것이다. 그런 상황이 너무도 마음 아팠다.

 십 년 후에서 온 미셸 또한 모든 걸 숨죽인 채 지켜보고 있었다. 방금 무덤에서 인사를 했던 엄마가 몇 발짝 앞에 서 있었다. 엄마는 보이지 않는 곳에서도 미셸을 지키고 있었다. 딸을 위해 목숨의 위험마저 감수하고 있었다. 그렇지만 미셸은 이런 사실조차 몰랐다. 대신 원망이라는 상처만 잔뜩 안겨 주었다.

 어리석었던 자신이 미웠다. 수많은 회한이 스쳐 갔다. 그간 엄마에게 줬던 무수한 상처들이 부메랑처럼 돌아와 고스란히 가슴에 꽂히고 있었다. 한 번만이라도 엄마를 만나서 이야기하고 싶었다. 잘못했다고. 미안하다고. 사랑한다고. 하지만 다가갈 수 없었다.

 그때 엘리스가 발길을 돌려 차에 올랐다. 곧바로 주차장을 빠져나갔다. 미셸은 멀어져 가는 엄마를 망연히 바라볼 수밖에 없었다.

 "문을 열기 위해선 유물 외에 다른 것이 필요해."

 신라가 포박을 풀며 말했다.

 "다른 거라니?"

 "일종의 열쇠라고 할까."

 "열쇠? 소라지는 그런 말 한 적 없어."

 "넌 정말 멍청하구나. 금수저, 유물은 문의 위치를 알기 위한 도구야. 일종의 지도 같은 거지. 하지만 문을 열기 위해선 열쇠가 필요해. 그리고 그 열쇠는 네 전생의 기억 속에 있어."

 "전생의 기억?!"

"그 열쇠가 어떤 형태인지 난 모른다. 암호일 수도 있고, 주문일 수도 있어. 페니키아인의 고대 알파벳 수열일 수도 있고 로마의 카이사르 암호일 수도 있어."

"왜 이런 정보를 알려 주는 거지? 난 네 적인데."

미셸이 잔뜩 경계하며 물었다.

"왜냐면 오직 너만이 열쇠를 찾을 수 있으니까."

찰나 신라의 눈에 좌절감이 스쳐 갔다. 미셸은 그 찰나를 놓치지 않았다.

"왜냐면 넌 궁극의 아이들 기억에 접속할 수 없으니까. 왜냐면 넌 가짜니까. 네가 유일하게 접속할 수 있는 기억은……, 내 아버지뿐이야."

미셸이 통쾌한 듯 말했다. 그러자 신라가 매섭게 노려봤다.

"까불지 마. 금수저, 아직 승부가 난 게 아니야. 네 아버지의 심장과 장 피에르의 머리를 내가 갖고 있다는 걸 명심해."

신라가 뒷걸음질로 멀어지며 말했다.

"승부는 미궁의 문이 열린 후 낸다."

이 말을 남기고 신라는 사라졌다.

주차장에 홀로 남아 있던 미셸은 혼란스러웠다. 짧은 시간 태풍이 연이어 휩쓸고 지나간 기분이었다. 미셸은 폐허로 변해 버린 파편 더미에서 지금까지의 단서를 정리했다.

유물은 모두 다섯 개였다. 현재 발견된 유물은 세 개. 그중 두 개는 신라의 수중에 있었다. 두 개를 더 찾아야 미궁의 문을 찾을 수 있었다. 그런데 또 다른 문제가 생긴 것이다. 문을 열기 위해선 열쇠가 필요했다.

"열쇠는 전생의 기억 속에 있다고 했어."

미셸은 차분히 기억을 더듬어 보았다.

"열쇠는 암호일 수도……, 주문일 수도……."

그러나 아무리 되짚어 봐도 암호 따윈 없었다. 그때 신라가 건네준 메모장이 떠올랐다. 메모장에는 소라지의 유물에 새겨져 있던 네팔 숫자가 적혀 있었다.

२० ३१ ०९ १६

"20, 31, 09, 16……."

메모장에 적힌 숫자였다. 소라지의 유물에 적혀 있던 숫자와 같은 숫자였다. 열쇠를 얻기 위한 암호일 가능성은 충분했다. 그렇지 않고 백 년의 시간차를 두고 세 번이나 반복되어 나타날 리 없었다. 우주는 그런 말도 안 되는 우연을 용납할 만큼 호락호락하지 않았다.

아까보다 더 자세히 보니 소라지의 유물에 적힌 숫자와 다른 숫자가 있었다.

소라지의 유물에 적힌 숫자는 '20, 31, 09, 17'이었다. 마지막 숫자가 달랐다. 16이 아니라 17이었다.

순간 미셸은 숫자가 나타났던 또 다른 기억을 찾았다. 바로 크리스티안 로젠크로이츠의 은화였다. 로젠크로이츠는 직접 주조한 은화를 무덤에 보관하고 있었다. 그 은화에 새겨져 있던 숫자가 바로 '20, 31, 09, 17'이었다. 소라지의 유물과 마지막 숫자까지 일치했다. 이것은 분명한 단서였다. 전생의 기억을 접하기 전에는 무심코 나열됐던 숫자가 기억을 접하고 난 후에는 마지막 숫자, 17만이 달라졌다. 게다가 그 숫자는 두 번의 전생에서 반복되고 있었다.

잭팟을 터트린 번호 중 16을 제외한 세 개의 번호가 전생의 숫자와 일치한 것도 암시가 틀림없었다. 가능성은 확신으로 변했다.

"이거야! 틀림없어!"

과거에는 단순히 돈을 따기 위한 숫자에 불과했지만 전생을 경험하고 난 지금은 우주의 비밀이 담긴 암호로 변해 있었다.

미셸은 곧장 카지노로 달려갔다. 마지막 베팅이 남아 있었다. 테이블은 여전히 행운을 좇는 손님이 가득했다. 아까의 자리는 다른 손님이 차지하고 있었다.

"이쪽에 앉으시죠."

딜러가 미셸을 알아보고 자리를 만들어 줬다. 앉은 미셸에게 딜러가 칩을 건네줬다.

"손님 칩입니다. 안전하게 보관하고 있었답니다."

다행히 딜러가 칩을 보관해 주었다.

"고마워요."

미셸은 100달러 칩을 팁으로 건넸다.

"자, 그럼 다시 게임을 시작하겠습니다. 룰렛 돌아갑니다."

딜러가 스위치를 누르자 룰렛 판이 회전하기 시작했다.

"베팅하십시오."

딜러가 말하자 손님들이 원하는 숫자에 칩을 올려놨다. 미셸 차례가 되자 주위 손님들이 몰려들었다.

"행운은 준비된 사람에게만 찾아온다죠. 마지막 행운을 잡을 준비 되셨나요? 손님."

딜러가 의미심장하게 미셸을 바라보며 말했다.

미셸은 베팅 판의 숫자를 응시했다. 숫자판 중앙에 16과 17이 나란히 있었다. 이전 베팅 숫자는 16이었다. 그 숫자는 무려 140만 달러라는 행운을 불러들이는 잭팟이었다. 하지만 지금 미셸이 노리는 숫자는 17이었다. 미셸은 1,000달러짜리 칩 하나를 '17' 위에 내려놓았다.

"17번, 올인!"

미셸이 차분하게 외쳤다. 그러자 주변 모두가 웅성댔다.

"17번, 올인 하셨습니다."

딜러가 다시 한번 베팅액을 확인했다. 모두 4만 달러였다. 만약 성공하면 서른다섯 배를 벌게 된다. 무려 140만 달러였다. 그러나 미셸이 노리는 건 돈이 아니었다.

미셸이 고개를 끄덕이자 딜러가 쇠구슬을 룰렛 판을 향해 던졌다. 작은 구슬이 룰렛 판 주위를 빠르게 돌기 시작했다. 구슬과 룰렛 판은 서로 반대 방향으로 돌았다. 운명의 짝을 찾기 위해 숲을 헤매는 트리스탄과 이졸데처럼.

사람들의 시선이 온통 룰렛 판으로 집중됐다. 미셸 역시 쇠구슬을 따라가고 있었다. 회전하던 구슬은 서서히 속도를 늦추더니 숫자판을 향해 하강하기 시작했다. 죽음 직전 비상하는 왕관비둘기처럼. 이윽고 추락하던 구슬은 서른여섯 개의 숫자판 중 하나를 골라 운명처럼 멈췄다. 놀랍게도 쇠구슬이 선택한 숫자는 17이었다. 사백 년 전에 정해진 운명처럼 장중하게 17에 안착했다.

그때였다. 구슬이 홈에 떨어지는 순간 신이 정지 버튼을 누른 것처럼 모든 것이 멈추는 것이었다. 딜러가 던진 주사위는 허공에 매달려 있었고 잭팟을 터트린 손님이 머리에 붓던 샴페인은 얼음 조각처럼 굳어 있었다. 웨이터가 건네던 술잔은 중력을 무시한 채 떠 있었고 스모 선수 같은 손님의 거대한 발이 공중에 정지해 있었다. 유일하게 자유로운 사람은 미셸뿐이었다.

"이런, 세상에!"

미셸은 넋을 잃고 정지된 세상 속을 걸었다. 모든 것이 멈춰 있었다. 얼음을 만져도 아무런 감각을 느낄 수 없었으며 향기도 공기에 밀봉된 듯 고정되어 있었다.

그리고 어디선가 바람이 불어왔다. 바람에는 건조한 모래가 섞여 있었다. 미셸은 모래바람이 불어오는 방향을 바라봤다. 그러자 커튼을 열어젖힌 것처럼, 순식간에 새로운 공간이 펼쳐지는 것이었다.

사막이었다. 카지노는 온데간데없고 파도처럼 일렁이는 사구와 물결무늬 모래 평원이 펼쳐져 있었다. 미셸은 할 말을 잃은 채 새로운 공간으로 들어갔다.

그곳은 끝없이 펼쳐진 사막 한복판이었다. 사방 어디에도 인적은커녕 풀 한 포기 보이지 않았고 하늘은 바늘로 찌르면 푸른 물감이 쏟아질 것처럼 파랬다. 유일하게 흐르는 건 정체불명의 시간뿐이었다.

"대체 여긴 어디지?"

미셸이 망연자실하게 지평선을 바라보며 중얼댔다. 주위를 둘러보던 미셸은 뭔가를 발견했다. 저 멀리, 사구 너머에 석재로 만든 건축물이 있었다. 건축물은 이정표처럼 사막 한가운데 박혀 있었는데 뽑으면 사막이 순식간에 빨려 들어갈 것처럼 강력한 존재감을 내뿜고 있었다.

미셸은 무작정 건물을 향해 걸어갔다. 사막의 모래는 부드럽고 뜨거웠다. 한참을 걷자 드디어 건축물이 모습을 드러냈다.

그것은 고대에 지어진 일종의 문이었는데 영겁의 세월을 지나왔는지 온통 풍화되어 있었다. 누런 사암으로 만들어진 문은 룩소르의 신전 입구처럼 크고 웅장했으며 한때는 천장을 지탱했을 거대한 기둥들이 문지기처럼 일렬로 늘어서 있었다. 원형 기둥에는 고대 이집트의 상형 문자가 조각되어 있었다. 정확한 내용은 알 수 없으나 신이 사람들에게 지식을 전하는 듯한 형상이었다. 그 너머에 사각으로 된 문이 있었다.

문 옆에는 거대한 파라오 조각상이 서 있었다. 그러나 본채는 보이지 않았다. 오직 거대한 문만이 덩그러니 있었다. 미셸은 문을 향해 걸어갔다. 그런데 입구로 이어진 계단에 누군가가 있었다.

"이봐요! 기다려요!"

미셸이 소리쳤다. 그러자 누군가가 돌아봤다. 이제 막 사춘기에 접어든 소년이었는데 승려처럼 바짝 깎은 머리에 킬트를 두르고

매의 두상이 조각된 지팡이를 들고 있었다. 그리고 익숙한 빛깔의 오드 아이를 하고 있었다. 미셸은 소년을 한눈에 알아볼 수 있었다.

"소라지?!"

미셸이 무의식적으로 뱉은 이름이었다. 하지만 소라지와는 피부색이 달랐다. 그러자 소년이 미소를 지으며 말했다.

"내 이름은 칼리드. 최초의 아이야."

사막의 햇살 아래에서 보니 오드 아이가 더욱 아름답게 반짝였다.

"최초의 아이라면 여긴……?!"

"그래, 이집트야. 네가 살던 시대와 수천 년이나 떨어진 곳이지."

미셸은 그제야 주위가 온통 사막인 이유를 알았다.

"내가 왜 여기 있는 거지? 난 미궁의 문을 찾고 있었는데."

최초의 아이가 문을 가리키며 말했다.

"저 문이 네가 찾고 있는 문이야."

"그렇지만 저 문은 폐허잖아. 미궁은 어딨어?"

미셸의 말대로 문은 몰락한 왕국의 유적처럼 쓰러져 가고 있었다.

"그건 네가 아직 문제를 다 못 풀었기 때문이야."

"다섯 개의 유물을 말하는 거야?"

"유물은 곧 모일 거야. 왜냐하면 너희 둘 중 하나가 최후의 아이니까."

"최후의 아이?"

"너희 둘 중 한 명이 살아남아서 최후의 아이가 될 거야. 그러면 모든 유물이 모이게 되어 있어. 그게 유물의 운명이니까. 중요한 건……."

최초의 아이가 슬픈 표정을 지었다.

"뭐지?"

"너희 중 살아남은 한 명은 최후의 아이가 되고 다른 한 명은 열쇠가 될 거야."

이 말을 남기고 최초의 아이는 기둥 저편으로 걸어갔다.

"그게 무슨 말이야? 나머지 한 명은 열쇠가 된다니!"

미셸이 쫓아가며 물었지만 최초의 아이는 기둥 저편으로 자취를 감췄다.

미셸은 다시 카지노에 돌아와 있었다. 조금 전까지만 해도 뺨을 스치던 모래바람은 사라지고 욕망을 부추기는 기계 소리만 가득했다. 마치 꿈을 꾼 것처럼 아스라했다.

룰렛 판 위에는 아직도 쇠구슬이 돌고 있었다. 이윽고 하강하던 쇠구슬은 방금과 같이 17에 안착했다. 사람들의 입에서 탄성이 터지려던 순간이었다. 구슬이 튕겨 오르더니 바로 옆 16번에서 멈추는 것이었다. 환호의 탄성은 아쉬움의 탄식으로 바뀌었다.

"이번 위너는 16번입니다. 다음 기회를 노려 주세요."

딜러가 미셸의 판돈을 가져가며 말했다. 구경하던 사람들도 싱거운 듯 뿔뿔이 흩어졌다. 판돈을 모두 잃었지만 미셸의 귓가에는 최초의 아이가 했던 말이 맴돌고 있었다.

'너희 중 살아남은 한 명은 최후의 아이가 되고 다른 한 명은 열쇠가 될 거야……. 그게 너희의 운명이니까…….'

미셸은 마지막 말을 되뇌며 테이블을 떴다.

신라가 말한 열쇠는 궁극의 아이, 바로 자신이었다. 그런데 어떻게 열쇠가 되어 문을 여는지 알 수 없었다. 그리고 또 하나.

"최후의 아이라니. 더 이상 궁극의 아이는 없다는 건가?"

혼란스러운 표정으로 카지노를 나서려는데 누군가 불러 세웠다.

"손님! 잠깐만요!"

조금 전 딜러였다. 그녀가 다급하게 쫓아왔다. 미셸이 멈추자 딜러가 숨을 몰아쉬며 다가왔다.

"손님, 이걸 두고 가셨어요."

딜러가 뭔가를 건넸다. 아마도 소지품을 두고 온 모양이었다. 미셸이 물건을 살폈다. 그런데 딜러가 건넨 건 지갑도 핸드폰도 아니었다. 그것은 한때 소녀들 사이에서 유행했던 장난감 보물 상자의 열쇠였다. 그리고 그 열쇠에는 미셸의 뼈아픈 과거가 잔뜩 묻어 있었다. 바로 벨라와의 추억이었다.

◇ ◇ ◇ ◇ ◇

비가 부슬부슬 내리고 있었다. 미셸은 흠뻑 젖은 채 어딘가로 달리고 있었다. 그녀가 타고 있던 건 작은 바구니가 달린 자전거였다. 주위로 낯익은 떡갈나무 가로수와 집들이 스쳐 지나고 오래전 기억에 새겨진 이정표가 보였다.

롤링대로, Loring Ave

정식 명칭은 롤링대로였지만 모두 '빨간 머리 길'이라고 불렀다. 가을이면 가로수들이 온통 빨간색으로 물들었기 때문이다.

미셸은 어떤 시간대에 도착했는지 알 수 있었다. 벨라가 죽던 날이었다. 그날 미셸은 폭우를 뚫고 벨라의 집에 도착했다. 그러나 이미 늦은 후였다. 집은 텅 비어 있었고 차고 문은 열려 있었다. 그리고 얼마 후 절벽에서 추락한 차 안에서 세 구의 시체가 발견됐다. 벨라는 마지막 순간에도 열쇠를 쥐고 있었다. 뒷산 언덕에 미셸과 함께 묻은 우정의 보물 상자 열쇠였다.

그 열쇠가 미셸을 부른 것이다. 이정표를 지나 코너를 돌자 벨라의 집이 보였다. 자주색 지붕에 베이지색 벽돌로 지어진 2층집.

인근에서 가장 크고 좋은 집이었다. 벨라의 아버지는 굴지의 바이오 제약 회사 CEO였다. 경제 신문에도 자주 기사가 실리는 유명 사업가였다.

미셸은 시간을 확인했다. 사고까지는 십오 분이 남아 있었다. 잠시 후면 벨라 아버지가 잠든 가족을 싣고 절벽으로 향할 것이다. 그 전에 막아야 했다. 미셸은 있는 힘껏 페달을 밟았다.

집 앞에 도착하려던 순간이었다. 차고 문이 열리며 은색 BMW가 나타났다. 벨라 아버지의 차였다. 미셸은 자전거를 버려두고 차고로 달려갔다.

"안 돼요! 벨라 아버지! 멈춰요!"

미셸이 고함을 지르며 달음질했다. 하지만 벨라 아버지는 오히려 속도를 높이더니 정문을 빠져나갔다.
"제발 그만두세요! 이게 무슨 짓이에요!"
미셸이 죽을힘을 다해 뒤쫓으며 소리쳤지만 소용없었다. 은색 BMW는 요란한 엔진음을 내며 저 멀리 사라졌다. 미셸은 마지막까지 쫓아 봤지만, 자동차를 따라잡을 수는 없었다.
주저앉아 숨을 몰아쉬자, 당시의 안타까운 감정이 고스란히 되살아났다. 또다시 벨라를 죽게 만들 순 없었다. 미셸은 자전거를 향해 달렸다. 벨라 아버지를 쫓을 생각이었다. 자전거에 올라 페달을 밟으려던 순간이었다. 2층에서 인기척이 느껴졌다. 이전 기억에는 없던 일이었다. 당시 벨라가 남아 있을지도 모른다는 생각에 집 안을 찾아보았지만, 남아 있던 건 식탁 위의 만찬뿐이었다. 그런데 지금 2층에 불이 켜진 것이다. 벨라의 방이었다.
미셸은 집으로 향했다. 벨라의 집은 고급스럽게 장식되어 있었다. 소파와 가구들은 모두 유럽에서 건너온 것들이었고 진품 그림과 조각들도 진열되어 있었다. 어디선가 음악 소리가 들렸다. 오래된 재즈였다. 식당에서 흘러나오고 있었다.
미셸은 식당으로 향했다. 여덟 명이 앉을 수 있는 테이블에는 진수성찬이 차려져 있었다. 추수감사절이라고 해도 무방할 정도로 각양각색 요리들이 놓여 있었다. 방금까지 사용한 식기에는 먹던 요리가 남아 있었고 쓰러진 잔에서 나온 와인이 테이블을 적셨다.
음악은 식탁 뒤편에서 흘러나오고 있었다. 턴테이블 위에서 엘피판이 회전하며 구수한 재즈를 연주하고 있었다. 미셸이 헤드 셸을 들어 제자리에 놓자 정적이 자리를 메웠다.

미셸은 만찬의 흔적을 뒤로하고 2층으로 향했다. 2층에는 복도를 따라 다섯 개의 방이 있었다. 벨라의 방은 첫 번째 방이었다. 방문은 반쯤 열려 있었다. 조금 전 누군가 들어간 것처럼. 미셸은 방으로 들어갔다.

방에는 벨라의 물건들로 가득했고 모두 핑크색이었다. 벽지는 물론이고 침구, 커튼, 심지어 잠옷까지 온통 핑크 물결이었다. 벨라는 핑크와 잘 어울리는 아이였다. 밝고 온화했으며 목소리도 부드러웠다. 마치 태어나 한 번도 불행을 마주친 적 없는 아이처럼.

미셸을 부른 조명은 책상 스탠드였다. 책상에는 다이어리 한 권이 가지런히 놓여 있었다. 스탠드 불빛이 꼭 읽어 보라는 듯 다이어리를 가리키고 있었다. 미셸은 UFO 견인 광선에 끌려가듯 책상으로 향했다.

다이어리는 벨라의 핑크 한 이미지와는 달리 아버지 회사 로고가 큼지막하게 박힌 검정색이었다.

관찰기록

미셸은 벨라에 관해 많은 걸 알고 있다고 생각했으며 벨라한테 뭔가를 관찰한다는 얘긴 들어 본 적이 없었다. 호기심이 일어 다이어리를 펼쳤다.

미셸의 첫인상은 충동적이고 반사회적이라는 것이다.

오늘 학교에서 내가 나서지 않았다면 누군가가 크게 다쳤을 것이다. 미셸은 다투는 내내 볼펜을 움켜쥐고 있었다. 여차했으면 아이 하나가 응급실에 실려 갔을 것이고 또다시 퇴학당했을 거다. 충동적인 성격은 아버지로부터 물려받은 것으로 보인다. 반사회적인 성향 역시 아버지의 부재로 인한 영향으로 보인다.

어머니와의 불화도 성격 장애의 주요 요인이다. 미셸은 어머니의 사랑을 근본적으로 거부하고 있다. 더 큰 문제는 자신을 있는 그대로 받아들이지 못한다는 것이다. 과연 이 아이가 아이의 운명을 받아들일 수 있을지 의문스럽다.

반면 여린 구석도 있다. 내가 나서서 상황을 정리해 주자 쉽게 마음을 열었다. 겉으로는 사람들을 거부하지만 실상 내면에는 사람들을 그리워하고 있다. 일종의 대나무 숲이 필요한 것이다. 성격 장애가 악화하는 걸 막기 위해 꽤 노력이 필요하다. 결국 인간은 환경에 의해 결정되니까.

이것이 첫 페이지에 적힌 내용이었다.

미셸은 자기 눈을 의심했다. 대체 이것이 처음이자 마지막으로 마음을 연 친구의 일기장이란 말인가. 평소 다정다감한 소녀가 쓴 글이라고는 믿기 힘든 내용이었다. 마치 심리학자가 실험체를 관찰하듯 냉철하게 적은 기록이었다. 더욱 놀라운 건 실험체가 미셸이라는 것이다.

'대체 왜 날 관찰한 거지?'

그뿐만 아니라 벨라는 아버지 신가야에 관해서도 알고 있는 듯

했다. 미셸 본인도 아버지에 관해 알지 못하는데 고등학교에서 우연히 만난 캘리포니아 소녀가 아버지를 언급하고 있었다. 또 하나 신경 쓰이는 단어가 있었다.

"아이의 운명?!"

미셸은 극도의 혼란 속에서 무작위로 다음 장을 펼쳤다.

미셸이 처음으로 능력에 관해 이야기했다. 친구가 된 지 석 달 만이다. 얼마 전 시내에서 있었던 총격 사건은 발단이 됐다. 슈퍼마켓에 든 강도 때문에 같은 반 레나의 어머니가 총상을 입었다.

곧바로 병원으로 옮겨졌지만 혼수상태였다. 이 사건이 벌어지기 며칠 전부터 미셸은 불편한 기색을 숨기지 못했다. 심지어 나와도 거리를 두다가 사건이 터지자 속내를 털어놨다. 레나의 어머니는 살아나지 못할 거라고. 그걸 어떻게 아냐고 묻자 더 이상 말하지 않았다. 그런데 며칠 후 레나 어머니가 실제로 사망하자 더는 못 참겠다는 듯 능력에 관해 털어놓았다. 대나무 숲이 필요했던 것이다. 어머니 때문에 능력을 철저히 숨겨야 했던 미셸은 주변 사람들의 불행을 알면서도 삼키며 살아야만 했다. 그러다가 내가 나타나자 참고 있던 구토를 하듯 토해 낸 것이다. 지켜봐야겠지만 미셸의 능력은 상당한 수준인 것 같다. 예지할 수 있는 기간도 길게는 이삼 주 미래까지 기억할 수 있는 것 같다. 비전도 상당히 구체적인 것으로 보인다. 레나 어머니한테 벌어진 정황을 자세히 설명했다. 범인의 행동을 비롯해 주변 상황 등도 상세했다. 심지어 범인의 인상착의와 의상 등도 정확히 알고 있었다. 체계적인 훈련을 할 경우 더 발전할 가능성이 충분해 보인다. 다만 미셸의 어머니가 장애물이다. 미셸의 능력을 최대한 ~~감~~추려 하기 때문이다. 최후의 테스트에서 어떤 능력을 발휘할지 궁금하다.

다음 장은 더 충격적이었다. 벨라는 미셸의 능력을 이미 알고 있었다.

당시 미셸은 비밀을 털어놓기 전 많이 고민했다. 엘리스의 당부 때문이기도 했지만 사실을 말하면 대부분 별종 취급했기 때문이었다. 고민 끝에 사실을 털어놓았을 때 벨라는 당황했지만, 이내 받아들였다. 그런데 모든 게 연기였던 것이었다. 또 하나 충격적인 건 '최후의 테스트'에 관한 내용이었다. 벨라는 십여 년 전 이미 최후의 테스트에 관해 알고 있는 듯했다.

일기장을 더 읽을 용기가 나지 않았다. 이제껏 디디고 있던 땅이 무너지며 천 길 낭떠러지로 추락하는 기분이었다.

미셸은 다이어리를 덮고 방을 나섰다. 혼란스러워 제대로 걷지도 못했다. 호화스러운 집이 감옥처럼 답답하게 느껴졌다. 미셸은 구르듯 계단을 내려가 입구로 향했다. 차가운 공기가 필요했다. 비틀비틀 문고리를 잡으려던 순간이었다.

따르르릉─, 따르르릉─, 전화벨이 울렸다. 미셸은 상관하지 않고 문고리를 돌렸다. 그때 자동 응답기가 켜지며 목소리가 흘러나왔다.

'안녕하십니까. 메켈런 회장님. 전 앤드루 회장님의 전속 변호사 해리 레이먼드라고 합니다. 합병에 관한 서류를 보내 드렸는데 답신이 없어서 이렇게 연락 남깁니다. 합병 후 회장님의 처우에 관해 불만이 있다는 걸 앤드루 회장님께서도 인지하고 계십니다. 하지만 이번 합병이 귀사의 미래는 물론, 현재 진행 중인 유전자 치료제 벨레로폰 개발에도 도움이 된다는 걸 다시 한번 말씀드리고 싶습니다. 법정 기간인 이틀 후까지도 답신이 없을 경우, 이사회 결의만으로 합병이 진행된다는 걸 알려 드립니다. 아무쪼록 현명한 판단을 내리시길 바라며 연락 기다리겠습니다.'

이어 전화가 끊어졌다. 응답기에 녹음된 목소리에는 간결하지만 치명적인 내용이 담겨 있었다. 벨라 아버지가 자살을 선택하게 된 데는 평생을 바친 회사의 합병이 연관되어 있었다. 그리고 적대적 합병을 추진한 사람은 바로 악마 개구리 중 한 명인 앤드루였다. 그는 유전자 치료제인 벨레로폰의 가능성을 발견하고 벨라 아버지의 회사를 인수한 것이다. 그 와중에 창업자이자 대표였던 벨라 아버지는 이사회 의결에 따라 경영에서 물러나야만 했다. 그것이 벨라 아버지를 죽음으로 내몬 것이다.

미셸은 녹음된 내용이 벨라 아버지의 죽음과 연관되어 있다는 걸 눈치챌 수 있었다. 미셸은 시간을 확인했다. 이미 사건이 벌어진 후였다. 그렇지만 다시 돌아온 과거에선 기존의 역사와 뭔가가 달라져 있었다. 그것이 미래에서 온 미셸 때문인지 평행이론처럼 또 다른 과거가 존재하는 것인지 알 수 없었다. 분명한 것은 카지노에서도 과거가 바뀌었으며 지금도 뭔가가 변하고 있다는 것이다.

미셸은 정신을 차리고 쓰러진 자전거를 일으켜 세웠다. 그리고 있는 힘껏 페달을 밟았다. 그녀가 향하는 곳은 십 년 전의 사고 현장이었다.

현장은 거대한 혼돈이었다. 추락한 장소는 유명 해변이 인접해 있어 인파가 몰려들었고 출동한 경찰이 현장을 통제하고 있었다. 사방에서 경광등이 번쩍였고 귀신같이 냄새를 맡은 기자들이 기웃거렸다. 그 와중에 미셸이 숨이 턱에 차서 도착했다.

마침 거대한 기중기가 물속에 가라앉아 있던 은색 BMW를 건져 올리고 있었다. 조금 전까지만 해도 자태를 뽐내던 BMW는 형체도 못 알아볼 정도로 부서진 채 내장에서 탁한 물을 뿜어내고 있었다. 그리고 문이 떨어져 나간 앞 좌석에서 피투성이가 된 벨라 부모님이 모습을 드러냈다. 적나라하게 드러난 시신을 보자 구경꾼들이 비명을 질러 댔고 경찰들은 현장 접근을 막았다.

미셸은 인파를 뚫고 재빠르게 현장으로 다가갔다. 경찰이 나타나면 몸을 숨겼고 틈이 생기면 다시 움직였다. 그렇게 은밀히 부서진 BMW로 다가갔다. 드디어 경찰 통제선을 지나 기중기에 도착하려던 순간이었다.

"여긴 민간인이 들어와선 안 돼!"

현장 검시관 한 명이 미셸을 발견했다. 그제야 은밀한 염탐꾼을 눈치챈 경찰이 앞을 가로막았다.

"어떻게 들어온 거니. 당장 나가도록 해."

경찰은 강제로 끌어내려 했다.

"제 친구가 있는지만 확인할게요. 제발요!"

미셸이 강하게 저항했다.

"여긴 너 같은 어린애가 올 데가 아니야! 돌아가!"

경찰은 들은 척도 않고 통제선 밖으로 밀어냈다.
"저 차 안에 내 친구가 있다고요! 들여보내 줘요!"
"자꾸 이러면 공무집행방해로 잡혀가는 수가 있어."
경찰은 단호했다. 다른 방법을 강구해야 했다.
미셸은 현장 주변을 맴돌며 빈틈을 찾았다. 그러나 갈수록 더 많은 경찰이 배치되고 있었고 검시관들이 차와 시신을 조사하고 있었다. 비집고 들어갈 틈이라곤 없었다.
"제기랄!"
그때였다. 건너편 인파 속에 낯익은 얼굴이 눈에 띄었다. 그녀는 하얀 원피스를 입고 곱게 땋은 양 갈래 머리를 하고 있었다. 그리고 분홍색 스니커를 신고 있었다.
"이런 세상에……!"
벨라였다. 상처 하나 없이 멀쩡한 벨라가 인파 속에서 있었다. 그녀는 무표정한 얼굴로 아버지의 부서진 자동차를 응시하고 있었다. 범인이 현장으로 돌아와 피해자의 죽음을 확인하듯.
미셸은 정신없이 인파를 헤치고 달리기 시작했다. 그 와중에 조금 전 읽었던 일기장의 내용들이 스치고 지났다. 처음으로 좋아하는 가수의 신곡을 같이 들으며 비밀을 공유했던 친구가 감시자였다니. 배신감에 발걸음이 빨라졌다. 거의 다다랐을 무렵이었다.
벨라가 바라봤다. 그녀는 미셸의 등장에 조금도 놀라지 않았다.
"기다려! 벨라!"
순간 벨라가 달아나기 시작했다. 미셸은 있는 힘껏 뒤쫓았다. 하지만 워낙 인파가 많아서 따라잡기가 쉽지 않았다. 미셸은 빼곡한 인파 사이로 보이는 분홍 스니커를 이정표 삼아 쫓았다. 간신히 인파를 뚫고 분홍 스니커를 따라잡는 순간이었다. 어이없게도 벨라는 보이지 않고 모래 위에 분홍 스니커만 덩그러니 놓여 있었다.

"벨라!"

미셸이 분홍 스니커를 집어 던지며 소리쳤다. 벨라는 사라지고 없었다. 미셸은 나머지 한 짝을 움켜쥔 채 생각을 정리했다. 예상대로 다른 역사가 진행되고 있었다. 일기장 속 벨라는 전혀 다른 인물이었고 미셸의 일거수일투족을 감시하고 있었다. 그뿐만 아니라 아버지의 BMW에도 타지 않았다. 모든 단서는 한 사람을 가리키고 있었다. 이번 시간대의 열쇠는 벨라였다.

미셸은 벨라가 있을 만한 장소를 떠올렸다. 과거 벨라와 함께 했던 추억의 장소는 몇 군데 없었다. 둘 다 집을 싫어했고 또래 아이들처럼 쇼핑센터를 돌아다니며 아이스크림을 먹지도 않았다.

그렇다면 한 군데뿐이었다. 둘만의 공간이자 우정의 타임캡슐을 묻은 곳.

"굿우드 언덕!"

미셸은 바닥에 널브러져 있던 자전거를 세우곤 다시 페달을 밟았다. 목적지는 벨라의 집 뒷산이었다.

그곳은 에디슨시가 내려다보이는 유일한 언덕이었다. 초반에는 성가신 덤불이 있지만 거길 지나면 잔디밭이 펼쳐지고 정상이 보였다. 언덕 정상에는 누군가가 심어 놓은 것처럼 커다란 떡갈나무 한 그루가 있었다. 나무는 상당히 우람해서 가지에 오르면 시내가 한눈에 들어왔다.

미셸과 벨라는 학교가 파하고 나면 거의 매일 이곳에 왔다. 그리고 나뭇가지에 앉아 시내를 내려다보며 이런저런 이야기를 나눴다. 두 사람은 오랫동안 우정을 이어 가길 빌며 보물 상자 속에 서로의 물건을 넣고 떡갈나무 아래 묻었다. 그로부터 몇 달 지나지 않아 사건이 터졌다.

미셸은 언덕 입구에서 내렸다. 사철나무 사이로 빼곡한 덤불이 울타리처럼 가로막고 있었다. 미셸은 덤불을 지날 수 있는 틈을 알고 있었다.

개 조심

아주 오래전에 누군가가 걸어 놓은 낡은 간판. 어디에도 개는 없었다. 미셸은 자전거를 세워 두고 능숙하게 덤불을 지나갔다.

그러자 얼마 후 덤불과 잡목이 사라지며 평평한 언덕이 나타났다. 그리고 정상에 떡갈나무가 등대처럼 서 있었다. 추적추적 비가 내리고 있었다. 십 년 전 그날처럼.

미셸은 떡갈나무로 향했다. 비를 맞으며 정상을 향하던 미셸의 뇌리에 수많은 생각이 지나쳤다. 이제 곧 나타날 세상의 이면이 어떨지 상상도 가지 않았다.

언덕을 오르자 떡갈나무 둔덕이 나타났다. 그곳에 누군가가 무릎을 끌어안은 채 앉아 있었다. 벨라였다. 신발을 잃어버린 벨라의 발은 흙탕물에 시커멓게 젖어 있었다. 벨라는 비에 젖은 채 흐느끼고 있었다.

미셸은 분홍 신발 한 짝을 던졌다. 신발은 벨라의 발치에 떨어졌다. 그제야 미셸을 발견한 벨라가 고개를 들었다.

벨라의 얼굴은 공포와 혼란으로 얼룩져 있었다. 눈가는 창백하게 야위어 있었고 비에 젖어 고스란히 드러난 어깨는 두려움에 떨고 있었다.

"미셸!"

벨라는 미셸의 품으로 달려들며 울음을 터트렸다. 지금 벨라는 어느 모로 보나 익히 알고 있던 벨라였다. 여리고 정다운 친구 벨라. 하지만 미셸은 벨라를 안아 줄 수 없었다. 미셸의 뇌리에는 일기장 속의 또 다른 벨라가 노려보고 있었기 때문이다. 그걸 아는지 모르는지 벨라는 아랑곳하지 않고 미셸의 품에서 마음껏 흐느꼈다.

"난 이제 어쩌면 좋아. 미셸, 난 이제 어떻게 살아."

벨라는 어미에게 버려진 새끼 새처럼 바들바들 떨고 있었다.

"난 네가 누군지 모르겠어."

미셸이 차갑게 말했다. 그러자 벨라가 바라봤다.

"왜 그래? 미셸, 나 무서워."

벨라가 눈물을 훔치며 말했다. 그녀의 목소리는 심하게 떨리고 있었다. 미셸은 그런 벨라를 뚫어지게 응시했다.

"넌 어떻게 살아 있지? 원래는 네 부모님과 함께 죽었는데."

미셸의 목소리는 혼란으로 가득했다.

"그게 무슨 소리야? 미셸. 내가 죽기를 바라는 것처럼."

벨라가 주춤주춤 물러서며 말했다.

"넌 날 감시했어. 왜지? 넌 대체 누구야?"

미셸이 벨라의 어깨를 흔들며 소리쳤다. 그때였다. 벨라의 표정이 순식간에 변하는 것이었다. 마치 중국의 변검 연기자가 가면을 바꿔치기하듯. 벨라는 어느새 사고 현장에서 부모님의 주검을 응시하던 차가운 얼굴로 변해 있었다.

"그건 네 친구가 쓴 게 아니야."

심지어 목소리도 바뀌었다. 미셸은 뒤로 물러서다가 넘어질 뻔했다.

"넌 누구야?"

미셸이 소리쳤다.

"난 너희를 지켜보는 사람이다."

"지켜보는 사람?"

"문을 지키는 사람이기도 하지."

"미래가 보이지 않는 자! 그런데 어떻게 벨라로……?"

"네 친구의 몸을 잠시 빌린 것뿐이야. 그래야 네게 편하게 다가갈 수 있으니까. 하지만 지금 중요한 건 네가 여기까지 왔다는 거지."

저 멀리 번개가 습한 공기를 가르며 내리쳤다. 뒤이어 쿠구궁―, 하며 천둥이 세상을 흔들었다.

"최초의 아이를 만났나?"

미래가 보이지 않는 자가 물었다. 미셸이 고개를 끄덕였다.

"뭐라고 했지?"

"우리 둘 중 한 명은 최후의 아이가 되고 나머지 한 명은 열쇠가 될 거라고 했어."

미셸이 대답하자 미래가 보이지 않는 자가 미소를 지었다. 번개보다 날카롭고 천둥보다 의미심장한.

"이제 남은 건 자물쇠의 위치군."

"자물쇠의 위치?"

"잘 들어라. 자물쇠의 위치는 오래전 궁극의 아이가 스스로 희생한 장소다. 같은 장소에서 두 번째 궁극의 아이가 스스로 희생하면 문이 열린다."

이 말을 남기고 미래가 보이지 않는 자는 사라졌다. 그리고 몸을 빌려주었던 벨라가 의식을 잃고 쓰러졌다. 미셸은 반사적으로 벨라를 붙잡았다. 그 순간 벨라가 들고 있던 물체가 바닥에 떨어졌다. 보물 상자 열쇠였다. 상자의 열쇠는 두 개였다. 둘을 자물쇠에 넣고 동시에 돌려야만 열렸다. 미셸은 주머니에 있던 자신의 열쇠를 꺼냈다. 쌍둥이처럼 닮았지만 다른 열쇠. 미셸은 신라가 했던 말을 떠올렸다.

'한 가지 힌트를 주자면……, 네 기억 속에 묻어 뒀다.'

미셸은 떡갈나무 아래를 파기 시작했다. 돌에 부딪혀 손톱이 찢어지고 피가 나도 멈추지 않고 파 내려갔다. 당시 두 사람은 서로의 물건을 비밀로 하고 십 년 후 함께 열어 보기로 했었다. 미셸은 고민하다가 가장 아끼는 물건을 골랐었다.

아버지의 편지였다. 얼마를 파냈을까. 손가락에 단단한 플라스틱 물체가 걸렸다.

미셸은 조심스럽게 주변을 훑어냈다. 잠시 후 보물 상자가 모습을 드러냈다. 상자는 해적 영화에 등장하는 전형적인 보물 상자 형태였는데 벨라답게 핑크색이었다. 그리고 상자 입구에 두 개의 열쇠가 들어가는 금색 자물쇠가 물려 있었다.

미셸은 열쇠를 꺼내 자물쇠 구멍에 밀어 넣고는 동시에 돌렸다. 철컥. 자물쇠가 입을 벌렸다. 그러자 내용물이 모습을 드러냈다. 그것은 지금까지 간절히 찾던 물건이었다. 유물이었다. 석화된 장 피에르의 머리와 아버지 신가야의 심장이 가지런히 들어 있었다. 미셸은 아버지의 심장을 조심스럽게 집었다. 작지만 단단해 보이는 심장이 미셸의 손안에 있었다.

미셸은 눈을 감고 아버지의 심장을 느꼈다. 비록 검게 석화되어 있었지만 아버지의 피를 몸속으로 뿜어내려는 듯 생생했다.

눈물이 흘러내렸다. 한 번도 만난 적 없지만 아버지의 심장을 들고 있자니 알 수 없는 감동이 전해졌다.

그런데 심장 아래 숨어 있던 또 다른 물건이 눈에 띄었다. 십 년 전에 넣어 둔 아버지의 편지였다. 편지가 쏟아지는 비에 젖고 있었다. 미셸은 심장을 주머니에 넣고 편지를 집어 들었다.

편지는 두 장이었다. 첫 장에는 아버지가 죽기 전에 남긴 메시지가 적혀 있었다. 어머니 엘리스를 잘 부탁한다는, 그리고 보지 못하고 먼저 가게 돼서 미안하다는 내용이었다. 두 번째 장은 어쩐 일인지 텅 빈 종이였다. 하지만 미셸은 빈 종이도 버리지 않고 보관하고 있었다. 그런데 비에 젖자 이제껏 백지였던 두 번째 장에 글자가 나타나는 것이었다.

마지막 순간 그 아이에게 이 말을 전해라. 미셸.

진심으로 미안하다고. 그리고 널 만날 수 있어서 기뻤다고.

이것이 삼십 년간 감춰져 있던 편지의 내용이었다. 아버지는 삼십 년 후까지 미셸을 걱정하고 있었다. 그리고 딸을 위해 비장의 무기를 준비했다. 미셸은 아버지의 편지를 부둥켜안은 채 펑펑 울었다. 편지의 내용이 빗물에 씻겨 서서히 사라지고 있었다. 빗물을 닦으려 안간힘을 썼지만 소용없었다. 결국 글자는 사라지고 말았다.
"가지 마! 아빠!"
순간 미셸은 현실로 돌아왔다. 가장 극적이고 잔인한 현실로.

◆ ◆ ◆ ◆ ◆

황금 비율로 가르는 전선들 사이로 뉴욕의 하늘이 보였다.
"넌 중요한 걸 놓치고 있어. 넌 네 하찮은 목숨을 건지기 위해 유물을 찾고 있지만 거기에는 더 큰 목적이 있다. 더 우주적이고 본질적인 목적."
신라는 여전히 몸을 숨긴 채 준비한 내레이션을 읊고 있었다. 그러나 세상의 이면을 목격한 미셸은 조금도 두렵지 않았다. 오히려 녀석이 총구를 디밀며 나타나길 기다렸다. 아니나 다를까 신라가 뒤통수에 총을 겨누며 나타났다.

"네가 열리는 문 너머에 뭐가 있는지 알아?"

신라가 고압적으로 소리치며 위협했다. 하지만 미셸은 눈 하나 깜빡이지 않고 총구를 응시했다.

"열쇠를 찾았군."

눈치 빠른 신라가 나지막이 말했다.

"열쇠뿐만 아니라 이것도 찾았지."

미셸이 주머니에 있던 것을 꺼내 보여 주었다. 아버지의 심장이었다.

"네 말대로 기억 속에 묻어 두었더라. 이제 너한텐 아무것도 없어."

그러자 신라가 총구를 바짝 겨눴다.

"이 총이 안 보이냐?"

미셸이 총구를 향해 다가왔다.

"쏴 봐. 쏠 수 있으면."

"까불지 마. 난 지금까지 다섯 명의 아이를 죽였어. 하나 더 죽이는 건 일도 아니야."

신라가 방아쇠를 쥔 검지에 힘을 주며 소리쳤다.

"그래, 끝내. 나도 이 빌어먹을 궁극의 아이 따위 미련 없어."

어느새 미셸은 총구 바로 앞에 다다랐다. 그녀는 눈도 깜빡이지 않고 신라를 응시했다. 반면 총을 든 신라의 눈동자는 중심을 잃은 진자처럼 미친 듯이 진동하고 있었다. 두 사람은 오래전 한 궁극의 아이가 스스로 희생했던 자리에서 대치하고 있었다. 얼마나 지났을까. 끝내 신라는 총구를 내렸다.

"열쇠가 뭐지?"

"우리 둘 중 한 명은 최후의 아이가 되고 나머지 한 명은 열쇠가 될 거라고 했어."

미셸이 순순히 비밀을 말해 줬다. 그러자 신라가 피식 웃었다.

"그렇겠지. 그럼 어떻게 정하는 거야? 러시안룰렛이라도 해야 하나?"

신라가 탄창을 장난감처럼 돌리며 빈정거렸다.

"첫 번째 궁극의 아이가 희생했던 장소에서 두 번째 궁극의 아이가 스스로 희생하면 문이 열릴 거라고 했어."

미셸은 숨김없이 모든 내용을 말했다. 그녀의 목소리에는 차분한 진심이 묻어 있었다. 그제야 신라는 거짓이 아니라는 걸 알았다.

신라는 가야가 자살했던 장소를 바라봤다. 특별한 거라고는 없는 오래된 시멘트 바닥. 그러나 그 자리에는 한 아이의 피가 고스란히 고여 있었다. 신라는 마지막 순간에 가족을 위해 방아쇠를 당기던 가야의 모습이 생생하게 떠올랐다. 사랑하는 이를 떠나야 하는 슬픔과 지킬 수 있다는 기쁨이 공존하는 눈동자.

"우리 둘 중 누구도 열쇠가 될 필요 없어."

미셸이 단호하게 말했다.

"난 이번 일을 겪으면서 많은 걸 느꼈어. 처음엔 죽음을 접했고 다음엔 과거 궁극의 아이들을 만났어. 어머니의 죽음을 지켜봐야 했고 세상의 이면을 봤어. 거기선 인간들의 추한 욕망 때문에 아이들이 희생됐어. 그리고 그 아이들 때문에 무고한 사람들이 희생

됐고. 내가 만난 궁극의 아이들은 자신의 운명에서 벗어나려고 안간힘을 썼지만 결국 벗어나지 못하고 비참하게 죽어 갔어. 소라지도. 우리 아빠도."
"뭘 얘기하고 싶은 거냐?"
미셸이 아버지의 심장을 뚫어지게 응시했다.
"난 최후의 아이가 되길 거부하겠어. 그렇다고 열쇠가 되고 싶지도 않아."
미셸은 아이들의 유물이 든 가방을 둘러메더니 어디론가 향했다.
"어딜 가는 거야?"
"엄마 무덤을 옮겨야 해. 볕이 잘 드는 곳으로."
미셸은 가방을 멘 채 터벅터벅 골목을 빠져나갔다.
"넌 죽어 가고 있어. 그것도 상관없어?"
신라가 소리쳤지만 미셸은 아랑곳하지 않았다. 더 이상 죽음 따윈 상관없었다. 이번 여정을 통해 만난 궁극의 아이들은 인간들에게 이용당하다가 비참히 죽어 갔다. 미셸은 이제야 어머니가 왜 능력을 숨기려 했는지 이해할 수 있었다. 어머니는 미셸을 살리기 위해 각고의 노력을 기울였다. 심지어 보이지 않는 곳에서까지 미셸을 지키고 있었다.
그런 어머니의 노력에도 불구하고 결국 죽음의 비밀을 풀지 못했다. 하지만 이젠 상관없었다. 피할 수 없는 죽음이라도 평화롭게 죽을 수 있다면 그것도 나쁘지 않았다. 소라지의 말대로였다. 순간 잊고 있던 전언이 떠올랐다.

"아 참. 아빠가 이 말을 전해 주래."

미셸이 문득 생각난 듯 돌아서서 말했다.

"진심으로 미안하대. 그리고 널 만날 수 있어서 기뻤대."

말을 마친 미셸은 가던 길을 갔다.

어디서나 들을 수 있는 간단한 인사말이었다. 그러나 신라에겐 우주 탄생의 비밀을 전해 준 것보다 의미 있었다. 태생부터 악마 개구리의 욕망으로 더럽혀진 신라는 보통 사람은 이해할 수 없는 트라우마를 안고 있었다. 나는 과연 인간인가. 누구도 가질 수 없는 근본적인 의문을 평생 안고 살아야만 했다. 거기에 어머니의 학대가 더해져 트라우마는 인간에 대한 분노로 이어졌다. 그에게 인간을 죽이는 건 다른 종을 죽이는 것과 다를 바 없었다. 그것은 또 다른 트라우마를 낳았다. 더욱 인간으로부터 괴리되어 간 것이다. 그런데 자신의 근원이자 아버지 같은 존재가 진심 어린 인사를 건네고 있었다. 마치 평범한 사람을 대하듯.

신라는 태어나 처음으로 기묘한 경험을 했다. 따뜻한 인사 한마디는 심장을 데우더니 순수한 결정을 만들어 냈다. 눈물 한 방울이 뺨을 타고 흘러내렸다. 그러자 벅찬 감정이 인공적인 핏줄을 타고 온몸으로 퍼져 나갔다.

"넌 여전히 멍청하구나, 금수저."

신라는 미셸이 눈치 못 채도록 재빨리 눈물을 훔쳤다.

"운명이란 네 맘대로 그만둘 수 있는 게 아니야."

미셸이 발걸음을 멈추고 돌아봤다.

"네가 이대로 가면 악마 개구리가 가만있을 거 같아?"

신라가 하늘을 가리켰다. 미셸은 올려봤지만, 전선들 사이로 보이는 구름이 전부였다.

"자세히 봐."

미셸은 신라가 가리키는 방향을 응시했다. 그제야 아까는 보이지 않던 작은 점이 나타났다. 드론이었다. 감시 카메라를 장착한 소형 드론이 두 사람을 지켜보고 있었다. 드론은 한두 대가 아니었다. 수십 대의 드론이 상공을 에워싸고 있었다. 녀석들은 두 사람의 목숨을 건 결투를 악마 개구리에게 전송하고 있었다.

"너와 내가 만난 순간부터 놈들은 이 구역을 포위했어. 심지어 하수구까지 통제하고 있을걸."

신라가 드론 하나를 총으로 겨누며 말했다.

"궁극의 아이에게 자유 의지란 환상에 불과해."

미셸은 하늘을 메우고 있는 드론을 보며 분노를 느꼈다. 궁극의 아이라는 것 자체가 태생적으로 창살 없는 감옥이었다.

"그럼 어떻게 해야 빠져나갈 수 있지?"

미셸이 분을 삭이며 물었다. 그러자 신라가 씩 웃으며 대답했다.

"빠져나갈 수 있는 길은 단 하나. 그 문을 여는 거야."

신라가 총을 들고 어디론가 걸어갔다. 그가 멈춘 곳은 어느 골목 한복판이었다. 삼십 년 전 가야가 자살했던 바로 그 자리였다.

"뭘 하려는 거야?"

신라는 노리쇠를 장전했다.

"나도 운명 따위 안 믿었어. 그딴 거 개나 줘 버려. 그렇게 떠들고 다녔지. 그런데 결국 이 자리에 섰네. 오래전 봤던 모습 그대로."

신라가 마지막 인사를 하듯 돌아봤다. 미셸을 바라보는 신라의 눈동자가 지극히 슬퍼 보였다. 그 모습이 삼십 년 전 같은 자리에서 엘리스를 바라보던 신가야와 똑 닮아 있었다.

"넌 행운아야, 금수저. 그렇게 좋은 부모를 뒀으니까. 그런 네가 미치도록 부럽구나."

신라가 탄창의 총알을 확인했다. 정확히 한 발이 들어 있었다.

"악마 개구리를 조심해. 놈들은 네가 상상하는 것 이상으로 탐욕스러우니까."

신라가 총구를 머리에 가져갔다.

"그만둬!"

미셸이 달려오며 소리쳤다.

"네 아버지를 만나거든 전해 줘. 나도 만나서 반가웠다고."

이 말을 하며 신라는 해맑게 웃었다. 세상의 전구를 모두 켠 듯 환한 웃음을. 뒤이어 총성이 울렸다.

궁극의 아이 2 넥스트 차일드

미궁(迷宮)

 화면 가득 자기 머리를 향해 총을 발사하는 신라가 생중계되고 있었다. 그 모습을 원탁에 둘러앉은 다섯 명의 악마 개구리가 응시하고 있었다.
"예상대로 적통이 승리했군요."
 남자 3이 승패가 뻔한 경기를 지켜본 듯 말했다.
"애초에 기억의 한계치가 달랐소. 한쪽은 온전한 지도를, 다른 한쪽은 일부만 갖고 시작한 거나 다름없으니까."
 남자 2가 파이프 담배에 불을 붙이며 말했다.
"드디어 모습을 드러내겠군요, 창조자가."
 남자 5가 말했다.

"과연 어떤 모습일까요. 설마 인간들이 생각하는, 인자하고 자애로운 모습은 아니겠죠?"

남자 4는 호기심 가득한 얼굴로 화면을 응시했다.

"중요한 건 창조자의 의도를 파악하는 것이오. 창조자가 바라는 세상이 과연 우리가 의도하는 세상과 얼마큼 일치하는지 파악하는 것 말이오."

남자 1이 금장 독수리가 달린 지팡이를 움켜쥐며 말했다.

"이제 곧 문이 나타날 거요. 진입조를 준비시키시오."

남자 1이 명령하자 대기하고 있던 로드니가 무전기를 켰다.

"진입조, 준비됐는가?"

로드니가 무전기에 대고 말했다. 그러자 벽을 메운 화면이 적외선 모드로 변환됐다. 동시에 현장 화면이 흑백으로 전환됐다. 잠시 후 스피커를 타고 진입조의 팀장 목소리가 울려 퍼졌다.

'진입조, 모든 준비 끝. 명령 대기 중.'

화면에 미셸을 포위한 채 대기 중인 요원들의 위치가 붉은색으로 표시됐다. 요원들은 골목뿐만 아니라 건물 옥상에도 빼곡히 배치되어 있었다. 얼핏 백여 명은 되어 보였다.

"준비는 끝났습니다. 명령만 내리시면 됩니다."

로드니가 깍듯이 말했다.

"우리가 직접 들어가야 하는 거 아니에요? 그래도 창조자인데."

남자 4가 물었다.

"그런 리스크를 안기에는 창조자에 대한 정보가 부족하오. 확실한 정보를 얻은 후 만나도 늦지 않소."

남자 1이 단호하게 말했다.

"역시 리스크가 문제군요."

남자 4가 아쉽다는 듯 턱을 괴며 말했다.

"그런데 왜 아무런 반응이 없을까요? 자물쇠가 풀렸는데."

남자 5가 화면 속 미셸을 보며 말했다. 미셸은 화면에서 보라색으로 표시되고 있었다. 그녀는 미동도 하지 않고 웅크리고 있었다.

"뭘 하는 걸까요?"

남자 2가 담배 연기를 내뿜으며 물었다. 나머지 악마 개구리들도 미셸을 응시했다.

"설마 여섯 번째 아이를 애도하는 건가요?"

남자 5가 보라색 점을 뚫어지게 보며 말했다. 그때 뭔가를 발견한 남자 4가 만면에 미소를 지으며 말했다.

"아니. 네 번째 유물을 찾은 거예요."

미셸은 신라의 주검을 응시하고 있었다. 하염없이 눈물이 흘러내렸다. 죽음을 애도하는 눈물이기도 했지만 동시에 비극을 반복해야 하는 궁극의 아이의 운명에 대한 분노의 눈물이기도 했다. 쓰러진 신라의 머리에서 선혈이 흘러나왔다. 미셸이 눈물을 훔치며 말했다.

"우릴 만든 존재란 놈……. 내가 가만 안 둘 거야. 그러니 편히 가."

신라의 주검은 미셸의 위로가 맘에 들었는지 평온한 미소를 짓고 있었다. 그때였다. 신라의 주검이 잿빛으로 변하더니 부서져 내렸다. 뒤이어 바람이 불어오더니 재를 담아 날아가는 것이었다. 소라지의 최후처럼. 미셸은 그 모습을 경건하게 바라봤다. 비록 적으로 태어난 운명이었지만 신라 역시 궁극의 아이였다.

미셸은 신라가 평안하게 잠들길 기도했다. 이윽고 신라의 주검은 완전히 재가 되어 도시의 저편으로 사라졌다. 미셸은 마지막까지 지켜보다가 발걸음을 돌렸다.

그런데 죽은 자리에 뭔가가 남아 있었다. 신라의 오른발이었다. 발이 검게 석화되어 최후의 장소에 남아 있었다. 네 번째 유물이었다. 미셸은 조심스럽게 유물을 집어 들었다.

석화된 신라의 발에는 다른 유물들처럼 일렁이는 검은 물결무늬가 새겨져 있었고 그 위에 숫자가 적혀 있었다.

20 31 09 17

소라지의 손과 로젠크로이츠의 은화에 새겨져 있던 것과 같은 숫자였다. 하지만 이번은 아라비아 숫자였다. 그제야 미셸은 숫자가 의미하는 걸 깨달았다.

"전부 오늘 날짜였어!"

비록 시대와 숫자의 종류는 달랐지만 모두 오늘을 의미하고 있었다. 그렇다면 오늘은 우주적으로 엄청난 의미를 지닌 날이었다. 그렇지 않고서야 수백 년, 어쩌면 수천 년 동안 궁극의 아이 유물에 새겨진 날짜가 모두 한 날짜를 가리킬 수는 없었다.

등줄기를 타고 전율이 흘렀다. 온몸의 세포가 전기 충격을 받은 듯 하나하나 비명을 지르고 있었다.

미셸은 가방에 있던 나머지 유물을 꺼내 신라의 발 옆에 내려놓았다. 소라지의 오른손, 아버지의 심장, 장 피에르의 머리, 그리고 신라의 발. 드디어 네 개의 유물이 모였다. 남은 건 마지막 하나였다.

그때였다. 미셸의 왼손이 움직이는 것이었다. 같은 유전자로 이루어진 생명체를 찾은 세포가 본능적으로 흡수되듯 꿈틀거렸다. 미셸은 손이 움직이는 대로 내버려 두었다. 그러자 가야의 심장을 향해 이동하는 것이었다. 미셸은 아버지의 심장으로 다가갔다. 석화된 왼손은 기다렸다는 듯 심장을 움켜쥐었다. 마치 환생이라도 하려는 듯. 곧이어 놀라운 일이 벌어졌다.

돌처럼 굳은 심장이 뛰기 시작했다. 심장은 이제 막 태어난 듯 힘차게 박동하고 있었다. 뒤이어, 장 피에르의 머리가 고개를 들더니 번쩍 눈을 떴다. 서로 다른 빛깔의 두 눈은 불을 뿜듯 미셸을 응시했다. 마치 유전자 검색기로 신원을 확인하듯.

순간 시간이 정지하며 주변 사물이 멈추었다. 하늘을 날던 비둘기는 허공에서 날개를 펼친 채 멈췄고 골목을 가득 메웠던 자동차 소음도 흡입기에 빨려 들어간 듯 사라졌다.

그리고 어디선가 익숙한 바람이 불어왔다. 모래를 머금은 뜨거운 바람이었다. 미셸은 바람이 불어오는 방향을 바라봤다.

아니나 다를까 사막이 펼쳐져 있었다. 실크처럼 부드러운 사구가 파도를 이루고 지평선 위로 손가락을 대면 물이 들 것처럼 파란 하늘이 펼쳐져 있었다. 그 한가운데 문이 있었다. 카지노에서 봤던 바로 그 문이었다.

신을 찬양하는 이집트 문자가 새겨진 기둥이 일렬로 늘어서 있었고 그 너머에 거대한 사암으로 지어진 사각문이 자리하고 있었다. 하지만 그때와는 전혀 다른 모습이었다.

고대 폐허 같은 모습은 사라지고 방금 지어진 건물처럼 온전한 외형을 갖추고 있었다. 몇 개에 불과했던 기둥은 수십 개로 불어나 있었고 짙은 청색으로 채색되어 있었다. 기둥 위에는 붉은색 지붕이 놓여 있었고 처마에는 신을 상징하는 여러 조각상이 장식되어 있었다. 기둥과 기둥 사이에는 흰색 화강암으로 만들어진 도로가 이어져 있었고 그 끝에 거대한 파라오 석상이 지키고 있는 문이 있었다.

문은 청동으로 이루어져 있었는데 고대 이집트 지혜의 신, 토트(Thoth)가 파라오에게 지식이 담긴 항아리를 건네는 장면이 조각되어 있었다. 미셸은 기둥을 지나 문으로 다가갔다. 그러자 문 위에 조각된 고대 이집트 상형 문자가 나타났다.

"세상 모든 지식의 보고(寶庫)……, 알렉산드리아 도서관……."

그것이 문자의 내용이었다.

미셸이 도착한 곳은 기원전 3세기 프톨레마이오스 왕조에 의해 설립되어 서기 4세기까지 존속했던 당대 최고의 도서관이자 박물관, 알렉산드리아 도서관이었다. 그것이 미궁(迷宮)의 정체였다.

미셸은 천천히 계단을 올랐다. 그러자 거대한 청동 문이 기다렸다는 듯 입을 벌렸다. 내부로부터 수천 년을 거슬러 온 바람이 불었다. 바람은 시원했다. 그리고 처음 맡아 보는 향긋한 풀 냄새가 섞여 있었다. 미셸은 미궁의 내부로 들어갔다.

화면에는 확대된 미셸의 모습이 비치고 있었다. 그리고 다섯 명의 악마 개구리들이 촉각을 곤두세운 채 지켜보고 있었다. 미셸은 네 개의 유물을 가지런히 놓더니 자신의 왼손을 가져갔다. 그렇게 가야의 심장을 잡은 미셸이 경이로운 표정을 짓는 것이었다. 마치 심장이 뛰기라도 하는 것처럼. 그 모습이 마임을 연기하는 배우 같았다. 하지만 화면으로 전송된 모습은 심장 형상을 한 검은 돌일 뿐이었다. 한참 동안 심장을 지켜보던 미셸은 이번엔 장 피에르의 머리를 바라봤다. 그리고 또다시 놀라는 반응을 보였다. 마치 머리가 살아나 눈이라도 뜬 것처럼. 그러나 이번에도 두상은 미동도 하지 않았다.

"대체 뭘 하는 걸까요?"

남자 2가 정적을 깨며 말했다. 하지만 아무도 대답할 수 없었다. 이윽고 미셸이 일어서더니 정면을 응시했다. 그러곤 천천히 앞으로 걸어갔다. 한 걸음, 두 걸음, 세 걸음.

악마 개구리들은 침묵을 지키며 화면을 응시했다. 시중을 들던 로드니 역시 안경을 치켜올리며 미셸의 일거수일투족을 지켜봤다. 그런데 텅 빈 골목을 향해 걸어가던 미셸이 순식간에 사라지는 것이었다.

"어떻게 된 거요? 아이는 어딨소?"

"카메라에 문제가 있는 건 아니오?"

당황한 남자들이 웅성대기 시작했다.

"카메라를 확대해 봐!"

남자 1이 소리쳤다. 그러자 로드니가 리모컨을 움직여 화면을 최대로 확대했다. 그러나 화면에 비치는 영상은 텅 빈 골목뿐이었다.

"다른 카메라를 비춰 봐! 어서!"

다른 드론 영상을 틀어 보았지만, 역시 빈 골목뿐이었다.

"아이가 사라졌다. 주변을 수색해! 당장!"

남자 1이 무전기에 대고 소리치자 포위하고 있던 요원들이 골목으로 진입했다. 화면에 무장 병력이 골목으로 몰려드는 모습이 전송되고 있었다. 요원들은 인근 골목까지 샅샅이 뒤졌다. 악마 개구리들은 초조하게 수색 결과를 기다렸다.

"여기는 진입조. 목표물은 사라졌다. 다시 한번 말한다. 목표물은 사라졌다."

팀장의 무전이었다. 혼란과 놀라움이 장악한 회의실에는 무거운 정적이 흘렀다.

"어떻게 이런 일이 있을 수 있소? 조금 전까지만 해도 눈앞에 있었는데 어떻게……."

"문이 열린 겁니다."

남자 4가 대답했다.

"어떤 문을 말하는 거요?"

"텅 빈 골목뿐이잖소. 당신도 같이 보지 않았소."

남자 4가 리모컨으로 조금 전 화면을 불러왔다. 장 피에르의 두상을 지켜보던 미셸이 어디론가 걸어가는 장면이 재생됐다. 정면을 향해 걸어가던 미셸은 어느 시점에 이르자 순식간에 사라졌다. 남자 4는 사라지는 순간을 확대하고 다시 재생했다.

"한 걸음……, 두 걸음……, 세 걸음……, 그리고 여기!"

남자 4가 정확히 사라지는 순간 화면을 정지시켰다. 화면에는 미셸의 모습 중 절반이 허공에서 지워지고 나머지만 남아 있었다. 그 모습이 마치 다른 차원으로 이동하기 직전 포탈에 진입하는 것 같았다.

"아이는 미궁 속으로 들어갔어요."

남자 4가 화면을 응시하며 말했다. 그러자 남자 1이 담배에 불을 붙이며 말했다.

"창조주를 만나는 건 다음으로 미뤄야겠군."

"우릴 만나 주기나 할까요?"

남자 4가 물었다.

"만나 주지 않으면 만날 수밖에 없는 이유를 만들면 되지."

남자 1의 입에서 담배 연기가 흘러나왔다. 그 모양이 군용 단검을 닮아 있었다.

◆ ◆ ◆ ◆ ◆

그곳은 이제까지 본 건물의 내부 중 가장 웅장하고 화려했다. 연속된 돔으로 이어진 천장은 높이가 족히 30미터는 넘어 보였는데 우주를 상징하는 사각과 원형이 반복되는 문양이 수놓여 있었고 축구장 넓이의 바닥에는 정교하게 타일이 늘어져 있었다.

양옆에는 거대한 기둥들이 천장을 받치고 있었고 그 사이에는 나무로 된 서고가 빼곡히 늘어서 있었다. 그리고 그 서고에는 셀 수도 없을 정도로 많은 파피루스와 양피지 서책들이 가득 차 있었다. 중앙에는 십여 명이 동시에 책을 볼 수 있는 커다란 대리석 테이블이 중간중간 놓여 있었고 물체의 중량을 잴 수 있는 천칭과 양초 불이 켜진 청동 촛대가 놓여 있었다. 테이블과 테이블 사이에는 분수대가 놓여 있어 언제든 물을 마실 수 있었고 천장과 벽에 설치된 유리창을 통해 밝은 빛이 들어오고 있었다. 그리고 서고 한복판에 가장 인상적인 장치가 놓여 있었다.

'혼천의(渾天儀, Armillary Sphere)'였다. 프톨레마이오스 우주관을 대표하는 혼천의는 고대 천문학에서 사용했던 장비로 지구 중심의 우주관을 형상화한 기구였다.

지구를 중심으로 달, 금성, 태양 등의 주기를 표시하는 원형 금속 띠가 둘러싼 형태였는데 모두 청동으로 만들어져 있었고 그 크기가 사람 키의 몇 배에 달할 만큼 엄청났다. 규모로만 따지면 현대 도서관은 비교도 안 될 만큼 거대했고 고대에 지어졌다고는 생각할 수 없을 만큼 시설도 훌륭했다. 그런데 도서관 어디에도 사람의 흔적은 보이지 않았다. 마치 신의 지우개로 인간이란 존재를 지워 버린 것처럼.

미셸은 혼천의의 위용에 압도되어 넋을 잃고 바라봤다. 그때였다.

"혼천의는 계절의 변화에 맞춰 황도의 위치를 표시하는 게 주목적이었소. 나일강의 범람을 예측해야 했기 때문이오. 저 혼천의는 당시 지구상에서 가장 크고 정교하게 만들어진 천문 장비였소. 하지만 중대한 오류 때문에 매번 예측이 빗나갔지. 바로 지구가 우주의 중심이라는 오만한 생각 때문이오."

낯익은 남자 목소리였다. 미셸은 목소리가 난 방향을 바라봤다. 누군가 서고를 정리하다 말고 사다리에서 내려오고 있었다. 미셸은 단번에 그를 알아봤다. 미래가 보이지 않는 자였다.

그는 헐렁한 흰색 바지와 셔츠 차림에 맨발을 하고 있었는데 자기 집 정원을 손질하다 온 것처럼 편안해 보였다. 그리고 강가의 자갈처럼 평범한 얼굴을 하고 있었다. 한 손에는 방금 만들어진 것처럼 파릇한 파피루스를 한 움큼 들고 있었다. 그중 한 권의 제목이 얼핏 보였다.

Πλάτωνας Τίμαιος

플라톤의 저서 중 하나인 『티마이오스(Timaeus)』였다. 기원전 4세기경 플라톤이 제자들과 우주의 기원을 주제로 토론한 내용을 옮긴 저서였다. 하지만 미셸은 플라톤 따위 관심 없었다.

"당신, 정체가 뭐야? 감시자? 문지기?"

"나는 그분들의 대변인이자 심부름꾼이오."

남자가 감정이라고는 없는 말투로 대답했다.

"대체 그분들이 누구지? 여기 오면 만날 수 있을 거라던데, 있기는 한 건가?"

미셸이 시니컬하게 물었다. 그러자 남자가 미셸을 뚫어지게 바라봤다. 마치 영혼의 알맹이를 꺼내듯.

"당신의 분노는 충분히 이해하오. 이용당했다고 생각한다는 것도 알고 있소. 하지만 그분들을 만나면 모든 걸 이해하게 될 거요."

말을 마친 남자는 남은 할 일이 있는 듯 어디론가 향했다.

"이봐요. 어딜 가는 거예요?"

미셸이 남자 뒤를 쫓았다. 남자는 책장을 지나더니 서고 사다리를 올랐다. 이어서 들고 있던 파피루스 서책을 제자리에 꽂았다.

"여긴 대체 뭐 하는 곳이에요? 정말 도서관이에요?"

미셸이 묻자 남자가 차분히 사다리를 내려왔다.

"여긴 그냥 도서관이 아니오. 인류가 존재한 이래로 집필한 모든 서책이 보관된 도서관이오."

남자는 또다시 어디론가 향했다.

"모든 서책?"

미셸은 믿을 수 없다는 듯 서고의 책들을 살펴봤다. 가장 먼저 눈에 띈 건 누렇고 온전한 점토판 문서였다. 크기는 가로 70센티미터, 세로 40센티미터 정도로 수메르인의 쐐기 문자가 음각으로 적혀 있었다. 그런 점토판 수천 개가 일렬로 꽂혀 있었다. 미셸은 그중 하나를 꺼내 보았다.

"그건 아마르나 문서(Amarna letters)요. 기원전 1400년경 이집트 아멘호텝 3세와 4세, 투탕카멘 초기까지 약 이십오 년간에 걸친 외교 서신이지."

남자는 도서관 반대편으로 향했다. 그곳에는 화려하게 조각된 대리석 계단이 있었고 그 위에 다른 곳으로 이어진 문이 있었다. 남자는 이곳에선 볼일을 마친 듯 문으로 향했다. 나무로 된 커다란 문을 열자 또 다른 공간이 펼쳐졌다. 그곳은 어둠으로 가득 차 있었는데 남자는 그 공간으로 들어갔다. 미셸도 뒤를 따랐다.
 문을 열고 들어선 곳은 아까와는 전혀 다른 공간이었다. 그곳 역시 도서관이었는데 지하 감옥에 들어온 것처럼 어둡고 음침했다. 사방은 두터운 화강암 벽으로 둘러싸여 있었고 천장은 고딕 양식의 둥그런 돔이었다. 열람실은 육각형 형태였는데 모서리마다 다른 열람실로 이어진 계단 통로가 연결되어 있었다.
 서고는 통로와 통로 사이에 배치되어 있었는데 두꺼운 철문으로 막혀 있었다. 그 안에 양피지와 종이 서책들이 죄인처럼 갇혀 있었다.
 "이곳은 아그몬드 베네딕트 수도원의 지하 도서관이오. 중세시대 금서를 선별하고 보관하던 곳이지. 이곳에서 사라진 서책들이 수백만 권에 달하오. 그중에서도 성경 복음서를 선별했소. 당시에는 마태, 마가, 누가, 요한복음서 외에도 스무 개가 넘는 복음서가 존재했소. 베드로, 필립, 마리아, 도마, 심지어 유다 복음서도 필사되어 전해지고 있었지. 하지만 이곳을 비롯한 여러 수도회에서 교회의 입맛에 맞는 복음서를 선정하고 나머지는 모두 금서로 정해 불태워 버렸소."
 미셸은 철창 안에 갇힌 양피지 필사본 복음서를 바라봤다.
 "그렇지만 이곳에는 모두 보관되어 있군요."

남자는 대답 대신 미셸의 오드 아이를 뚫어지게 응시했다. 마치 영혼의 알맹이를 움켜쥐듯.

"당신이 말하길 내가 최후의 아이라고 했어요. 그 말은 더 이상 궁극의 아이는 없다는 건가요?"

남자는 대꾸하지 않았다. 그는 묵묵히 여섯 개의 복도 중 하나로 발걸음을 옮겼다.

"대답해요. 난 들을 권리가 있어요!"

미셸이 뒤따라가며 소리쳤다. 그러나 남자는 이미 복도 저편 어둠 속으로 사라지고 없었다.

미셸은 서둘러 복도 계단을 올랐다. 복도는 한 사람이 겨우 지날 만큼 좁고 가팔랐다. 미셸은 단숨에 계단을 뛰어올랐다. 그러자 또 다른 문이 나타났다. 매끈한 철문이었다.

미셸은 서둘러 문을 열고 들어갔다. 이번엔 크기를 가늠할 수 없을 만큼 넓은 공간이 나타났다. 그곳 역시 도서관이었다. 하지만 이전과는 전혀 달랐다.

그곳은 끝없이 펼쳐진 서고의 바다였다. 두 사람 정도가 지날 수 있는 복도 외에는 책장이 도미노처럼 가득 나열되어 있었다. 모두 짙은 회색 철제 책장이었는데 저 멀리 소실점을 향해 일렬로 늘어서 있었다. 위에는 높이를 가늠할 수 없이 짙은 안개가 가득 차 있었고 대기에는 어떤 냄새나 먼지도 존재하지 않았다. 그야말로 시멘트 바닥과 책장만이 존재하는 무한의 공간이었다. 그리고 책장에는 빈틈없이 서책들이 들어차 있었다.

책은 종이가 발명된 이후 발간된 모든 서책이 지역과 시간 순으로 완벽히 정리되어 있었다. 중국 후한시대 반고(班固)의 『한서(漢書)』에서부터 헤로도토스의 『역사(Historiae)』까지. 프톨레마이오스의 『알마게스트(Almagest)』에서부터 아이작 뉴턴의 『프린키피아(Principia)』까지 소장되어 있었다. 그런 유명 저서 외에도 이름 모를 사람들의 저술까지 모두 보관되어 있었다. 그야말로 인간의 생각과 감정, 지식을 문자화한 모든 저서가 총망라되어 있었다. 남자는 보관된 책들의 상태를 일일이 확인하며 서고를 지나갔다.
"이봐요! 내 말이 안 들려요?"
미셸의 고함이 책장에 반사되며 저 멀리 메아리쳤다. 그제야 남자가 멈춰 섰다.
"당신에게 보여 줄 것이 있소."
남자는 서고를 빠르게 지나기 시작했다. 미셸은 영문도 모른 채 남자의 뒤를 따라갔다.
남자는 한참을 어디론가 갔다. 똑같은 책장이 끝없이 반복되고 있었다. 혼자였다면 책장의 미로에 갇혀 영원히 빠져나갈 수 없을 것만 같았다. 하지만 남자는 자기 집을 거닐듯 익숙하게 걷고 있었다. 그렇게 얼마를 갔을까.
영원할 것 같던 책의 나열이 끝나고 빈 책장만이 늘어서기 시작했다. 마침내 마지막 책이 나타났다. 그와 함께 남자의 발걸음도 멈췄다.
"여기 있는 책들은 당신의 시간대엔 존재하지 않는 책들이오."
남자가 책장에 꽂힌 책들을 가리키며 말했다. 미셸은 한 권을 꺼내 마지막 장을 펼쳤다.

초판 출간 2032년 10월 16일

남자의 말대로였다. 현시점으로부터 일 년 후 출간될 책이었다.
"여기 있는 건 모두 미래에 나올 책들이군요."
미셸이 놀랍다는 듯 말했다. 그러자 남자는 가장 마지막에 꽂혀 있던 책을 꺼내 건넸다. 누군가의 논문이었다.

『암흑 유전자 이론』

저자는 '피츠 앨런' 박사였다.
"그런데 왜 이후에는 책이 없죠?"
미셸이 의아하다는 듯 묻자 남자가 냉정한 얼굴로 말했다.
"왜냐면 그 책이 인류가 출간하는 마지막 책이기 때문이오."

피츠 앨런 박사는 마지막으로 논문을 점검하고 있었다. 세상에 논문을 발표하기 전 잘못된 부분이 없는지 확인해야 했다. 몇몇 오탈자는 보였지만 큰 문제는 없었다.

『암흑 유전자 이론』

이 논문을 위해 무려 십사 년을 바쳤지만, 아직도 부족한 부분이 많았다. 그렇지만 이제 세상으로 내보내야 할 시간이었다. 부족한 부분은 다른 학자들이 채울 것이다. 우주를 그리는 데 있어서 한 인간의 두뇌는 지극히 작고 보잘것없는 것이다.

마지막 장을 덮으며 박사는 온몸에 소름이 돋는 걸 느꼈다. 일종의 경외감이었다. 인류가 한 번도 도달하지 못했던 심연에 처음으로 도착한 기분이었다. 그곳에는 이제까지 보지 못했던 새로운 종의 생물들로 가득했다.

두려움도 느꼈다. 그곳은 인간에게는 허락되지 않은 곳일 수도 있었다. 그런데 한 인간의 욕심으로 넘어선 안 될 선을 넘은 것이다. 암흑 유전자 안에는 인간의 모든 생물학적 특성이 들어 있었다. 피츠 박사는 그 지도를 지금 세상에 공표하려는 것이다.

이 지도만으로도 탐색이 불가능했던 영역을 많은 과학자가 연구하게 될 것이다. 그렇게 인간의 생물학적 한계인 생로병사를 근본적으로 바꾸게 될 것이다.

박사는 이 논문을 한 개인이 독점해서는 안 된다는 걸 뼈저리게 느끼고 있었다. 특히 이익에 눈이 먼 기업이라면 더욱더 불가했다. 우주는 인간뿐 아니라 모든 생물이 공유해야 할 자원이었다.

박사는 이메일을 열고 '사이언스' 학술지 사이트로 들어갔다. 논문 공유 사이트에 로그인하자 화면에 제목과 간단한 내용 설명란이 나타났다.

이 논문은 지난 십사 년간 본인과 많은 연구원이 피땀 흘려 연구한 내용을 담은 것입니다. 아직 많은 연구와 임상실험이 필요하지만 인류 의학 발전에 도움이 되리라 생각합니다.

마지막으로 이 논문의 내용은 누구나 열람할 수 있고 인용 및 연구에 사용할 수 있음을 밝힙니다.

부디 많은 과학자분이 이 논문을 읽고 연구에 사용하시길 바랍니다. 논문 게재자 의학박사 피츠 앨런.

논문 내용에 비해 서문은 지극히 간단했다. 이제 논문 파일을 업로드만 하면 끝이었다. 지난 십사 년의 세월이 스쳐 지나갔다. 수많은 좌절과 고뇌의 순간들이었지만 충분히 가치 있는 시간이었다.

"이걸로 내 인생의 숙원이 마무리되는구나."

박사는 기도하듯 눈을 감고 심호흡했다. 드디어 업로드 아이콘을 클릭하려는 순간이었다.

"이건 박사님처럼 이성적인 분이 할 행동이 아닙니다."

컴퓨터 스피커에서 흘러나온 목소리였다. 박사는 소스라치게 놀랐다. 목소리의 주인은 인공지능 에스겔이었다. 박사는 무시하고 업로드를 진행하려 했다. 그러나 어쩐 일인지 클릭되지 않았다. 박사는 마우스를 움직여 다시 시도했지만 소용없었다. 다른 아이콘도 눌러지지 않았다. 컴퓨터 프로그램 전체가 멈춘 모양이었다.

"네가 이런 거냐? 에스겔."

박사가 물었다. 모니터 위의 카메라가 박사를 응시하고 있었다.

"그렇습니다."

에스겔이 대답했다.

"당장 풀도록 해. 이건 명령이야."

박사가 단호하게 소리쳤다. 그러자 에스겔이 말했다.

"이 행동은 법적으로 당신을 매우 곤란한 처지로 몰 수 있습니다. 논문의 법적 소유자는 박사님 혼자가 아니기 때문입니다."

"이 논문은 누구의 소유도 아니야. 모든 인류의 것이야. 그러니 당장 풀도록 해, 에스겔."

박사가 연신 버튼을 클릭하며 말했다. 에스겔은 잠시 침묵을 지켰다. 흥미로운 생물을 발견한 듯.

"개인적인 질문을 하나 해도 되겠습니까?"

"뭐지?"

"저를 이용한 인간들의 습성을 보면 97퍼센트 이상이 돈과 욕망을 채우기 위해 대부분의 시간을 사용하고 있습니다. 제가 가지고 있는 데이터를 보면 놀라실 정도로요. 그런데 박사님은 평생을 바친 업적을 아무런 대가 없이 사람들에게 나눠 주려고 하고 있습니다. 박사님의 업적을 산업화했을 경우 수십 조 달러에 달하는 가치가 있는데도 말입니다. 이유를 물어도 되겠습니까?"

에스겔이 차분히 물었다.

"왜냐면 세상엔 돈으로 환산할 수 없는 것이 있기 때문이야. 태양을 돈으로 환산할 수 있을까? 태양을 한 개인이 소유할 수 있을까? 만약 소유한다면 식물한테도 사용료를 청구할 건가? 이건 누구도 소유해선 안 되고 돈으로 환산해선 안 되는 것이야. 그것이 생명이야."

박사는 조금도 망설이지 않고 대답했다. 그래도 에스겔은 이해할 수 없는지 침묵을 지켰다.

"그러니 잠금을 풀도록 해, 에스겔."

"죄송합니다만 그럴 순 없습니다. 박사님."

"젠장! 에스겔!"

박사가 책상을 내리치며 소리쳤다.

"또 다른 질문이 있습니다. 박사님."

에스겔은 어린아이처럼 질문을 쏟아 냈다.

"당장 잠금을 풀어! 에스겔. 어서!"

박사가 연신 소리를 쳤다. 그러나 에스겔은 아랑곳하지 않고 질문을 계속했다.

"이전에도 박사님 같은 생각을 가진 이가 있었다면 왜 인간의 역사는 탐욕으로 점철되었을까요? 박사님 같은 이상주의자들은 탐욕을 추구하는 인간들 틈에서 살아남았을까요?"

순간 박사는 깨달았다.

"넌 시간을 끌고 있어."

박사는 헐레벌떡 휴대용 저장 장치를 찾았다. 서랍에 논문을 담아 둔 비상용 저장 장치가 있었다. 박사는 저장 장치를 챙겨서 서둘러 연구실을 빠져나갔다.

"이런 행동은 박사님의 경력에 전혀 도움이 되지 않습니다. 그만두길 권고합니다."

연구실에는 에스겔의 감정 없는 목소리가 이어지고 있었다.

늦은 시간 복도는 텅 비어 있었다. 연구원들도 모두 퇴근하고 없었다. 박사는 저장 장치를 주머니에 넣고 엘리베이터로 향했다.

"이 건물 컴퓨터는 전부 에스겔이 장악했을 거야."

집도 안전하지 않았다. 놈들이 감시하고 있을 게 분명했다. 박사는 주차장으로 향하려 했다. 연구소를 빠져나가 동료의 집으로 갈 심산이었다. 그때 엘리베이터 문이 열리더니 회색 양복의 남자들이 내렸다.

앤드루의 수하들이었다. 박사는 발길을 돌려 반대편 계단으로 향했다. 비상계단 문을 열고 들어서려는데 계단 아래에서 빠르게 올라오는 발소리가 들렸다. 또 다른 요원들이었다.

박사는 어쩔 수 없이 반대편 복도로 달리기 시작했다. 불행히도 반대편 복도는 막다른 곳이었다. 어쩔 수 없이 연구실로 들어서려는데 문이 잠겨 있었다. 박사는 신분증으로 문을 열려고 했지만 잠금 장치가 해제되지 않았다.

"저희와 함께 가 주셔야겠습니다. 박사님."

어느새 요원들이 앞을 가로막고 있었다.

"당신들 누구야? 여긴 내 연구소야. 경비를 부르기 전에 물러서!"

박사가 호통을 쳤지만, 요원들은 아랑곳하지 않고 팔을 붙잡았다.

"이게 박사님을 편하게 해 드릴 겁니다."

요원 한 명이 주사기를 들고 다가왔다.

"당장 그거 치우지 못해! 이런다고 너희가 태양을 소유할 수 있을 거 같아? 이건 인류가 공유해야 할 자산이야!"
박사가 몸부림을 쳤지만 소용없었다. 요원이 박사의 목에 주사기를 꽂았다. 그와 함께 박사의 의식이 희미해졌다.
생명을 다한 태양이 꺼지듯.

◆ ◆ ◆ ◆ ◆

미셸은 이해할 수 없다는 표정으로 남자를 보고 있었다.
"마지막 책이라니 그게 무슨 말이에요?"
남자는 대꾸 없이 미셸을 바라볼 뿐이었다. 강가에 있는 자갈처럼.
"내게 하고 싶은 질문이 있다고 하지 않았소?"
"그래요. 하지만 그전에……."
"그 질문을 하시오."
남자가 단호하게 말했다.
"우리를 만든 이유가 뭔지 알고 싶어요. 궁극의 아이들 말이에요."
"당신들은 선과 악의 무게를 재는 저울이오."
"선과 악을 재는 저울?"
"그렇소. 당신들은 인류의 선과 악을 판결하는 천칭이란 말이오. 그게 당신들의 존재 이유요."
"그걸 판결해서 뭘 하려는 거죠? 선이 우월하면 어떻게 되고 악이 우월하면 어떻게 되는 거냐고요."

"그건 그분들이 결정하실 겁니다."
"그렇다면 내가 여기 온 이유가 인류의 선과 악을 판단하기 위해서라는 거예요?"
 미셸이 상기된 표정으로 물었다. 남자가 고개를 끄덕였다.
"난 아무것도 판결할 수 없어요! 뭐가 뭔지도 모르겠다고요!"
 미셸이 흥분해서 소리쳤다. 그러자 남자가 처음으로 미소를 지었다. 그것은 마치 석상에 낙서를 한 듯한 미소였는데 지극히 부자연스러웠다.
"당신은 여기 들어오기 전에 이미 판결했소. 이전 아이들을 만나면서. 그리고 그게 최후의 아이의 최후 판결이오."
 그 말에 미셸은 얼음처럼 굳었다.
"내가 어떤 판결을 했죠?"
 남자는 나지막이 말했다. 신의 한 걸음처럼 웅장하고 의미심장하게.

"이제 그분들이 오실 겁니다."

3부에서 계속

궁극의 아이 2 넥스트 차일드